De andere vrouw

Sandra Brown bij Boekerij:

Ontvoerd
Op het spel
De laatste zet

Sandra Brown

De andere vrouw

Na een vliegtuigongeluk verandert Avery's leven in een wakende nachtmerrie

BOEKERIJ

Eerste druk januari 2017
Derde druk april 2018

ISBN 978-90-225-8491-0
ISBN 978-94-023-0688-0 (e-book)
NUR 330

Oorspronkelijke titel: *Mirror Image*
Vertaling: Ans van der Graaff
Omslagontwerp: B'IJ Barbara
Omslagbeeld: © Vlavetal
Zetwerk: Mat-Zet bv, Soest

Deze vertaling verscheen eerder bij Zuid-Hollandsche Uitgeversmaatschappij.

PROLOOG

Het meest ironische was nog wel dat het een perfecte dag was om te vliegen. De hemel was wolkeloos op die januaridag en zo blauw dat het bijna pijn deed aan je ogen. Het zicht was onbeperkt. Er waaide een koel, onschuldig briesje uit het noorden.

Er was op dat tijdstip van de dag iets meer vliegverkeer dan gemiddeld, maar het efficiënte grondpersoneel hield zich aan de schema's.

Het was een normale vrijdagochtend op San Antonio International Airport. Het enige waarmee de passagiers van vlucht 398 van Air America moeite hadden gehad was het vliegveld zelf te bereiken. Werkzaamheden aan de 410 West, de belangrijkste verkeersader voor het vliegveld, hadden een file van zo'n anderhalve kilometer veroorzaakt.

Toch waren zevenennegentig passagiers op tijd aan boord gegaan en zaten ze nu klaar voor vertrek. De cockpitbemanning nam routinematig de checklist door. Stewardessen maakten grapjes terwijl ze de drankwagentjes volstapelden en koffie zetten die nooit ingeschonken zou worden. De koppen werden nog één keer geteld en gretige standbypassagiers werden aan boord gelaten. De slurf werd afgekoppeld. Het vliegtuig taxiede naar de startbaan. De vriendelijke, lijzige stem van de kapitein informeerde de passagiers via de luidsprekers dat ze als tweede voor de startbaan stonden. Nadat hij had meegedeeld dat de huidige weersomstandigheden in Dallas, hun plaats van bestemming, uitstekend waren, gaf hij het cabinepersoneel opdracht zich voor te bereiden op het vertrek.

Hijzelf, noch iemand anders aan boord, kon vermoeden dat vlucht 398 nog geen dertig seconden in de lucht zou blijven.

'Irish!'

'Hmm?'

'Op het vliegveld is net een vliegtuig neergestort.'

Irish McCabe's hoofd kwam met een ruk omhoog. 'Verongelukt?'

'In vuur en vlam. Het brandt als de hel.'

De nieuwsredacteur liet de lijst met waarderingscijfers op zijn rommelige bureau vallen. Met een voor zijn leeftijd en slechte lichamelijke conditie bewonderenswaardige behendigheid kwam hij achter zijn bureau vandaan en liep bijna de verslaggever omver die met het nieuws naar hem toe was gekomen.

'Bij het opstijgen of landen?' vroeg hij over zijn schouder.

'Niet bekend.'

'Overlevenden?'

'Niet bekend.'

'Lijndienst of privévliegtuig?'

'Niet bekend.'

'Weet je verdomme wel zeker dat het is neergestort?'

Een somber kijkende groep verslaggevers, fotografen, secretaresses en redacteurs stond al rondom de plank met politieradio's. Irish duwde ze opzij en draaide aan een volumeknop.

'... startbaan. Nog geen teken van overlevenden. Luchthavenbrandbestrijdingsteams rijden er al heen. Veel rook en vlammen. Helikopters zijn opgestegen. Ambulances zijn...'

Irish blafte zijn orders boven het geluid van de snerpende radio's uit. 'Jij,' zei hij tegen de verslaggever die enkele ogenblikken tevoren zijn kantoor binnen was komen stormen, 'pak een live-unit en maak als de donder dat je daar komt.' De verslaggever en een video-cameraman renden naar de deur. 'Wie heeft dit doorgebeld?' wilde Irish weten.

'Martinez. Hij zit vast in het verkeer op de 410.'

'Is hij standby?'

'Hij is daar nog, we hebben mobiel contact met hem.'

'Laat hem zo dicht mogelijk bij het wrak zien te komen en zo veel mogelijk video-opnamen maken tot de live-unit daar is. Ga er ook met een helikopter heen.'

Hij keek om zich heen op zoek naar één bepaald gezicht. 'Is Ike nog hier?' vroeg hij, doelend op de eindredacteur van het ochtendnieuws.

'Die zit op de plee.'

'Ga hem halen. Zeg hem dat hij naar de studio gaat. We onderbreken het programma voor een nieuwsflits. Ik wil een verklaring van iemand in de verkeerstoren, functionarissen van het vliegveld, de luchtvaartmaatschappij, de politie... iets om mee de lucht in te gaan voordat de jongens van NTSB iedereen de mond snoeren. Zorg daarvoor, Hal. En laat iemand Avery opbellen en zeggen...'

'Kan niet. Ze gaat vandaag naar Dallas, weet je nog?'

'Shit. Vergeten. Nee, wacht,' zei Irish, knipte met zijn vingers en keek opeens weer hoopvol. 'Misschien is ze nog op het vliegveld. Als dat zo is, is ze eerder ter plaatse dan wie ook. Als ze de terminal van Air America kan bereiken, kan ze het verhaal verslaan vanuit het oogpunt van menselijke bijzonderheden. Laat het me onmiddellijk weten wanneer ze belt.'

Meteen wendde hij zich weer naar de radio's. De adrenaline pompte door zijn aderen. Dit ongeluk betekende een weekend doorwerken. Het betekende overuren en hoofdpijn, koud eten en oude koffie, maar Irish was in zijn element. Er was niets mooiers dan een neergestort vliegtuig om de week af te ronden en de kijkcijfers op te krikken.

Tate Rutledge bracht zijn auto voor het huis tot stilstand. Een bastaardhond, voor het merendeel collie, kwam op hem toe gestoven en sprong tegen zijn benen op.

'Ha, Shep.' Tate klopte de hond op de ruige kop. Het dier keek met ongegeneerde heldenverering naar hem op.

Tienduizenden mensen benaderden Tate Rutledge met diezelfde eerbiedige toewijding. Er viel dan ook heel wat aan hem te bewonderen. Hij was een bijzonder goed uitziende man.

Maar voor elke hartstochtelijke bewonderaar had hij een even hartstochtelijke tegenstander.

Hij beval Shep buiten te blijven, stapte de grote hal van het huis binnen en zette zijn zonnebril af. Hij liep naar de keuken waar hij de geur van koffie opsnoof. Zijn maag rammelde en herinnerde hem eraan dat hij niet had ontbeten voor hij de vroege tocht naar San Antonio maakte. Hij fantaseerde over een steak als ontbijt, perfect gegrild; een paar luchtig geklopte roereieren; en een paar sneetjes warme beboterde toast. Zijn maag gromde nog harder.

Zijn ouders zaten in de keuken aan de ronde eiken tafel die er al zolang stond als Tate zich kon herinneren. Toen hij naar binnen stapte keek zijn moeder hem met een angstwekkend bleek gezicht aan. Nelson Rutledge, zijn vader, stond onmiddellijk op en liep met uitgestoken armen op hem toe.

'Tate.'

'Wat is er aan de hand?' vroeg hij verbaasd. 'Als ik jullie zo zie zou je denken dat er net iemand dood is gegaan.'

Nelson kromp ineen. 'Heb je niet naar de autoradio geluisterd?'

'Nee, ik had muziek op staan. Waarom?' Een begin van paniek bekroop zijn hart. 'Wat is er verdorie aan de hand?' Zijn ogen flitsten naar de draagbare televisie op de betegelde bar. Daar was de aandacht van zijn ouders op gevestigd geweest toen hij binnenkwam.

'Tate,' zei Nelson met door emotie verscheurde stem, 'Channel Two heeft net *Rad van Fortuin* onderbroken voor een nieuwsbulletin. Een paar minuten geleden is op het vliegveld een vliegtuig meteen na het opstijgen neergestort.' Tate hapte naar adem.

'Ze weten nog niet zeker welk vluchtnummer het is, maar ze denken...' Nelson zweeg en schudde gekweld het hoofd.

'Caroles toestel?' vroeg Tate hees.

Nelson knikte.

1

Ze vocht zich door de grauwe mist heen. Daarachter moest ergens een open plek zijn, verzekerde ze zichzelf, ook al kon ze die nog niet zien. Enkele ogenblikken lang dacht ze dat het de inspanning niet waard kon zijn, maar achter haar bevond zich iets wat zo verschrikkelijk was dat het haar steeds weer vooruitdreef.

Ze was ondergedompeld in pijn. Steeds vaker kwam ze even uit die heerlijke vergetelheid omhoog en dan belandde ze in een schreeuwend bewustzijn dat vergezeld ging van een zo intense en allesomvattende, doordringende pijn dat ze die niet kon lokaliseren. En steeds wanneer ze dacht het geen moment langer te kunnen verdragen, werd ze overspoeld door een warme golf van gevoelloosheid... een magisch elixer dat door haar aderen stroomde. Korte tijd daarna was ze weer in zalige vergetelheid gehuld.

De ogenblikken van bewustzijn werden echter langer. Er begonnen gedempte geluiden tot haar door te dringen. Wanneer ze zich sterk concentreerde kon ze ze herkennen: het onophoudelijke zuchten van een beademingsmachine, het constante piepen van elektronische apparatuur, rubberzolen op tegelvloeren, rinkelende telefoons.

Eén keer, toen ze bijkwam, hoorde ze een gedempt gesprek dat vlakbij plaatsvond.

'... ongelooflijk veel geluk... met al die brandstof over haar heen... verbrandingen, maar de meeste zijn oppervlakkig.'

'Hoelang... ze reageert?'

'... geduld... trauma als dit verwondt meer... lichaam.'

'Hoe... eruitzien als... klaar is?'

'... chirurg morgen. Hij... met u bespreken.'

'Wanneer?'

'... niet langer gevaar... infectie.'

'Zal het gevolgen... foetus?'

'Foetus? Uw vrouw was niet zwanger.'

De woorden hadden geen betekenis voor haar. Ze verstoorden haar rust, dus sloot ze zich af voor de stemmen en liet zich terugzakken in de zachte kussens van de vergetelheid.

'Mevrouw Rutledge? Kunt u me horen?'

Ze reageerde in een reflex en er ontsnapte een laag gekreun aan haar pijnlijke borst. Ze probeerde haar ogen te openen, maar kon het niet. Een van de oogleden werd omhooggetrokken en een straal licht scheen pijnlijk haar hoofd binnen.

'Ze komt bij bewustzijn. Breng onmiddellijk haar echtgenoot op de hoogte,' zei de stem zonder lichaam. Ze probeerde haar hoofd in de richting van de stem te draaien, maar kon zich niet bewegen. 'Heb je het nummer van het hotel bij de hand?'

'Ja, dokter. Meneer Rutledge heeft het ons allemaal gegeven voor het geval ze zou bijkomen terwijl hij niet hier was.'

De laatste slierten grauwe mist trokken op. Woorden die ze eerder niet had kunnen ontcijferen kregen weer iets bekends. Ze begreep de woorden, maar die leken niet te kloppen.

'Ik weet dat het allemaal heel naar voor u is, mevrouw Rutledge. We doen al het mogelijke om uw leed te verlichten. U kunt nog niet spreken, dus probeer het maar niet. Ontspan u. Uw familie zal zo hier zijn.'

Haar snelle pols weergalmde door haar hoofd. Ze wilde ademhalen, maar kon het niet. Een machine haalde adem voor haar. Door een slang in haar mond werd lucht rechtstreeks in haar longen gepompt.

Ze was in een ziekenhuis, dat wist ze.

Maar hoe kwam ze daar? Waarom was ze daar? Het had iets te maken met de nachtmerrie die ze in de mist had achtergelaten. Ze wilde zich die nu echter niet herinneren, dus liet ze hem voor wat hij was en richtte zich op het heden.

Ze kon zich niet bewegen. Hoe ze zich ook concentreerde, haar armen en benen kwamen niet van hun plaats, evenmin als haar hoofd.

Haar hart begon sneller te slaan. Bijna onmiddellijk verscheen er iemand aan haar zijde. 'Mevrouw Rutledge, u hoeft niet bang te zijn. Alles komt weer in orde.'

'Haar hartslag is te snel,' merkte een tweede persoon aan de andere kant van haar bed op.

'Ik denk dat ze gewoon bang is.' Ze herkende de eerste stem. 'Ze is gedesoriënteerd... weet niet wat er aan de hand is.'

Een in het wit gestoken gestalte boog zich over haar heen. 'Alles komt weer in orde. We hebben meneer Rutledge gebeld en hij is al onderweg. U zult wel blij zijn hem te zien, nietwaar? Hij is zo opgelucht dat u weer bij kennis bent.'

'Arm schepsel. Kun jij je voorstellen dat je wakker wordt en dit moet doormaken?'

'Ik kan me niet voorstellen dat ik een vliegtuigramp zou overleven.' Een stille kreet weergalmde luid door haar hoofd.

Ze herinnerde het zich weer!

Krijsend metaal. Krijsende mensen. Rook, dicht en zwart. Daarna vlammen en doodsangst.

Ze had automatisch de instructies voor noodgevallen opgevolgd die honderden stewardessen haar tijdens evenzovele vluchten hadden ingeprent.

Eenmaal uit de brandende vliegtuigromp ontsnapt, was ze blindelings door een wereld van rood bloed en zwarte rook gerend. Al deed het vreselijk pijn, ze rende door, met in haar armen...

Met wát in haar armen? Ze herinnerde zich dat het iets kostbaars was geweest, iets wat ze in veiligheid had moeten brengen.

'Dokter!'

'Wat is er?'

'Haar hartslag vliegt omhoog.'

'Oké, we zullen haar verdoven. Mevrouw Rutledge,' zei de dokter gebiedend, 'blijft u rustig. Alles is in orde. U hoeft zich nergens zorgen over te maken.'

'Dokter Martin, meneer Rutledge is er.'

'Laat hem buiten wachten tot we haar gestabiliseerd hebben.'

'Wat is er aan de hand?' De nieuwe stem leek van kilometers ver weg te komen, maar er klonk gezag in door.

'Meneer Rutledge, geef ons alstublieft een paar...'

'Carole?'

Hij was plotseling heel dichtbij, boog zich over haar heen, sprak met zachte, geruststellende stem. 'Het komt allemaal weer in orde met je. Ik weet dat je bang en bezorgd bent, maar alles komt weer goed. Ook met Mandy, godzijdank. Ze heeft een paar gebroken botten en wat oppervlakkige brandwonden aan haar armen. Mam is bij haar in het ziekenhuis. Ze maakt het goed. Hoor je me, Carole? Jij en Mandy hebben het overleefd, dat is op het moment het belangrijkste.'

Er hing een felle lamp achter zijn hoofd en daardoor zag ze hem wat onduidelijk, maar ze kon voldoende krachtige gelaatstrekken onderscheiden om zich een flauwe indruk te vormen van hoe hij eruitzag. Ze klampte zich vast aan zijn troostende woorden.

Ze pakte zijn hand... probeerde het tenminste, en haar zwijgende smeekbede om menselijk contact was blijkbaar bij hem binnengekomen, want hij legde zijn hand zachtjes op haar schouder.

Haar angst begon af te nemen onder zijn aanraking, of misschien door het krachtige verdovende middel dat in haar infuus was ingespoten. Ze liet zich meevoeren, voelde zich veiliger nu de vreemdeling met zijn meeslepende stem bij haar was.

'Ze zakt weg. U kunt nu wel gaan, meneer Rutledge.'

'Ik blijf hier.'

Haar oog viel dicht. Wie is Mandy? vroeg ze zich af.

Werd ze verondersteld de man te kennen die haar Carole noemde? Waarom noemde iedereen haar steeds mevrouw Rutledge? Dachten ze allemaal dat ze met hem getrouwd was?

Ze hadden het natuurlijk mis.

Ze kende hem niet eens.

Hij zat er nog toen ze weer wakker werd. Voor zover ze wist konden er minuten, uren of dagen verstreken zijn. Omdat tijd op een intensivecareafdeling geen betekenis had, raakte ze alleen maar nog meer gedesoriënteerd.

Zodra ze haar ogen opendeed leunde hij over haar heen en zei: 'Hoi. Kun je me verstaan, Carole? Weet je waar je bent? Knipper met je oog als je me begrijpt.'

Ze knipperde.

Hij maakte een beweging met zijn hand. Ze meende dat hij hem door zijn haren haalde, maar wist het niet zeker. 'Goed,' zei hij met een zucht. 'Ze hebben gezegd dat je je nergens druk om hoeft te maken, maar jou kennende wil je waarschijnlijk alles precies weten. Heb ik gelijk?'

Ze knipperde.

'Weet je nog dat je in het vliegtuig bent gestapt? Dat was eergisteren. Jij en Mandy zouden voor een paar dagen naar Dallas gaan om inkopen te doen. Herinner je je het ongeluk?'

Ze probeerde wanhopig hem duidelijk te maken dat ze niet Carole was en geen idee had wie Mandy was, maar knipperde ter bevestiging van zijn vraag over het ongeluk.

'Maar veertien mensen hebben de ramp overleefd.'

Ze besefte pas dat er tranen uit haar oog liepen toen hij een zakdoekje pakte om ze op te deppen.

'Op de een of andere manier – god weet hoe – ben je erin geslaagd met Mandy het brandende wrak te verlaten. Herinner je je dat?'

Ze knipperde niet.

'Nou ja, het doet er niet toe. Hoe je het ook gedaan hebt, je hebt haar leven gered. Ze is natuurlijk van streek en bang. Ik vrees dat haar verwondingen eerder emotioneel dan fysiek zijn, en dus moeilijk te genezen. Haar gebroken arm is gezet. Er is geen blijvende schade. Ze heeft niet eens huidtransplantaties nodig voor de brandwonden. Jij,' en hierbij keek hij haar indringend aan, 'jij hebt haar met je eigen lichaam beschermd.'

Ze begreep niet waarom hij zo staarde, maar het leek wel of hij twijfelde aan de feiten.

'De NTSB is met een onderzoek bezig. Ze hebben de zwarte doos van het toestel gevonden. Alles leek volkomen normaal, totdat een van de motoren ontplofte. Daardoor vatte de brandstof vlam. Het vliegtuig werd één grote vuurbal. Maar voor de romp helemaal in vlammen opging slaagde jij erin via een nooduitgang op de vleugel te kruipen, met Mandy in je armen.

Een van de andere overlevenden zei dat jullie je samen een weg door de rook hadden gebaand. Je gezicht was toen al overdekt met bloed, zei hij, dus je moet je verwondingen al bij de explosie hebben opgelopen.'

Ze herinnerde zich geen details. Het enige wat ze nog wist was dat ze bang was te zullen stikken door de rook als ze niet al eerder vlam zou vatten. Hij vond dat ze zich moedig had gedragen, maar ze had alleen maar gehoor gegeven aan het overlevingsinstinct waarover alle levende wezens beschikken.

Misschien zouden de herinneringen aan de tragedie geleidelijk terugkeren. Misschien ook niet. Ze wist niet of ze het zich wel wilde herinneren.

Als maar veertien passagiers het hadden overleefd, waren er heel wat omgekomen. Door een speling van het lot was zij uitverkoren om te blijven leven, en ze zou nooit weten waarom.

Ze begon wazig te zien en realiseerde zich dat ze weer huilde. Zwijgend bracht hij het zakdoekje naar haar blote oog.

'Ze hebben je bloed getest op gassen en besloten je aan een beademingsapparaat te leggen. Je hebt een hersenschudding maar geen ernstige verwondingen aan je hoofd. Je hebt je rechterscheenbeen gebroken toen je van de vleugel sprong.

Je handen zijn verbonden en gespalkt vanwege de verbrandingen. Maar godzijdank heb je afgezien van de rookinhalatie alleen uitwendige verwondingen.

Ik weet dat je je zorgen maakt om je gezicht,' zei hij, duidelijk slecht op zijn gemak. 'Ik ga je niets wijsmaken, Carole. Ik weet dat je dat niet wilt.'

Ze knipperde. Hij zweeg even en keek haar wat onzeker aan. 'Je gezicht is ernstig beschadigd. Ik heb er de beste plastisch chirurg van de hele staat bij gehaald. Hij is gespecialiseerd in reconstructieve chirurgie bij slachtoffers van ongevallen en verwondingen, zoals jij.'

Haar oog knipperde nu heftig, niet van begrip, maar uit nervositeit. Ze wilde weten hoe ernstig haar gezicht precies beschadigd was. Reconstructieve chirurgie klonk onheilspellend.

'Je neus is gebroken, evenals een jukbeen. Het andere jukbeen is verbrijzeld. Daarom is je ene oog verbonden. Er zit niets meer om het op zijn plaats te houden.'

Ze slaakte een zachte kreet van puur afgrijzen. 'Nee, je bent je oog niet kwijt. Dat is een zegen. Ook je bovenkaak is gebroken. Maar de chirurg kan het allemaal repareren... alles. Je haar zal weer aangroeien. Je krijgt stifttanden die er precies uit zullen zien als je eigen voortanden.'

Ze had geen tanden en geen haar.

'We hebben hem foto's van je gezicht gegeven... recente foto's, die vanuit alle hoeken zijn genomen. Hij kan je gelaatstrekken perfect reconstrueren. Alleen de bovenste huidlaag van je gezicht is verbrand, dus je hebt geen transplantaties nodig. Als dat genezen is zul je er tien jaar jonger uitzien, volgens de dokter. Daar zou je blij om moeten zijn.'

De subtiele buigingen van zijn stem ontgingen haar, maar ze begreep dat ze er onder het verband uitzag als een monster.

Ze voelde paniek opkomen. Hij moest dat hebben gemerkt, want hij legde opnieuw zijn hand op haar schouder. 'Carole, ik heb je niet verteld hoe ernstig je verwondingen zijn om je van streek te maken. Ik weet dat je je zorgen maakt. Het leek me het beste het je eerlijk te vertellen, zodat je je kunt voorbereiden op de moeilijke tijd die je tegemoet gaat.

Het zal niet eenvoudig zijn, maar we staan allemaal volledig achter je. Ik blijf bij je tot je tevreden bent over het resultaat van de chirurg. Dat ben ik je schuldig omdat je Mandy hebt gered.'

Ze probeerde ontkennend het hoofd te schudden, maar het had geen zin. Ze kon zich niet bewegen.

Uiteindelijk kwam er een zuster, die hem wegstuurde. Ze voelde zich verlaten en eenzaam toen hij zijn hand van haar schouder nam.

De verpleegster diende haar een dosis narcoticum toe. Het sloop door haar aderen; ze vocht tegen het versuffende effect, maar het was sterker dan zij en ze kon niet anders dan zich eraan overgeven.

'Carole, kun je me horen?'

Ze kreunde meelijwekkend.

'Carole?' De stem fluisterde dicht bij haar verbonden oor.

Het was niet de man die Rutledge heette. Zijn stem zou ze herkend hebben. Ze wist niet wie er nu tegen haar praatte. Ze wilde wegkruipen voor deze stem, die niet geruststellend was zoals die van meneer Rutledge.

'Je bent er nog altijd slecht aan toe en kunt nog best het loodje leggen. Maar haal het niet in je hoofd je geweten te willen ontlasten als je denkt dat je gaat sterven.'

Ze vroeg zich af of ze droomde. Bang opende ze haar oog. De kamer was zoals gewoonlijk helder verlicht. De beademingsmachine liet gelijkmatige sisgeluiden horen. Degene die tegen haar sprak stond buiten haar gezichtsveld. Ze voelde dat hij er was, maar kon hem niet zien.

'We doen dit nog steeds samen, jij en ik. En je zit er te diep in om er nu uit te stappen, dus haal het niet in je hoofd. Tate zal nooit het ambt aanvaarden. Dit vliegtuigongeluk kwam slecht uit, maar we kunnen het in ons voordeel keren als jij niet in paniek raakt. Hoor je me? Als je dit overleeft gaan we gewoon door waar we gebleven zijn. Er zal nooit een senator Tate Rutledge zijn. Hij zal sterven voor het zover komt.'

Ze kneep haar oog dicht in een poging de groeiende paniek te onderdrukken.

'Ik weet dat je me kunt horen, Carole. Doe niet alsof het niet zo is.'

Enkele ogenblikken later deed ze haar oog weer open en draaide het zo ver mogelijk naar boven. Ze zag nog steeds niemand, maar voelde dat de bezoeker was vertrokken.

Korte tijd later kwam een verpleegster haar infuus controleren en haar bloeddruk opnemen. Ze handelde routinematig. Als er iemand in de kamer was geweest, zou de verpleegster zeker iets gezegd hebben. Tevreden met de toestand van haar patiënt ging ze weer weg.

Tegen de tijd dat ze weer in slaap viel, had Carole zichzelf ervan overtuigd dat de hele voorstelling niet meer dan een boze droom was geweest.

2

Tate Rutledge stond voor het raam van zijn hotelkamer naar het verkeer in de straat te kijken. Achterlichten en koplampen werden weerkaatst op het natte wegdek.

Toen hij de deur achter zich open hoorde gaan, draaide hij zich op zijn hakken om en knikte naar zijn broer. 'Ik heb een paar minuten geleden naar je kamer gebeld,' zei hij. 'Waar was je?'

'Een biertje drinken in de bar. De Spurs spelen tegen de Lakers.'

'Dat was ik vergeten. Wie wint er?'

De afwezige frons van zijn broer maakte duidelijk dat dat een zinloze vraag was. 'Is pa nog niet terug?'

Tate schudde zijn hoofd, liet het gordijn terug op zijn plaats vallen en stapte bij het raam vandaan.

'Ik rammel,' zei Jack. 'Heb jij honger?'

'Ik geloof het wel. Ik had er nog niet over nagedacht.' Tate liet zich in de luie stoel zakken en wreef in zijn ogen.

'Carole en Mandy schieten er niets mee op wanneer je niet zorgt dat je zelf op de been blijft, Tate. Je ziet er belabberd uit.'

'Bedankt.'

'Ik meen het.'

'Dat weet ik,' zei Tate. Hij liet zijn handen zakken en schonk zijn oudere broer een wrange glimlach. 'Je bent volkomen oprecht, maar niet tactisch. Daarom ben ik politicus en jij niet.'

Tate speelde met de afstandsbediening van de televisie. 'Ik heb Carole over haar gezicht verteld.'

'O ja?'

Jack Rutledge liet zich op de rand van het bed zakken, leunde voorover en plantte zijn ellebogen op zijn knieën. Hij was gekleed in een net zwart pak en een wit overhemd met das. Maar zo laat op de dag was die stijlvolle combinatie gekreukt.

'Hoe reageerde ze toen je het haar vertelde?'

'Hoe moet ik dat verdorie weten?' mompelde Tate. 'Ik kon niets anders zien dan haar rechteroog. Daar rolden tranen uit, dus ik weet dat ze huilde. Haar kennende, wetende hoe ijdel ze is, vermoed ik dat ze onder al dat verband hysterisch is. Als ze zich kon bewegen zou ze waarschijnlijk schreeuwend door de ziekenhuisgangen lopen. Zou jij dat niet doen?'

Jack staarde naar zijn handen alsof hij zich probeerde voor te stellen hoe het zou aanvoelen als die verbrand en verbonden zouden zijn. 'Denk je dat ze zich het ongeluk herinnert?'

'Ze gaf dat wel aan, maar ik weet niet hoeveel ze er nog van weet. Ik heb de lelijke details weggelaten en haar alleen verteld dat zij en Mandy en twaalf anderen het hebben overleefd.'

'Vanavond bij het nieuws zeiden ze dat ze nog steeds verkoolde stukken en lichaamsdelen bij elkaar proberen te passen en te identificeren.'

Tate had erover in de krant gelezen. Telkens wanneer hij eraan dacht dat Carole en Mandy tot de slachtoffers hadden kunnen behoren, keerde zijn maag zich zowat om. Hij lag 's nachts wakker omdat hij het niet van zich af kon zetten. Ieder slachtoffer had zijn eigen verhaal, een reden om aan boord van die vlucht te zijn. Elk overlijdensbericht was even aangrijpend.

In zijn verbeelding voegde Tate de namen van Carole en Mandy toe aan de lijst van verongelukten: *De vrouw en driejarige dochter van senatorskandidaat Tate Rutledge bevonden zich onder de slachtoffers van vlucht 398.*

Maar het noodlot had anders beslist. Ze waren niet gestorven. Dankzij Caroles verrassende moed hadden ze het er levend afgebracht.

'Lieve hemel, het komt met bakken uit de lucht.' Nelsons stem doorbrak de stilte toen hij binnenkwam met een grote vierkante pizzadoos op zijn schouder en een druipende paraplu in zijn hand.

'We zijn uitgehongerd,' zei Jack.

'Ik ben zo snel mogelijk teruggekomen.'

'Het ruikt geweldig, pa. Wat wil je drinken?' vroeg Tate terwijl hij naar de kleine, ingebouwde koelkast liep. 'Bier of iets fris?'

'Bij pizza? Bier.'

'Jack?'

'Bier.'

'Hoe was het in het ziekenhuis?'

'Hij heeft Carole ingelicht over haar verwondingen,' zei Jack voor Tate de kans kreeg antwoord te geven.

'O?' Nelson bracht een stuk dampende pizza naar zijn mond en nam een hap. Met volle mond mompelde hij: 'Denk je dat dat verstandig was?'

'Nee. Maar ik zou in haar plaats wel willen weten wat er allemaal aan de hand is, jij niet?'

'Lijkt me wel.' Nelson nam een slok van het bier dat Tate hem had gegeven. 'Hoe was het met je moeder toen je wegging?'

'Uitgeput. Ik heb haar gesmeekt hierheen te komen en mij vannacht bij Mandy te laten blijven, maar daar wilde ze niets van weten.'

'Ze zag waarschijnlijk al bij de eerste oogopslag dat jij meer behoefte hebt aan een goede nachtrust dan zij. Jij bent degene die uitgeput is.'

'Dat heb ik hem ook al gezegd,' zei Jack.

'Nou, misschien brengt die pizza me er weer een beetje bovenop.' Tate probeerde wat humor in zijn stem te leggen.

Sla ons advies niet in de wind, Tate,' waarschuwde Nelson hem beslist. 'Je mag je eigen gezondheid er niet onder laten lijden.'

'Dat ben ik ook niet van plan. Nu Carole weer bij bewustzijn is en weet wat haar te wachten staat zal ik vast wel beter slapen.'

'Het zal een lange ruk worden, voor iedereen,' merkte Jack op.

'Ik ben blij dat je dat ter sprake brengt, Jack.' Tate depte zijn mond met een papieren servetje en bereidde zich mentaal voor. Hij stond op het punt hen op de proef te stellen. 'Misschien kan ik beter nog zes jaar wachten met mijn kandidatuur.'

Heel even bleef het stil, toen begonnen Nelson en Jack allebei tegelijk te praten.

'Je kunt een dergelijke beslissing niet nemen zolang je niet weet hoe haar operatie uitvalt.'

'Hoe zit het met al het werk dat we erin gestoken hebben?'

'Te veel mensen rekenen op je.'

'Haal het niet in je hoofd nu te stoppen, broertje. Deze verkiezing moet het worden.'

Tate stak zijn handen op om stilte te vragen. 'Je weet hoe graag ik dit wil. Maar het welzijn van mijn gezin is me belangrijker dan mijn politieke carrière.'

Er volgde weer een gespannen stilte. Nelson schraapte zijn keel en zei: 'Natuurlijk moet je zo veel mogelijk aan Caroles zijde staan in de moeilijke periode die haar wacht. Ik had dat soort onzelfzuchtigheid van jou wel verwacht.'

Om zijn volgende standpunt kracht bij te zetten leunde Nelson over de geopende pizzadoos op de kleine ronde tafel heen. 'Maar denk erom hoezeer Carole zelf je heeft aangemoedigd mee te doen aan de verkiezingen. Ik geloof dat ze het vreselijk zou vinden als je omwille van haar uit de race stapte. Echt vreselijk,' zei hij en stak daarbij zijn dikke wijsvinger op.

'En om het maar even heel cru te stellen, dit afschuwelijke ongeluk kan nog best in ons voordeel uitpakken. Het geeft een hoop gratis publiciteit.'

Tate werd misselijk van die opmerking. Hij gooide zijn servetje neer en stond op uit zijn stoel. Enkele ogenblikken lang liep hij doelloos door de kamer. 'Heb je het daar met Eddy over gehad? Hij zei namelijk praktisch hetzelfde toen ik hem belde.'

'Hij is je campagneleider.' Jack zag bleek en was geschrokken van de gedachte dat zijn broer de handdoek in de ring zou gooien voordat de campagne goed en wel van de grond was gekomen. 'Hij wordt betaald om je goed advies te geven.'

'Om me aan mijn kop te zeuren, bedoel je.'

'Eddy wil dat Tate Rutledge senator wordt, net als wij allemaal, en dat heeft niets te maken met het salaris dat hij ontvangt.' Breeduit glimlachend kwam Nelson overeind en klopte Tate op zijn rug. 'Jij doet mee aan de verkiezingen in november. Carole zou de eerste zijn om je aan te moedigen.'

'Goed dan,' zei Tate mat. 'Ik moest zeker weten dat ik op jullie volledige steun kon rekenen. De eisen die de komende tijd aan me gesteld zullen worden, zullen het uiterste van me vragen.'

'Je hebt onze steun, Tate,' zei Nelson loyaal.

'Zullen jullie ook geduld en begrip tonen wanneer ik niet op twee plaatsen tegelijk kan zijn?' Tate keek de mannen vragend aan. 'Ik zal mijn best doen de ene verantwoordelijkheid niet aan de andere op te offeren, maar ik ben ook maar een mens.'

Nelson verzekerde hem: 'We zullen de teugels kort houden.'

'Wat zei Eddy verder nog?' vroeg Jack, buitengewoon opgelucht dat de crisis geweken was.

'Hij heeft vrijwilligers om vragenlijsten in enveloppen te stoppen die later deze week op de post worden gedaan.'

'Hoe zit het met publieke optredens? Heeft hij die nog gepland?'

'Een toespraak op een school in het dal. Ik heb hem gevraagd die af te zeggen.'

'Waarom?' vroeg Jack.

'Jongeren stemmen niet,' zei Tate op milde toon.

'Maar hun ouders wel. En we moeten die Mexicanen in het dal aan onze kant krijgen.'

'We hebben ze al aan onze kant.'

'Je zult wel gelijk hebben,' kwam Nelson er diplomatiek tussen.

Tate besefte wel dat zijn vader hem naar de mond praatte, maar dat kon hem niets schelen. Hij was moe, bezorgd en wilde naar bed en ten minste proberen te slapen. Zo tactvol mogelijk vertelde hij dat aan zijn broer en vader.

Toen hij hen uitliet draaide Jack zich om en omhelsde hem wat onwennig. 'Het spijt me dat ik zo tegen je tekeerging. Ik weet dat je heel wat aan je hoofd hebt.'

'Als je niet af en toe tegen me tekeerging zou ik in de kortste tijd vet en lui worden. Ik vertrouw erop dat je me achter de vodden zit.' Tate schonk hem de innemende glimlach waarmee hij op de campagneposters zou verschijnen.

'Als het jullie niets uitmaakt denk ik dat ik morgenochtend naar huis ga,' zei Jack. 'Ik moet thuis wat dingen regelen en kijken hoe iedereen het redt.'

'Hoe gaat het daar?' vroeg Nelson.

'Best.'

'Daar zag het niet naar uit, de laatste keer dat ik er was. Ze hadden al een paar dagen niets van je dochter Francine gehoord en je vrouw… nou ja, je weet in wat voor toestand ze verkeerde. Je kunt maar beter hulp zoeken voor Dorothy Rae voor het te laat is.'

'Misschien na de verkiezing,' mompelde hij. Tegen zijn broer voegde hij eraan toe: 'Ik ben maar een uur hiervandaan als je me nodig hebt.'

'Bedankt, Jack. Ik zal bellen als ik wat meer weet.'

'Heeft de dokter je enig idee gegeven wanneer ze zullen gaan opereren?'

'Pas als er geen risico op infectie meer is,' zei Tate. 'De rook heeft haar longen beschadigd, dus ze moeten misschien nog wel twee weken wachten. Het is een echt dilemma, want als hij te lang wacht, zullen haar gezichtsbeenderen aan elkaar groeien zoals ze nu zijn.'

'Jezus,' zei Jack. Hij vervolgde op gemaakt opgewekte toon: 'Nou, doe haar mijn groeten. En ook die van Dorothy Rae en Fancy.'

'Zal ik doen.'

Jack liep door de gang naar zijn eigen kamer. Nelson bleef nog even hangen. 'Ik heb vanochtend met Zee gesproken. Toen Mandy sliep was ze even naar de intensive care geglipt. Ze zegt dat Carole er vreselijk uitzag.'

Tate liet zijn brede schouders een beetje afhangen. 'Dat klopt. Ik hoop bij god dat die chirurg zijn vak beheerst.'

Nelson legde zwijgend een bemoedigende hand op Tates arm.

Maar Tate dacht aan dat ene bloeddoorlopen en gezwollen oog, dat toch nog met dezelfde donkerbruine kleur angstig naar hem opkeek. Hij vroeg zich af of ze bang was te sterven, of te moeten leven zonder het buitengewoon knappe gezicht dat ze zo ten volle had benut.

Nelson wenste hem een goede nacht en trok zich in zijn eigen kamer terug. Diep in gedachten verzonken deed Tate de televisie en de lampen uit; hij kleedde zich uit en kroop in bed.

Lichtflitsen drongen door de gordijnen heen en verlichtten voor een ogenblik de kamer. De donder klonk vlak bij het gebouw en deed de ruiten rammelen. Hij staarde met droge, pijnlijke ogen naar de flakkerende figuren.

Ze hadden elkaar niet eens gedag gekust.

Er was die ochtend een hoop spanning tussen hen geweest vanwege de heftige ruzie voor ze wegging. Carole keek vreselijk uit naar een paar dagen winkelen in Dallas, maar ze waren op tijd op het vliegveld geweest om nog een kop koffie te nemen in het restaurant.

Mandy had per ongeluk wat sinaasappelsap op haar jurkje geknoeid. Natuurlijk had Carole heel heftig gereageerd. Toen ze de koffietent verlieten, depte ze het gevlekte gedeelte droog en mopperde op Mandy omdat ze zo onvoorzichtig was geweest.

'In hemelsnaam, Carole, je ziet die vlek niet eens,' had hij gezegd.

'Ik zie het wel.'

'Kijk er dan niet naar.'

Ze had haar echtgenoot die val-dood-blik toegeworpen die hem allang niets meer deed. Hij droeg Mandy de terminal door en babbelde met haar over alle leuke dingen die ze in Dallas zou zien en doen. Bij de uitgang knielde hij neer en omhelsde haar. 'Veel plezier, liefje. Breng je een cadeautje voor me mee?'

'Mag dat, mama?'

'Ja hoor,' antwoordde Carole afwezig.

'Ja hoor,' zei Mandy met een brede glimlach.

'Daar verheug ik me op.' Hij trok haar nog één keer tegen zich aan. Terwijl hij overeind kwam vroeg hij Carole of ze wilde dat hij wachtte tot hun vliegtuig was opgestegen. 'Dat is nergens voor nodig.'

'Nou, dan zie ik je dinsdag wel weer.'

'Kom niet te laat om ons op te halen,' riep Carole terwijl ze Mandy meetrok.

Net voor ze de slurf in liepen had Mandy zich nog een keer omgedraaid en naar hem gezwaaid. Carole had niet eens omgekeken. Ze was vol vertrouwen doelbewust doorgelopen.

Misschien keek daarom dat ene oog nu zo angstig bezorgd. De basis van Caroles zelfvertrouwen – haar uiterlijk – was haar door het lot afgepakt. Ze had een hekel aan lelijke dingen. Misschien had ze niet om de vele mensen gehuild die bij het ongeluk omgekomen waren, zoals hij aanvankelijk had gedacht, maar alleen om zichzelf. Misschien was ze liever dood geweest dan mismaakt, zelfs al was dat tijdelijk.

Dat zou hem van Carole niet verbazen.

In de pikorde van assistenten van de lijkschouwer van Bexar County was Grayson de laagste in rang. Daarom controleerde hij de informatie dubbel voor hij met zijn verwarrende ontdekkingen naar zijn baas ging.

'Hebt u even tijd?'

Een vermoeide, knorrige man met een rubber schort en handschoenen aan keek hem over zijn schouder afwijzend aan. 'Wat had je in gedachten… een spelletje golf?'

'Nee, dit.'

'Wat?' De man richtte zich weer op zijn werk aan de verkoolde materie die eens een mens was geweest.

'De tandartskaart van Avery Daniels,' zei Grayson. 'Slachtoffer nummer zevenentachtig.'

'Die is al geïdentificeerd en onderzocht.' Zijn baas keek voor de zekerheid even op de lijst aan de muur. Er was een rode streep door haar naam gehaald. 'Juist.'

'Dat weet ik, maar…'

'Ze had geen levende verwanten. Een vriend van de familie heeft haar vanmorgen geïdentificeerd.'

'Maar deze gegevens…'

'Luister, jongen,' zei de chef ruw, 'ik heb lichamen zonder hoofd, handen zonder arm, voeten zonder been. En ze zitten mij achter de vodden om dit vanavond af te ronden. Dus als iemand met zekerheid is geïdentificeerd, een autopsie heeft gehad en is ingepakt kom je mij niet meer lastigvallen, begrepen?'

Grayson stak de röntgenfoto's van het gebit terug in de bruine envelop waarin ze gekomen waren en gooide die in de richting van een vuilnisbak. 'Oké, prima. En in de tussentijd kun jij doodvallen.' Hij werd niet betaald om voor Dick Tracy te spelen. Als niemand anders zich een barst aantrok van iets wat op een mysterieuze manier niet klopte, waarom hij dan wel? Hij ging verder met het opzoeken van de tandartsgegevens van de lijken die nog niet geïdentificeerd waren.

3

Het regende op de dag van Avery Daniels' begrafenis. De avond tevoren hadden onweersbuien door het heuvelgebied van Texas gerommeld. Vanochtend was daar niets van over behalve de miserabele, koude, grauwe regen.

Zonder paraplu, ondanks het gure weer, stond Irish McCabe naast de kist. Tranen rolden over zijn verweerde wangen. Zijn grote neus was roder dan anders, ook al had hij de laatste tijd minder gedronken. Avery zeurde daar steeds over aan zijn kop en zei dan dat te veel alcohol niet goed was voor zijn lever, zijn bloeddruk en zijn uitdijende middel.

Ze zeurde tegen Van Lovejoy ook over zijn drugsgebruik, maar toen hij op haar begrafenis verscheen, was hij high van de goedkope whisky en de joint die hij onderweg naar de kapel had gerookt. De ouderwetse das rond zijn slecht passende kraag was een concessie aan de plechtigheid van de gelegenheid en getuigde ervan dat hij Avery hoger achtte dan de meeste van zijn medemensen.

Andere mensen hadden net zo weinig met Van Lovejoy op als hij met hen. Avery was een van de zeer weinigen geweest die hem om zich heen konden verdragen. Toen de verslaggever die haar tragische dood moest verslaan aan Van had gevraagd of hij de video-opnamen wilde maken, had de fotograaf hem vol verachting aangekeken, zijn middelvinger opgestoken en was hij zonder een woord te zeggen de redactiekamer uit gelopen. Deze grove manier van uitdrukken was typerend voor Van en slechts één van de redenen voor zijn vervreemding van de mensheid.

Aan het eind van de korte dienst liepen de rouwenden over het grindpad naar de rij wachtende auto's; Irish en Van bleven alleen achter bij het graf. Op discrete afstand wachtten de doodgravers om het graf te kunnen dichtgooien, zodat ze weer naar binnen konden, waar het warm en droog was.

Van was in de veertig en broodmager. Zijn buik was hol en zijn benige schouders wat krom. Zijn dunne haar hing recht omlaag tot bijna op zijn schouders en omlijstte een lang, mager gezicht. Hij was een oude hippie die nooit over de jaren zestig heen was gegroeid.

Irish daarentegen was klein en robuust. Terwijl Van eruitzag alsof hij door een flinke windstoot kon worden weggeblazen, zag Irish eruit alsof hij eeuwig zou kunnen standhouden als hij zijn voeten ergens stevig neerplantte. Hoe verschillend ze ook waren, vandaag weerspiegelden hun gezichten hetzelfde verdriet. Irish leed echter het meest van hen beiden.

In een zeldzaam vertoon van medeleven legde Van een magere, bleke hand op de schouder van Irish. 'Laten we ons gaan bezuipen.'

Irish knikte afwezig. Hij deed een stap naar voren en plukte een van de gele rozen uit de krans, draaide zich toen om en liet Van voorgaan.

'Ik eh… ben met de limousine mee hierheen gereden,' zei hij, alsof hem dat nu pas weer te binnen schoot.

'Wil je daar ook mee terug?'

Irish keek naar Vans gedeukte busje. 'Ik ga wel met jou mee.' Hij wuifde de chauffeur van de begrafenisonderneming weg en klom in het busje. Het interieur was nog erger dan de buitenkant. Over de gescheurde stoffering lag een slonzige badhanddoek en de kastanjebruine vloerbedekking waarmee de wanden waren bekleed stonk muf naar marihuanarook.

Van kroop achter het stuur en startte de motor. Terwijl die onwillig warm draaide stak hij met lange, door nicotine bruin geworden vingers een sigaret op en bood die Irish aan.

'Nee, dank je.' Toen, na een seconde nadenken, nam hij de sigaret toch aan en inhaleerde diep. Avery had hem zover gekregen dat hij was gestopt met roken. Hij had al maanden geen sigaret aangeraakt. Nu prikte de tabaksrook in zijn mond en keel. 'God, wat smaakt dat goed,' zuchtte hij terwijl hij weer inhaleerde.

'Waarheen?' vroeg Van met alweer een sigaret voor zichzelf in zijn mond.

'Ergens waar ze ons niet kennen. Ik zal waarschijnlijk behoorlijk spektakel maken.'

Enkele minuten later leidde Van Irish door de met rood vinyl bedekte deur van een bar in de buitenwijken van de stad. Worden we hierbinnen beroofd?' vroeg Irish.

'Ze controleren je op wapenbezit als je naar binnen gaat.'

'En als je geen wapen bij je hebt, krijg je er een,' maakte Irish de oude grap af.

De sfeer was somber. Het tafeltje waaraan ze gingen zitten, stond in een donkere hoek. Een naakte señorita glimlachte hen verleidelijk toe vanaf de achtergrond van zwart fluweel waarop ze was geschilderd. In scherp contrast met de trieste sfeer klonk er gezellige muziek uit de jukebox.

Van riep om een fles whisky. 'Ik zou eigenlijk iets moeten eten,' mompelde Irish zonder veel overtuiging.

Toen de barman de fles en twee glazen zonder plichtplegingen voor hen neerzette, bestelde Van wat te eten. 'Dat had je niet hoeven doen,' protesteerde Irish.

Van haalde zijn schouders op en vulde de glazen. 'Zijn vrouw kookt wel als je het haar vraagt.'

'Eet je hier vaak?'

'Soms,' antwoordde Van met weer een laconiek schouderophalen. Het eten kwam, maar al na een paar happen besloot Irish dat hij toch geen honger had. Hij schoof het versleten bord opzij en pakte zijn glas whisky. De eerste slok brandde als een vlammenwerper in zijn keel en er kwamen tranen in zijn ogen. Hij haalde piepend adem.

Maar met de vaardigheid van een professionele drinker herstelde hij zich snel en nam weer een slok. De tranen bleven echter in zijn ogen. 'Ik zal haar verschrikkelijk missen.' Hij draaide zijn glas rond op de vettige tafel.

'Ja, ik ook. Ze kon enorm vervelend zijn, maar lang niet zo erg als de meeste mensen.'

'Ze was als een dochter voor me, weet je?' zei hij. 'Ik herinner me nog dat ze werd geboren. Ik was erbij in het ziekenhuis, had samen met haar vader de zenuwen. Wachten. Heen en weer lopen. Nu moet ik me de dag herinneren dat ze gestorven is.'

Hij sloeg weer een scheut whisky achterover en vulde zijn glas bij. 'Weet je, het kwam helemaal niet bij me op dat het haar vliegtuig kon zijn dat was neergestort. Ik dacht alleen aan het verhaal, dat verdomde nieuwsitem. Het was zo'n zeikverhaal dat ik niet eens een cameraman meestuurde. Ze zou er in Dallas eentje opsnorren.'

'Hé man, je kunt jezelf niet kwalijk nemen dat je je werk deed. Je kon het toch niet weten.'

Irish staarde in de amberkleurige inhoud van zijn glas. 'Heb je ooit een lichaam moeten identificeren, Van?' Hij wachtte het antwoord niet af. 'Ze zat in een zwarte plastic zak. Ze had geen haren meer over,' zei hij terwijl zijn stem brak. 'Alles was verbrand. En haar huid... O, Jezus.' Hij sloeg zijn dikke vingers voor zijn ogen. Er lekten tranen tussendoor. 'Het is mijn schuld dat ze in dat vliegtuig zat.'

'Hé, man.' Die twee woorden vormden Vans hele repertoire van meelevende uitspraken. Hij schonk Irish nog een glas in, stak nog een sigaret op en gaf die zwijgend aan de rouwende man. Hijzelf stapte over op marihuana.

Irish nam een trekje van de sigaret. 'Goddank heeft haar moeder haar zo niet hoeven zien. Als ze haar medaillon niet in haar hand had gehouden, zou ik niet eens hebben geweten dat het Avery was. Ik had nooit gedacht dit nog eens te zeggen, maar ik ben blij dat Rosemary Daniels niet meer leeft. Geen enkele moeder zou haar kind in een dergelijke toestand moeten zien.'

Irish hield enkele minuten zijn glas vast voordat hij zijn betraande ogen opsloeg naar zijn metgezel. 'Ik hield van haar... Rosemary, bedoel ik. Avery's moeder. Ik kon er verdomme niks aan doen. Cliff, haar vader, was bijna voortdurend weg naar een of ander oorlogsgebied. Telkens wanneer hij wegging vroeg hij mij een oogje op hen te houden. Hij was mijn beste vriend, maar om die reden heb ik hem meer dan eens willen doden.'

Hij nipte van zijn whisky. 'Rosemary wist het, daar ben ik van overtuigd, maar we hebben er nooit een woord over gesproken. Ze hield van Cliff. Dat wist ik.'

Irish was sinds haar zeventiende jaar Avery's surrogaatvader geweest. Cliff Daniels, een gerenommeerd journalist, had de dood gevonden tijdens het verslaan van de strijd om een onbelangrijk dorpje met een onuitspreekbare naam in Midden-Amerika. Zonder veel ophef had Rosemary een paar weken later een eind aan haar eigen leven gemaakt en Avery berooid en moederziel alleen achtergelaten.

'Ik ben evenzeer Avery's vader als Cliff dat was. Misschien wel meer. Toen haar ouders stierven kwam ze naar mij toe. En ik was degene naar wie ze toe kwam toen ze zich vorig jaar in D.C. in de nesten gewerkt had.'

'Ze is die keer misschien lelijk de mist ingegaan, maar ze was toch nog altijd een goed verslaggeefster,' merkte Van op door een wolk van zoete rook.

'Het is zo triest dat ze is gestorven met die misser op haar geweten.' Hij nam een slok uit zijn glas. 'Zie je, Avery was altijd zo bang te zullen falen. Dat was haar grootste angst. We hebben daar nooit over gesproken,' vervolgde hij somber. 'Ik wist het gewoon. Daarom kwam die chaos in D.C. ook zo hard bij haar aan. Ze wilde het goedmaken, haar geloofwaardigheid en zelfrespect terugwinnen. Ze heeft niet de kans gekregen. Verdomme, ze is gestorven terwijl ze zichzelf als een mislukkeling zag.'

De ellende van de oude man raakte een zeldzaam gevoelige snaar bij Van. Hij deed zijn uiterste best Irish te troosten. 'Wat dat andere betreft... Je weet wel, wat je voor haar moeder voelde? Nou, dat wist Avery.'

Irish richtte zijn rode, behuilde ogen op hem. 'Hoe weet je dat?'

'Ze heeft het me een keer verteld,' zei Van. 'Ik vroeg haar hoe lang jullie elkaar al kenden. Ze zei al zolang als ze het zich kon herinneren. Ze vermoedde dat je heimelijk verliefd was op haar moeder.'

'Leek ze het zich aan te trekken?' vroeg Irish gespannen. 'Ik bedoel, leek ze het erg te vinden?'

Van schudde zijn hoofd.

Irish nam de verwelkende roos uit de borstzak van zijn donkere pak en streelde met zijn dikke vingers over de tere bloemblaadjes. 'Goed. Daar ben ik blij om. Ik hield van hen allebei.'

Zijn brede schouders begonnen te schokken. Hij balde zijn hand tot een vuist om de stengel van de roos. 'O, verdomme,' kreunde hij, 'ik zal haar missen.'

Hij liet zijn hoofd op de tafel zakken en snikte als een gebroken man terwijl Van tegenover hem zijn verdriet op zijn eigen manier verwerkte.

4

Toen Avery wakker werd, wist ze weer wie ze was.

Ze was het nooit echt helemaal vergeten. Ze was alleen in de war geweest door de combinatie van medicijnen en hersenschudding.

Gisteren – ze vermoedde tenminste dat het gisteren was, omdat iedereen haar had begroet met een 'goedemorgen' – was ze gedesoriënteerd geweest, en dat was te begrijpen. Wat zij had doorstaan zou iedereen in verwarring hebben gebracht. Ze was zelden ziek, tenminste niet ernstig, dus deze zware verwonding was een schok. Wat Avery echter het meest had dwarsgezeten, was dat iedereen haar verkeerd aansprak. Hoe konden ze haar verwisselen met een vrouw die Carole Rutledge heette? Zelfs Tate Rutledge leek ervan overtuigd dat hij het tegen zijn vrouw had.

Ze moest hem die vergissing op de een of andere manier duidelijk maken. Maar ze wist niet hoe en dat joeg haar angst aan.

Haar naam was Avery Daniels. Dat stond duidelijk op haar rijbewijs, haar perskaart en alle andere identiteitsbewijzen in haar portefeuille. Die waren waarschijnlijk tijdens het ongeluk verbrand, dacht ze.

Waar was Irish? Waarom was hij haar niet komen redden?

Het voor de hand liggende antwoord gaf haar een onverwachte schok. Het was ondenkbaar, onaanvaardbaar, maar toch zo angstaanjagend logisch. Als zij werd aangezien voor mevrouw Rutledge, en iedereen dacht dat mevrouw Rutledge nog leefde, dan dachten ze dat Avery Daniels dood was.

Ze stelde zich het verdriet voor dat Irish moest doorstaan. Haar 'dood' zou hem vreselijk veel pijn doen. Voor het moment was ze echter niet in staat zijn lijden te verlichten. Nee! Zolang ze nog leefde was ze niet hulpeloos. Ze moest nadenken. Ze moest zich concentreren.

'Goedemorgen.'

Ze herkende zijn stem onmiddellijk. De zwelling in haar oog moest zijn afgenomen, want zijn eerder vage gelaatstrekken waren nu goed zichtbaar.

Zijn dichte, goedgevormde wenkbrauwen liepen boven zijn lange rechte neus bijna in elkaar over. Hij had een krachtige kaaklijn en een kin met een kloofje. Hij had een brede mond en smalle lippen, de onderlip iets voller dan de bovenlip.

Hij glimlachte, maar niet met zijn ogen. De glimlach was niet echt gemeend, kwam niet vanuit zijn ziel, en Avery vroeg zich af waarom.

'Ze zeiden dat je een rustige nacht hebt gehad. Nog steeds geen teken van een infectie aan de longen. Dat is geweldig nieuws.'

Ze kende dit gezicht, deze stem. Niet van gisteren. Van al veel eerder, maar ze kon zich niet herinneren waar ze deze man had ontmoet.

'Mam komt je snel even gedag zeggen.' Hij keek om en wenkte iemand dichterbij te komen. 'Je moet hier gaan staan, mam, anders kan ze je niet zien.'

Een buitengewoon knappe vrouw van middelbare leeftijd dook in Avery's beperkte gezichtsveld op. Het donkere haar van de vrouw had een paar opvallende grijze lokken die vanaf haar gladde, ongerimpelde voorhoofd naar achteren golfden.

'Hallo, Carole. We zijn allemaal erg opgelucht dat het je zo goed gaat. Tate zegt dat de artsen tevreden zijn over je vorderingen.'

Tate Rutledge! Natuurlijk.

'Vertel eens over Mandy, ma.'

Plichtsgetrouw bracht de ene onbekende verslag uit aan een andere onbekende. 'Mandy heeft vanochtend bijna haar hele ontbijt opgegeten. Ze hebben haar gisteravond iets gegeven zodat ze beter zou slapen. Het gips aan haar arm zit haar dwars, maar dat was te verwachten, denk ik. Ze is het lievelingetje van de kinderafdeling en windt de hele staf om haar pink.' Ze kreeg tranen in haar ogen, die ze met een zakdoekje wegdepte. 'Als ik bedenk wat er...'

Tate Rutledge sloeg zijn arm om zijn moeders schouders. 'Maar het is niet gebeurd. Godzijdank niet.'

Toen besefte Avery dat zij degene moest zijn geweest die Mandy Rutledge uit het vliegtuig had gedragen. Ze herinnerde zich het geschreeuw van het kind en haar eigen gejaagde pogingen haar klemmende gordel los te maken. Toen ze hem open had, had ze het doodsbange kind tegen zich aan gedrukt en samen met een andere passagier door de dikke, bijtende rook naar een nooduitgang gezocht.

Ze hadden aangenomen dat zij mevrouw Carole Rutledge was omdat ze het kind bij zich had gehad. Maar dat was niet het enige... Ze hadden in elkaars stoel gezeten.

In gedachten voltooide ze moeizaam de puzzel waarvan alleen zij de stukjes had. Ze herinnerde zich dat op haar ticket een plaats aan het raam stond, maar toen ze instapte zat daar al iemand. Ze had niets over de vergissing gezegd en de plaats naast het middenpad geaccepteerd. Het kind had in de middelste stoel gezeten.

De vrouw droeg haar donkere haar op schouderlengte, net als Avery. Ze had ook donkere ogen. Ze leken op elkaar.

Haar gezicht was onherkenbaar gekneusd. Mevrouw Rutledge was waarschijnlijk onherkenbaar verbrand. Ze hadden haar onjuist geïdentificeerd vanwege het kind en de plaatsverwisseling waarvan niemand op de hoogte was. Mijn god, ze moest het hun vertellen!

'Ga nu maar terug naar Mandy, voor ze nerveus wordt, mam,' zei Tate. 'Zeg haar dat ik zo dadelijk bij haar kom.'

'Tot ziens dan maar, Carole,' zei de vrouw tegen haar. 'Ik weet zeker dat als dokter Sawyer met je klaar is, je weer even mooi zult zijn als altijd.'

Háár ogen glimlachen ook niet, bedacht Avery toen de vrouw wegliep.

'Voor ik het vergeet,' zei Tate en kwam dichter naar het bed, zodat ze hem weer kon zien, 'ik moet je de groeten doen van Eddy, pa en Jack. Ik denk dat pa vanmiddag het gesprek met de plastisch chirurg zal bijwonen, dus hem zie je dan wel.

Jack is vanochtend naar huis gegaan. Ik weet zeker dat hij zich zorgen maakt over Dorothy Rae. En god weet wat Fancy uithaalt zonder supervisie, hoewel Eddy haar wel als vrijwilligster op het hoofdkwartier heeft ingeschakeld.'

Hij nam aan dat ze wist over wie en wat hij sprak. Hoe kon ze hem duidelijk maken dat ze geen flauw idee had? Ze kende die mensen niet. Ze betekenden niets voor haar. Ze moest contact zien te krijgen met Irish. Ze moest deze man laten weten dat hij weduwnaar was.

'Luister, Carole, wat de campagne betreft.' Uit de beweging van zijn schouders maakte ze op dat hij zijn handen in zijn zakken had gestoken. Hij boog even zijn hoofd, liet zijn kin bijna op zijn borst rusten en keek haar toen weer aan. 'Ik ga door zoals we van plan waren. Pa, Jack en Eddy zijn het daarmee eens. Ze hebben me hun steun toegezegd. Het zou toch al een zware strijd geworden zijn, maar daar zag ik niet tegenop. Nu, met dit erbij, wordt het nog moeilijker. Maar ik wil het toch doorzetten. Ik zal mijn verantwoordelijkheden tegenover jou en Mandy tijdens jullie herstel niet van me afschuiven, maar ik bereid me er mijn hele leven al op voor naar het Congres te gaan. Ik wil niet nog eens zes jaar wachten voor ik een poging waag. Ik moet het nu doen.'

Hij keek op zijn horloge en zei toen: 'Ik kan maar beter teruggaan naar Mandy. Ik heb beloofd haar een ijsje te voeren. Met haar armen in het verband en zo, nou ja...' Hij keek naar haar gespalkte en verbonden handen. 'Je begrijpt het wel. De psychologe heeft vandaag een eerste gesprek met haar. Niets om je druk over te maken,' vervolgde hij snel. 'Het is voornamelijk uit voorzorg. Ik wil niet dat ze hier een blijvend trauma aan overhoudt.'

Hij zweeg even en keek haar betekenisvol aan. 'Het is ook geen goed idee als ze jou al ziet. Ik weet dat het wreed klinkt, maar al dat verband zou haar de stuipen op het lijf jagen, Carole. Bovendien lijkt mij dat je er zelf ook nog niet aan toe bent haar te zien.'

Avery trachtte wanhopig te spreken, maar de beademingsslang zat nog steeds in haar mond. Ze had een zuster horen zeggen dat haar stembanden het door de rook tijdelijk niet meer deden. Ook kon ze haar kaak niet bewegen. Ze kneep haar oog dicht om uiting te geven aan haar wanhoop.

Hij begreep haar verkeerd en legde troostend een hand op haar schouder. 'Ik beloof je dat de misvormingen tijdelijk zijn, Carole. Dokter Sawyer zegt dat het veel erger lijkt dan het feitelijk is. Hij komt later op de dag nog bij je om je de procedure uit te leggen. Hij weet hoe je eruitzag en garandeert dat je je mooie uiterlijk terug zult hebben wanneer hij klaar is.'

Ze probeerde nee te schudden. Tranen van paniek en angst vulden haar oog. Er kwam een zuster binnen, die hem opzij schoof. 'Ik denk dat u haar nu beter kunt laten rusten, meneer Rutledge. Ik moet trouwens toch haar verband verschonen.'

'Ik ben bij mijn dochter.'

'We roepen u als het nodig is,' zei de verpleegster vriendelijk. 'O, nu ik eraan denk, ze hebben gebeld van beneden om u eraan te herinneren dat de juwelen van mevrouw Rutledge in de safe van het ziekenhuis liggen. Ze hebben haar die afgedaan toen ze het ziekenhuis werd binnengebracht.'

'Bedankt. Ik zal ze later wel ophalen.'

Nu! Haal ze nu! galmde het door Avery's hoofd. Hij zou niet de juwelen van Carole Rutledge in de safe vinden, maar de hare. Zodra ze die zagen, zouden ze beseffen wat voor een vreselijke vergissing ze hadden begaan. Tate Rutledge zou tot de ontdekking komen dat zijn vrouw dood was. Het zou een hele klap voor hem zijn, maar hij kon de vergissing beter nu ontdekken dan later. Ze zou meeleven met het tragische verlies van de Rutledges, maar Irish zou dolblij zijn. Lieve Irish.

Maar als Tate Rutledge de juwelen van zijn vrouw nou niet ging halen voor de plastisch chirurg haar gezicht begon te veranderen in dat van Carole Rutledge?

Dat was haar laatste gedachte voor de pijnstillende middelen weer bezit van haar namen.

Tate zal nooit het ambt aanvaarden.

De nachtmerrie was terug. Ze probeerde wanhopig hem af te weren. Opnieuw kon ze de man niet zien, maar voelde ze wel zijn sinistere aanwezigheid, net buiten haar gezichtsveld. Zijn adem blies over haar open oog. Het was alsof je in het donker een dunne sjaal aanraakte die je niet zag, maar wel voelde; spookachtig.

Er zal nooit een senator Tate Rutledge zijn. Hij zal sterven voor het zover komt. Tate zal nooit... Senator Tate Rutledge zal sterven voor het zover komt. Er zal nooit... sterven voor het zover komt...

Avery werd schreeuwend wakker. Een geluidloze schreeuw – wat anders – weergalmde door haar schedel. Ze opende haar oog en herkende de lampen boven haar hoofd, de medicinale geur die ze met ziekenhuizen associeerde, het sissen van de beademingsapparatuur. Ze had geslapen, dus deze keer was het een nachtmerrie geweest.

Maar gisteravond was het echt geweest. Ze had toen nog niet eens de voornaam van Tate Rutledge gekend! Ze kon dat niet gedroomd hebben als ze het niet wist.

Had ze het misschien mis wat de chronologie betrof? Gooide ze gebeurtenissen door elkaar? Was Tate Rutledge echt in gevaar? Wie kon hem nou dood wensen?

God, wat een vragen. Ze moest de antwoorden te weten komen. Maar ze leek haar vermogen tot logisch redeneren kwijt te zijn, zoals ze zoveel vaardigheden had verloren.

Het feit dat het leven van Tate Rutledge werd bedreigd had verstrekkende en reusachtige vertakkingen, maar zij kon absoluut niets doen, ze was hulpeloos. Ze was te versuft om een verklaring of oplossing te formuleren. Haar hersenen werkten te traag. En had ze al niet genoeg aan haar hoofd zonder zich ook nog zorgen te moeten maken over de veiligheid van een senatorskandidaat?

Ze was niet in staat zich te bewegen, maar inwendig lag ze te woelen van frustratie. Het was uitputtend. Uiteindelijk was de leegte die aan de grenzen van haar bewustzijn hing sterker. Ze vocht ertegen, maar gaf het ten slotte op en zonk weer weg in het vredige niets.

5

'Haar reactie verbaast me helemaal niet. Die is te verwachten bij slachtoffers van een zwaar ongeluk.' Dokter Sawyer, de plastisch chirurg, glimlachte sereen. 'Stel u voor hoe u zich zou voelen als uw knappe gezicht verpulverd zou zijn.'

'Bedankt voor het compliment,' zei Tate gespannen.

Hij had de chirurg wel op zijn uitgestreken gezicht willen slaan. Ondanks zijn uitstekende reputatie leek er wel ijswater door zijn aderen te vloeien.

Hij had enkele van de meest beroemde gezichten van de staat gecorrigeerd, onder wie ook die van high-societyvrouwen die even rijk als ijdel waren, directeuren die het verouderingsproces vóór wilden blijven, modellen en televisiesterren. Zijn kwalificaties waren indrukwekkend, maar de manier waarop hij Caroles angsten terzijde schoof stond Tate buitengewoon tegen.

'Ik heb geprobeerd mezelf in Caroles plaats voor te stellen,' legde hij uit. 'Ik vind dat ze zich onder de omstandigheden buitengewoon goed houdt... beter dan ik ooit gedacht zou hebben.'

'Je spreekt jezelf tegen, Tate,' merkte Nelson op. Hij zat naast Zee op een sofa in de wachtkamer van de afdeling Intensive Care. 'Je vertelde dokter Sawyer net dat Carole vreselijk van streek was toen je de operatie ter sprake bracht.'

'Ik weet dat het tegenstrijdig klinkt. Ik bedoel dat ze het nieuws over Mandy en het ongeluk zelf heel goed leek op te nemen. Maar toen ik over de hersteloperatie aan haar gezicht vertelde, begon ze te huilen.'

'Uw echtgenote was een heel knappe vrouw, meneer Rutledge,' zei de arts. 'De schade aan haar gezicht brengt haar in paniek. Ze is natuurlijk bang er voor de rest van haar leven uit te zien als een monster. Mijn taak bestaat er voor een deel uit haar te verzekeren dat haar gezicht volledig gereconstrueerd en zelfs nog mooier gemaakt kan worden.'

Sawyer zweeg even en zocht met ieder van hen oogcontact. 'Ik bespeur aarzeling en weerstand bij u. Dat kan ik niet gebruiken. Ik móét uw medewerking en volledige vertrouwen in mijn kunnen hebben.'

'Als u niet mijn vertrouwen had, zou ik geen gebruik maken van uw diensten,' zei Tate botweg. 'Ik geloof niet dat u gebrek hebt aan vaardigheid, alleen aan sympathie.'

'De mooie praatjes bewaar ik voor mijn patiënten. Ik verspil geen tijd en energie aan het voor de gek houden van hun familieleden, meneer Rutledge. Dat laat ik over aan politici.'

Tate en de chirurg staarden elkaar aan. Uiteindelijk glimlachte Tate wrang. 'Ik hou ook niemand voor de gek, dokter Sawyer. U bent hier omdat we u nodig hebben. U bent de grootste klootzak die ik ooit heb ontmoet, maar u schijnt de beste te zijn. Daarom zal ik met u samenwerken om te zorgen dat Carole weer wordt zoals ze was.'

'Prima,' zei de chirurg, niet onder de indruk van de belediging, 'laten we dan maar naar de patiënt gaan.'

Tate liep vooruit en stond als eerste naast haar bed. 'Carole? Ben je wakker?'

Ze reageerde onmiddellijk door haar oog te openen. Hij kon alleen maar zeggen dat ze er rustig uitzag. 'Hoi. Pap en mam zijn hier.' Hij deed een stap opzij en ze kwamen naar het bed.

'Hallo, Carole,' zei Zee. 'Mandy vroeg me je te zeggen dat ze van je houdt.'

Tate was vergeten zijn moeder te waarschuwen dat ze niets over het eerste bezoek van de kinderpsychologe moest zeggen. Dat was niet goed verlopen, maar gelukkig was Zee zo verstandig er niet over te beginnen. Ze ging opzij en Nelson nam haar plaats in.

'Hallo, Carole. Je hebt ons flink laten schrikken. Ik kan je niet zeggen hoe blij we zijn dat alles weer in orde komt.'

Hij stond zijn positie weer af aan Tate. 'De chirurg is hier, Carole.'

Tate verwisselde van plaats met dokter Sawyer, die zijn patiënte toelachte. 'We hebben elkaar al ontmoet, Carole, alleen weet jij dat niet meer. Ik ben op verzoek van je familie hierheen gekomen om je te onderzoeken op de tweede dag dat je hier was. De plastisch chirurg van het ziekenhuis heeft de eerste behandeling uitgevoerd toen je op de afdeling Spoedeisende Hulp werd binnengebracht. Ik neem het nu verder over.'

Ze keek gealarmeerd. Tate was blij dat Sawyer het opmerkte. Hij gaf haar een klopje op de schouder. 'De botstructuur van je gezicht is ernstig beschadigd. Ik ben ervan overtuigd dat je dat weet. Ik weet dat je man je al heeft verteld dat het volledig hersteld kan worden, maar ik wil dat je dat ook van mij hoort. Je zult er nog beter uitzien dan de Carole Rutledge die je was.'

Haar lichaam spande zich onder het verband. Ze probeerde haar hoofd te schudden en begon wanhopige keelklanken te maken.

'Wat probeert ze ons verdorie nou duidelijk te maken?' vroeg Tate aan de dokter.

'Dat ze me niet gelooft,' antwoordde hij rustig. 'Ze is bang. Dat is normaal.' Hij boog zich over haar heen. 'Het merendeel van je pijn wordt veroorzaakt door de verbrandingen, maar die zijn oppervlakkig. De brandwondenspecialist van het ziekenhuis behandelt ze met antibiotica. Ik wacht met de operatie tot het risico van infectie aan je huid en longen minimaal is.

Het zal een week of twee duren voor je je handen kunt bewegen. Dan kun je beginnen met fysiotherapie. De schade is niet blijvend, dat verzeker ik je.'

Hij boog zich nog verder voorover. 'Laten we het nu over je gezicht hebben. Er zijn röntgenfoto's gemaakt toen je nog buiten bewustzijn was. Ik heb die bestudeerd en ik weet wat me te doen staat. Ik heb een staf van uitstekende chirurgen die me zullen assisteren bij de operatie.'

Hij streek met de punt van zijn balpen zacht over het verband rond haar gezicht. 'We zullen je neus en jukbeenderen repareren met behulp van bottransplantaties. Je kaak wordt weer op zijn plaats gezet met schroeven, pinnen en draad. Ik heb een hele trukendoos vol.

Je krijgt een onzichtbaar litteken boven op je hoofd van slaap naar slaap. Verder maken we incisies onder je ogen, op de wimperlijn. Ook die zijn onzichtbaar. Een deel van het werk aan je neus zal van binnenuit worden gedaan, zodat je daar helemaal geen littekens krijgt.

Na de operatie zal je gezicht blauw en opgezwollen zijn en zul je er vreselijk uitzien. Wees daarop voorbereid. Het zal een paar weken duren voordat je weer een stralende schoonheid bent.'

'Hoe zit het met haar haar, dokter Sawyer?' vroeg Zee.

'Ik zal een gedeelte moeten wegscheren, omdat ik een stukje bot van de schedel nodig heb voor haar nieuwe neus. Maar als u me vraagt of het verbrande haar weer zal aangroeien, de brandwondenspecialist zegt van wel. Dat is het minste van onze problemen.' Hij glimlachte naar het verbonden gezicht.

'Je zult een tijdlang geen vast voedsel krijgen, vrees ik. Een prothetisch tandheelkundige zal tijdens de operatie de wortels van je tanden verwijderen en implantaten plaatsen. Twee of drie weken later krijg je dan nieuwe tanden, identiek aan de tanden die je verloren bent. Tot die tijd zul je via een slangetje door je mond naar je maag worden gevoed en daarna overstappen op een zacht dieet.'

Tate zag, ook al scheen de chirurg het niet op te merken, dat Caroles oog heen en weer ging alsof ze zocht naar een vriend, of een vluchtweg. Hij bleef zichzelf voorhouden dat Sawyer een bekwaam vakman was. De chirurg mocht dan gewend zijn aan dergelijke spanningen bij zijn patiënten, Tate vond het vreselijk.

Sawyer haalde een grote glanzende foto uit de map die hij bij zich droeg. 'Ik wil dat u hiernaar kijkt, mevrouw Rutledge.' Het was een foto van Carole. Ze glimlachte de verleidelijke glimlach waardoor Tate verliefd op haar was geworden. Haar ogen straalden ondeugend. Glanzend donker haar omlijstte haar gezicht.

'De operatie zal een hele dag duren,' vertelde hij haar, 'maar mijn staf en ik zullen u weer opknappen. Geef ons een week of acht tot tien vanaf de dag van de operatie en u ziet er weer zo uit, alleen jonger en knapper, en met korter haar. Wie zou zich meer kunnen wensen?'

Carole kennelijk. Het bezoek van de chirurg had haar eerder angstiger gemaakt dan rust verschaft, merkte Tate.

Avery probeerde haar vingers en tenen te bewegen, maar haar armen en benen voelden nog altijd te zwaar aan om ze op te tillen. Haar hoofd kon ze helemaal niet bewegen. Intussen bracht elke minuut die verstreek haar dichter bij een catastrofe die ze niet leek te kunnen voorkomen.

Dagenlang – het was moeilijk uit te rekenen hoeveel precies, maar ze schatte ongeveer tien dagen – probeerde ze al een manier te bedenken om iedereen de waarheid te vertellen die alleen zij kende. Tot dusver had ze geen oplossing kunnen vinden. Naarmate de dagen verstreken en haar lichaam genas, nam de spanning toe. Iedereen dacht dat het kwam door het uitstel van de reconstructieve operatie.

Ten slotte kondigde Tate op een avond aan dat de operatie voor de volgende dag was gepland. 'Alle betrokken artsen hebben het vanmiddag besproken. Ze waren het erover eens dat je uit de gevarenzone bent.

Sawyer heeft het groene licht gegeven. Ik ben gekomen zodra ze me hadden ingelicht. Ik geloof dat ik je nu wel kan vertellen dat ik dokter Sawyer aanvankelijk niet erg mocht,' zei hij, op de rand van haar bed gezeten. 'Verdorie, ik mag hem nog steeds niet, maar ik heb vertrouwen in zijn kunnen. Je weet dat ik hem de operatie niet zou laten verrichten als ik niet dacht dat hij de beste was.'

Dat geloofde ze, dus knipperde ze met haar oog.

'Ben je bang?'

Ze knipperde opnieuw.

'Ik kan niet zeggen dat ik het je kwalijk neem,' zei hij grimmig. 'De komende weken zullen heel zwaar voor je worden, Carole, maar je zult je er wel doorheen slaan.' Zijn glimlach werd iets stugger. 'Jij komt altijd op je pootjes terecht.'

'Meneer Rutledge?'

Toen hij zich omdraaide naar de vrouwelijke stem die hem vanuit de deuropening toesprak, bood hij Avery een zeldzame aanblik op zijn profiel. Carole Rutledge had geluk gehad.

'U had me gevraagd u eraan te herinneren dat de juwelen van mevrouw nog in de safe liggen,' zei de verpleegster.

'Ik vergeet steeds om bij het kantoor langs te gaan en ze op te halen,' zei hij geërgerd tegen de zuster. 'Zou u iemand naar beneden kunnen sturen om ze voor me te halen?'

'Ik zal naar beneden bellen en het navragen.'

'Dat zou ik op prijs stellen. Dank u.'

Avery's hart begon te bonken. In stilte zei ze een dankgebed. Ze zou op het nippertje toch nog gered worden van de catastrofe. Er zou nog wel een reconstructieve operatie aan haar gezicht nodig zijn, maar ze zou daaruit naar voren komen met het gezicht van Avery Daniels, niet met dat van iemand anders.

'Je zult in de operatiekamer niet veel aan je juwelen hebben,' zei Tate, 'maar voor jou is het prettiger te weten dat ik ze in mijn bezit heb.'

In gedachten glimlachte ze blij. Alles kwam in orde. De vergissing zou op tijd worden ontdekt.

'Meneer Rutledge, ik vrees dat het tegen de regels is dat iemand anders dan de patiënt of zijn naaste familie bezittingen uit de safe meeneemt. Ik kan niemand sturen om ze op te halen. Het spijt me.'

'Geen probleem. Ik zal proberen morgen een keer te gaan.'

Avery's blijheid verdween. Morgen was het te laat. Ze vroeg zich af waarom God haar dit aandeed. Was ze nog niet genoeg gestraft voor haar vergissing? Zou de rest van haar leven een eindeloze en nutteloze poging zijn om één fout goed te maken? Ze had haar geloofwaardigheid als journaliste, de achting van haar collega's en haar carrière al verloren. Moest ze nu ook nog haar identiteit opgeven?

'Er is nog iets, meneer Rutledge,' zei de verpleegster aarzelend. 'Er staan twee verslaggevers in de hal die u willen spreken.'

'Verslaggevers?'

'Van een van de televisiestations.'

'Hier? Nu? Heeft Eddy Paschal ze gestuurd?'

'Nee. Dat was het eerste wat ik hun vroeg. Kennelijk is het nieuws uitgelekt dat mevrouw Rutledge morgen wordt geopereerd. Ze willen met u praten over het effect van het ongeluk op uw gezin en kandidatuur. Wat moet ik tegen hen zeggen?'

'Zeg dat ze naar de maan kunnen lopen.'

'Dat kan niet, meneer Rutledge.'

'Nee, u hebt gelijk. Eddy zou me vermoorden als u dat zei,' mompelde hij zacht voor zich heen. 'Zeg hun dat ik geen verklaringen afleg voordat het veel beter gaat met mijn vrouw en dochter. Als ze dan niet weggaan, roept u de veiligheidsdienst van het ziekenhuis. En zeg hun namens mij dat, als ze ook maar in de buurt komen van de kinderafdeling en mijn moeder of dochter lastig willen vallen, ze een proces aan hun broek krijgen.'

'Het spijt me dat ik u moest lastigvallen met...'

'Het is niet uw schuld. Als ze het u moeilijk maken, komt u me maar roepen.'

Toen hij zijn gezicht weer naar haar toe wendde zag Avery door haar tranen heen dat zijn gelaat getekend was door zorgen en vermoeidheid. 'Aasgieren. Gisteren haalde de krant iets wat ik over de garnalenvangst aan de kust had gezegd volledig uit de context en drukte het toen af. Mijn telefoon ging vanochtend constant totdat Eddy een tegenverklaring had opgesteld en een rectificatie kon eisen.' Hij schudde zijn hoofd bij de gedachte aan dat gedoe.

Avery voelde met hem mee. Het was geen wonder dat hij er zo moe uitzag. Hij droeg niet alleen de last van de verkiezingsstrijd, maar had ook nog te maken met een kind met een emotioneel trauma en een vrouw die een zware operatie moest ondergaan.

Maar ze was niet zijn vrouw; ze was een vreemde. Ze kon hem niet vertellen dat hij een buitenstaander zijn vertrouwen schonk. Ze kon hem niet beschermen tegen aanvallen vanuit de media of hem helpen met Mandy's problemen. Ze kon hem niet eens waarschuwen dat iemand misschien van plan was hem te vermoorden.

Hij bleef de hele nacht bij haar. Telkens als ze wakker werd, dook hij meteen naast haar bed op. De lijnen in zijn gezicht werden met het uur dieper naarmate de vermoeidheid toenam. Het wit van zijn ogen werd roze door het slaapgebrek. Eén keer hoorde Avery dat een zuster er bij hem op aandrong te gaan slapen, maar hij weigerde.

'Ik kan haar nu niet in de steek laten,' zei hij. 'Ze is bang.'

Inwendig huilde ze: Nee, ga alsjeblieft niet weg. Laat me niet in de steek. Ik heb iemand nodig.

Het moest ochtend zijn toen een andere verpleegster hem een kop verse koffie bracht. Het rook heerlijk; Avery hunkerde naar een slokje.

Ze werd klaargemaakt voor de operatie. Verpleegsters namen haar bloeddruk op. Ze probeerde iemands aandacht te trekken en hun de verwisseling duidelijk te maken, maar niemand besteedde aandacht aan de gemummificeerde patiënte.

Tate verdween voor een poosje en kwam terug met dokter Sawyer. De chirurg zag er stralend en fris uit. 'Hoe gaat het, Carole? Meneer Rutledge vertelde me dat je vannacht heel onrustig bent geweest, maar vandaag is je grote dag.'

Hij bekeek haar kaart. Veel van wat hij zei was routine, besefte ze. Ze mocht hem als mens evenmin als Tate hem mocht.

Tevreden over haar gegevens klapte hij de metalen map dicht en gaf hem aan een verpleegster. 'Lichamelijk doet u het goed. Over een paar uur hebt u het geraamte voor een nieuw gezicht en begint u aan een volledig herstel.'

Ze protesteerde weer, met het enige beschikbare middel: haar ene oog. Ze knipperde verwoed.

'Geef haar alvast een middel om haar te kalmeren voor de operatie,' beval hij een zuster voor hij de kamer uit liep.

Avery gilde inwendig.

Tate kwam naderbij en drukte zachtjes op haar schouder. 'Carole, alles komt in orde.'

De verpleegster injecteerde een ampul van een narcoticum in het infuus in haar arm. Avery voelde het rukje van de naald in de kromming van haar elleboog. Enkele seconden later begon de al bekende warmte door haar aderen te sluipen, tot in haar tenen. Tates gezicht vervaagde en vervormde.

'Alles komt in orde, Carole. Ik zweer het je.'

Ik ben Carole niet.

Ze vocht om haar oog open te houden, maar het viel dicht en werd te zwaar om opnieuw te openen.

'... op je wachten, Carole,' zei hij zacht.
Ik ben Avery. Ik ben Avery. Ik ben niet Carole.
Maar als ze de operatiekamer uit kwam, zou ze dat wel zijn.

6

'Ik snap niet waar je je zo druk om maakt.' Tate ijsbeerde de kamer door en keek zijn campagneleider ondertussen woedend aan.

Eddy Paschal doorstond zijn blik met gelatenheid. Ervaring had hem geleerd dat Tate heetgebakerd was, maar dat de opwinding nooit lang duurde.

Zoals Eddy had verwacht, zwakte het vuur in Tates ogen af tot een warme gloed. Hij nam zijn handen van zijn heupen, waardoor zijn houding al minder vijandig leek.

'Eddy, in godsnaam, mijn vrouw was net terug van een zware operatie die uren had geduurd.'

'Ik begrijp het.'

'Maar je begrijpt niet waarom ik van streek was toen ik omringd werd door hordes opdringerige journalisten?' Tate schudde ongelovig zijn hoofd. 'Laat me het je nog eens uitleggen. Ik was niet in de stemming voor een persconferentie.'

'Ik geef toe dat ze hun boekje te buiten gingen.'

'Heel ver.'

'Maar je had wel veertig seconden in de nieuwsuitzendingen van zes en tien uur... op alle drie de zenders. Ik heb ze opgenomen en later afgespeeld.'

Tate lachte vreugdeloos en liet zich in een stoel zakken. 'Jezus, wat ben ik moe.'

'Pak een biertje.' Eddy gaf hem een koud blikje, pakte er voor zichzelf ook een en ging op de rand van Tates hotelbed zitten. Ze dronken zwijgend. Ten slotte vroeg Eddy: 'Hoe is de prognose, Tate?'

Tate zuchtte. 'Sawyer liep op te scheppen als een idioot toen hij de operatiekamer uitkwam. Hij zei dat hij uiterst tevreden was over het resultaat... dat zijn team nog nooit zo'n fantastisch karwei had verricht.'

'Was dat pr-onzin of de waarheid?'

'Ik hoop bij god dat het de waarheid is.'

'Wanneer zul je dat zelf kunnen zien?'

'Ze ziet er nu niet bepaald goed uit. Maar over een paar weken...'

Hij maakte een vaag gebaar en liet zich dieper in de stoel zakken, waarbij hij zijn lange benen voor zich uitstrekte. Zijn laarzen raakten bijna Eddy's nette, gepoetste schoenen. De spijkerbroek die Tate droeg stak vreselijk af bij de gesteven en geperste flanellen broek van Eddy.

Eddy viel zijn kandidaat nu eens een keer niet lastig over zijn kleding. Tate had dit soort dingen aan sinds het begin van de jaren zeventig, toen Eddy hem op de Universiteit van Texas had ontmoet.

'Een van de overlevenden van het ongeluk is vandaag overleden,' zei Tate zacht. 'Een man van mijn leeftijd, met een vrouw en vier kinderen. Hij had zware inwendige verwondingen, maar ze hadden hem weten op te lappen en dachten dat hij het zou halen. Hij stierf aan een infectie. God,' zei hij hoofdschuddend, 'kun je je voorstellen dat je zo ver komt en dan doodgaat aan een infectie?'

Eddy zag zijn vriend wegzakken in een poel van melancholie. Dat was slecht voor Tate persoonlijk en voor de campagne. Jack had zijn bezorgdheid over Tates houding uitgesproken. Nelson ook. Een van Eddy's taken was Tate op te peppen als dat nodig was.

'Hoe is het met Mandy?' vroeg hij met gespeelde opgewektheid. 'De vrijwilligers missen haar.'

'We hebben het spandoek met hun goede wensen vandaag in haar slaapkamer gehangen. Vergeet niet hen daarvoor te bedanken.'

'Iedereen wilde iets bijzonders doen ter ere van haar ontslag uit het ziekenhuis. Ik waarschuw je alvast dat ze morgen een teddybeer krijgt die groter is dan jij. Ze is de prinses van de verkiezing, weet je.'

Eddy werd beloond met een glimlachje. 'De artsen zeggen dat haar gebroken botten wel zullen genezen. De brandwonden zullen geen littekens nalaten. Ze zal kunnen tennissen, dansen... wat ze maar wil.'

Tate stond op en pakte nog twee biertjes. Toen hij weer rustig in zijn stoel zat zei hij: 'Fysiek zal ze wel genezen, maar emotioneel... Ik weet het niet.'

'Geef het kind een kans. Een volwassene zou het er al moeilijk mee hebben. Niet voor niets heeft de luchtvaartmaatschappij psychologen opgeleid om de overlevenden van een crash en gezinnen van verongelukte passagiers bij te staan.'

'Dat weet ik, maar Mandy was al zo verlegen. Nu lijkt ze helemaal in zichzelf gekeerd. O, ik krijg er wel een glimlachje uit als ik heel erg mijn best doe, maar ik geloof dat ze alleen zo reageert om mij een plezier te doen. Ik mis haar vitaliteit. Ze ligt daar maar in de verte te staren. Mam zegt dat ze huilt in haar slaap en krijsend wakker wordt uit nachtmerries.'

'Een vliegtuigongeluk meemaken is ook niet niks,' zei Eddy op redelijke toon. 'Haar emotionele verwondingen zullen niet in een paar dagen genezen, net als de fysieke wonden.'

'Dat weet ik wel. Het is alleen... Verdomme, Eddy, ik weet niet of ik wel kan zijn wat Carole en Mandy en de kiezers nodig hebben, allemaal tegelijk.'

Eddy's grootste vrees was dat Tate terug zou komen op zijn besluit om in de race te blijven. Toen Jack hem had verteld dat er in journalistieke kringen geruchten gingen dat Tate zich zou terugtrekken, had hij die kletsende verslaggevers wel willen opsporen en eigenhandig willen vermoorden. Gelukkig had Tate niets van de geruchten gehoord. Eddy moest zorgen dat de strijdlust van de kandidaat op peil bleef.

Hij leunde voorover en zei: 'Weet je nog dat je in ons tweede jaar meespeelde in het tennistoernooi van de studentenclub en won?'

Tate keek hem nietszeggend aan. 'Vaag.'

'Vaag,' spotte Eddy. 'Omdat je een vreselijke kater had. Je was dat hele toernooi vergeten en had de avond ervoor doorgebracht met bier drinken en het bespringen van een vierdejaars. Ik moest je uit haar bed sleuren, je onder een koude douche zetten en voor negen uur op het tennisveld zetten om ons diskwalificatie te besparen.'

Tate grinnikte vol zelfspot. 'Leidt dit verhaal ergens naartoe? Wil je me iets duidelijk maken?'

'Wat ik wil zeggen is,' zei Eddy, en hij schoof nog verder naar voren, tot hij helemaal op het randje van het bed hing, 'dat je het gehaald hebt, onder de zwaarst mogelijke omstandigheden, omdat je wist dat het moest. Jij was onze enige kans om dat toernooi te winnen, en dat wist je. Je won het voor ons, hoewel je een paar minuten daarvoor nog je gekneusde ballen stond te masseren en een paar liter bier stond uit te kotsen.'

'Dit is wel wat anders dan een tennistoernooi op de universiteit.'

'Maar jij,' zei Eddy en stak zijn wijsvinger in Tates richting, 'bent nog precies hetzelfde. Zolang ik je ken, heb je de situatie altijd nog aangekund. In die twee jaren die we samen op de Universiteit van Texas hebben doorgebracht, tijdens de pilotentraining, in Vietnam, toen je me uit die vervloekte jungle droeg... Wanneer ben je verdomme ooit niet de held geweest?'

'Ik wil geen held zijn. Ik wil gewoon een goede senator zijn voor het volk van Texas.'

'En dat zul je ook zijn.'

Eddy sloeg zich op de knieën alsof er een belangrijke beslissing genomen was, stond op en zette het lege bierblikje op de kast. Tate kwam ook overeind en zag toevallig zichzelf in de spiegel.

'Godsamme.' Hij wreef over de zware stoppels op zijn kaken. 'Wie zou daar nou op stemmen? Waarom heb je me niet gezegd dat ik er zo belabberd uitzie?'

'Ik had het lef niet.' Eddy sloeg hem zachtjes tussen de schouderbladen. 'Je hebt alleen wat rust nodig. En ik stel voor dat je je morgen uitgebreid scheert.'

'Ik ga al vroeg naar het ziekenhuis. Ze hebben me verteld dat Carole rond zes uur uit de herstelkamer naar een eigen kamer zal worden overgebracht. Ik wil erbij zijn.'

'Ga nu dan maar naar bed. Hou contact, morgen. We wachten op nieuws over Caroles toestand.'

'Hoe is het thuis?'

'Status-quo.'

'Jack zei dat je Fancy op het hoofdkwartier aan het werk hebt gezet.'

Eddy lachte en, wetend dat Tate hem het commentaar op zijn nichtje niet kwalijk zou nemen, voegde eraan toe: 'Overdag stopt ze enveloppen vol. God weet wie háár 's nachts volstopt.'

Francina Angela Rutledge reed met honderdtwintig kilometer per uur over het wildrooster in een auto van een jaar oud die al voor vijf jaar geleden had. Omdat ze niet graag een veiligheidsgordel droeg schoot ze bijna twintig centimeter uit haar stoel omhoog. Ze lachte toen ze weer neerkwam. Ze vond het heerlijk de wind in haar lange blonde haren te voelen, zelfs in de winter. Hard rijden, zonder zich ook maar iets aan te trekken van de verkeersregels, was slechts één van Fancy's hartstochten.

Een andere was Eddy Paschal.

Haar verlangen naar hem was nieuw en tot dusver onvervuld en onbeantwoord. Ze had alle vertrouwen van de wereld dat hij uiteindelijk wel voor haar zou vallen.

Intussen amuseerde ze zich met een werknemer van het Holiday Inn in Kerville. Ze had hem een paar weken geleden ontmoet in een chauffeurscafé, waar ze even naar binnen was gegaan na een late film, omdat het een van de weinige zaken in de stad was die na tien uur nog open waren – en hij lag op haar route naar huis.

Buck en Fancy hadden elkaar in het chauffeurscafé over de met oranje vinyl beklede zitjes zwoele blikken toegeworpen terwijl zij met een lang rietje een glas cola leegdronk. Buck verzwolg een ham-kaasburger. De manier waarop hij met zijn tanden aan het vettige broodje rukte wond haar op, precies zoals zijn bedoeling was. Fancy rekende snel af, verspilde dit keer geen tijd aan een praatje met de caissière en liep rechtstreeks naar haar buiten geparkeerde auto.

Tevreden glimlachend kroop ze achter het stuur. Nu was het nog slechts een kwestie van tijd. Door de grote ramen van het café zag ze hoe de jongen de laatste paar happen van zijn broodje in zijn mond propte en genoeg kleingeld neergooide om zijn rekening te betalen, waarna hij snel naar de deur liep.

Na het uitwisselen van hun namen en enkele toespelingen had Buck voorgesteld dat ze elkaar de volgende avond om dezelfde tijd weer zouden ontmoeten voor een etentje. Fancy had een nog beter idee: ontbijt in het motel.

Buck zei dat dat hem prima uitkwam omdat hij toegang had tot alle onbezette kamers van het Holiday Inn.

'Ik ben er om zeven uur precies,' zei ze met haar zwoele stem. 'Ik zorg voor de broodjes, jij voor de condooms.' Hoewel ze niet meer moraal had dan een straatkat, was ze te slim en zelfzuchtig om een ziekte te riskeren voor een robbertje in het hooi.

Buck had haar niet teleurgesteld. Wat hem ontbrak aan finesse, maakte hij goed door uithoudingsvermogen. Hij was zo geil en zo gretig dat ze net had gedaan alsof ze de pukkels op zijn billen niet zag. Al met al had hij een redelijk goed lichaam. Daarom had ze na die eerste ochtend nog zes keer met hem geslapen.

Buck was lief, hij was eerlijk. Hij was gretig. Hij zei vaak dat hij van haar hield. Hij kon er best mee door. Niemand was perfect.

Behalve Eddy.

Ze zuchtte terwijl ze de katoenen trui over haar blote borsten trok. Zeer tot de weerzin van haar grootmoeder Zee geloofde Fancy evenmin in de beperkingen van beha's als in die van veiligheidsgordels.

Eddy was knap. Hij was altijd perfect verzorgd en kleedde zich als een man, niet als een jongen. De plaatselijke dombo's, meestal boeren en landarbeiders, droegen cowboykleren. Jezus! Westernkleding was prima op de juiste plaats. Ze had zelf het mooiste pakje gedragen dat ze had kunnen vinden, in het jaar dat ze rodeokoningin was geweest. Maar wat haar betrof hoorde het alleen in de rodeo-arena thuis.

Eddy droeg donkere, driedelige kostuums met zijden hemden en Italiaanse leren schoenen. Hij rook altijd of hij net onder de douche vandaan kwam. De gedachte aan hem onder de douche maakte haar nat. Ze leefde voor de dag dat ze zijn naakte lichaam kon zien, het kussen, hem overal likken. Ze wist gewoon dat hij goed zou smaken.

Ze kronkelde van plezier bij de gedachte, maar haar uitdrukking van verheerlijking werd algauw vervangen door een frons. Eerst moest ze hem genezen van dat waanidee over hun leeftijdsverschil. Dan moest ze hem over het feit heen helpen dat ze het nichtje van zijn beste vriend was. Eddy had niet duidelijk gezegd dat hij daarom aarzelde, maar Fancy kon geen andere reden bedenken waarom hij de openlijke uitnodiging in haar ogen bij elke blik die ze op hem wierp zou afslaan.

De hele familie had zich rot gelachen toen ze zich had gemeld om op het campagnehoofdkwartier te helpen. Haar opa had haar zo stevig omhelsd dat ze nauwelijks nog adem kon halen. Haar oma had haar die damesachtige glimlach geschonken waaraan Fancy zo'n hekel had en met haar zachte, lauwe stem gezegd: 'Wat geweldig, liefje.' Papa had verbaasd stamelend zijn toestemming gegeven. Mama was zelfs lang genoeg nuchter geweest om haar te zeggen dat ze blij was dat ze voor de verandering eens iets nuttigs deed.

Fancy had gehoopt dat Eddy net zo enthousiast zou reageren, maar hij had alleen maar geamuseerd geleken. Het enige dat hij had gezegd was: 'We hebben alle hulp nodig die we krijgen kunnen. Kun je overigens typen?'

Val dood, had ze willen zeggen. Ze had het niet gedaan omdat haar ouders een hartstilstand gekregen zouden hebben en omdat Eddy waarschijnlijk wist dat ze dat juist graag wilde zeggen en ze hem niet de lol gunde haar woest te zien worden.

Dus had ze met gepast respect naar hem opgekeken en oprecht gezegd: 'Ik doe mijn best in alles wat ik onderneem, Eddy.'

De prima presterende Mustang convertible joeg eèn wolk stof de lucht in toen ze voor de deur van het ranchhuis tot stilstand kwam en de motor uitzette. Ze had gehoopt naar de vleugel die ze met haar ouders deelde te kunnen ontsnappen zonder iemand tegen te komen, maar helaas. Zodra ze de deur dichtdeed riep haar opa vanuit de woonkamer: 'Wie is daar?'

'Ik ben het, opa.'

Hij ving haar in de hal op. 'Dag, liefje.' Hij boog zich voorover om haar op de wang te kussen. Fancy wist dat hij heimelijk haar adem controleerde op alcohol. Ter voorbereiding daarop had ze op weg naar huis drie pepermuntjes gegeten om de geur van de goedkope wijn en de sterke weed te maskeren.

Tevredengesteld liet hij haar los. 'Waar ben je heen geweest?'

'Naar de film,' loog ze moeiteloos. 'Hoe is het met tante Carole? Is de operatie geslaagd?'

'De dokter zegt dat het prima is gegaan. Het is de eerste paar weken nog moeilijk te zeggen.'

'God, het is gewoon vreselijk wat er met haar gezicht is gebeurd.' Fancy vertrok haar eigen lieflijke gezicht in een gepaste frons. Als ze dat wilde kon ze er met haar lange wimpers en grote blauwe ogen werkelijk engelachtig uitzien. 'Ik hoop dat het allemaal weer goed komt.'

'Daar ben ik van overtuigd.'

Ze zag aan zijn glimlach dat hij ontroerd was door haar bezorgdheid. 'Nou, ik ben moe. De film was zo saai dat ik er bijna bij in slaap viel. Trusten, opa.' Ze ging op haar tenen staan om hem op zijn wang te kussen en kromp inwendig in elkaar. Hij zou haar er met de zweep van langs geven als hij wist wat haar lippen amper een uur geleden gedaan hadden.

Ze liep door de grote hal en linksaf een gang in. Door brede dubbele deuren aan het eind daarvan ging ze de vleugel van het huis binnen die ze met haar vader en moeder deelde. Ze had haar hand al op de klink van haar deur en wilde die net opendoen toen Jack zijn hoofd om de hoek van zijn slaapkamerdeur stak.

'Fancy?'

'Hallo, pap,' zei ze met een lieve glimlach.

'Hallo.'

Hij vroeg niet waar ze geweest was, omdat hij het eigenlijk niet wilde weten. Daarom vertelde ze het hem. 'Ik was bij een... vriend.' De korte stilte was opzettelijk, strategisch en werd beloond met een frons in haar vaders voorhoofd. 'Waar is mama?'

Hij keek over zijn schouder de kamer in. 'Ze slaapt.'

Zelfs van waar zij stond kon Fancy haar moeders luide gesnurk horen. Ze 'sliep' niet zomaar, ze sliep haar roes uit.

'Nou, welterusten,' zei Fancy terwijl ze haar slaapkamer in liep.

Hij wilde haar nog niet laten gaan. 'Hoe gaat het op het hoofdkwartier?'

'Prima.'

'Vind je het leuk werk?'
'Gaat wel. Iets om handen.'
'Je zou terug kunnen gaan naar de universiteit.'
'De universiteit kan de pot op.'
Hij kromp ineen, maar mopperde niet. Ze had geweten dat hij dat niet zou doen. 'Nou, slaap lekker, Fancy.'
'Slaap lekker,' antwoordde ze snel en ze duwde de deur stevig achter zich dicht.

7

'Ik zou morgen Mandy mee kunnen brengen.' Tate keek haar indringend aan. 'Nu de zwelling wat is afgenomen zal ze je wel herkennen.'

Avery staarde hem aan. Ze wist dat haar gezicht er nog steeds angstaanjagend uitzag, ook al glimlachte hij bemoedigend wanneer hij naar haar keek. Er was geen verband meer waarachter ze zich kon verbergen. Zoals Irish het zou zeggen, een buizerd zou er nog van gaan kotsen.

Toch had Tate in de week na de operatie nooit zijn blik van haar afgewend. Ze waardeerde dat in hem. Zodra haar handen een pen konden vasthouden zou ze hem een briefje schrijven en hem dat zeggen.

Het verband was enkele dagen geleden van haar handen verwijderd. Ze was geschokt geweest bij het zien van de rode, ruwe, haarloze huid. Haar nagels waren kort geknipt, waardoor haar handen er ook anders uitzagen, lelijk. Ze deed nu elke dag fysiotherapie om de kracht in haar handen terug te krijgen. Zodra ze een pen kon vastpakken en die zodanig onder controle houden dat ze ermee kon schrijven had ze Tate Rutledge heel wat te vertellen.

Ze was ook eindelijk van het beademingsapparaat af. Tot haar afgrijzen had ze volstrekt geen geluid kunnen maken.

De artsen hadden haar echter gezegd dat ze niet bang moest zijn; haar stem zou zich geleidelijk herstellen. Ze vertelden haar dat ze de eerste keer dat ze probeerde te praten zich waarschijnlijk niet verstaanbaar zou kunnen maken, maar dat dat normaal was, gezien de schade aan haar stembanden die door de rookinhalatie was veroorzaakt.

Afgezien daarvan was ze praktisch kaal, tandeloos en kreeg ze vloeibare voeding door een rietje.

'Wat denk je daarvan?' vroeg Tate. 'Denk je dat je een bezoek van Mandy aankunt?'

Hij glimlachte, maar Avery zag wel dat het niet van harte ging. Ze had medelijden met hem. Hij deed zo vreselijk zijn best opgewekt en optimistisch te zijn. Het eerste wat ze zich van na de operatie herinnerde waren zijn zachte, bemoedigende woorden. Hij had haar toen en sindsdien elke dag weer verteld dat de operatie fantastisch was verlopen. Dokter Sawyer en alle zusters op de afdeling wezen haar steeds maar weer op haar snelle vorderingen en goede instelling.

Wat voor instelling kon ze in haar situatie anders hebben? Ze was nog altijd een gevangene van haar ziekenhuisbed. Naar de hel met die goede instelling. Hoe wisten zij of ze inwendig niet razend was? Dat was ze niet, maar alleen omdat het toch geen zin had. Het was al te laat. Het gezicht van Avery Daniels was vervangen door dat van een ander. Die steeds terugkerende gedachte bracht hete tranen in haar ogen.

Tate begreep haar verkeerd. 'Ik beloof je dat ik Mandy niet te lang hier zal houden, maar ik geloof dat een bezoekje haar goed zou doen. Ze is nu thuis, weet je. Iedereen verwent haar, zelfs Fancy. Maar ze heeft het 's nachts nog steeds erg moeilijk. Misschien stelt het haar gerust als ze je ziet. Ik weet het ook niet. Ze zegt zo weinig.'

Bedroefd boog hij zijn hoofd en keek naar zijn handen. Avery staarde naar de kruin van zijn hoofd. Ze genoot ervan naar hem te kijken. Meer dan de begaafde chirurg of de capabele verpleging van het ziekenhuis was Tate Rutledge het middelpunt van haar kleine universum geworden.

Tate liet iedere dag verse bloemen in haar kamer zetten, als om elke kleine stap naar een volledig herstel te markeren. Hij kwam altijd glimlachend binnen. Hij liet nooit na haar een beetje te vleien.

Avery had medelijden met hem. Ook al probeerde hij het niet te laten merken, ze voelde dat zijn bezoeken aan deze kamer veel van hem vergden. Maar ze dacht dat ze dood zou gaan als hij niet meer zou komen.

Er hingen geen spiegels in haar kamer... niets wat een beeld zou kunnen weerspiegelen. Ze was ervan overtuigd dat dat met opzet was gedaan. Ze wilde weten hoe ze eruitzag. Was haar afschuwwekkende uiterlijk de oorzaak van de aversie die Tate trachtte te verbergen?

Zoals bij iedereen met fysieke belemmeringen waren haar zintuigen scherper geworden. Ze voelde snel en duidelijk aan wat mensen dachten en voelden. Tate was heel aardig en voorkomend tegen zijn 'vrouw'. Dat was niet meer dan fatsoenlijk. Er was echter een duidelijke afstand tussen hen die Avery niet begreep.

'Zal ik haar meebrengen of niet?'

Hij zat op de rand van haar bed, voorzichtig voor haar gebroken been, dat aan een katrol hing. Het moest koud zijn, bedacht ze, want hij droeg een suède jas over zijn shirt. Maar de zon scheen. Hij had zijn zonnebril op gehad toen hij binnenkwam. Hij had die afgezet en in zijn borstzakje gestoken. Zijn ogen waren grijs-groen, open, ontwapenend. Hij was een buitengewoon knappe man, dacht ze, met alle objectiviteit die ze kon opbrengen.

Hoe kon ze zijn verzoek weigeren? Hij was zo aardig voor haar geweest. Ook al was het kleine meisje niet haar dochter, als het Tate gelukkiger maakte zou ze voor deze ene keer doen alsof ze Mandy's moeder was.

Ze knikte, iets wat ze inmiddels weer kon doen.

'Goed.' Zijn plotseling stralende glimlach was oprecht. 'Ik heb het aan de hoofdzuster gevraagd en die zei dat je weer je gewone kleren kunt gaan dragen als je wilt. Ik heb de vrijheid genomen wat nachthemden en jurken in te pakken. Het is misschien beter voor Mandy als ze je in iets bekends ziet.'

Weer knikte Avery.

Haar aandacht werd getrokken door beweging bij de deur. Ze herkende de man en vrouw als Tates ouders: Nelson en Zinnia – of Zee, zoals iedereen haar noemde.

'Nee maar, kijk eens aan.' Nelson kwam als eerste de kamer in gelopen en ging aan het voeteneind van Avery's bed staan. 'Je ziet er prima uit, heel goed, nietwaar, Zee?'

Zees ogen keken in die van Avery. Ze antwoordde beleefd: 'Veel beter dan gisteren.'

'Misschien is die dokter zijn hoge honorarium dan toch waard,' merkte Nelson lachend op.

Avery hield niet van hun hartelijke complimenten terwijl ze wist dat ze er nog altijd uitzag als het slachtoffer van een vliegtuigongeluk.

Tate voelde kennelijk dat ze zich er niet prettig bij voelde, want hij veranderde van onderwerp. 'Ze heeft ermee ingestemd Mandy morgen hier te laten komen.'

Zee keerde haar hoofd naar dat van haar zoon. Ze sloeg haar handen voor haar middel in elkaar. 'Weet je zeker dat dat verstandig is, Tate? Voor Carole, zowel als voor Mandy?'

'Nee, dat weet ik niet zeker. Het is een gok.'

'Wat zegt Mandy's psychologe ervan?'

'Wie kan dat, verdomme, nou wat schelen?' vroeg Nelson kwaad. 'Hoe kan zo'n mens beter weten wat goed voor een kind is dan de vader van het kind?' Hij sloeg Tate op de schouder. 'Ik geloof dat je gelijk hebt. Ik denk dat het Mandy goed zal doen haar moeder te zien.'

'Ik hoop dat je gelijk hebt.'

Zee klonk niet overtuigd, merkte Avery. Ze deelde Zees bezorgdheid, maar kon die niet tot uiting brengen.

Zee liep de kamer rond en gaf de planten en bloemen water die Avery had gekregen, niet alleen van Tate, maar ook van mensen die ze niet eens kende. Omdat er geen woord was gesproken over Caroles familie nam ze aan dat ze die niet had.

Nelson en Tate praatten over de campagne, een onderwerp dat zelden uit hun gedachten leek te verdwijnen. Toen ze het over Eddy hadden, associeerde ze die naam in gedachten met een gladgeschoren gezicht en onberispelijke kleren. Hij was twee keer bij haar geweest, telkens samen met Tate. Hij leek een aardige kerel, zo'n beetje de cheerleader van de groep.

Tates broer heette Jack. Hij was ouder en veel nerveuzer dan Tate. Of misschien leek dat maar zo omdat hij gewoonlijk wanneer hij in deze kamer was, verontschuldigingen liep te stamelen omdat zijn vrouw en dochter niet meegekomen waren.

Avery had begrepen dat Dorothy Rae, Jacks vrouw, permanent uitgeschakeld was door een of andere ziekte, hoewel niemand iets over een slopende kwaal had gezegd. Fancy was kennelijk het zwarte schaap van de familie. Ze woonden allemaal samen op zo'n uur rijden van San Antonio. Ze herinnerde zich vaag iets over een ranch. De familie had blijkbaar geld en het prestige en de macht die daarbij hoorden.

Ze waren allemaal vrolijk en opgewekt wanneer ze met haar praatten. Ze kozen hun woorden met zorg om haar niet bang of van streek te maken, maar wat ze niet zeiden interesseerde haar veel meer dan wat ze wel zeiden. Ze glimlachten altijd aarzelend of geforceerd. Tates familieleden behandelden zijn vrouw met beleefdheid, maar er waren onderstromingen van aversie.

'Dit is een prachtige japon,' zei Zee, waarmee ze Avery's gedachten onderbrak. Ze was de spullen aan het uitpakken die Tate had meegebracht en hing ze in de smalle kast. 'Misschien moest je deze morgen maar dragen voor Mandy's bezoek.'

Avery knikte langzaam.

'Ben je bijna klaar, ma? Ik geloof dat ze moe wordt.' Tate kwam dichter naar het bed en keek haar diep in de ogen. 'Je krijgt een drukke dag morgen. We kunnen je maar beter wat laten rusten.'

'Maak je maar geen zorgen,' zei Nelson tegen haar. 'Je gaat prima vooruit, precies zoals we verwacht hadden. Kom, Zee, laat hen nog maar even alleen.'

'Tot ziens, Carole,' zei Zee.

Ze glipten naar buiten. Tate kwam weer op de rand van haar bed zitten. Hij zag er moe uit. Ze wilde dat ze de moed had hem aan te raken, maar durfde het niet. Hij had haar altijd alleen maar aangeraakt om haar gerust te stellen... beslist niet uit genegenheid.

'We komen halverwege de middag, na Mandy's dutje.' Even keek hij haar vragend aan; ze knikte. 'Je kunt ons rond drie uur verwachten. Ik denk dat Mandy en ik maar het beste alleen kunnen komen... zonder iemand anders erbij.'

Hij wendde zijn hoofd af en zei met een zucht: 'Ik heb geen idee hoe ze zal reageren, Carole, maar hou rekening met wat ze allemaal heeft doorstaan. Ik weet dat jij ook heel wat hebt meegemaakt – verdomd veel zelfs – maar jij bent volwassen. Jij kunt zoiets veel beter aan dan zij.'

Hij keek haar weer in de ogen. 'Ze is nog maar een klein kind. Denk daaraan.' Daarna rechtte hij zijn rug en glimlachte even. 'Maar, hé, ik weet zeker dat het goed zal gaan.' Hij stond op om te gaan. 'Ik wens je een rustige avond en een goede nacht. Tot morgen.'

Zijn vingertoppen streelden heel even de hare ten afscheid, maar hij kuste haar niet. Hij kuste haar nooit. Er was niet veel plaats om haar te kussen, maar Avery meende dat een man altijd wel een manier kon vinden om zijn vrouw te kussen als hij dat echt wilde.

Ze keek naar zijn rug tot die door de deur van haar kamer verdween. Eenzaamheid kroop van alle kanten op haar toe. Nadenken was de enige manier om de eenzaamheid te bestrijden. De uren dat ze wakker was, bracht ze door met bedenken hoe ze Tate Rutledge het hartverscheurende nieuws zou meedelen dat ze niet degene was voor wie hij haar aanzag. Zijn Carole lag ongetwijfeld in een graf met de naam Avery Daniels erop. Hoe moest ze hem dat vertellen?

Hoe kon ze hem vertellen dat iemand in zijn nabijheid hem dood wilde hebben?

Minstens duizend keer had ze zichzelf de afgelopen week ervan trachten te overtuigen dat haar spookachtige bezoeker een nachtmerrie was geweest.

Maar ze wist wel beter. Hij was echt geweest. Zijn woorden klonken haar nog steeds heel duidelijk in de oren. De sinistere toon en stembuiging stonden onuitwisbaar in haar geheugen gegrift. Hij had gemeend wat hij zei. Daar bestond geen enkele twijfel over.

Het moest iemand van de familie Rutledge zijn, want alleen naaste familie werd op de afdeling Intensive Care toegelaten. Maar wie? Niemand leek Tate iets slechts toe te wensen; integendeel, iedereen scheen dol op hem te zijn.

Ze ging hen een voor een na. Zijn vader? Ondenkbaar; het was duidelijk dat beide ouders dol op hem waren. Jack? Die leek zijn jongere broer te koesteren. Hoewel Eddy geen bloedverwant was, werd hij behandeld als een lid van de familie, en de kameraadschap tussen Tate en zijn beste vriend was duidelijk. Ze moest Dorothy Rae en Fancy nog horen praten, maar was er vrij zeker van dat de stem die ze had gehoord een mannenstem was. De man was geen vreemde geweest voor Carole; hij had tegen haar gesproken zoals vertrouwelingen en samenzweerders doen.

Realiseerde Tate zich dat zijn vrouw in een complot zat om hem te laten vermoorden? Vermoedde hij dat ze hem kwaad wilde doen? Schonk hij haar daarom troost en bemoedigende woorden van achter een onzichtbare barrière? Avery wist dat hij haar gaf wat van hem verwacht werd, maar meer niet.

Hemel, ze wilde dat ze tegenover Irish kon gaan zitten en alle componenten van dit vraagstuk aan hem kon voorleggen, zoals ze zo vaak deed voor ze aan een ingewikkeld verhaal begon. Irish bezat een bijna bovennatuurlijk inzicht in menselijk gedrag en ze waardeerde zijn mening meer dan die van wie dan ook.

Alle gedachten over de Rutledges hadden Avery een razende hoofdpijn bezorgd, dus verwelkomde ze het verdovende middel dat die avond in haar infuus werd gespoten om haar beter te helpen slapen. In tegenstelling tot de altijd helder verlichte intensive care bleef hier 's nachts alleen een klein nachtlampje branden.

Zwevend tussen slaap en bewusteloosheid stond Avery zichzelf toe zich af te vragen wat er zou gebeuren als ze voor onbepaalde tijd de rol van Carole Rutledge zou overnemen. Tate zou dan voorlopig nog geen weduwnaar worden. Mandy zou de steun van een moeder hebben tijdens haar emotionele herstel. Avery Daniels zou wellicht een poging tot moord kunnen voorkomen en als een heldin worden beschouwd.

Ze lachte inwendig. Irish zou beslist denken dat ze gek geworden was. Hij zou waarschijnlijk dreigen haar over de knie te leggen alleen al omdat ze zoiets belachelijks dacht.

Toch was het een verleidelijk idee. Wat een verhaal zou dat zijn als alles achter de rug was... politiek, menselijke relaties en intrige. De fantasie suste haar in slaap.

8

Ze was nerveuzer dan voor haar eerste televisie-auditie bij dat kleine tv-station in Arkansas acht jaar geleden. Met klamme handen en een droge keel had ze tot aan haar enkels in de modder en het vuil gestaan, de microfoon in haar bloedeloze vingers, terwijl ze zich door een onderwerp heen blufte over een parasiet waar de varkenshouders op dat moment last van hadden. Achteraf had de nieuwsredacteur haar vrolijk onder de neus gewreven dat niet de boeren maar de varkens last hadden van de ziekte. Maar hij had haar wel aangenomen als verslaggeefster.

Ook dit was een auditie. Zou Mandy zien wat niemand anders had gezien... dat de vrouw achter het gekneusde gezicht niet Carole Rutledge was?

De hele dag door, terwijl de aardige, praatgrage zuster haar waste en aankleedde en de fysiotherapeut haar oefeningen met haar doornam, had zich een brandende vraag aan haar opgedrongen: wilde ze dat de waarheid bekend werd?

Ze was niet tot een duidelijk antwoord gekomen. Voorlopig maakte het niets uit voor wie ze haar aanzagen. Ze kon het lot niet wijzigen. Zij leefde en Carole Rutledge was dood.

Ze had, met haar uiterst beperkte middelen, wanhopig geprobeerd iedereen op de vergissing opmerkzaam te maken, maar zonder succes. Zolang ze nog geen schrijfblok en pen kon hanteren om te communiceren, moest ze Carole blijven. Terwijl ze die rol speelde kon ze wat onderzoek doen en Tate Rutledge zijn vriendelijkheid terugbetalen. Als hij geloofde dat het Mandy goed zou doen haar 'moeder' te zien, zou Avery zich daar voorlopig bij neerleggen. Zelf dacht ze dat het kind beter meteen kon weten dat haar moeder dood was, maar zij was niet in een positie om haar dat te vertellen. Hopelijk zou haar verschijning het kind niet zo veel schrik aanjagen dat ze een terugval kreeg.

De verpleegster verschoof de sjaal die haar hoofd bedekte. 'Zo. Helemaal niet slecht,' zei ze, haar werk keurend. 'Over een paar weken zal die knappe man van u zijn ogen niet meer van u af kunnen houden. U weet natuurlijk dat alle vrijgezelle verpleegsters, en een paar van de getrouwde,' voegde ze er droogjes aan toe, 'dolverliefd op hem zijn.'

Ze liep om het bed heen, trok de lakens recht en schikte de bloemen, waarbij ze de exemplaren die hun beste tijd hadden gehad ertussenuit pikte.

'U vindt het toch niet erg, hè?' vroeg ze. 'U bent vast wel gewend dat andere vrouwen naar hem lonken.' Ze klopte Avery op de schouder.

'Dokter Sawyer verricht wonderen. Wacht maar af. Jullie worden het knapste stel van heel Washington.'

'U vindt het allemaal wel erg vanzelfsprekend, nietwaar?'

Avery's hart maakte een sprongetje toen ze Tates stem hoorde. Ze keek naar de deur en zag hem staan. Terwijl hij verder de kamer in kwam lopen, zei hij tegen de verpleegster: 'Ik ben ervan overtuigd dat dokter Sawyer wonderen verricht, maar weet u zeker dat ik de verkiezing zal winnen?'

'Mijn stem hebt u.'

Zijn lach was diep en gul en heel plezierig. 'Goed. Ik heb alle stemmen nodig die ik krijgen kan.'

'Waar is de kleine meid?'

'Ik heb haar bij de zusters achtergelaten. Over een paar minuten haal ik haar.'

De verpleegster glimlachte naar Avery en knipoogde. 'Succes.'

Zodra ze alleen waren, kwam Tate naast haar staan. 'Hallo. Je ziet er leuk uit.' Hij slaakte een diepe zucht. 'Nou, ze is hier. Ik weet niet zeker hoe het zal gaan. Wees niet teleurgesteld als...'

Hij brak zijn zin af toen zijn ogen over haar borsten dwaalden. Ze vulden het lijfje van Caroles nachthemd niet helemaal. Avery zag de verbazing op zijn gezicht en haar hart begon te bonken.

'Carole?' zei hij warm.

Hij wist het!

'Mijn god!'

Hoe kon ze het uitleggen?

'Je bent zo veel afgevallen,' fluisterde hij. Voorzichtig drukte hij zijn hand tegen de zijkant van haar borst.

'Ik bedoel niet dat je er... slecht uitziet, maar anders. Het is natuurlijk niet vreemd dat je zo veel gewicht verloren hebt.' Ze keken elkaar even in de ogen, toen trok hij zijn hand terug. 'Ik ga Mandy halen.'

Avery haalde diep adem om haar zenuwen tot rust te brengen. Tot nu toe had ze zich niet gerealiseerd hoe zenuwslopend het voor hen beiden zou zijn om de waarheid te ontdekken. Evenmin had ze beseft hoe het met haar gevoelens voor hem gesteld was; zijn aanraking had haar volkomen week gemaakt.

Maar ze moest haar emoties onder controle houden. Ze bereidde zich voor op wat er te gebeuren stond en sloot zelfs haar ogen, bang voor het afgrijzen dat ze op het gezicht van het meisje zou lezen wanneer ze voor het eerst naar haar mismaakte 'moeder' keek. Ze hoorde hen de kamer binnenkomen. 'Carole?'

Langzaam deed Avery haar ogen open. Tate hield Mandy tegen zijn borst. Ze was gekleed in een wit schortje met een marineblauw jurkje eronder. Ze droeg een witte maillot en blauwe leren schoentjes. Haar linkerarm zat in het gips.

Ze had donker, glanzend haar. Het was heel dik en zwaar, maar niet zo lang als Avery het zich herinnerde. Alsof hij haar gedachten las, legde Tate uit: 'We hebben haar haar moeten knippen omdat het verschroeid was.' Het was tot op de kaaklijn afgeknipt. Ze had een rechte pony boven grote, ronde, ernstige bruine ogen, waarin een berustende blik lag.

Ze was een heel mooi kind, maar onnatuurlijk kalm. In plaats van afkeer, angst of nieuwsgierigheid, wat normale reacties zouden zijn geweest, gaf ze geen enkele reactie.

'Geef mama het cadeautje dat je voor haar hebt meegebracht,' zei Tate.

Met haar rechterknuistje kneep ze de stengels van een boeketje madeliefjes fijn. Bedremmeld hield ze ze Avery voor. Omdat Avery ze niet kon beetpakken, legde Tate ze voorzichtig op haar borst.

'Ik zet jou even hier op het bed terwijl ik een vaas voor de bloemetjes ga zoeken.' Tate zette Mandy op het bed, maar toen hij weg wilde lopen, klampte ze zich aan de revers van zijn jasje vast.

'Oké,' zei hij, 'dan niet.' Hij schonk Avery een wrange glimlach en ging bij Mandy op de rand van het bed zitten.

'Ze heeft dit vandaag voor je gekleurd,' zei hij over Mandy's hoofd heen tegen Avery. Hij haalde een opgevouwen vel papier uit zijn borstzak en schudde het open. 'Vertel eens wat het is, Mandy.'

De veelkleurige krassen leken nergens op, maar Mandy fluisterde: 'Paarden.'

'Opa's paarden,' zei Tate. 'Hij is gisteren met haar gaan rijden, en ze heeft deze tekening vanochtend gemaakt terwijl ik aan het werk was.'

Avery gebaarde dat Tate de tekening voor haar omhoog moest houden. Ze keek er lange tijd naar en toen legde Tate het kunstwerk bij de bloemetjes op haar borst.

'Ik geloof dat mama je tekening mooi vindt.' Tate bleef Avery met die vreemde blik aankijken.

Het kind was al niet meer in haar kunstwerk geïnteresseerd. Ze wees naar de spalk op Avery's neus. 'Is dat?'

'Dat hoort bij het verband waarover oma en ik je hebben verteld, weet je nog?' Tegen Avery zei hij: 'Ik dacht dat het er vandaag af zou gaan.'

Ze hief haar hand op, met de palm omhoog.

'Morgen?' vroeg hij.

Ze knikte.

'Waar is het voor?' vroeg Mandy, nog altijd geïntrigeerd.

'Het is zoiets als het gips aan je arm. Het beschermt mama's gezicht tot het is genezen.'

Mandy luisterde naar zijn uitleg en draaide haar ernstige gezichtje toen weer naar Avery. 'Mama huilt.'

'Ik denk dat het komt omdat ze zo blij is je te zien.'

Avery knikte, sloot haar ogen en hield ze enkele seconden dicht. Ze was blij het kind te zien, dat gemakkelijk een vreselijke dood had kunnen sterven. Het ongeluk had emotionele littekens nagelaten, maar Mandy had het overleefd en zou het uiteindelijk weer te boven komen.

Avery werd bovendien overspoeld door schuldgevoel en verdriet omdat ze niet was wie zij dachten dat ze was.

In een van de plotselinge, onverwachte bewegingen die alleen een kind kan maken, stak Mandy haar hand uit om Avery's gekneusde wang aan te raken. Tate greep haar hand net beet voor ze Avery aanraakte. Toen bedacht hij zich en leidde het handje omlaag.

'Je mag het heel voorzichtig aanraken. Doe mama geen pijn.' Tranen welden op in de ogen van het kind. 'Mama heeft pijn.' Haar onderlip begon te trillen en ze boog zich naar Avery.

Avery kon Mandy's verdriet niet aanzien. Toegevend aan een spontaan moedergevoel stak ze haar gehavende hand uit en trok heel voorzichtig Mandy's hoofdje naar haar borst. Mandy krulde haar lijfje gewillig tegen Avery's zij aan.

Na enkele ogenblikken hield ze op met huilen, kwam overeind en verkondigde: 'Ik heb niet met mijn melk geknoeid, mama.'

Avery's hart smolt bijna. Ze wilde het kind wel in haar armen nemen en stevig vasthouden. Ze wilde haar wel zeggen dat geknoeide melk niet belangrijk was, omdat ze allebei een ramp hadden overleefd. In plaats daarvan zag ze Tate opstaan en Mandy weer in zijn armen nemen.

'We zullen het de eerste keer maar niet te lang maken,' zei hij. 'Geef mama een kushandje, Mandy.' Dat deed ze niet. Ze sloeg schuchter haar armpjes rond zijn hals en drukte haar gezicht in zijn kraag. 'Een andere keer dan maar,' zei hij met een verontschuldigend schouderophalen tegen Avery. 'Ik kom zo terug.'

Een paar minuten later kwam hij alleen terug. 'Ik heb haar bij de zusters achtergelaten. Ze hebben haar een beker ijs gegeven.'

Hij ging op de rand van het bed zitten en staarde naar zijn handen. 'Nu het zo goed ging, kan ik haar misschien later in de week nog eens meebrengen. Ik dacht tenminste dat het goed ging. Jij niet?' Hij keek over zijn schouder naar haar. Ze knikte.

Zijn aandacht ging weer naar zijn handen. 'Ik weet niet zeker wat Mandy ervan vond. Het is moeilijk te zeggen wat ze denkt. We lijken maar niet tot haar door te kunnen dringen, Carole.' De wanhopige klank in zijn stem deed Avery pijn. Hij plantte zijn ellebogen op zijn knieën en liet zijn hoofd in zijn handpalmen zakken. 'Ik heb van alles geprobeerd, maar niets werkt. Ik weet niet wat ik verder nog kan doen.'

Avery hief haar arm op en streelde de haren bij zijn slaap.

Hij draaide zijn hoofd met een ruk om en stootte daarbij tegen haar hand. Ze trok die zo snel terug dat er een pijnscheut door haar arm ging. Ze kreunde.

'Het spijt me,' zei hij en sprong meteen van het bed. 'Alles in orde? Moet ik iemand roepen?'

Ze schudde afwijzend haar hoofd en keek hem onzeker aan. Ze voelde zich meer dan ooit naakt. Ze wilde dat ze haar lelijkheid voor hem kon verbergen.

Toen hij ervan overtuigd was dat ze geen pijn meer had, zei hij: 'Maak je geen zorgen om Mandy. Ik weet zeker dat het te zijner tijd wel weer in orde komt met haar. Ik had er niet over moeten beginnen. De campagne komt nu echt op gang en... Laat maar. Dat zijn mijn zorgen, niet de jouwe. Ik moet nu gaan. Ik weet dat ons bezoek je vermoeid heeft. Dag, Carole.'

Deze keer raakte hij niet eens haar vingertoppen aan ten afscheid.

9

'Vervelen we je, Tate?'

Tate keek zijn campagneleider schuldig aan. 'Sorry.'

Hij erkende dat Eddy het volste recht had zich te ergeren, schraapte zijn keel en ging wat rechter in de gemakkelijke leren stoel zitten. Hij legde het potlood weg waarmee hij gedachteloos had zitten spelen.

Ze zaten de campagnestrategie voor de laatste paar weken voorafgaand aan de voorverkiezing te bespreken.

'Waar ben je precies afgedwaald?'

'Ergens tussen El Paso en Sweetwater,' antwoordde Tate. 'Luister, Eddy, weet je zeker dat die tocht door West-Texas noodzakelijk is?'

'Absoluut noodzakelijk,' begon Jack, voordat Eddy iets kon zeggen. 'Gezien de huidige prijzen van ruwe olie in Texas kunnen ze daar wel wat opbeurende woorden gebruiken.'

'Ik zeg gewoon hoe het ervoor staat. Je weet wat ik denk van valse hoop en loze beloften.'

'We hebben alle begrip voor je positie, Tate,' zei Nelson. 'Maar senator Dekker is ten dele verantwoordelijk voor de huidige problemen van de oliehandel. Hij stemde vóór die handelsovereenkomst met de Arabieren. Daar moeten we die werkloze oliehoorders even aan herinneren.'

Tate stond op, stak zijn handen in de zakken van zijn spijkerbroek en ging voor het raam staan.

Het was een prachtige dag, nog vroeg in de lente, maar de judasbomen en narcissen bloeiden al. Het gras werd langzaam groen.

'Je bent het niet met Nelsons opmerking eens?' vroeg Eddy.

'O, zeker wel,' antwoordde Tate, die met zijn rug naar hen toe bleef staan, 'maar hier ben ik ook nodig.'

'Bij Carole.'

'Ja. En bij Mandy.'

'Ik dacht dat haar psychiater zei dat het een kwestie van tijd was en dat Mandy na Caroles thuiskomst vanzelf beter zou worden,' zei Jack.

'Dat heeft ze gezegd, ja.'

'Dus, of je nu hier bent of niet, dat zal voor Mandy maar heel weinig uitmaken. En Carole is in goede handen.'

'Ik kan bij haar zijn,' zei Tate ongeduldig. Hij voelde zich in de verdediging gedrukt en draaide zich naar hen om.

'En dan? Naast haar bed staan en naar die twee grote, bloeddoorlopen ogen kijken?' zei Jack. 'Jezus, ik krijg er de rillingen van.'

Tates gezicht vertrok van woede om die ongevoelige opmerking.

'Hou je kop, Jack,' beet Nelson hem toe.

Tate zei heel beslist: 'Naar haar kijken mag dan inderdaad het enige zijn wat ik voor haar kan doen, Jack, maar het is mijn táák dat te doen. Dat heb ik toch weken geleden al uitgelegd?'

Eddy slaakte een diepe zucht. 'Ik dacht dat we het er allemaal over eens waren dat Carole in die privékliniek beter af was dan thuis.'

'Dat is ook zo.'

'Ze wordt er behandeld als een koningin, nog beter dan in het ziekenhuis,' merkte Jack op. 'Ze gaat er met de dag beter uitzien. Zodra haar ogen niet rood meer zijn en haar haar wat langer is, zal ze er geweldig uitzien. Dus, wat is het probleem?'

'Het probleem is dat ze nog steeds herstellende is van een trauma en ernstige lichamelijke verwondingen,' zei Tate nijdig.

'Niemand zegt dat dat niet zo is,' zei Nelson. 'Maar je moet iedere kans grijpen om campagne te voeren, Tate.'

'Denk je dat ik dat niet weet?' vroeg hij hun alle drie.

'Natuurlijk weet je het wel,' zei Eddy. 'En Carole ook.'

'Misschien. Maar het gaat minder goed met haar wanneer ik weg ben. Dokter Sawyer vertelde me dat ze dan heel depressief wordt.'

'Hoe kan hij verdomme weten of ze depressief is of zich inwendig rot lacht? Ze kan verdomme nog steeds geen...'

'Jack!' Nelson sprak op de toon die hij in zijn militaire carrière zo vaak had gebruikt om verwaande vliegers met beide benen terug op de grond te planten. Op en top de luchtmachtkolonel in ruste keek hij zijn oudste zoon woest aan.

'Een beetje consideratie met de problemen van je broer, alsjeblieft.'

Uit respect voor zijn vader zweeg Jack, maar hij zakte duidelijk geïrriteerd terug in zijn stoel.

'Carole zou de eerste zijn om te zeggen dat je deze tocht moet maken,' zei Nelson veel zachter tegen Tate. 'Ik zou dat niet zeggen als ik het niet echt geloofde.'

'Ik ben het met Nelson eens,' zei Eddy.

'En ik ben het met jullie allebei eens. Voor het ongeluk zou ze zelf ook haar koffers hebben gepakt, maar wanneer ik haar nu zeg dat ik wegga zie ik paniek in haar ogen. Dat vind ik vreselijk. Ze is er nog zo erbarmelijk aan toe. Ik voel me schuldig. Voordat ik voor langere tijd wegga, moet ik in overweging nemen wat voor effect dat op haar zal hebben.'

Hij maakte zwijgend de inventaris van hun reacties op. Bij ieder las hij op hun gezicht een onuitgesproken commentaar, maar uit consideratie met hem hielden ze dat voor zich.

Hij slaakte een diepe zucht. 'Shit. Ik ga even naar buiten.'

Nog geen vijf minuten later galoppeerde hij over een van de weiden van de ranch en joeg de loom grazende koeien uiteen. Hij had geen bepaalde bestemming in gedachten, maar volgde alleen zijn behoefte aan privacy en rust in de openlucht.

Hij was tegenwoordig zelden alleen, maar had zich nog nooit in zijn leven zo eenzaam gevoeld. Zijn vader, Eddy en Jack konden hem adviseren in politieke kwesties, maar persoonlijke beslissingen bleven persoonlijk. Die moest hij zelf nemen.

Hij bleef maar denken aan de manier waarop Carole hem had aangeraakt. Hij vroeg zich af wat het betekende.

In de twee weken sinds het was gebeurd had hij het onophoudelijk overdacht en geanalyseerd en hij kon het nog niet uit zijn gedachten zetten. Door zijn verbaasde reactie had het niet langer geduurd dan een halve seconde... een vluchtige streling van haar vingertoppen over het haar boven zijn slaap. Maar in zijn ogen was het de belangrijkste liefkozing die hij en Carole ooit hadden gedeeld... belangrijker dan hun eerste kus, dan de eerste keer dat ze de liefde bedreven... dan de laatste keer dat ze de liefde bedreven.

Hij hield het paard in en steeg af naast een stroompje dat van de heuvels neerklaterde. Hier en daar stonden dwergeiken, ceders en mesquitebomen op de rotsachtige bodem. De wind was krachtig, uit het noorden. Tate kreeg er tranen van in zijn ogen. Hij was zonder jas weggegaan, maar de zon was warm.

Die aanraking had hem intens verrast, omdat het zo volkomen onkarakteristiek was voor Carole. Ze had altijd heel vakkundig gebruikgemaakt van aanrakingen om te laten merken wanneer ze naar hem verlangde. Of ze dat nu plagerig, subtiel of heel uitdagend deed, ze wist haar verlangens precies tot uiting te brengen.

Deze aanraking was anders geweest, en hij had het verschil gevoeld. Het was een streling geweest uit bezorgdheid en medeleven; ongedwongen, voortgekomen uit een ongekunsteld hart, niet uit een berekenende geest. Onzelfzuchtig.

Heel onkarakteristiek.

Hij keek om toen hij een paard hoorde naderen. Nelson hield in en steeg af met bijna even grote heftigheid als Tate een paar minuten tevoren. 'Ik ben ook maar een ritje gaan maken. Het is er goed weer voor.' Hij legde zijn hoofd in zijn nek en keek naar de wolkeloze, azuurblauwe hemel.

'Lulkoek. Je komt me adviseren en steunen.'

Nelson grinnikte en gaf met een knikje aan dat ze beter op een van de gebleekte rotsblokken konden gaan zitten. 'Zee zag je wegrijden. Ze meende dat het tijd was de bespreking te onderbreken. Ze serveerde de anderen boterhammen en stuurde mij achter jou aan. Ze zei dat je van streek leek.'

'Ben ik ook.'

'Nou, zet het dan van je af,' beval Nelson.

'Zo gemakkelijk is dat niet.'

'We wisten vanaf het begin dat deze campagne moeilijk zou zijn, Tate. Wat had je dan verwacht?'

'Het gaat niet om de campagne. Daar ben ik klaar voor,' zei hij vastberaden.

'Dan is het die toestand met Carole. Je wist dat dat evenmin een feest zou worden.'

Tate draaide zijn hoofd naar hem toe en vroeg openlijk: 'Heb je de veranderingen in haar opgemerkt?'

'De dokter had je gewaarschuwd dat er kleine veranderingen in haar uiterlijk zouden zijn, maar die zijn nauwelijks zichtbaar.'

'Geen lichamelijke veranderingen. Ik bedoel de manier waarop ze soms reageert.'

'Dat kan ik niet zeggen. Geef eens een voorbeeld.'

Tate noemde diverse voorvallen waarbij hij onzekerheid en angst in Caroles ogen had gezien.

Nelson luisterde goed en dacht een poosje na voor hij reageerde. 'Ik zou zeggen dat haar angst natuurlijk is, jij niet? Haar gezicht lag bijna volkomen in puin. Dat zou iedere vrouw onzeker maken, maar een vrouw die eruitzag als Carole...'

'Je zult wel gelijk hebben,' mompelde Tate, 'maar ik zou eerder woede van haar verwachten dan angst.' Afwezig vertelde hij over Mandy's eerste bezoek aan Carole. 'Ik heb haar nog drie keer meegenomen, en bij elk bezoek huilt Carole en houdt ze Mandy tegen zich aan.'

'Ze bedenkt hoe gemakkelijk ze haar had kunnen verliezen.'

'Het is meer dan dat, pap. Op een keer, toen ze nog in het ziekenhuis lag, stapten we uit de lift en zat zij in een rolstoel in de hal op onze komst te wachten. Het was nog voor haar gebit werd hersteld. Haar hoofd was omwikkeld met een sjaal. Haar been zat in het gips.' Hij schudde perplex zijn hoofd. 'Ze zag er vreselijk uit, maar daar was ze, zo brutaal als de beul. Dat is toch helemaal niets voor Carole.'

'Ze verlangde ernaar je te zien, te pronken met het feit dat ze uit bed mocht.'

Tate dacht daar even over na, maar was nog steeds niet tevreden. Wanneer had Carole ooit moeite gedaan iemand anders een plezier te doen? 'Jij denkt dus dat het allemaal gespeeld is?'

'Nee,' zei Nelson aarzelend. 'Ik denk alleen dat het...'

'Tijdelijk is.'

'Juist,' zei hij botweg. 'Ik zie de dingen onder ogen, Tate. Dat weet je. Ik wil me niet met jullie leven bemoeien. Zee en ik willen graag dat jij en Jack met jullie gezinnen op de ranch blijven. En daarom hebben we ons voorgenomen ons niet in jullie privékwesties te mengen.'

Hij zweeg een ogenblik. 'Misschien had ik er eerder iets van moeten zeggen, maar ik had gehoopt dat jij het initiatief zou nemen om je huwelijk weer in goede banen te leiden. Ik weet dat jij en Carole de afgelopen jaren min of meer uit elkaar zijn gegroeid.' Hij hief zijn handen op. 'Je hoeft me niet te vertellen waarom. Dat hoef ik niet te weten. Ik zeg je alleen dat ik het gemerkt heb, oké?

Verdorie, ieder huwelijk heeft zo zijn slechte periodes. Misschien kan deze tragedie jullie weer nader tot elkaar brengen. Maar verwacht niet dat Carole volkomen zal veranderen door wat haar is overkomen.'

Tate redigeerde zijn vaders toespraak, pikte er de belangrijkste punten uit en las tussen de regels door. 'Je zegt me dat ik iets zoek wat er niet is. Heb ik gelijk?'

'Ik zeg dat het mogelijk is,' benadrukte de oudere man. 'Als iemand de dood recht in het gezicht gekeken heeft, maakt hij gewoonlijk een periode door waarin alles hem rozengeur en maneschijn lijkt. Ik heb het meegemaakt bij piloten die hun vliegtuig verloren en de crash overleefden.

Weet je, ze zien alles wat ze hadden kunnen kwijtraken in een oogwenk aan zich voorbijgaan, voelen zich schuldig omdat ze hun geliefden niet waardeerden en beloven beterschap, beloven een beter mens te worden... dat soort dingen.' Hij legde zijn hand op Tates knie. 'Ik denk dat het dat is wat jij in Carole ziet. Ik wil niet dat je de hoop krijgt dat ze door dit incident al haar negatieve eigenschappen is kwijtgeraakt en het toonbeeld zal worden van wat een vrouw hoort te zijn. Dokter Sawyer heeft beloofd enkele van de onvolkomenheden aan haar gezicht weg te werken, maar hij heeft nooit iets over haar ziel gezegd,' voegde hij er met een glimlach aan toe.

'Ik neem aan dat je gelijk hebt,' zei Tate nors. 'Ik wéét dat je gelijk hebt. Dat is precies wat ik doe, zoeken naar verbeteringen die er niet werkelijk zijn.'

Nelson gebruikte Tates schouder als steuntje bij het opstaan. 'Maak het jezelf of haar niet te moeilijk. Tijd en geduld zijn belangrijke investeringen. Iets wat je heel graag wilt hebben is de moeite waard om op te wachten, hoe lang het ook duurt... al is het een leven lang.'

Ze stegen op en keerden de paarden in de richting van het huis. Op de terugweg spraken ze nauwelijks. Toen ze voor de stal inhielden, leunde Tate op zijn zadelknop en wendde zich naar zijn vader. 'Wat die reis door West-Texas betreft...'

'Ja?' Nelson zwaaide zijn rechterbeen over het paard en steeg af. 'Ik heb een compromis. Eén week. Langer kan ik niet wegblijven.' Nelson sloeg met de teugels op Tates dijbeen en gaf ze toen aan hem over. 'Ik dacht wel dat je bij zou draaien. Ik zal het tegen Eddy en Jack zeggen.' Hij liep in de richting van het huis.

'Pap?' Nelson bleef staan en draaide zich om. 'Bedankt,' zei Tate.

Nelson wuifde het bedankje weg. 'Zorg goed voor de paarden.'

Tate reed zijn paard de stal binnen en trok dat van Nelson achter zich aan. Hij steeg af en begon het paard droog te wrijven. Maar al na enkele minuten liet hij zijn handen op de rug van het paard vallen en staarde in de verte.

Hij had haar medeleven en tederheid nodig gehad, die avond. Hij wilde geloven in de motieven achter haar aanraking. Omwille van hun huwelijk en Mandy had hij gehoopt dat de veranderingen in haar permanent waren.

Alleen de tijd kon het leren, maar zijn vader zou wel gelijk hebben. Hij wilde geloven dat Carole veranderd was, terwijl ze er altijd al blijk van had gegeven dat ze onbetrouwbaar en grillig was. Hij kon haar niet het voordeel van de twijfel geven. 'Verdomme.'

10

'Daarna gaat hij voor een toespraak naar Texas Tech.' Terwijl Jack zijn schoonzus inlichtte over Tates reisroute keek Avery vanaf haar bed naar de beide broers. Er was voldoende gelijkenis om ze in dezelfde familie te plaatsen, maar voldoende verschil om hen tot twee heel verschillende mensen te maken.

Jack leek meer dan drie jaar ouder dan Tate. Zijn haar, dat diverse tinten donkerder was dan dat van Tate, werd bovenop al dun. Hij had niet echt een buikje, maar zag er minder atletisch uit dan Tate.

Van hen beiden was Tate de knapste. Hoewel er niets aan Jacks verschijning mankeerde, had hij ook niets wat hem echt van anderen onderscheidde. In tegenstelling tot Tate zou hij in een wat grotere menigte niet opvallen.

'Vergeef ons dat we hem zo lang bij je weghalen, Carole.' Ze merkte dat Jack haar nooit recht aankeek wanneer hij tegen haar sprak. Hij keek altijd naar een ander deel van haar lichaam dan haar gezicht... haar borst, haar handen, het gips om haar been. 'We zouden het niet doen als we niet dachten dat het belangrijk was voor de campagne.'

Haar vingers sloten zich om het dikke potlood in haar hand en ze krabbelde 'oké' op het schrijfblok. Jack hield zijn hoofd schuin, las wat ze geschreven had, schonk haar een zwak glimlachje en knikte kort. Er waren onplezierige onderstromen tussen Jack en zijn schoonzus Carole geweest. Avery vroeg zich af wat er aan de hand was.

'Tate vertelde dat je vandaag een paar woorden hebt kunnen zeggen,' zei hij. 'Dat is geweldig nieuws. We willen allemaal graag horen wat je te zeggen hebt wanneer je weer kunt praten.'

Avery wist wel dat Tate niet blij zou zijn te horen wat ze te zeggen had. Hij zou willen weten waarom ze haar naam niet had opgeschreven, waarom ze hem in de veronderstelling had gelaten dat ze zijn vrouw was toen ze weer voldoende coördinatie in haar hand had om het potlood en het schrijfblok te hanteren.

Dat wilde ze zelf ook weten.

Het dilemma bracht tranen in haar ogen.

Jack stond meteen op en liep in de richting van de deur. 'Nou, het wordt al laat en het is nog ver naar huis. Het beste, Carole. Kom je, Tate?'

'Nog niet, maar ik loop wel even met je mee naar de hal.' Hij volgde zijn broer de kamer uit.

'Ik denk dat ik haar van streek heb gemaakt door over je reis te praten,' zei Jack.

'Ze is de laatste dagen wat gespannen.'

'Je zou toch denken dat ze blij zou zijn dat ze haar stem terugkrijgt, jij niet?'

'Ik neem aan dat het frustrerend is als je duidelijk probeert te spreken en dat niet lukt.' Tate liep naar de deuren van getint glas van de exclusieve kliniek en trok er een open.

'Zeg, Tate, is jou niets vreemds opgevallen wanneer ze schrijft?'

'Vreemd?'

Hij deed een stap opzij om een paar verpleegsters binnen te laten, gevolgd door een man met een bloemstuk van koperkleurige chrysanten. Jack liep naar buiten, maar hield met zijn ene hand de deur nog even open.

'Carole is toch rechts, nietwaar?'

'Ja.'

'Waarom schrijft ze dan met haar linkerhand?' Jack haalde zijn schouders op zodra hij de vraag had gesteld. 'Dat vind ik raar.' Hij liet zijn hand langs zijn lichaam vallen en de hydraulische deur ging dicht. 'Ik zie je thuis wel, Tate.'

'Rij voorzichtig.'

Tate bleef zijn broer nastaren tot er iemand anders aan kwam lopen en hem vragend aankeek. Hij draaide zich op zijn hakken om en liep peinzend terug naar Caroles kamer.

Toen Tate weg was, bedacht Avery hoezeer hij was veranderd. Ze voelde al meer dan een week een verandering in zijn houding. Hij kwam nog altijd regelmatig op bezoek, maar niet meer elke dag. Ze had dat geaccepteerd omdat zijn campagne nu in volle gang was.

Hij bracht nog altijd bloemen en tijdschriften mee wanneer hij kwam, en af en toe zorgde hij voor iets te eten ter afwisseling van de uitstekende maar saaie keuken van de kliniek. Hij had zelfs een videorecorder laten installeren met een hele hoop films erbij om haar afleiding te bieden. Maar hij was vaak teruggetrokken en slecht gehumeurd, terughoudend in wat hij tegen haar zei. En hij bleef nooit erg lang.

Mandy had hij ook niet meer meegebracht. Ze had Mandy's naam op het schrijfblok geschreven met een vraagteken erachter en het voor hem opgehouden. Hij had zijn schouders opgehaald. 'Ik had de indruk dat de bezoeken haar misschien meer kwaad dan goed deden. Je kunt nog tijd genoeg met haar doorbrengen wanneer je weer thuis bent.'

Die ongevoelige woorden hadden haar pijn gedaan. Mandy's bezoekjes waren hoogtepunten in haar eentonige bestaan geworden. Anderzijds was het zo waarschijnlijk beter. Ze raakte veel te veel aan het meisje gehecht en kon dus maar beter de emotionele banden nu al wat losser maken.

De relatie met Tate was ingewikkelder en zou veel moeilijker te verbreken zijn.

Ze zou in elk geval iets mee terugnemen: de ingrediënten van een sappig verhaal rond de kandidaat voor de Amerikaanse Senaat. Avery's journalistieke nieuwsgierigheid had het zwaar te verduren.

Wat was er mis geweest in het huwelijk van de Rutledges? Waarom had Carole haar man dood willen zien? Ze wilde proberen de waarheid te ontdekken. Wellicht kon dat haar eerherstel in haar professionele leven opleveren. Toch kreeg ze een vieze smaak in haar mond bij de gedachte die waarheid openbaar te maken.

De problemen van Tate Rutledge waren ook háár problemen geworden. Ze had er niet om gevraagd; ze waren haar opgedrongen. Maar ze kon ze niet zomaar de rug toekeren. Om de een of andere onduidelijke reden voelde ze zich gedwongen Caroles tekortkomingen goed te maken.

De ene keer dat ze troostend haar hand naar hem had uitgestrekt, had hij haar meteen afgewezen, maar de strijd tussen Tate en Carole ging verder dan gewone huwelijksproblemen; er zat een andere, bijna boosaardige dimensie aan. Ze werd door hem behandeld als een wild dier in een kooi. Hij voorzag in al haar behoeften, maar van een veilige afstand, en hij leek argwanend, alsof ze niet te vertrouwen was.

Avery wist dat Tates argwaan jegens zijn vrouw gegrond was. Carole had, samen met nog iemand, plannen gemaakt om hem te doden.

Tates terugkeer verdreef haar sombere gedachten. Haar glimlach vervaagde echter al snel toen hij fronsend haar stoel naderde.

'Waarom schrijf je met je linkerhand?'

Avery verstarde. Dit was dus het moment van de waarheid. Ze had gehoopt het tijdstip zelf te kunnen kiezen, maar het werd voor haar gekozen. Wat was het stom geweest om zo'n blunder te maken! De kans dat Carole Rutledge linkshandig was, was tamelijk klein.

God, help me, bad ze terwijl ze met haar linkerhand naar het potlood zocht. Zodra ze haar identiteit had onthuld, moest ze hem waarschuwen voor de moordplannen. De enige tijdsindicatie was dat hij nooit senator zou worden. De aanslag kon morgen plaatsvinden, vannacht, of pas in november, maar hij moest meteen gewaarschuwd worden.

Wie van zijn familie moest ze beschuldigen? Ze had haar identiteit niet eerder onthuld, omdat ze niet voldoende feiten had. Tevergeefs had ze elke dag opnieuw gehoopt die feiten te ontdekken.

Zou hij haar geloven, op basis van het enige wat ze wist?

Waarom zou hij?

Waarom zou hij zelfs maar luisteren naar een vrouw die zichzelf nu al bijna twee maanden liet doorgaan voor zijn echtgenote? Hij zou denken dat ze een gewetenloze opportuniste was, wat onplezierig dicht bij de waarheid zou kunnen komen als ze niet zo oprecht bezorgd was geweest om zijn en Mandy's welzijn.

Het potlood bewoog moeizaam over het papier. Ze schreef de letter p, maar haar hand beefde zo dat ze het potlood liet vallen; het kwam klem te zitten tussen haar heup en de zitting van de stoel.

Tate pakte het. Hij legde het potlood terug in haar hand en leidde die terug naar het schrijfblok. 'P wat?'

Ze keek hem smekend aan, in stilte om vergeving vragend. Toen maakte ze het woord af dat ze was begonnen. Toen ze klaar was, draaide ze het schrijfblok voor hem om.

'Pijn,' las hij. 'Doet het pijn om je rechterhand te gebruiken?'

Avery knikte, overspoeld door schuldgevoel. 'Doet pijn,' kraste ze en ze hief haar rechterhand op, waarvan de huid nog steeds erg gevoelig was.

Hij lachte zacht. 'Jack snapte er niks van. Ik begrijp niet dat het me zelf niet was opgevallen. Ik had waarschijnlijk te veel aan mijn hoofd om op de details te letten.'

Hij drukte zijn handen in zijn zij en rekte zich uit. 'Nou, ik heb de rit naar huis nog voor de boeg en het wordt al laat. Ik heb begrepen dat je gips er morgen af gaat. Dat is fijn. Dan kun je je wat gemakkelijker verplaatsen.'

Avery's ogen vulden zich met tranen. Deze man, die zo goed voor haar was geweest, zou haar haten als hij de waarheid ontdekte. Tijdens de lange weken van haar herstel was hij ongewild en onbewust haar reddingslijn, haar reden om te leven geworden.

Nu moest ze hem zijn goedheid terugbetalen met drie vreselijke waarheden: zijn vrouw was dood; op haar plaats zat een televisieverslaggeefster die was binnengedrongen in zijn persoonlijke leven; en iemand zou proberen hem te vermoorden.

In plaats van zijn medelijden op te wekken, brachten haar tranen hem tot ergernis. Hij keek geïrriteerd de andere kant op en zag toen de stapel kranten op de lage vensterbank liggen. Ze had erom gevraagd bij de staf. Het waren oude nummers, met artikelen over het vliegtuigongeluk. Tate wees ernaar.

'Ik begrijp je tranen niet, Carole. Je ziet er weer geweldig uit. Je had dood kunnen gaan, verdorie. En Mandy ook. Kun je niet gewoon blij zijn dat je nog leeft?'

Na die uitbarsting sloeg hij zijn ogen op, haalde diep adem en bedwong zijn woede door zijn wilskracht. 'Luister, het spijt me. Het was niet de bedoeling zo tegen je uit te vallen. Het had alleen nog heel wat erger kunnen zijn. Voor ons allemaal.'

Hij pakte het jack dat hij vaak bij zijn spijkerbroek droeg en trok het aan. 'Ik zie je nog wel.'

Avery staarde lange tijd naar de lege deuropening. Een verpleegster kwam haar helpen zich op de nacht voor te bereiden. Ze had krukken gekregen voor haar gebroken been, maar was er nog vrij onhandig mee. Ze deden pijn aan haar handen. Tegen de tijd dat ze in bed lag was ze uitgeput.

Haar geest was even vermoeid als haar lichaam, en toch kon ze niet slapen. Ze probeerde zich Tates gezichtsuitdrukking voor te stellen wanneer hij de waarheid te horen kreeg. Zijn leven zou opnieuw overhoop gehaald worden, en dat terwijl hij nu buitengewoon kwetsbaar was.

Avery werd plotseling getroffen door een angstaanjagende gedachte. Als ze werd ontmaskerd, werd ook zij een prooi voor degene die Tate wilde vermoorden!

Waarom had ze daar niet eerder aan gedacht? Wanneer Avery Daniels, televisieverslaggeefster, werd ontmaskerd, zou de samenzweerder zijn grove fout inzien en gedwongen worden daar iets aan te doen. Te oordelen naar de vastberadenheid die ze in zijn stem had gehoord zou hij niet aarzelen hen allebei om het leven te brengen. Haar hartslag bonkte tegen haar trommelvliezen.

Shit, wat kon ze doen? Hoe kon ze zichzelf beschermen? Hoe kon ze Tate beschermen? Als ze nou maar echt Carole was kon ze...

Zelfs voor het idee zich volledig had gevormd, kwam haar verstand al met tegenwerpingen aandragen, zowel morele als praktische. Het zou niet lukken. Tate zou het merken. De moordenaar zou het merken.

Maar als ze de rol lang genoeg kon blijven spelen om te bepalen wie Tates geheimzinnige vijand was, bestond er een kans dat ze zijn leven kon redden.

Toch was het onvoorstelbaar om in het leven van een andere vrouw te stappen. Hoe zat het dan met haar eigen leven? Officieel bestond Avery Daniels niet meer. Niemand zou haar missen. Ze had geen echtgenoot, geen kinderen, geen familie.

Haar carrière was verpest. Door een enkele vergissing – een grove beoordelingsfout – stond ze bij iedereen als mislukkeling te boek.

Werken bij KTEX in San Antonio was als een veroordeling tot jarenlange dwangarbeid. Hoewel het televisiestation een heel goede reputatie had voor zijn bereik, en hoewel ze Irish haar leven lang dankbaar zou blijven dat hij haar een baan had aangeboden toen niemand anders haar zelfs maar een interview wilde laten afnemen, stond het werk daar gelijk aan een verbanning naar Siberië. Ze raakte vervreemd van journalistieke kringen die werkelijk meetelden. KTEX was heel ver verwijderd van een baan bij een omroep in Washington D.C.

Maar nu was haar een sensationeel verhaal in de schoot geworpen. Als zij mevrouw Tate Rutledge werd, kon ze een verkiezingscampagne en een moordpoging verslaan vanuit het gezichtspunt van een insider. Ze zou het verhaal niet zomaar vertellen, ze zou het beléven.

Was er een betere manier om zichzelf weer naar de bovenste regionen van de nieuwswereld te lanceren? Ze kende genoeg verslaggevers die hun rechterarm zouden geven voor zo'n kans.

Ze glimlachte wrang. Haar rechterarm hadden ze niet van haar gevraagd, maar ze had er haar gezicht, haar naam en haar eigen identiteit voor opgegeven. En wanneer de waarheid eindelijk bekend werd, kon niemand haar van uitbuiting beschuldigen. Ze had niet om deze kans gevraagd; hij was haar opgedrongen. Ze zou ook Tate niet uitbuiten. Meer nog dan haar eigen geloofwaardigheid herstellen, wilde ze zijn leven redden, dat haar zeer dierbaar was geworden.

De risico's waren buitengewoon groot, maar ze kon geen enkele grote verslaggever opnoemen die niet zijn nek had uitgestoken om te bereiken wat hij had bereikt. Haar vader had elke dag risico's genomen bij de uitoefening van zijn vak. Zijn moed had hem de Pulitzerprijs opgeleverd.

Ze realiseerde zich echter heel sterk dat het een rationele, zakelijke beslissing moest zijn. Ze zou de rol van Tates vrouw overnemen met alles wat de relatie inhield. Ze zou bij zijn familie wonen, voortdurend in de gaten worden gehouden door mensen die Carole heel goed kenden.

De omvang van het idee intimideerde haar, maar het bezat ook een onweerstaanbare aantrekkingskracht. De consequenties konden ernstig zijn, maar de beloning leek elke prijs waard.

Ze zou duizenden fouten maken, zoals met de verkeerde hand schrijven. Maar ze was altijd een snelle denker geweest. Ze zou zich er wel uit weten te praten.

Was het mogelijk? Was zij ertoe in staat? Durfde ze het te proberen?

Ze gooide de dekens van zich af, pakte haar krukken en hobbelde naar de badkamer. Onder het wrede, felle licht staarde ze naar het gezicht in de spiegel en vergeleek het met de foto van Carole die ter bemoediging aan de muur was gehangen.

De huid zag er nieuw uit, roze en zacht als babybilletjes, precies zoals dokter Sawyer had beloofd. Ze haalde haar handen door haar korte, donkere haren. Als je niet heel scherp keek waren er geen littekens te zien. Mettertijd zouden ze helemaal verdwijnen.

Ze stond zichzelf geen droefheid toe, ook al voelde ze in haar hart spijt en heimwee naar haar eigen vertrouwde gelaatstrekken. Dit was haar noodlot. Ze had een nieuw gezicht. Het kon haar paspoort naar een nieuw leven zijn.

Morgen zou ze de identiteit van Carole Rutledge aannemen.

Avery Daniels had niets meer te verliezen.

11

De verpleegster bekeek haar met tevredenheid. 'U heeft prachtig haar, mevrouw Rutledge.'

'Dank je,' zei Avery treurig. 'Wat ervan over is.'

In de zeven dagen dat Tate nu weg was, had ze haar stem teruggekregen. Hij kon elk moment arriveren en ze was zenuwachtig.

'Nee,' zei de verpleegster, 'dat bedoel ik nou juist. Niet iedereen kan zijn haar zo kort dragen. Maar u staat het fantastisch.'

Avery keek in de spiegel, plukte aan de piekjes op haar voorhoofd en zei weifelend: 'Ik hoop het.'

Ze zat in een stoel met haar rechterbeen op een voetenbankje. Er stond een wandelstok tegen de stoel. Ze hield haar handen gevouwen in haar schoot.

'Hij is er,' fluisterde een van de zusters om de hoek van de deur. De verpleegster die bij Avery was, kneep haar zachtjes in de schouder. 'U ziet er geweldig uit. Hij zal sprakeloos zijn.'

Hij was niet echt sprakeloos, maar wel zeer verrast. Ze zag zijn ogen groter worden toen hij haar in de stoel zag zitten met gewone kleren aan – Caroles kleren – die Zee een paar dagen geleden had meegebracht.

'Hallo, Tate.'

Toen hij haar stem hoorde, was hij nog verraster.

Haar hart sloeg een slag over. *Hij wist het!*

Had ze weer een blunder gemaakt? Had Carole een koosnaampje waarmee ze hem altijd aansprak? Ze hield haar adem in en wachtte tot hij beschuldigend zijn vinger zou opheffen en roepen: 'Jij vuile bedriegster!'

In plaats daarvan schraapte hij zijn keel en beantwoordde haar groet.

'Hallo, Carole.'

Hij kwam verder de kamer in en legde afwezig een bos bloemen en een pakje op het nachtkastje. 'Je ziet er geweldig uit.'

'Dank je.'

'Je kunt praten,' zei hij met een verlegen lachje.

'Ja. Eindelijk.'

'Je stem klinkt anders.'

'Daar waren we voor gewaarschuwd, weet je nog?' zei ze snel.

'Ja, maar ik verwachtte niet dat...' Hij gebaarde met zijn vingers naar zijn keel. 'Dat hese.'

'Misschien gaat dat nog weg.'

'Ik vind het mooi.'

Hij kon zijn ogen niet van haar afhouden. Als alles tussen hen was geweest zoals het zou moeten zijn, zou hij nu voor haar knielen, haar nieuwe gezicht betasten als een blinde en haar liefdevol kussen. Tot haar teleurstelling bleef hij zorgvuldig op afstand.

Zoals gewoonlijk droeg hij een spijkerbroek die was gestreken en geperst, maar oud en soepel genoeg om als een handschoen rond zijn billen en benen te passen. Avery wilde niet in de val van haar eigen vrouwelijke nieuwsgierigheid lopen en hield haar blik bewust boven de revers van zijn jasje gericht. Ook daar was het uitzicht heel goed. Haar blik was bijna even indringend als de zijne.

Nerveus bracht ze haar hand naar haar borst. 'Je staart.'

Zijn hoofd zakte voorover, maar hij keek meteen weer op. 'Het spijt me. Ik denk dat ik nooit echt had verwacht dat je weer helemaal jezelf zou worden. En dat is wel zo... afgezien van je haar.'

Ze huiverde van blijdschap omdat haar list was geslaagd.

'Heb je het koud?'

'Wat? Koud? Nee.' Ze zocht snel naar iets om hem af te leiden. 'Wat is dat?'

Hij volgde haar blik naar het pakje dat hij had meegebracht. 'O, dat zijn je sieraden.'

'Sieraden?' Haar luchtbel van geluk spatte uiteen. Ze slikte moeizaam.

'Die je droeg op de dag van het ongeluk. Het ziekenhuis belde vandaag het kantoor om me eraan te herinneren dat ze nog steeds hier in de safe lagen.' Hij gaf haar de envelop.

Avery staarde ernaar alsof het een giftige slang was en wilde hem niet aanraken. Maar omdat ze niet anders kon, nam ze hem toch van Tate aan.

'Ik heb niet de tijd genomen de inhoud te controleren,' zei hij, 'misschien moest je dat nu maar even doen.'

Ze legde de envelop op haar schoot. 'Dat komt later wel.'

'Ik dacht dat je je spullen wel terug zou willen hebben.'

'Dat is ook zo. Het is alleen nog niet echt prettig om sieraden te dragen.' Ze vormde een vuist en opende hem toen langzaam, waarbij ze haar vingers strekte. 'Mijn handen zijn weer bijna normaal, maar doen nog wel zeer. Ik denk dat ik moeite zou hebben mijn ringen aan en af te doen.'

'Dat zou een eerste vereiste zijn, nietwaar? Voor je trouwring, in elk geval.'

Ze schrok van zijn harde woorden. Als Carole haar trouwring had afgedaan voor onwettige doeleinden, zoals hij suggereerde, kon ze het onderwerp beter vermijden... voorlopig.

Tate ging op de rand van het bed zitten. De vijandige stilte duurde voort. Avery was de eerste die hem doorbrak. 'Ging de reis zo goed als je had gehoopt?'

'Ja, het ging prima. Dodelijk vermoeiend.'

'Ik heb je bijna elke avond op de televisie gezien. Alle politieke analisten voorspellen dat je de voorverkiezing royaal zult winnen.'

'Ik hoop het.'

Ze vervielen weer in stilzwijgen terwijl ze allebei hun best deden niet naar de ander te staren.

'Hoe is het met Mandy?'

Hij haalde zijn schouders op. 'Prima.'

Avery trok een frons in haar voorhoofd.

'Goed dan, niet prima.' Hij stond weer op en begon langs het bed heen en weer te lopen. 'Ma zegt dat ze nog steeds nachtmerries heeft. Ze wordt bijna elke nacht schreeuwend wakker, soms zelfs tijdens haar middagdutje. Ze loopt door het huis als een geest.' Hij stak zijn handen uit alsof hij iets wilde pakken en sloot ze toen om de leegte. 'Niet echt aanwezig, begrijp je? Niemand kan tot haar doordringen... ik niet, de psychologe niet.'

'Ik had Zee gevraagd haar mee te brengen. Ze zei dat jij dat liever niet had.'

'Dat klopt.'

'Waarom?'

'Het leek me geen goed idee haar mee hierheen te nemen als ik er niet bij was.'

'Ik mis haar. Als ik thuis ben zal het wel beter met haar gaan.' Zijn twijfel was duidelijk zichtbaar. 'Misschien.'

'Vraagt ze ooit naar me?'

'Nee.'

Avery sloeg haar ogen neer. 'Ik begrijp het.'

'Wat had je dan verwacht, Carole? Je krijgt alleen maar terug wat je geeft.'

Even botsten hun blikken met elkaar, toen bracht ze haar hand naar haar voorhoofd. Tranen vulden haar ogen. Ze huilde om het kind dat te weinig liefde van haar moeder had gekregen. Arme kleine Mandy. Avery wist wat het was om de aandacht van een ouder te moeten missen.

'O, verdomme,' zei Tate ademloos. Hij liep de kamer door en legde zachtjes zijn hand op haar hoofd. Zijn vingers gingen door haar korte haren heen tot hij zachtjes haar hoofd masseerde. 'Het spijt me. Ik wilde je niet aan het huilen maken. Mandy wordt wel weer beter... veel beter.' Even later zei hij: 'Misschien moest ik maar gaan.'

'Nee!' Haar hoofd kwam met een ruk omhoog. Er stonden nog steeds tranen in haar ogen. 'Ik zou graag willen dat je bleef.'

'Het is tijd.'

'Blijf alsjeblieft nog even.'

'Ik ben moe en kribbig van de reis... geen goed gezelschap.'

'Dat vind ik niet erg.'

Hij schudde zijn hoofd.

Dapper verborg ze haar grote teleurstelling. 'Dan loop ik met je mee.' Ze reikte naar haar stok en steunde daarop bij het opstaan. Maar haar door de zenuwen wat zweterige hand gleed van de knop af en ze verloor haar evenwicht.

'Jezus, kijk uit.'

Tate sloeg zijn armen om haar heen. De envelop viel van haar schoot, maar dat merkten ze geen van beiden.

Avery klampte zich aan hem vast toen hij haar naar het bed leidde. Ze klemde haar vingers om de stof van zijn jasje, snoof zijn geur op... Het was een frisse buitenlucht, vaag maar mannelijk, met een spoortje van citrusvruchten. Voor haar was het als een wonderbaarlijk medicijn.

Toen erkende ze wat ze niet had willen erkennen in de lange, vreselijke dagen van zijn afwezigheid. Ze wilde mevrouw Rutledge worden om dicht bij Tate te kunnen zijn. Vandaar de neerslachtigheid die ze had gevoeld toen hij weg was en de grote vreugde die ze had ervaren toen hij haar kamer binnenkwam.

Hij zette haar voorzichtig op de rand van het bed en raakte zachtjes de dij van haar gebroken been aan. 'Dat was een meervoudige breuk. Het bot is nog niet zo sterk als je graag zou willen.'

'Ik denk het.'

'We hadden gelijk met ons besluit je tot na de voorverkiezing hier te laten blijven. Al die drukte zou te veel voor je zijn geweest.'

'Misschien.'

Toen Zee haar had verteld dat ze die beslissing hadden genomen zonder haar iets te vragen of te vertellen, had ze zich heel verlaten gevoeld.

'Ik kan niet wachten tot ik naar huis mag, Tate.'

Hun hoofden waren dicht bij elkaar. Ze kon haar nieuwe gezicht zien in de pupillen van zijn ogen. Zijn adem streelde over haar gezicht. Ze wilde dat hij haar vasthield. Ze wilde hem vasthouden.

Raak me aan, Tate. Hou me vast. Kus me, zou ze willen zeggen. Enkele seconden lang leek hij daarover na te denken, toen wendde hij zich van haar af.

'Ik ga nu,' zei hij botweg, 'dan kun jij rusten.'

Ze pakte zijn hand en hield die zo stevig beet als ze kon. 'Dank je.'

'Waarvoor?'

'Voor... voor de bloemen en... omdat je me weer in bed hebt geholpen.'

'Geen dank,' zei hij stuurs en hij trok zijn hand los.

Ze klonk gekweld. 'Waarom wijs je steeds mijn dank af?'

'Doe niet zo idioot, Carole,' fluisterde hij geërgerd. 'Jouw dank betekent niets voor mij en je weet heus wel waarom.' Hij zei haar kortaf gedag en vertrok.

Avery was in elkaar gekrompen. Maar wat kon ze verwachten van een man die kennelijk niet erg veel om zijn vrouw gaf?

Hij had in elk geval haar leugen niet doorzien. Vanuit professioneel standpunt zat ze nog stevig in het zadel.

Ze liep terug naar de stoel en raapte de envelop op, wurmde de splitpen eruit, opende de flap en nam de inhoud in haar hand. Haar horloge tikte niet meer: het glas was gebroken. Ze miste een gouden oorbel, maar dat was geen groot verlies. Het belangrijkste voorwerp was er niet. Waar was haar medaillon?

Toen herinnerde ze het zich weer. Ze had haar medaillon niet om tijdens het ongeluk. Carole Rutledge had het.

Avery zakte voorover tegen de stoel aan, treurend om het verlies van dat dierbare sieraad, maar vermande zich meteen weer. Ze moest nu iets doen.

Enkele minuten later keek een zuster aan de receptie op van het toetsenbord van haar computer. 'Goedenavond, mevrouw Rutledge. Hebt u genoten van het bezoek van uw man?'

'Heel erg, dank u.' Ze gaf de verpleegster de envelop. 'Ik wil u om een gunst vragen. Zou u dit voor me willen versturen?'

De verpleegster las het adres dat Avery had opgeschreven.

'Natuurlijk, met plezier,' zei ze. 'Het gaat met de ochtendpost weg.'

'Ik heb liever dat u er tegen niemand iets over zegt. Mijn man beschuldigt me er toch al van dat ik te sentimenteel ben.'

'Goed, hoor.'

Avery gaf haar een paar bankbiljetten van de royale toelage die Tate haar voor zijn vertrek had gegeven. 'Dat is wel genoeg om de porto te betalen, denk ik. Dank u.'

Daarmee maakte ze zich weer verder los van Avery Daniels.

Ze liep terug naar de kamer van mevrouw Carole Rutledge.

12

Op z'n sokken liep Irish McCabe naar de koelkast voor nog een biertje. Hij trok het blikje open en keek ondertussen of er nog wat te eten in de koelkast stond, maar vond niets wat beter was dan honger en besloot het zonder eten te doen en het maar bij bier te houden.

Op weg terug naar de huiskamer pakte hij de stapel post op die hij bij zijn thuiskomst op de tafel had gelegd. Terwijl hij met een half oog naar de televisie keek, sorteerde hij de post, verfrommelde reclamefolders en legde de rekeningen opzij.

'Hmm.' Een verbaasde frons trok zijn bruingrijze wenkbrauwen naar elkaar toe toen hij de bruine envelop beetpakte. Op de achterkant stond geen adres, maar hij droeg een plaatselijk poststempel. Hij maakte de splitpen los en stak zijn wijsvinger onder de flap. Hij hield de envelop ondersteboven en liet de inhoud op zijn schoot vallen.

Hij hapte naar adem en kromp ineen alsof er iets smerigs op zijn broek terecht was gekomen. Hij staarde naar de beschadigde sieraden terwijl zijn longen naar lucht snakten en zijn hart tekeerging in zijn borst.

Het duurde wel een poosje voor hij voldoende gekalmeerd was om het kapotte polshorloge aan te raken. Hij had het onmiddellijk als dat van Avery herkend. Hij pakte het duizelig op en bestudeerde de gouden oorbel die hij voor het laatst aan Avery's oor had gezien.

Hij sprong overeind en haastte zich de kamer door naar een bureau dat hij zelden gebruikte, behalve om van alles in te bewaren. Hij trok de lade open en haalde er de envelop uit die hij in het lijkenhuis had gekregen toen hij Avery's lichaam had geïdentificeerd. 'Haar spullen,' had de assistent van de lijkschouwer verontschuldigend gezegd.

Hij herinnerde zich dat hij het medaillon in de envelop had laten vallen zonder er zelfs maar in te kijken.

Het enige wat Irish waardevol genoeg gevonden had om het te willen houden, was het medaillon dat haar lichaam had geïdentificeerd. Haar vader had het haar gegeven toen ze nog maar klein was en Irish had haar nooit zonder dat medaillon gezien.

Hij opende nu de envelop die al die tijd in zijn bureau had gelegen en schudde de inhoud op het rommelige bureaublad. Behalve Avery's medaillon waren er een paar diamanten oorringen, een gouden polshorloge, twee gouden armbanden en drie ringen, waarvan er twee trouwringen leken te zijn. De derde ring bevatte diverse saffieren en diamanten. De hele verzameling was heel wat meer waard dan Avery's sieraden, maar voor Irish McCabe betekenden ze helemaal niets.

De stukken behoorden kennelijk toe aan een van de andere slachtoffers, misschien waren ze van een van de overlevenden. Treurde iemand om het verlies? Of werden de sieraden niet eens gemist?

Hij zou dat moeten nagaan en ze dan aan de rechtmatige eigenaar terug laten bezorgen. Nu kon hij alleen maar aan Avery's sieraden denken: het horloge en de oorbel die vandaag in zijn postbus waren gelegd. Wie had ze gestuurd? En waarom nu? Waar waren ze al die tijd geweest?

Hij bestudeerde de envelop, op zoek naar aanwijzingen over de afzender. Die waren er niet. Hij zag er niet uit alsof hij van een gemeentelijk bureau kwam. De blokletters waren beverig en ongelijk, bijna kinderlijk.

'Wie, in godsnaam?' vroeg hij zijn lege appartement.

De pijn van het verdriet om Avery had onderhand wat minder moeten zijn, maar dat was niet zo. Hij liet zich zwaar in zijn gemakkelijke stoel vallen en keek met waterige ogen naar het medaillon. Hij wreef het tussen zijn duim en vinger als een talisman die haar op wonderlijke wijze tevoorschijn kon toveren.

Later zou hij proberen het mysterie op te lossen rond de verwisseling van de sieraden. Maar nu wilde hij zijn verdriet koesteren.

'Ik zie niet in waarom niet.'

'Ik heb je gezegd waarom niet.'

Fancy trok een pruillip. 'Je zou me gemakkelijk mee kunnen nemen als je dat echt wilde.'

Eddy Paschal keek haar vanuit zijn ooghoeken aan. 'Dan is mijn antwoord dus duidelijk.'

Hij deed het licht in het campagnehoofdkwartier uit. Het gebouw stond in een winkelcentrum en was vroeger een dierenwinkel geweest. De huur was laag. Het had een centrale locatie, gemakkelijk toegankelijk vanuit de hele stad.

'Waarom doe je zo gemeen tegen me, Eddy?' jammerde Fancy terwijl hij de deur afsloot.

'Waarom ben jij zo lastig?'

Samen liepen ze over het parkeerterrein naar zijn auto, een Ford sedan, die ze foeilelijk vond. Hij opende het portier aan de passagierskant voor haar. Bij het instappen streek ze met haar lichaam langs het zijne.

Toen hij omliep naar de bestuurderskant viel het haar op dat zijn haar pas geknipt was. De kapper had er veel te veel af gehaald. Boven aan haar lijstje van wat ze aan hem wilde veranderen stond zijn auto. Op de tweede plaats kwam zijn haar.

Hij kroop achter het stuur en startte de motor. De airconditioning sloeg automatisch aan en vulde de auto met warme, vochtige lucht. Eddy trok zijn stropdas los en deed het bovenste knoopje van zijn overhemd open.

Fancy ging veel verder om wat verkoeling te vinden. Ze knoopte haar blouse helemaal open en wapperde met de beide panden, waarbij ze Eddy een schitterend uitzicht op haar borsten bood – als hij maar wilde kijken. Tot haar ergernis deed hij dat niet. Hij manoeuvreerde de auto de kruising over en de invoegstrook voor de snelweg op.

'Ben je homofiel of zo?' vroeg ze kwaad.

Hij barstte in lachen uit. 'Waarom vraag je dat?'

'Als ik maar de helft van wat ik jou aanbied aan andere jongens gaf, zou ik de hele dag op mijn rug liggen.'

Hij schudde zijn hoofd. 'Je bent onverbeterlijk, Fancy, weet je dat?'

'Het zal wel.' Ze haalde haar vingers door haar donkerblonde krullen. 'Want dat zegt iedereen.' Ze leunde voorover naar de ventilator van de airconditioning, die nu koele lucht naar binnen blies. Ze hield haar haren vanuit haar nek omhoog en liet de koele lucht op haar blote huid blazen, waarop zweetdruppeltjes zichtbaar waren. 'Nou, ben je het?'

'Ben ik wat?'

'Homofiel.'

'Nee, dat ben ik niet.'

Ze ging rechtop zitten en keerde haar bovenlichaam naar hem toe. Ze hield nog steeds haar handen in haar nek... een pose die haar borsten extra goed deed uitkomen. De koude lucht had haar tepels hard gemaakt en ze staken door de stof van haar blouse. 'Hoe kun je me dan weerstaan?'

'Je bent een heel mooi meisje, Fancy.' Zijn ogen rustten heel even op haar borsten. 'Een heel mooie vrouw.'

Langzaam liet ze haar armen zakken. 'Nou dan?'

'Je bent het nichtje van mijn beste vriend.'

'Nou en?'

'Dat betekent dat je voor mij verboden bent.'

'Wat idioot!' riep ze uit. 'Je bent uit de tijd, Eddy. Wat een ouderwetse, achterhaalde kuisheid. Belachelijk!'

'Je oom Tate zou het niet belachelijk vinden. Of je opa of vader. Als ik jou met een vinger zou aanraken, zouden ze me alle drie met een geweer achternakomen.'

Ze stak haar hand uit en streelde met haar vinger over zijn dij en fluisterde: 'Zou dat niet opwindend zijn?'

Hij pakte haar hand beet en duwde die weg. 'Niet als je zelf het doelwit bent.'

Ze trok zich geërgerd terug op haar eigen plaats en ging naar het voorbijtrekkende natuurschoon zitten kijken. Ze had die ochtend met opzet haar auto thuis gelaten en was met haar vader meegereden, al die tijd al van plan het laat te maken en met Eddy terug te rijden. Ze had al te lang gewacht tot hij haar geflirt zou beantwoorden.

Buck, de hotelmedewerker, was na nog geen maand bezitterig en jaloers geworden. Daarna belandde de man die de kakkerlakken in huis kwam bestrijden in haar bed. Die verhouding had een tijdje geduurd, tot ze ontdekte dat hij getrouwd was. Zijn huwelijkse staat zat haar veel minder dwars dan zijn schuldgevoel, dat hij uitvoerig met haar besprak. Toen was de lol eraf.

Sinds de ongediertebestrijder was er nog een heel assortiment partners geweest, maar die hadden allemaal alleen als afleiding gediend tot Eddy zich zou overgeven. En ze kreeg genoeg van het wachten. Ze kreeg trouwens overal genoeg van. Er waren zelfs momenten geweest dat ze haar tante Carole had benijd om de aandacht die ze kreeg.

Terwijl Fancy urenlang folders in enveloppen stak en telefoontjes aannam in dat stinkende, lawaaierige hoofdkwartier, werd Carole op haar wenken bediend in die dure privékliniek.

Ook Mandy was haar een doorn in het oog. Het verwende kleine kreng werd sinds het vliegtuigongeluk helemaal in de watten gelegd. Vorige week nog had Fancy een fikse uitbrander van haar oma gekregen omdat ze tegen haar kleine nichtje was uitgevallen.

Volgens Fancy was het kind het spoor bijster. Haar holle, lege ogen waren vreselijk om te zien. Ze veranderde in een zombie maar wond intussen wel iedereen om haar pink.

Fancy snapte niet dat iedereen zo'n drukte maakte over die voorverkiezing. Afgaande op hun reacties zou je denken dat haar oom verdomme president wilde worden. Hij had een grandioze overwinning behaald, wat haar helemaal niet verrast had. Ze begreep niet waarom ze een politiek analist grof geld hadden betaald om de uitslag van de verkiezingen te voorspellen, terwijl zij dat drie maanden geleden al kon. Vrouwen werden helemaal week als haar oom een keer glimlachte. Het maakte niet uit waar zijn toespraken over gingen; vrouwen gaven hem hun stem vanwege zijn knappe kop. Maar hadden ze haar iets gevraagd? Nee. Niemand vroeg haar ooit om haar mening.

Maar inmiddels zag het er beter voor haar uit. Nu de voorverkiezing achter de rug was zou Eddy niet zo afgeleid worden en zou hij meer aan haar kunnen denken. Aanvankelijk had ze nog wel verwacht hem met succes te kunnen verleiden, maar nu wist ze het niet meer zo zeker. Misschien werd het tijd wat roekelozer te worden en deze mooie jongen zo nodig eens flink te choqueren.

'Zal ik je eens pijpen?'

Met bestudeerde achteloosheid legde Eddy zijn rechterarm over de stoelleuning. 'Nu je het zegt, dat zou heel lekker zijn.'

Haar gezicht werd rood van woede. 'Neem me niet in de maling, klootzak,' zei ze knarsetandend.

'Hou dan op je te gedragen als een goedkope straathoer. Ik raak niet opgewonden van smerige praatjes, evenmin als van je blote borsten. Ik heb geen interesse, Fancy, en dit kinderachtige spelletje van je begint me de keel uit te hangen.'

'Je bent echt een homo.'

'Geloof dat maar als je wilt, als dat beter is voor je ego.'

'Dan heb je vast en zeker iemand anders, want het is niet normaal dat een man zo lang zonder doet.' Ze kroop dichter naar hem toe en pakte hem bij zijn mouw. 'Met wie ga je naar bed, Eddy... iemand van het hoofdkwartier?'

'Fancy!'

'Die roodharige met haar magere kont? Ik wed dat zij het is! Ze is gescheiden, heb ik gehoord, en waarschijnlijk heel heet.' Ze klampte zich nu aan zijn mouw vast. 'Waarom zou je iemand van haar leeftijd naaien als je mij kunt krijgen?'

Hij bracht de auto voor het huis tot stilstand en schudde haar door elkaar. 'Omdat ik geen kinderen naai... vooral niet als ze hun benen spreiden voor iedere stijve pik die ze zien.'

Zijn woede wakkerde haar verlangen alleen maar aan. Ze stak haar hand uit en drukte haar handpalm in zijn kruis. Haar lippen krulden zich in een tevreden glimlach. 'Nee maar, Eddy, lieverd!' fluisterde ze. 'Je hebt een stijve.'

Hij duwde haar vloekend van zich af en stapte uit. 'Wat jou betreft zal hij dat blijven ook.'

Fancy fatsoeneerde haar kleren en liep naar binnen. Bij de deur naar hun vleugel zag ze haar moeder. Dorothy Rae liep volkomen recht, maar in haar ogen was het effect van meerdere borrels zichtbaar.

'Hallo, Fancy.'

'Ik ga voor een paar dagen naar Corpus Christi,' zei ze. Ze zou Eddy daar verrassen. 'Ik vertrek morgenvroeg. Geef me eens wat geld.'

'Je kunt nu de stad niet uit.'

Fancy zette haar vuist op haar welgevormde heup. Haar ogen vernauwden zich zoals ze altijd deden wanneer ze niet meteen haar zin kreeg. 'En waarom dan niet?'

'Nelson wil dat iedereen hier is,' zei haar moeder. 'Carole komt morgen thuis.'

'O, shit,' mompelde Fancy. 'Net wat ik nodig heb.'

13

Ze zag hem in de spiegel van haar kaptafel in de kliniek. Ze bleven elkaar aankijken terwijl Avery langzaam het poederdonsje liet zakken en zich toen op het krukje omdraaide en hem recht aankeek. Ze lachte nerveus. 'Ik ga dood van de spanning.'

'Je ziet er prachtig uit.'

Ze maakte haar lippen nat, die toch al glansden van de zorgvuldig opgebrachte gloss. 'De schoonheidsspecialiste is vandaag geweest om me wat aanwijzingen voor mijn make-up te geven. Ik gebruik het al jaren, maar ik dacht dat ik wel wat bijscholing kon gebruiken. Bovendien is zo'n consult hier standaard.' Ze schonk hem opnieuw een zenuwachtig glimlachje.

Het was een goed excuus geweest om Caroles manier van zich opmaken te veranderen, die te opzichtig was naar haar smaak. 'Ik heb een nieuwe techniek uitgeprobeerd. Vind je het mooi?'

Ze keek naar hem op en hij kwam dichterbij. Hij zette zijn handen op zijn knieën, leunde voorover en bestudeerde nauwgezet haar opgeheven gezicht. 'De littekens zijn niet eens te zien. Helemaal niets. Ongelooflijk.'

'Dank je.' Ze schonk hem een glimlach die een vrouw een liefhebbende echtgenoot schenkt.

Alleen was Tate niet haar echtgenoot en niet liefhebbend. Hij rechtte zijn rug en wendde zich van haar af. Carole had zijn vertrouwen beschaamd. Het zou heel moeilijk voor haar zijn dat terug te winnen.

'Ben je al aan mijn nieuwe uiterlijk gewend?'

'Je ziet er jonger uit.' Hij keek haar over zijn schouder aan en voegde er toen ademloos aan toe: 'Knapper.'

'Hoe, knapper? Op wat voor manier?'

Hij vloekte ongeduldig, haalde een hand door zijn haar. 'Ik weet het niet, gewoon anders. Misschien is het de make-up, je haar… Ik weet het niet. Je ziet er goed uit, oké? Kunnen we het daarbij laten? Je ziet er…' Zijn blik ging omlaag, omvatte haar hele lichaam, dwaalde weer omhoog en toen weg van haar. 'Je ziet er goed uit.'

Hij stak zijn hand in zijn borstzak en nam er een lijstje uit. 'Mama en ik hebben de spullen gehaald waarom je vroeg.' Met een knik naar de boodschappentassen las hij het lijstje op. 'Ysatis-parfum. Dat badspul dat je wilde hebben was uitverkocht.'

'Dat haal ik later wel.'

'Panty. Is dit de kleur die je bedoelde? Je zei lichtbeige.'

'Het is prima.' Ze rommelde door de tassen en zocht de dingen op die hij opnoemde. Ze haalde er de fles parfum uit en spoot wat op haar pols. 'Hmm. Ruik eens.'

'Lekker,' zei hij en wendde meteen zijn hoofd weer af. 'Een nachthemd met mouwen.' Hij keek haar weer vragend aan. 'Sinds wanneer slaap jij met iets aan, en nog wel iets met lange mouwen?'

Avery was het beu in de verdediging te worden gedrukt en beet hem toe: 'Sinds ik bij een vliegtuigongeluk tweedegraads brandwonden aan mijn armen heb opgelopen.'

Hij had zijn mond al open voor een snelle reactie, maar sloot hem weer. Hij las de laatste boodschap van het lijstje op: 'Beha, maat 75A.'

'Dat spijt me.' Ze nam het kledingstuk uit de tas, haalde de kaartjes eraf en vouwde het weer op. De beha's die ze van thuis hadden meegebracht waren veel te groot geweest.

'Wat?'

'Dat ik een hele maat ben teruggevallen.'

'Wat zou mij dat nou kunnen schelen?'

Ze wendde haar blik af. 'Niets, denk ik.'

Ze pakte de tassen uit en legde de spullen bij de kleren die ze had klaargelegd voor de volgende dag. De kleren die Zee had meegebracht uit Caroles kast pasten haar redelijk goed. Ze waren maar iets te wijd. Caroles borsten en heupen waren ronder en voller geweest, maar

Avery had dat kunnen verklaren door het feit dat ze zo lang op een vloeibaar dieet had gestaan. Zelfs Caroles schoenen pasten haar.

Ze hield zo veel mogelijk haar armen en benen bedekt. Ze was bang dat de vorm van haar kuiten en enkels haar zou kunnen verraden. Tot dusver had niemand een vergelijking gemaakt. Voor de Rutledges was ze Carole. Zij waren overtuigd.

Of toch niet?

Tot nu toe had ze geluk gehad. Ze was zich niet bewust van belangrijke blunders.

Maar nu ze op het punt stond naar huis te gaan was ze erg nerveus. Een leven onder hetzelfde dak als de familie Rutledge, met name Tate, vergrootte de kans op fouten.

Bovendien zou ze weer boven water komen als de echtgenote van een kandidaat voor het Congres en de daarbij behorende problemen het hoofd moeten bieden.

Wat staat me morgen te wachten, Tate?'

'Eddy heeft me gezegd je voor te bereiden. Ga zitten.'

'Dat klinkt serieus,' plaagde ze, toen ze tegenover hem zat.

'Dat is het ook.'

'Ben je bang dat ik ten overstaan van de pers een blunder zal maken?'

'Nee,' antwoordde hij, 'maar ik kan je wel garanderen dat ze een aantal sociale taboes zullen doorbreken.'

'Zoals?'

'Er zullen je honderden persoonlijke vragen worden gesteld. Hongerige journalisten zullen je gezicht bestuderen, zoeken naar littekens, dat soort dingen.'

'Ik ben niet cameraschuw.'

Hij lachte droogjes. 'Dat weet ik. Maar wanneer je hier morgen vertrekt zul je omzwermd worden. Eddy zal proberen het netjes te houden, maar dit soort dingen heeft de neiging uit de hand te lopen.'

Hij dook weer in zijn borstzakje en haalde er nog een velletje papier uit, dat hij aan haar gaf. 'Lees dit vanavond een paar keer door. Het is een korte verklaring die Eddy voor je heeft geschreven... Wat is er aan de hand?'

'Dit.' Ze zwaaide met het briefje naar hem. 'Ik lijk wel achterlijk als ik dit lees.'

Hij zuchtte en wreef over zijn slapen. 'Eddy was al bang dat je dat zou denken.'

'Iedereen die dit hoort zal denken dat het ongeluk mijn hersenen beschadigd heeft in plaats van mijn gezicht. Ze zullen denken dat je me in deze privékliniek had opgesloten tot ik weer normaal was. Het lijkt wel iets uit *Jane Eyre*. De geestelijk gestoorde echtgenote opsl...'

'*Jane Eyre*? Sinds wanneer lees jij zoiets?'

Ze was even van slag, maar herstelde zich snel. 'Ik heb de film gezien. Ik wil gewoon niet dat de mensen denken dat ik geestelijk gestoord ben en dat alles wat ik zeg eerst voor me moet worden uitgeschreven.'

'Kijk in elk geval een beetje uit met wat je zegt, ja?'

'Ik beheers de Engelse taal, Tate,' snauwde ze. 'Ik kan meer dan drie woorden achter elkaar zeggen en ik weet hoe ik me in het openbaar moet gedragen.' Ze verscheurde de geschreven verklaring en gooide de snippers op de grond.

'Je bent dat incident in Austin kennelijk vergeten. We kunnen ons zulke vergissingen niet veroorloven, Carole.'

Omdat ze niet wist wat voor vergissing Carole in Austin had gemaakt, kon ze zich niet verdedigen of verontschuldigen. Ze moest echter goed voor ogen houden dat Avery Daniels veel ervaring had in het spreken voor televisiecamera's. Dat gold kennelijk niet voor Carole Rutledge.

Op rustiger toon zei ze: 'Ik weet hoe belangrijk de promotietournees zijn van nu tot november. Ik zal proberen me netjes te gedragen en op mijn woorden te letten.' Ze glimlachte berouwvol en raapte het verscheurde papier op. 'Ik zal zelfs dit belachelijke toespraakje van buiten leren.'

'Probeer maar niet mij een plezier te doen. Als het aan mij lag, zei je helemaal niets. Eddy vindt dat je het moet doen, om de nieuwsgierigheid van het publiek te bevredigen. Jack en pa zijn het met hem eens. Je moet dus hun een plezier doen, niet mij.' Hij stond op om te gaan.

Avery kwam snel overeind. 'Hoe is het met Mandy?'

'Hetzelfde.'

'Heb je haar gezegd dat ik morgen thuiskom?'

'Ze luisterde, maar het is moeilijk te zeggen wat ze denkt.'

Verdrietig dat er nog steeds geen verbetering in de toestand van het kind was, bracht Avery haar hand naar haar keel.

Tate raakte haar handrug aan. 'Dat doet me ergens aan denken.' Hij liep naar zijn jasje, dat nog over het voeteneind van haar bed hing, en pakte iets uit de zak. Het was een trouwring.

Ze had niet echt gelogen toen hij naar haar sieraden vroeg. Ze had gezegd dat ze de juwelen van iemand anders in de envelop had gevonden, niet die van Carole Rutledge. 'Ik heb ze aan een van de verpleegsters gegeven om het verder af te handelen.'

'Waar zijn de jouwe dan?' had hij gevraagd.

'God mag het weten. Gewoon een van die onverklaarbare verwisselingen, denk ik. Neem maar contact op met de verzekeringsmaatschappij.'

Nu haalde Tate een eenvoudige brede gouden ring uit een met grijs fluweel gevoerd doosje. 'Hij is niet zo mooi als die andere, maar goed genoeg.'

'Ik vind deze mooi,' zei ze toen hij de ring aan haar ringvinger schoof.

Ze boog zich voorover en kuste zacht de knokkels van zijn hand.

'Carole,' zei hij, en hij probeerde zijn hand los te trekken. 'Laat dat.'

'Alsjeblieft, Tate. Ik wil je bedanken voor alles wat je hebt gedaan. Sta me dat toe, alsjeblieft.'

Ze smeekte hem haar dank te aanvaarden. 'Er zijn zo veel momenten geweest, ook helemaal in het begin, dat ik wilde doodgaan. Alleen jouw voortdurende aanmoedigingen weerhielden me daarvan. Je was...' Ze kreeg een brok in haar keel en deed geen poging de tranen die over haar wangen rolden tegen te houden. 'Je was al die tijd een geweldige bron van kracht. Dank je.'

Haar woorden kwamen recht uit het hart. Ze ging op haar tenen staan en drukte een kus op zijn lippen.

Hij trok zijn hoofd met een ruk achterover. Ze voelde hoe hij even aarzelde. Toen bracht hij zijn gezicht omlaag. Zijn lippen raakten slechts heel even de hare.

Ze bracht haar lichaam dichter bij het zijne en mompelde met haar lippen tegen zijn mond: 'Tate, kus me, alsjeblieft.'

Met een zacht gekreun drukte hij zijn mond op de hare. Hij legde zijn hand om haar keel en streelde haar kin met zijn duim, terwijl zijn tong haar lippen uit elkaar duwde.

Hij brak de kus plotseling af en hief zijn hoofd op. 'Wat is...'

Hij keek haar diep in de ogen terwijl zijn borst tegen de hare op en neer ging. Hoewel hij zich ertegen verzette, werd zijn blik weer naar haar mond getrokken. Hij sloot zijn ogen en schudde zijn hoofd om iets van zich af te zetten wat hij niet begreep, voordat hij haar mond weer met de zijne bedekte.

Avery beantwoordde zijn kus met al het verlangen dat ze maandenlang heimelijk had gekoesterd.

Met zijn handen op haar heupen trok hij haar tegen zijn erectie aan. Ze legde haar handen in zijn nek en trok zijn hoofd omlaag.

Toen was het voorbij.

Hij duwde haar van zich af en deed een paar passen achteruit. Ze keek toe hoe hij met zijn handrug over zijn lippen veegde. Ze slaakte zacht een gekwelde kreet.

'Het zal je niet lukken, Carole,' zei hij gespannen. 'Ik ken dit nieuwe spelletje van je niet en ik weiger mee te spelen zolang ik de regels niet ken.'

Hij pakte zijn jasje, gooide het over zijn schouder en verliet de kamer zonder nog om te kijken.

Eddy stapte naar buiten. De meizon had de planten in bloei gezet. Maar het was nu donker en de bloemen hadden zich gesloten voor de nacht.

Wat doe jij hier?' vroeg Eddy.

De man in de tuinstoel antwoordde kortaf: 'Nadenken.'

Hij dacht na over Carole... hoe haar gezicht weerkaatst werd in de spiegel toen hij haar kamer binnenkwam. Haar donkere ogen hadden gestraald alsof zijn komst iets heel bijzonders voor haar betekende. Ze speelde het verdraaid goed. Enkele waanzinnige ogenblikken lang was hij ervoor gevallen. Wat een idioot.

Eddy ging vlak bij Tate in een tuinstoel zitten en keek hem bezorgd aan. Tate zag dat en zei: 'Als het je niet aanstaat wat je ziet, kijk je maar de andere kant op.'

'Nee maar, wat zijn we chagrijnig.'

Tate was in de war: hij verlangde naar een vrouw die hem ontrouw was. De ontrouw zou hij uiteindelijk misschien kunnen vergeven, maar niet dat andere. Nooit dat andere.

'Ben je bij Carole geweest?' vroeg Eddy, die een vermoeden had van de oorzaak van Tates slechte bui.

'Heb je haar de verklaring gegeven?'

'Ja. Weet je wat ze deed?'

'Zei ze dat je de boom in kon?'

'Zoiets. Ze heeft hem verscheurd.'

'Ik heb hem voor haar eigen bestwil geschreven.'

'Vertel haar dat zelf maar.'

'De laatste keer dat ik haar iets voor haar eigen bestwil vertelde, noemde ze me een klootzak.'

'Dat scheelde vanavond bij mij ook maar heel weinig.'

'Of ze het nou gelooft of niet, die eerste ontmoeting met de pers na het ongeluk wordt een zwaar karwei, zelfs voor een harde tante als Carole. Ze branden van nieuwsgierigheid.'

'Dat heb ik haar gezegd, maar ze houdt niet van ongevraagd advies en wil niet dat haar woorden in de mond gelegd worden.'

'Nou ja,' zei Eddy, 'maak je geen zorgen voor het zover is. Ze zal het waarschijnlijk prima doen.'

'Daar lijkt ze zelf wel van overtuigd.' Tate nam een slok van zijn wijn en keek naar zijn glas. 'Ze is...'

Eddy leunde voorover. Wat is ze?'

'Verdorie, ik weet het niet.' Tate zuchtte. 'Anders.'

'Hoe bedoel je?'

Ze smaakte bijvoorbeeld anders, maar dat zou hij zijn vriend niet vertellen. 'Ze is ingetogener. Ze lijkt haast sympathiek.'

‘Sympathiek? Zo te horen heeft ze toch nogal van zich af gebeten vanavond.’

‘Ja, maar dat is de eerste keer. Het ongeluk en alles wat ze heeft meegemaakt hebben haar rustiger gemaakt, denk ik. Ze ziet er jonger uit, maar gedraagt zich volwassener.’

‘Dat is me opgevallen, maar het is begrijpelijk, toch? Carole beseft nu dat ze sterfelijk is.’ Eddy staarde naar de terrastegels. ‘Hoe, eh, hoe zit het tussen jullie persoonlijk?’ Tate schonk hem een woedende blik. ‘Als het mijn zaken niet zijn, dan zeg je dat maar.’

‘Het zijn je zaken niet.’

‘Ik weet wat er vorige week in Fort Worth is gebeurd.’

‘Waar heb je het in hemelsnaam over?’

‘Die vrouw, Tate.’

‘Er waren een hele hoop vrouwen.’

‘Maar er was er maar één die je bij haar thuis uitnodigde.’

Tate wreef over zijn voorhoofd. ‘Jezus, ontsnapt er dan niets aan je aandacht?’

‘Niet wat jou betreft. Niet tot jij tot senator gekozen bent.’

‘Nou, maak je geen zorgen, ik ben niet gegaan.’

‘Had je wel gewild?’

‘Misschien.’

‘Natuurlijk,’ zei Eddy. ‘Jij bent ook maar een mens. Je vrouw is al maanden nergens toe in staat en zelfs voor die tijd…’

‘Je gaat je boekje te buiten, Eddy.’

‘De hele familie weet dat het niet goed ging tussen jullie. Ik zeg alleen waar het op staat. Laten we eerlijk zijn.’

‘Wees jij maar eerlijk. Ik ga naar bed.’

‘Ik zeg alleen dat je het al veel te lang niet gedaan hebt,’ zei Eddy kalm. ‘Je bent gespannen en geprikkeld door een gebrek aan seks, en dat is voor niemand goed. Als een stoeipartijtje in het hooi iets is wat je weer gelukkig kan maken, laat het me dan weten.’

‘En wat doe jij dan?’ vroeg Tate dreigend. ‘De pooier uithangen?’

Eddy keek teleurgesteld. ‘Er zijn manieren om zoiets discreet te regelen.’

‘Weet je wat papa zou denken als hij je dit hoorde zeggen?’

'Hij is een idealist,' zei Eddy. 'Nelson gelooft in het moederschap en in heiligen. Ik ben een realist. Wij, mensen, kleden ons netjes aan, maar onder al het gehuichel zijn we nog steeds beesten. Als jij een keer moet neuken en dat niet bij je vrouw kunt doen, dan neuk je met iemand anders.' Na die grove woorden haalde Eddy zijn schouders op. 'In jouw situatie zou ontrouw wel eens gezond kunnen zijn.'

'Hoe kom je op het idee dat ik zo wanhopig zou zijn?'

Eddy kwam glimlachend overeind. 'Ik heb je bezig gezien. Je hebt die gespannen trek om je mond die zegt dat je je de laatste tijd niet meer hebt ontladen. Ik herken die duistere frons. Je mag dan meedoen aan de verkiezingen, je bent nog steeds Tate Rutledge. Je pik weet niet dat hij braaf moet zijn tot jij gekozen bent.'

'Ik investeer in mijn toekomst met deze verkiezing, Eddy. Dat weet je. Ik sta op het punt mijn ambitie te verwezenlijken om als senator naar Washington te gaan. Denk je dat ik die droom zou riskeren voor twintig minuten ontrouw aan mijn vrouw?'

'Nee, dat zal wel niet,' zei Eddy met een zucht. 'Ik probeerde je alleen maar te helpen.'

'Carole heeft dus toch gelijk.'

'Wat bedoel je?'

'Je bent een klootzak.'

Lachend liepen ze samen naar binnen.

14

Avery zette een zonnebril op.

'Ik denk dat je die beter niet kunt dragen,' zei Eddy. 'Dat zou ze het idee kunnen geven dat we iets te verbergen hebben.'

'Goed.' Ze zette de zonnebril af en stopte hem in de zak van haar zijden jasje. 'Zie ik er goed uit?' vroeg ze nerveus.

Eddy stak zijn duim naar haar op. 'Verpletterend.'

'Belabberde woordkeus,' zei Tate grinnikend.

Avery streelde door haar korte haren. 'Ziet mijn haar...'

'Buitengewoon chic,' zei Eddy. Toen klapte hij in zijn handen. 'Nou, we hebben de honden lang genoeg laten wachten. Laten we gaan.'

Samen verlieten ze voor het laatst haar kamer in de kliniek en liepen de gang door naar de hal. De horde verslaggevers kon hen nog niet zien, maar zij kon wel naar buiten kijken. Er stond een zwarte Cadillac-limousine met chauffeur bij de stoeprand.

'Dan hebben we allebei onze handen vrij om je te beschermen,' legde Eddy uit.

'Waarvoor?'

'De menigte. De chauffeur heeft je spullen al in de kofferbak geladen. Loop naar de microfoon, zeg wat je te zeggen hebt, weiger beleefd vragen te beantwoorden en loop naar de auto.'

Daarop wendde hij zich tot Tate. 'Jij kunt een paar vragen beantwoorden als je wilt. Bekijk even hoe vriendelijk ze zijn. Zolang je je er goed bij voelt kun je de gelegenheid benutten. Als het vervelend wordt, gebruik je Carole als excuus om het kort te houden. Klaar?'

Hij ging hun voor om de deur te openen.

Avery keek Tate aan. 'Hoe verdraag je die bazigheid?'

'Daar wordt hij voor betaald.'

Ze nam zich voor nooit meer kritiek op Eddy te uiten. In de ogen van Tate was zijn campagneleider blijkbaar perfect.

Eddy hield de deur voor hen open. Tate pakte haar bij de elleboog en leidde haar naar buiten. Er daalde een verwachtingsvolle stilte neer over de eerder nog lawaaierige menigte verslaggevers nu ze wachtten op de herrijzenis van de vrouw van de senatorskandidaat.

Avery stapte naar buiten en liep naar de microfoon zoals Eddy haar had geïnstrueerd. Ze zag eruit als Carole Rutledge. Dat wist ze. Maar nu ze de microfoon naderde was Avery bang dat vreemdelingen wel zouden zien wat de familie niet had ontdekt. Zo dadelijk zou iemand zijn hoofd boven de menigte uitsteken, beschuldigend naar haar wijzen en 'Bedriegster!' roepen.

Het spontane applaus verraste haar, Tate en zelfs Eddy dan ook volkomen. Ze aarzelde. Ze keek onzeker naar Tate. Hij schonk haar een stralende glimlach die alle pijn en verdriet die ze sinds het ongeluk had doorstaan goedmaakte. Haar vertrouwen werd volkomen hersteld.

Ze bedankte wat timide voor het applaus. Daarna schraapte ze haar keel, schudde even met haar hoofd, bevochtigde haar lippen en begon haar korte toespraak op te zeggen.

'Dank u, dames en heren, dat u hier bent om mij te verwelkomen na mijn langdurige verblijf in het ziekenhuis. Ik wil in het openbaar mijn medeleven uitspreken met degenen die hun dierbaren hebben verloren tijdens het vreselijke ongeluk van vlucht 398 van Air America. Ik vind het nog steeds ongelooflijk dat mijn dochter en ik dat tragische ongeluk hebben overleefd. Waarschijnlijk zou ik die klap nooit te boven gekomen zijn als ik niet de voortdurende steun en aanmoediging van mijn echtgenoot had gehad.'

Die laatste regel was haar eigen toevoeging aan de door Eddy opgestelde toespraak. Ze stak nu haar hand in die van Tate. Na een korte aarzeling die alleen zij opmerkte, gaf hij een zacht kneepje in haar hand.

'Mevrouw Rutledge, stelt u Air America verantwoordelijk voor het ongeluk?'

'Daar kunnen we geen commentaar op geven zolang het onderzoek niet is voltooid en de resultaten niet bekend zijn gemaakt door de NTSB,' zei Tate.

'Mevrouw Rutledge, bent u van plan een schadeclaim in te dienen?'

'We hebben nu niet het plan te gaan procederen,' antwoordde Tate weer in haar plaats.

'Mevrouw Rutledge, herinnert u zich dat u uw dochter uit het brandende wrak redde?'

'Ik weet het nu weer,' zei ze voor Tate de kans kreeg. 'Maar aanvankelijk was dat niet zo. Ik gaf toe aan mijn overlevingsinstinct. Ik herinner me niet een bewuste beslissing te hebben genomen.'

'Mevrouw Rutledge, hebt u tijdens het proces van herstel aan uw gezicht er ooit aan getwijfeld dat het weer goed zou komen?'

'Ik had alle vertrouwen in de chirurg die mijn man had gekozen.'

Tate leunde voorover naar de microfoon om boven het lawaai uit te komen. 'U kunt zich waarschijnlijk wel voorstellen dat Carole ernaar verlangt naar huis te gaan. Als u ons nu wilt excuseren.'

Hij duwde haar zachtjes naar voren, maar de menigte drong om hen heen.

'Hoe is het met uw dochter, meneer Rutledge?'

'Ze maakt het prima, dank u. Als we dan nu...'

'Heeft ze nog klachten overgehouden aan het ongeluk?'

'Wat vindt uw dochter van de veranderingen in uw uiterlijk, mevrouw Rutledge?'

'Geen vragen meer, alstublieft.'

Terwijl Eddy de weg voor hen vrijmaakte liepen ze door de opdringerige menigte naar de auto. De meesten waren wel vriendelijk, maar omringd te zijn door zo veel mensen gaf Avery het gevoel te zullen stikken.

Tot dusver had ze altijd aan de andere kant gestaan, als verslaggeefster die iemand tijdens een persoonlijke crisis een microfoon onder de neus duwde.

Vanuit haar ooghoeken zag ze het logo van KTEX op een camera. Instinctief draaide ze haar hoofd in die richting. Het was Van!

Heel even vergat ze dat hij werd verondersteld een vreemde voor haar te zijn. Ze had bijna zijn naam uitgeroepen en naar hem gezwaaid. Zijn bleke, magere gezicht en lange paardenstaart zagen er zo heerlijk bekend en dierbaar uit. Ze zou zich het liefst aan zijn borst werpen en hem stevig omhelzen.

Gelukkig was dat niet van haar gezicht af te lezen. Ze wendde haar blik weer af zonder een teken van herkenning te hebben gegeven. Tate hielp haar in de limousine. Op de achterbank, veilig achter getint glas keek ze door de achterruit. Van stond midden in de menigte, de camera op zijn schouder, zijn oog tegen de zoeker gedrukt.

Toen de limousine wegreed van de plek die wekenlang haar thuis was geweest, voelde ze een overweldigend heimwee naar het leven van Avery Daniels opkomen. Ze miste de redactiekamer met alles wat erbij hoorde. En wat was er met haar appartement gebeurd en met haar spulletjes? Waren ze in dozen gestopt en aan vreemden uitgedeeld? Wie droeg haar kleren, sliep er tussen haar lakens, gebruikte haar handdoeken? Ze voelde zich plotseling naakt en beroofd. Maar ze had een onomkeerbare beslissing genomen om Avery Daniels voor onbepaalde tijd dood te laten blijven. Niet alleen haar carrière, maar ook haar leven en dat van Tate stonden op het spel.

Voor het moment was ze waar ze zijn wilde.

Eddy, die tegenover haar zat, klopte op haar knie. 'Je hebt het prima gedaan, zelfs met die toegift van je. Heel aardig, om Tates hand zo beet te pakken. Wat vind jij, Tate?'

'Ze deed het goed. Maar die vragen over Mandy stonden me helemaal niet aan. Wat heeft zij nou met de campagne of de verkiezingen te maken?'

'Niets. De mensen zijn gewoon nieuwsgierig.'

'Niks mee te maken. Ze is mijn dochter. Ik wil dat ze beschermd wordt.'

'Misschien is ze te beschermd.' Avery's hese stem trok meteen Tates aandacht.

'Hoe bedoel je?'

'Nu ze mij gezien hebben, zullen ze je niet langer lastigvallen met vragen over mij en zich concentreren op belangrijker zaken. Als we

Mandy niet voortdurend achter slot en grendel houden,' zei ze voorzichtig, 'zal hun nieuwsgierigheid naar haar ook snel afnemen. Hopelijk zullen ze dan nieuwsgierig worden naar iets anders, zoals je ondersteuningsplannen voor de boeren.'

'Ze zou wel eens gelijk kunnen hebben, Tate.' Eddy keek haar enigszins wantrouwig, maar niettemin met respect aan.

Tates uitdrukking aarzelde tussen woede en besluiteloosheid. 'Ik zal erover nadenken,' was alles wat hij zei.

Ze reden zwijgend naar het campagnehoofdkwartier. 'Iedereen is erop gebrand je weer te zien, Carole. Ik heb ze gevraagd niet naar je te staren, maar ik kan niet garanderen dat ze dat niet zullen doen,' waarschuwde Eddy terwijl ze met de hulp van de chauffeur uitstapte. 'Ik geloof dat het heel positief zou uitpakken als je een poosje kon blijven.'

'Dat doet ze wel.' Tate liet haar geen keus, nam haar bij de arm en stuurde haar naar de deur.

Zijn bazigheid streek haar recht tegen de haren in, maar ze was nieuwsgierig naar zijn campagnehoofdkwartier, dus liep ze zonder tegenstribbelen mee. Toen ze de deur naderden, kromp haar maag echter ineen van angst. Elke nieuwe situatie was een test, een mijnenveld waar ze doorheen moest navigeren, met ingehouden adem om geen verkeerde beweging te maken.

Ze stapten binnen in een complete chaos. De vrijwilligers namen telefoontjes aan, pleegden zelf telefoontjes, sloten enveloppen, openden enveloppen, maakten stapels en werkten stapels weg, stonden op en gingen weer zitten. Iedereen was in beweging. Na de rust en stilte in de kliniek had Avery het gevoel in een apenkooi te zijn beland.

Tate deed zijn jasje uit en rolde zijn hemdsmouwen op. Toen hij eenmaal was opgemerkt, onderbrak iedereen zijn werk om hem te begroeten. Het was Avery wel duidelijk dat ze hem stuk voor stuk als een held beschouwden en vastbesloten waren hem te helpen de verkiezing te winnen.

Ook werd haar duidelijk dat het woord van Eddy Paschal hier wet was; de vrijwilligers groetten haar beleefd, maar ze werd door niemand aangestaard.

'Tate,' zei een van hen na de begroeting, 'de gouverneur heeft vanochtend mevrouw Rutledge in het openbaar gefeliciteerd met haar volledig herstel. Hij bewonderde haar moed, maar hij noemde jou – ik citeer – "een weekhartige liberaal voor wie de Texanen moeten oppassen". Hij waarschuwde het kiezerspubliek zich in november niet te laten beïnvloeden door hun sympathie voor mevrouw Rutledge. Hoe wil je daarop reageren?'

'Helemaal niet. Tenminste nog niet. De opgeblazen klootzak wil me provoceren om me als een vuurspuwende draak te kunnen afschilderen. Dat gun ik hem niet. O, en dat "opgeblazen klootzak" heb je niet gehoord.'

De jongeman lachte en liep naar een pc om een persbericht op te stellen.

Wat zeggen de opiniepeilingen?' vroeg Tate aan niemand in het bijzonder.

'We besteden geen aandacht aan de opiniepeilingen,' zei Eddy terwijl hij naar hem toe liep. Fancy kwam achter hem aan.

'Maar ik wel,' zei Tate. 'Hoeveel punten sta ik achter?'

'Veertien.'

'Eén minder dan vorige week. Ik heb altijd al gezegd dat je je nergens zorgen om hoeft te maken.' Iedereen lachte om zijn optimistische analyse.

'Hallo, oom Tate. Hallo, tante Carole.'

'Hallo, Fancy.'

Het meisje produceerde een engelachtige glimlach, maar daarachter school een kwaadwilligheid die Avery niet begreep. Je zag al op het eerste gezicht dat ze een berekenend, zelfzuchtig krengetje was. Als ze tien jaar jonger was geweest, zou Avery een flink pak slaag geadviseerd hebben. Haar gevoelens tegenover Carole leken echter veel verder te gaan dan de nukken van een tiener. Ze leek een diepe wrok jegens haar te koesteren.

'Is dat je nieuwe trouwring?' vroeg Fancy, met een hoofdknikje naar Avery's linkerhand.

'Ja. Tate heeft hem me gisteravond gegeven.'

'Ik heb wat voor je te doen,' zei Eddy. 'Hierachter.' Hij nam Fancy bij de elleboog, draaide haar om en duwde haar de andere kant op.

'Wat een aardig kind,' zei Avery vanuit haar mondhoek.

'Ze heeft een flink pak rammel nodig.'

'Ben ik met je eens.'

'Hallo, mevrouw Rutledge.' Een vrouw van middelbare leeftijd kwam op hen toe en schudde Avery de hand.

'Hallo. Fijn u weer te zien, mevrouw Baker,' zei ze, nadat ze snel het naamplaatje op de blouse van de vrouw had gelezen.

De glimlach van mevrouw Baker vervaagde. Ze keek nerveus naar Tate. 'Eddy vond dat je deze persberichten moest lezen, Tate. Ze worden morgen uitgezonden.'

'Dank je. Ik doe het vanavond en geef ze morgen aan Eddy mee terug.'

'Dat is prima. Het heeft geen haast.'

'Ik heb iets verkeerd gedaan, nietwaar?' vroeg Avery hem toen de vrouw weg was.

'We kunnen beter gaan.'

Tate begeleidde haar naar buiten, waar een zilverkleurige sedan klaarstond. 'Geen limousine, dit keer?'

'We zijn nu maar gewone mensen.'

Avery genoot van de aanblik en de geluiden van de stad terwijl ze door het namiddagverkeer reden. Haar wereld had al zo lang uit niet meer dan een paar steriele muren bestaan.

Toen ze langs het vliegveld kwamen en ze de vliegtuigen zag opstijgen, kreeg ze kippenvel en voelde een pijnlijke spanning in haar ingewanden.

'Alles in orde?'

Ze wendde snel haar ogen van het vliegveld af en keek Tate aan. 'Ja hoor. Prima.'

'Zul je ooit weer kunnen vliegen?'

'Ik weet het niet. Ik denk het wel. De eerste keer zal wel het moeilijkst zijn.'

'Ik weet niet of we Mandy ooit weer in een vliegtuig zullen krijgen.'

'Ze zal haar angst misschien eerder vergeten dan ik. Kinderen zijn vaak veel veerkrachtiger dan volwassenen.'

'Misschien.'

'Ik ben zo benieuwd. Ik heb haar al weken niet gezien.'

'Ze wordt groter.'

'Ja?'

Hij glimlachte. 'Toen ik haar gister op mijn schoot trok, viel het me op dat haar kruin al bijna tot mijn kin komt.'

Ze glimlachten, toen richtte hij zijn aandacht weer op het verkeer.

Avery voelde zich buitengesloten en vroeg: 'Wat deed ik nou verkeerd bij mevrouw Baker?'

'Ze werkt pas twee weken voor ons. Je kent haar helemaal niet.'

'Het spijt me, Tate. Ik zal wel heel onecht zijn overgekomen.'

'Dat is zo.'

'Heb geduld met me. Er zijn hiaten in mijn geheugen. Soms brengt de opeenvolging van gebeurtenissen me in verwarring. Ik kan me sommige mensen en plaatsen niet duidelijk herinneren.'

'Dat heb ik weken geleden al gemerkt. Je zei soms heel onzinnige dingen.'

'Waarom heb je daar niet meteen iets van gezegd?'

'Ik wilde je niet bezorgd maken, dus heb ik de neuroloog ernaar gevraagd. Hij zei dat je hersenschudding waarschijnlijk een deel van je geheugen had uitgewist.'

'Voor altijd?'

Hij haalde zijn schouders op. 'Dat wist hij niet. Het zou geleidelijk terug kunnen komen of voor altijd verloren blijven.'

Avery was heimelijk blij met de prognose van de neuroloog. Als ze de mist inging kon ze geheugenverlies opgeven als excuus.

Ze legde haar hand op die van Tate. 'Het spijt me als ik je in verlegenheid heb gebracht.'

'Ik ben ervan overtuigd dat ze het zal begrijpen als ik het uitleg.'

Bij de afrit legde hij beide handen weer op het stuur. Avery lette goed op welke route ze namen. Tenslotte moest ze zelf ook de weg naar huis weten te vinden.

Ze was geboren in Denton en had het grootste deel van haar jeugd doorgebracht in Dallas. Zoals de meeste echte Texanen was de trots op haar woongebied haar aangeboren. Hoewel ze honderden dollars had uitgegeven aan spraaklessen om haar accent kwijt te raken, was ze in haar hart op en top Texaanse. Ze had altijd al het meest van het heuvelgebied gehouden. De zachte, glooiende heuvels en stroompjes waren in elk seizoen prachtig.

In dit landschap hadden Spaanse dons hun imperium opgebouwd, Comanche-krijgers de wilde paarden opgejaagd en kolonisten bloed vergoten om zich hier te vestigen. Het land leek nog altijd vervuld van de geesten van die onverzettelijke mensen die er nooit in waren geslaagd het te temmen.

Haviken op zoek naar prooi cirkelden rond op bewegingloze vleugels. Bruine koeien graasden in het schaarse gras tussen de ceders. Hier en daar spreidden eiken hun zware takken uit over de rotsachtige bodem en boden schaduw aan koeien, herten, elanden en kleiner wild. Langs de ruisende riviertjes groeiden cipressen. Het was een land vol contrasten en folklore. Avery was er dol op.

Tate kennelijk ook. Hij keek onder het rijden naar het landschap alsof hij het voor het eerst zag. Hij reed een weg in met aan weerszijden twee pilaren van natuursteen. Daartussenin hing een smeedijzeren bord waarop stond: ROCKKING R RANCH.

Avery had wel een foto van het huis gezien bij een artikel in *Texas Monthly* dat ze had gelezen toen ze in de kliniek lag, maar daar had ze niet veel uit kunnen opmaken.

Vanaf de top van de heuvel waar ze nu overheen reden kon ze het in de verte zien liggen. Het was gebouwd van witte steen in de vorm van een Spaanse haciënda, met drie vleugels rondom een binnenplaats. Vanuit het midden had je een prachtig uitzicht op het dal en de rivier. Het grote huis had een rood pannendak dat op dat moment de middagzon weerspiegelde.

De inrit boog af tot een halve cirkel. Een majestueuze eik overschaduwde de hele voorgevel van het huis. Aan weerszijden van de voordeur stonden geraniums in terracotta potten.

Het was puur Texaans, adembenemend mooi en, zo besefte Avery plotseling, thuis.

15

Het hele huis was aangekleed in de buitengewoon gezellige stijl die je van Zee zou verwachten. De kamers waren ruim en hadden hoge balkenplafonds en grote ramen. De lunch stond klaar op de binnenplaats. Nadat Avery door Nelson en Zee was omhelsd, liep ze op Mandy toe en knielde voor haar neer.

'Hoi, Mandy. Ik ben blij je weer te zien.'

Mandy staarde naar de grond. 'Ik ben lief geweest.'

'Natuurlijk. Dat heeft papa me verteld. En je ziet er zo mooi uit.' Ze streelde over Mandy's glanzende pagekopje. 'Je haar wordt alweer langer en je gips is eraf.'

'Mag ik nu aan tafel? Oma zei dat ik mocht eten als jij thuis was.'

Haar onverschilligheid brak Avery's hart. Ze zou moeten overlopen van opwinding en haar moeder van alles te vertellen moeten hebben na zo'n lange scheiding.

Toen ze rond de tafel zaten kwam een dienstmeisje uit de keuken met een blad met eten en verwelkomde haar.

'Dank je. Ik ben blij weer thuis te zijn.' Een weinig zeggend maar veilig antwoord, dacht Avery.

'Geef Carole wat ijsthee, Mona,' zei Nelson. 'En denk erom dat je er echte suiker in doet.'

De familie gaf haar zonder het te weten allerlei aanwijzingen. Ze lette ook voortdurend op dat ze zichzelf niet verraadde, ook al waren alleen Tates ouders en Mandy erbij.

Juist toen ze zichzelf feliciteerde met haar uitstekende optreden kwam er een grote hond de binnenplaats op. Hij was nog nauwelijks een meter van Avery vandaan toen hij merkte dat hij met een vreemde te maken had. Hij zette zich schrap, dook toen in elkaar en begon te grommen.

Een hond… een huisdier! Waarom had ze daar niet aan gedacht?

'Wat is er met hem aan de hand? Ben ik zo veranderd? Kent hij me niet meer? Kom eens hier. Kom dan.'

'Sinds wanneer wil jij vriendjes zijn met mijn hond?'

Avery keek hulpeloos om zich heen. Nelson en Zee keken haar ook verbaasd aan. 'Sinds… sinds ik zo dicht bij de dood ben geweest. Ik voel nu een band met alle levende wezens, geloof ik.'

Het ongemakkelijke moment ging voorbij en de lunch verliep verder zonder problemen. Daarna verlangde ze echter naar een bad en wilde ze naar haar kamer… alleen wist ze niet waar in dit grote huis haar kamer lag.

'Tate,' vroeg ze, 'zijn mijn koffers al binnengebracht?'

'Ik denk het niet. Waarom, heb je ze nodig?'

'Ja, graag.'

Ze lieten Mandy in de handen van haar grootouders achter en liepen terug naar de auto die nog voor het huis geparkeerd stond. Zij nam de kleine koffer, hij de grote.

'Ik had ze wel allebei kunnen pakken,' zei hij over zijn schouder toen ze het huis weer inliepen.

'Het is al goed.' Ze bleef wat achter, zodat hij haar de weg kon wijzen. Een brede dubbele deur leidde naar een lange gang. Een van de wanden bestond uit ramen die uitkeken op de binnenplaats. Aan de andere kant lagen diverse kamers. Tate liep een van die kamers binnen en zette haar koffer neer voor een kast met louvredeuren.

'Mona zal je wel helpen uitpakken. Ik ga een poosje naar kantoor. Doe het vanmiddag maar rustig aan. Als je…'

Avery hapte naar adem. Hij volgde haar blik naar het levensgrote portret van Carole aan de wand. 'Wat is er?'

Avery slikte en zei: 'Niets. Het is alleen dat ik daar niet meer zo op lijk.' Het was onplezierig om in de ogen te kijken van de enige persoon die met zekerheid wist dat zij een bedriegster was. Die donkere ogen bespotten haar.

Ze wendde haar blik af, keek Tate aan en haalde een hand door haar korte haren. ‘Ik denk dat ik nog niet echt aan de veranderingen gewend ben. Vind je het goed als ik dat portret eraf haal?’

‘Waarom niet? Dit is jouw kamer. Doe er maar mee wat je zelf wilt.’ Hij liep naar de deur. ‘Ik zie je wel bij het avondeten.’ Hij trok de deur achter zich dicht.

Zijn onverschilligheid viel niet te ontkennen. Ze had het gevoel op Antarctica te zijn gedumpt en het laatste vliegtuig aan de horizon te zien vertrekken. Hij had haar gebracht waar ze hoorde en achtte daarmee zijn plicht vervuld.

Dit is jouw kamer.

Ze schoof de kastdeuren open. Er hing niets van Tate in de kast, en er lag ook niets van hem op het bureau of in de vele laden.

Avery liet zich op het grote bed zakken. *Jouw kamer*, had hij gezegd. Niet *onze kamer*.

Nou ja, bedacht ze somber, ze hoefde zich in elk geval niet langer druk te maken over de eerste keer dat hij weer met haar naar bed zou willen. Die zorg kon ze opzij zetten. Ze zou niet vrijen met Tate, omdat hij blijkbaar niet langer een dergelijke relatie had met zijn vrouw.

Gezien zijn houding van de afgelopen paar weken was het geen verrassing, maar wel een grote teleurstelling. Die ging echter gepaard met schaamte. Het was nooit haar bedoeling geweest onder valse voorwendselen met hem te slapen; ze wist zelfs niet of ze dat wel wilde. Het zou verkeerd zijn. Maar toch...

Ze keek naar het portret. Carole Rutledge leek haar met boosaardig plezier uit te lachen.

’s Avonds zag ze haar nieuwe familie en Tate terug aan het diner.

‘Heb jij wel genoeg te eten gehad?’

Toen Avery zich realiseerde dat Nelson het tegen haar had, glimlachte ze hem toe. ‘Meer dan genoeg, dank je. Hoe goed het eten in de kliniek ook was, dit smaakt heerlijk.’

‘Je hebt veel gewicht verloren,’ merkte hij op. ‘We moeten je een beetje bijmesten.’

Ze lachte en pakte haar wijn. Ze hield niet van wijn, maar Carole had er kennelijk wel van gehouden. Er was een glas voor haar ingeschonken zonder dat iemand had gevraagd of ze dat wel wilde. Door tijdens de maaltijd steeds kleine slokjes te nemen had ze het glas bourgogne nu bijna leeg.

'Er is haast niets meer van je borsten over.' Fancy zat tegenover Avery en liet haar vork tussen duim en wijsvinger balanceren terwijl ze dat zei.

'Fancy, die ruwe taal wil ik hier niet horen,' zei Zee.

Fancy liet haar vork met een luid gekletter op haar bord vallen. 'Ik snap het niet. Iedereen hier in huis praat erover hoe mager ze is geworden. Ik ben de enige die voldoende lef heeft om het hardop te zeggen en ik krijg op mijn kop.'

Nelson keek Jack boos aan, wat die terecht opnam als een bevel om iets aan het wangedrag van zijn dochter te doen.

'Fancy, gedraag je alsjeblieft. Dit is Caroles welkomstdiner.'

Avery zag hoe ze geluidloos zei: 'Kan mij dat verdommen.'

'Ik vind dat ze er heel goed uitziet.'

'Dank je, Eddy.' Avery schonk hem een glimlach.

Hij groette haar met zijn wijnglas. 'Heeft iemand haar optreden vanochtend op de trap van de kliniek gezien? Het was op het nieuws van alle drie de plaatselijke televisiestations.'

'Het had niet beter gekund,' merkte Nelson op. 'Heb je een kop koffie voor me, Zee?'

'Natuurlijk.'

Ze vulde zijn kop voordat ze de kan doorgaf. Dorothy Rae bedankte voor de koffie en greep in plaats daarvan naar de wijnfles. Haar ogen ontmoetten die van Avery. Avery's sympathieke glimlach werd begroet met pure vijandigheid. Dorothy Rae vulde haar wijnglas.

Ze was een aantrekkelijke vrouw, hoewel grote hoeveelheden drank hun tol hadden geëist. Haar gezicht was pafferig, vooral rond de ogen, die overigens een prachtige blauwe kleur hadden.

Avery had algauw geconcludeerd dat Dorothy Rae een buitengewoon ongelukkige vrouw was. De reden daarvan kende ze nog niet, maar Avery wist één ding zeker, Dorothy Rae hield van haar man. Ze reageerde afwerend op hem, zoals nu hij discreet probeerde de wijnfles buiten haar bereik te zetten. Ze duwde zijn hand opzij, pakte de fles bij de hals beet en schonk haar glas helemaal vol. Op onbewaakte ogenblikken zag Avery echter dat ze met tastbare wanhoop naar Jack keek.

'Heb je de modellen voor de nieuwe posters gezien?' vroeg Jack aan zijn broer.

Avery zat tussen Tate en Mandy in. Mandy was abnormaal rustig. Ze klaagde niet. Ze genoot niet. Ze deed niets anders dan mechanisch kleine hapjes eten nemen.

Tate at efficiënt, alsof hij dineren zag als tijdverspilling. Toen hij klaar was ging hij met zijn wijnglas zitten spelen, wat Avery de indruk gaf dat hij gewoon zat te wachten tot de anderen klaar waren.

'Ik heb ze vanmiddag bekeken,' zei hij in antwoord op Jacks vraag. 'Mijn favoriete slogan was die over de fundering.'

'Tate Rutledge, een stevige nieuwe fundering,' zei Jack.

'Die bedoel ik.'

'Die heb ik bedacht,' zei Jack.

Tate deed alsof hij een pistool op zijn broer afvuurde en knipoogde. 'Waarschijnlijk vond ik hem daarom het beste. Jij weet altijd prima tot de kern van de zaak door te dringen. Wat vind jij, Eddy?'

'Klinkt goed. Past bij ons programma om Texas uit de economische crisis te halen en weer op de been te helpen. Jij bent iemand op wie de staat kan bouwen. Tegelijk suggereert het dat de grond onder Dekkers voeten aan het wegzakken is.'

'Pap, wat vind jij ervan?'

Nelson trok peinzend aan zijn onderlip. 'Ik vond die ene wel aardig, waarop iets stond over eerlijk spel tegenover alle Texanen.'

'Dat ging wel,' zei Tate, 'ik vond hem een beetje banaal.'

'Misschien heeft je campagne dat wel nodig,' zei Nelson fronsend.

'Het moet iets zijn waarbij Tate zich prettig voelt, Nelson,' zei Zee tegen haar echtgenoot. Ze nam de glazen stolp van een grote kokoscake en sneed hem aan.

'Vandaag gaat de eerste plak naar Carole. Welkom thuis.'

'Dank je.'

'Nou, nemen we dan die slogan en laten we de posters drukken?'

'Laten we de definitieve beslissing nog een paar dagen uitstellen, Jack.' Tate keek naar zijn vader. Hoewel Nelson met smaak cake zat te eten, had hij nog steeds een frons op zijn voorhoofd omdat zijn favoriete slogan niet hun goedkeuring had gekregen. 'Ik heb er maar heel even naar gekeken. Dat was alleen mijn eerste indruk.'

'Maar dat is gewoonlijk de beste,' zei Jack.

'Waarschijnlijk wel. Maar we hebben nog een dag of twee om erover na te denken, nietwaar?'

'We moeten die posters aan het eind van de week in productie hebben.'

'Ik zal je mijn beslissing ruimschoots op tijd laten weten.'

'In godsnaam, kan iemand alsjeblieft...' Fancy wees naar Mandy. Het was voor de driejarige te moeilijk gebleken de cake van haar bord naar haar mond te krijgen. Er zaten kruimeltjes op haar jurk en glazuur om haar mond. Ze had geprobeerd het af te vegen, maar het enige resultaat was dat haar handen nu ook vol zaten met het kleverige spul. 'Het is gewoon walgelijk dat kleine spook te zien eten. Mag ik opstaan?'

Zonder toestemming af te wachten schoof Fancy haar stoel naar achteren, stond op en gooide haar servet op haar bord. 'Ik ga naar Kerville, kijken of er nog een nieuwe film is. Gaat er iemand mee?' Haar uitnodiging was tot iedereen gericht, maar haar ogen rustten op Eddy. Die at gewoon door. 'Dus niet.' Ze draaide zich om en verliet de kamer.

Avery was blij haar te zien vertrekken. Hoe durfde ze zo uit te vallen tegen een weerloos kind? Avery nam Mandy op haar schoot. 'Cake is gewoon te lekker om op te eten zonder een paar kruimeltjes te morsen, nietwaar, liefje?' Ze draaide een punt van haar servet om haar wijsvinger, doopte hem in haar waterglas en stortte zich op het glazuur dat Mandy's gezichtje bedekte.

'Je dochter is volkomen onhandelbaar, Dorothy Rae,' merkte Nelson op. 'De rok die ze droeg was zo kort dat je bijna alles kon zien. Ze hoort op school te zitten,' zei hij tegen Jack. 'Je had haar nooit zomaar moeten laten ophouden zonder zelfs het semester af te maken. Wat moet er van haar terechtkomen zonder een opleiding?' Hij schudde somber zijn hoofd. 'Ze zal duur betalen voor haar slechte keuzes. En jij ook. Je oogst wat je hebt gezaaid, weet je.'

Avery was het met hem eens. Fancy was volkomen onhandelbaar en dat was ongetwijfeld de schuld van haar ouders. Maar ze vond niet dat Nelson dat hoorde te bespreken waar iedereen bij was.

'Ik geloof dat er niets anders op zit dan Mandy in bad te stoppen,' zei ze, dankbaar voor het excuus om van tafel te kunnen. 'Willen jullie ons excuseren?'

'Heb je hulp nodig?' vroeg Zee.

'Nee, dank je.' Toen besefte ze dat ze Zees bedritueel in de war schopte, die daar waarschijnlijk erg van had genoten, en voegde eraan toe: 'Omdat dit mijn eerste avond thuis is wil ik haar graag zelf naar bed brengen. Ik heb heerlijk gegeten, Zee. Dank je.'

'Ik kom Mandy straks nog wel goedenacht wensen,' riep Tate hen na toen Avery het kind de eetkamer uit droeg.

'Nou, ik zie wel dat er niets veranderd is.'

'Als je bedoelt dat je alweer bezopen bent heb je gelijk. Er is niets veranderd.'

'Wat ik bedoel is dat je je ogen niet van de vrouw van je broer kunt afhouden.'

Jack schoot overeind uit zijn stoel en gaf een klap tegen de knop van de televisie, waarmee hij Johnny Carson midden in een grap de mond snoerde. 'Je bent dronken en walgelijk. Ik ga naar bed.' Hij stampte de aangrenzende slaapkamer in. Dorothy Rae werkte zich uit haar stoel omhoog en volgde hem.

'Probeer het maar niet te ontkennen,' zei ze snikkend. 'Ik heb je in de gaten gehouden. Je zat zowat te kwijlen, telkens wanneer je naar Caroles knappe nieuwe gezicht keek.'

Jack trok zijn hemd uit, frommelde het in elkaar en gooide het in de wasmand. Hij bukte zich om zijn schoenveters los te maken. 'De enige die kwijlt in deze familie ben jij, wanneer je weer te dronken bent om jezelf in bedwang te houden.'

In een reflex veegde ze met de rug van haar hand over haar mond. Mensen die Dorothy Rae hadden gekend toen ze nog jong was, zouden hun ogen niet geloven. Ze was vier jaar lang het knapste meisje van Lampasas High School geweest. Toen ze daar was afgestudeerd, was Dorothy Rae in Austin naar de universiteit gegaan. Ze ontmoette Jack Rutledge tijdens haar eerste jaar, werd stapelverliefd op hem en nam zich vast voor hem voor zich te winnen. Ze had altijd alles gekregen wat ze gewild had en was niet van plan de enige man van wie ze ooit echt zou houden te laten schieten.

Jack, die in het tweede jaar van zijn rechtenstudie zat, was ook verliefd op Dorothy Rae, maar kon zelfs niet aan een huwelijk denken voor hij was afgestudeerd. Zijn vader verwachtte niet alleen dat hij zou afstuderen, maar bovendien dat hij als een van de besten van zijn jaar zou eindigen. En hij verwachtte ook dat hij zich netjes gedroeg tegenover vrouwen.

Dus toen Jack eindelijk toegaf aan de verleiding en met Dorothy Rae Hancock naar bed ging, wist hij niet goed wat nu voorrang moest krijgen... hoffelijkheid jegens de dame of verantwoordelijkheid ten opzichte van ouderlijke verwachtingen. Dorothy Rae dwong hem tot een beslissing toen ze hem huilerig vertelde dat ze over tijd was.

In paniek besloot Jack dat een voortijdig huwelijk beter was dan een voortijdige geboorte en bad dat Nelson het ook zo zou zien. Hij en Dorothy Rae reden in het weekend naar Oklahoma, trouwden in stilte en vertelden het daarna hun ouders.

Nelson en Zee waren teleurgesteld, maar toen Jack hun had gegarandeerd dat hij niet van plan was zijn studie op te geven, verwelkomden ze Dorothy Rae in de familie.

Francine Angela werd pas anderhalf jaar na de huwelijksplechtigheid geboren. Het was ofwel de langste zwangerschap in de geschiedenis of Dorothy Rae had Jack in de val gelokt.

Hij had haar nooit van een van beide beschuldigd, maar als in zelf opgelegde boetedoening kreeg ze na Fancy twee miskramen kort achter elkaar.

De laatste miskraam was levensgevaarlijk geweest, dus had de dokter haar eileiders afgebonden om verdere zwangerschappen te voorkomen. Om de fysieke en emotionele pijn die dat veroorzaakte te verzachten begon Dorothy Rae zich elke middag op een borrel te trakteren. En toen dat niet werkte nam ze er twee.

'Hoe kun je naar jezelf in de spiegel kijken terwijl je weet dat je de vrouw van je broer wilt hebben?' vroeg ze haar echtgenoot.

'Ik wil haar niet hebben.'

'O nee?' Ze hing nu vlak voor hem en vergiftigde de lucht tussen hen in met de alcoholdampen in haar adem. 'Je haat haar omdat ze je als een stuk vuil behandelt. Ze gebruikt je als voetveeg. Je ziet niet eens dat al die veranderingen in haar...'

'Welke veranderingen?' In plaats van zijn broek op een hangertje te hangen, liet hij hem in een stoel vallen. 'Ze heeft uitgelegd waarom ze haar linkerhand gebruikt.'

Nu ze zijn aandacht had, richtte Dorothy Rae zich op en nam het air van superioriteit aan dat alleen dronken mensen zich kunnen aanmeten. 'Andere veranderingen,' zei ze zacht. 'Heb je niets gemerkt?'

'Misschien. Wat dan?'

'Alle aandacht die ze Mandy geeft en de manier waarop ze aan Tate hangt.'

'Ze heeft heel wat meegemaakt. Ze is milder geworden.'

'Ha! Zíj? Milder? Het is niets dan show,' zei ze.

'Waarom zou ze?'

'Omdat ze iets wil. Ze speelt waarschijnlijk het aardige senatorsvrouwtje zodat ze straks met Tate naar Washington kan. Wat doe je dan, Jack? Hè? Waar blijf je dan met je smerige lustgevoelens?'

'Misschien ga ik wel drinken en hou ik je gezelschap.'

'Verander niet van onderwerp. Je verlangt naar Carole. Dat weet ik.' Ze eindigde in weer een snik.

Jack, die alweer genoeg had van haar door alcohol bedwelmde geratel, hing zijn kleren op, deed de lichten uit en sloeg het bed open. 'Kom naar bed, Dorothy Rae,' zei hij vermoeid.

Ze pakte hem bij de arm. 'Je hebt nooit van me gehouden.'

'Dat is niet waar.'

'Je denkt dat ik je onder valse voorwendselen tot een huwelijk heb gedwongen.'

'Dat heb ik nooit gezegd.'

'Ik dacht echt dat ik zwanger was. Echt waar!'

'Dat weet ik.'

'Omdat je niet van me hield, dacht je dat je wel met andere vrouwen kon rommelen.' Ze keek hem beschuldigend aan. 'Ik drink omdat mijn echtgenoot niet van me houdt. Heeft hij nooit gedaan. En nu is hij verliefd op de vrouw van zijn broer.'

Jack kroop in bed, draaide zich op zijn zij en trok de dekens over zich heen. Zijn afwerende houding maakte haar woedend. Ze kroop op haar knieën naar het midden van het bed en begon met haar vuisten op zijn rug te slaan. 'Vertel me de waarheid. Zeg me hoeveel je van haar houdt. Zeg me hoe erg je van mij walgt.'

Haar woede en kracht waren zoals gewoonlijk al snel uitgeput. Ze viel naast hem neer en verloor meteen het bewustzijn. Jack draaide zich om en stopte haar onder. Daarna slaakte hij een diepe zucht, ging weer liggen en probeerde te slapen.

16

'Ik dacht dat ze al wel in bed zou liggen,' zei Tate vanuit de deuropening van Mandy's badkamer. Avery zat op haar knieën naast de badkuip, waar Mandy met een grote berg bubbels zat te spelen.

'Dat had eigenlijk ook wel gemoeten, maar we hebben een beetje te veel badschuim genomen. Laat papa eens zien wat je kan,' zei Avery tegen Mandy.

Gehoorzaam schepte het kind een handvol bubbels op en blies klodders wit schuim alle kanten op. Een deel daarvan kwam op Tates knie terecht. 'Hola, Mandy, meisje! Jij neemt een bad, niet ik.'

Ze giechelde en schepte nog een handvol op. Dit keer landde een dot schuim op Avery's neus. Mandy lachte toen ze moest niezen.

'Ik kan hier maar beter een eind aan maken voor het echt uit de hand loopt.' Ze boog zich over de badkuip en tilde Mandy eruit.

'Hier, geef haar maar aan mij.' Tate stond klaar om zijn dochter in een handdoek te wikkelen.

'Voorzichtig. Ze is nogal glibberig.'

Mandy werd naar haar aangrenzende slaapkamer gedragen en op het bed neergezet. Tate ging naast haar zitten en begon haar ervaren af te drogen.

'Nachthemd?' vroeg hij Avery.

'O ja. Komt eraan.' Er stond een grote ladekast en een kleine, met een spiegel erboven. Waar zouden de nachthemden liggen? Ze liep naar het kleine kastje en trok de bovenste lade open. Sokjes en onderbroekjes.

'Carole? De tweede la.'

Avery had haar antwoord klaar. 'Ze moet toch ook ondergoed aan, of niet?'

Ze bracht ook een haarborstel mee van het toiletkastje, ging naast Tate op de rand van het bed zitten en begon Mandy's haar te borstelen. Wat ruik je lekker schoon,' fluisterde ze en ze drukte een kus op het roze wangetje toen ze klaar was met borstelen. 'Wil je wat poeder?'

'Net als dat van jou?' vroeg Mandy.

'Hmm, net als dat van mij.' Avery liep terug naar het toiletkastje en pakte de kleine muziekdoos met poeder die ze daar eerder had zien staan. Toen ze hem openmaakte klonk er een melodie van Tsjaikovski door de kamer. Ze doopte de poederdons in het poeder en bracht het toen op Mandy's borst, buik en armen aan. Mandy legde haar hoofd in haar nek en Avery streelde met de poederdons over haar keel. Giechelend kromde Mandy haar schouders en drukte haar vuisten in haar schoot.

'Dat kietelt, mama.'

Die aanspreekvorm verraste Avery en bracht tranen in haar ogen. Ze trok het kind dicht tegen zich aan. Het duurde even voor ze weer kon spreken. 'Nu ruik je echt lekker, toch papa?'

'Nou en of. Welterusten, Mandy.' Hij kuste haar, duwde haar in de kussens en legde de dunne deken over haar heen.

'Welterusten.' Avery leunde voorover om een vluchtige kus op haar wang te drukken, maar Mandy sloeg haar armpjes om Avery's hals en drukte een vochtige, luidruchtige kus op haar lippen.

Enigszins verrast door Mandy's spontane vertoon van genegenheid zette Avery de muziekdoos terug, deed het licht uit en ging Tate voor door de deuropening. Ze liep door de gang naar haar eigen kamer.

'Voor onze eerste dag…'

Verder kwam ze niet, want hij greep haar bij haar bovenarm, duwde haar de slaapkamer binnen en met haar rug tegen de muur. Met een hand stevig om haar bovenarm sloot hij met de andere de deur zodat niemand hen zou horen en drukte toen zijn handpalm tegen de muur naast haar hoofd.

'Wat is er met jou aan de hand?' vroeg ze.

'Hou je mond en luister naar me. Dat lieve gedoe van je is niets dan onzin. Ik weet dat. Maar Mandy is een kind. Voor haar is het echt en ze zal erop reageren.' Hij boog zich verder naar haar toe. 'En wanneer je dan straks weer jezelf wordt, zul je haar onherstelbare schade hebben toegebracht.'

'Ik...'

'Dat kan ik niet laten gebeuren. Ik verbied het je.'

'Je hebt erg weinig vertrouwen in me, Tate.'

'Helemaal geen vertrouwen.'

Ze hapte naar adem.

Hij keek haar aan. 'Oké, vanmorgen heb je dus de pers ter wille van mij verrast. Dank je. Je pakte mijn hand beet tijdens de persconferentie. Lief hoor. We dragen dezelfde trouwringen. Wat romantisch,' sneerde hij.

'Je hebt zelfs sommige van mijn familieleden, die toch beter zouden moeten weten, ertoe gebracht te zeggen dat je wellicht op de een of andere manier bekeerd bent in het ziekenhuis... dat je Jezus hebt gevonden of zo.'

Hij bracht zijn gezicht tot vlak bij het hare. 'Ik ken je veel te goed, Carole. Ik weet dat je op je liefst en aardigst bent vlak voor je toeslaat. Dat weet ik uit ervaring, nietwaar?'

'Ik ben veranderd,' zei Avery heftig. 'Ik ben anders.'

'Om de verdommenis niet. Je bent alleen van tactiek veranderd, dat is alles. Maar hoe goed je de rol van kandidaatsvrouw ook speelt, je ligt eruit. Wat ik je voor het ongeluk heb gezegd, geldt nog steeds. Na de verkiezing kun je je biezen pakken, schatje.'

'Ben je van plan het publiek op die manier te manipuleren?' siste ze. 'De campagne doorzetten met mij als je toegewijde echtgenote die je terzijde staat, zwaait en glimlacht en dwaze toespraken opzegt die een ander voor me geschreven heeft, alleen maar om meer stemmen te krijgen?' Haar stem was een hele octaaf hoger geworden. 'Omdat een gelukkig getrouwde kandidaat meer kans heeft om te winnen dan eentje die midden in een echtscheidingsprocedure zit?'

De glans in zijn ogen werd hard als staal. 'Leuk geprobeerd, Carole.

Geef mij maar de schuld, als je je daardoor beter voelt. Je weet verdomd goed waarom ik je niet allang de straat op heb geschopt. Ik wil deze verkiezing voor mezelf en voor mijn aanhangers. Ik ben niet van plan hen in de steek te laten. Ik zal proberen te winnen, zelfs al moet ik daarvoor doen alsof ik gelukkig met jou getrouwd ben.'

Hij schonk haar opnieuw een minachtende blik. 'De operatie heeft de buitenkant een frisser aanzien gegeven, maar je bent nog even rot vanbinnen.' Zijn mond was hard en wreed.

Avery besloot alles op alles te zetten om het beeld dat hij had te veranderen. Ze hief haar kin op en trotseerde zijn afwijzende blik. 'Weet je zeker dat ik dezelfde ben?'

'Verdomd zeker.'

Ze sloeg haar armen om zijn schouders en legde haar handen achter in zijn nek. 'Weet je het echt zeker, Tate?' Ze ging op haar tenen staan en streelde met haar lippen over de zijne. 'Absoluut zeker?'

'Doe dat niet. Het maakt je alleen maar nog meer tot een hoer.'

'Dat ben ik niet!'

De belediging deed pijn. In zekere zin verkocht ze zichzelf aan de echtgenoot van een andere vrouw omwille van een verhaal. Maar een nog belangrijker motief was de groeiende seksuele behoefte, die sterker was dan ze ooit eerder had meegemaakt. Verhaal of niet, ze verlangde er oprecht naar Tate de tederheid en liefde te geven die hij in zijn huwelijk met Carole had gemist.

'Ik ben niet de vrouw die ik vroeger was. Dat zweer ik je.'

Ze hield haar hoofd iets schuin en drukte haar lippen tegen de zijne. Haar handen sloten zich om zijn achterhoofd, haar vingers woelden door zijn haar en trokken hem omlaag. Als hij het echt wilde, kon hij haar weerstaan, hield Avery zich voor.

Hij liet echter toe dat ze zijn hoofd omlaagtrok. Daardoor aangemoedigd streelde ze zacht met haar tong over zijn lippen. Zijn spieren spanden zich, maar dat was een teken van zwakte, niet van kracht.

'Tate?' Ze beet zachtjes in zijn onderlip.

'Jezus!' riep hij uit en hij drukte zijn mond op de hare. Ze legde haar vingers tegen zijn wangen en gaf zich volledig over aan zijn kus.

Hij worstelde met haar kleding, stak zijn hand onder haar rok en in haar slipje en vulde hem met zacht, vrouwelijk vlees. Ze kreunde van genoegen toen hij haar tegen zijn gezwollen penis drukte.

Avery voelde zich vochtig en koortsig. Haar geslachtsdelen waren nat en warm. Haar borsten waren pijnlijk. De tepels tintelden.

Toen liet hij haar abrupt los.

Ze knipperde met haar ogen tot ze weer scherp zag. Haar hoofd bonkte tegen de muur achter haar. Ze drukte haar handen plat tegen de muur om te voorkomen dat ze omlaaggleed.

'Ik moet toegeven dat het een goede act is,' zei hij koud. Zijn wangen zagen rood en zijn ogen waren wijd open. Zijn ademhaling ging snel en oppervlakkig. 'Je bent niet meer zo onbeschaamd als eerst, maar hebt meer klasse. Anders, maar net zo sexy. Minstens zo sexy.'

Ze keek naar de uitpuilende gulp van zijn broek, een blik die woorden overbodig maakte.

'Goed dan, ik heb een stijve,' gaf hij met een kwade grauw toe. 'Maar ik ga er liever aan kapot dan dat ik weer met jou naar bed ga.'

Hij liep de kamer uit. Hij smeet de deur niet achter zich dicht, maar liet die openstaan, een nog grotere belediging dan wanneer hij naar buiten gestormd zou zijn. Gekwetst en vol hartenpijn bleef Avery alleen achter in Caroles kamer, met Caroles aankleding, Caroles troep.

Iedereen in de familie had de vreemde afwijkingen in Caroles persoonlijkheid opgemerkt, maar haar vreemde gedrag hield één persoon met name 's nachts wakker.

Wat is dat kreng van plan?

Er waren geen radicale veranderingen aan te wijzen. De veranderingen aan haar gezicht waren subtiel en het resultaat van de reconstructieve operatie. Korter haar gaf haar een ander aanzien, maar dat kon ook niet anders. Ze was een paar kilo afgevallen, waardoor ze er slanker uitzag dan eerst, maar het was beslist geen drastisch gewichtsverlies. Fysiek was ze praktisch dezelfde als voor het ongeluk. Het waren de niet-fysieke veranderingen die zo opvallend en verbijsterend waren.

Wat is dat kreng van plan?

Te oordelen naar haar gedrag sinds het ongeluk zou je denken dat ze door haar aanraking met de dood een geweten had gekregen. Maar dat was onmogelijk. Dat woord kende ze helemaal niet. Kon Carole Rutledge van gedachten zijn veranderd? Zocht ze de goedkeuring van haar echtgenoot? Zou ze ooit een liefhebbende moeder worden?

Laat me niet lachen.

Het was stom van haar nu van tactiek te veranderen. Ze had datgene waarvoor ze was aangenomen tot dusver prima gedaan: de ziel van Tate Rutledge vernietigen zodat, wanneer de kogel ten slotte in zijn hoofd explodeerde, dat bijna een zegen voor hem zou zijn.

Carole Navarro was perfect geweest voor dat karwei. O, ze had behoorlijk opgepoetst, opgetut en fatsoenlijk gekleed moeten worden en moeten leren haar zinnen niet te doorspekken met schuttingtaal. Maar tegen de tijd dat de revisie was voltooid, was ze een verbazingwekkend pakketje humor, intellect, wereldwijsheid en erotiek geweest waaraan Tate geen weerstand had kunnen bieden. Hij was precies volgens plan gevallen voor het omhulsel, omdat het alles beloofde in te houden wat hij zocht in een vrouw.

Carole had de mythe in stand gehouden tot na de geboorte van Mandy… en ook dat was volgens plan geweest. Het was een opluchting voor haar geweest over te gaan op fase twee en er verhoudingen op na te gaan houden. God, het was heerlijk geweest Tate zo ellendig te zien!

Afgezien van zijn indiscrete bezoek aan de intensive care in het ziekenhuis hadden ze niet over hun geheime bondgenootschap gesproken sinds ze vier jaar geleden met Tate in contact was gebracht. Ze hadden geen van beiden ook maar iets laten blijken van hun afspraak sinds zij voor de klus was aangenomen.

Maar sinds het ongeluk ontweek ze hem meer dan ooit. Hij moest haar goed in de gaten houden. Ze deed vreemde, ongebruikelijke dingen, ze leek in weinig meer op de oude Carole. De hele familie had het al gemerkt.

Misschien deed ze het omdat ze het leuk vond. Dat was net iets voor haar. Misschien wist ze iets over Tate waar niemand anders een idee van had en waarop ze meteen moest inspringen.

Of misschien had het kreng – en dat was het meest waarschijnlijk – besloten dat de status van een senatorsvrouw haar meer waard was dan de betaling die ze zou ontvangen op de dag dat Tate in een kist werd gelegd. Haar metamorfose was immers samengevallen met de voorverkiezingen.

Wat haar motief ook was, dit nieuwe gedragspatroon was bloedirritant. Ze kon maar beter oppassen, anders zou ze overal buiten vallen. Alles hing nu af van haar medewerking. Besefte die stomme teef dat dan niet?

Of had ze eindelijk begrepen dat er een tweede kogel voor haar bestemd was?

17

'Mevrouw Rutledge, wat een verrassing.'

De secretaresse stond op om Avery te begroeten toen ze het advocatenkantoor binnenkwam dat Tate met zijn broer deelde. Ze had het adres moeten opzoeken in het telefoonboek om te weten waar ze moest zijn.

'Hallo. Hoe maakt u het?' Ze noemde de secretaresse niet bij haar naam. Op het naamplaatje op haar bureau stond: MARY CRAWFORD, maar ze nam geen risico.

'Prima, maar u ziet er geweldig uit.'

'Dank u. Is Tate binnen?' Hij moest er zijn. Zijn auto stond buiten.

'Hij is in gesprek met een cliënt.'

'Ik dacht dat hij geen zaak in behandeling had.'

'Heeft hij ook niet.' Mary Crawford ging weer zitten. 'Barney Bridges is bij hem. U weet wat voor type dat is. Hoe dan ook, hij heeft een flinke bijdrage aan Tates campagne toegezegd, dus toen hij dat geld zelf kwam brengen, heeft Tate de tijd genomen om met hem te praten.'

'Nou, ik ben nu toch hier. Zou het nog lang duren? Kan ik wachten?'

'Natuurlijk. Gaat u zitten.' De secretaresse wees naar een aantal bankjes en gemakkelijke stoelen. 'Wilt u koffie?'

'Nee, bedankt.'

De laatste tijd wees ze de koffie vaak af, want ze dronk nog liever niets dan het mierzoete brouwsel waar Carole van had gehouden. Ze nam plaats in een van de leunstoelen en begon in een tijdschrift te bladeren. Mary ging verder met typen.

Dit impulsieve bezoek aan Tates advocatenkantoor was riskant, maar ze moest iets ondernemen, anders werd ze gek. Waar had Carole Rutledge zich de hele dag mee beziggehouden? Avery woonde al twee weken op de ranch en had nog geen enkele bezigheid ontdekt waarmee Tates vrouw zich nuttig had gemaakt.

Het had Avery diverse dagen gekost om alles te vinden in haar slaapkamer en de andere kamers waar ze toegang toe had. Ze was voortdurend op haar hoede, omdat ze niet wilde dat iemand zag wat ze aan het doen was. Inmiddels was ze goed op de hoogte van de indeling van het huis en wist ze waar de meeste dagelijkse voorwerpen lagen.

Langzaamaan begon ze ook buiten de zaak te verkennen. Ze nam Mandy daarbij mee, zodat het op niets meer dan een gewone wandeling leek.

Carole had een Amerikaanse sportwagen gehad. Toen Avery er eenmaal aan gewend was, verzon ze boodschappen om uit het huis weg te komen. Caroles leefwijze was vreselijk saai geweest en Avery Daniels werd er bijna gek van.

Toen ze op een dag een agenda in een nachtkastje had ontdekt, had ze die tegen haar borst gedrukt alsof het een goudklompje was. Maar een snelle blik op de inhoud onthulde weinig meer dan de dagen waarop Carole haar haar en nagels liet doen. De agenda had haar nauwelijks iets wijzer gemaakt over Caroles dagbesteding. Ze was kennelijk niet bij clubs aangesloten en had nauwelijks vrienden, want er belde nooit iemand voor haar op. De bloemen en kaarten die ze in het ziekenhuis had ontvangen, moesten van vrienden van de familie zijn geweest.

Carole had geen baantje en geen hobby's gehad. Avery bedacht dat ze daar eigenlijk dankbaar voor moest zijn. Als Carole nu eens een ervaren beeldhouwster, schilderes, muzikante of kalligraaf was geweest? Het was al moeilijk genoeg geweest zichzelf heimelijk te leren schrijven en eten met haar rechterhand.

Er werd helemaal niets van haar verwacht, ze hoefde zelfs haar eigen bed niet op te maken. Mona deed het huishoudelijke werk en zorgde voor het eten. Twee keer per week kwam er iemand om buiten voor de planten te zorgen; een gepensioneerde cowboy verzorgde de paarden. Niemand moedigde haar aan een bezigheid te hervatten die ze door haar verwondingen tijdelijk niet had kunnen uitvoeren.

Carole Rutledge was een luie nietsnut geweest. Avery Daniels was dat niet.

De deur van Tates kantoor ging open. Hij kwam naar buiten in gezelschap van een breedgebouwde man van middelbare leeftijd. Ze lachten.

Avery's hart ging sneller kloppen toen ze de oprecht warme glimlach van Tate zag, die hij haar nog nooit geschonken had. Hij zag er geweldig uit. Hij hield zijn hoofd een beetje schuin om te luisteren. Een lok van zijn haar viel over zijn voorhoofd. De brede grijns rond zijn mond toonde zijn sterke witte tanden.

Hij had haar nog niet gezien. Ze genoot ervan op zulke onbewaakte ogenblikken naar hem te kijken, voordat de minachting voor zijn vrouw zijn prachtige glimlach van zijn gezicht wiste.

'Nee maar, dat is nog eens een verrassing!'

De zware basstem rukte Avery uit haar verliefde mijmeringen. Tates bezoeker kwam snel op haar toe lopen op korte, stevige benen die aan die van Irish deden denken. Ze werd in zijn armen getrokken en met grote genegenheid op haar rug geklopt. 'Verdomme zeg, je ziet er beter uit dan ooit, en ik had toch niet gedacht dat dat zou kunnen.'

'Hallo, meneer Bridges.'

'Meneer Bridges? Ga toch weg. Waar heb je dat vandaan? Ik zei al tegen moeder toen we je op de televisie zagen dat je mooier bent dan ooit. Ze was het met me eens.'

'Ik ben blij dat het je goedkeuring heeft.'

Hij hield twee dikke vingers met een sigaar ertussen vlak voor haar neus. 'Luister maar eens goed naar ouwe Barney, liefje, die opiniepeilingen hebben verdomme niks te betekenen, hoor je me? Helemaal niks. Ik zei gister nog tegen moeder dat die opiniepeilingen geen donder voorstellen. Denk je dat ik mijn geld op deze jongen hier zou zetten,' zei hij terwijl hij Tate een klap tussen de schouderbladen gaf, 'als ik niet dacht dat hij die verdomde Dekker met de verkiezingen de duimschroeven aan zou draaien? Nou?'

'O nee, jij niet, Barney,' antwoordde ze lachend.

'Je hebt verdomme groot gelijk, dat zou ik niet doen.' Hij stak de sigaar in zijn mondhoek en omhelsde haar nog eens zo hard dat haar ribben bijna kraakten. 'Ik zou dolgraag met jullie gaan lunchen, maar ik heb een afspraak in de kerk.'

'Laat je door ons niet ophouden,' zei Tate en hij probeerde zijn gezicht in de plooi te houden. 'Nogmaals bedankt voor je bijdrage.'

Barney wuifde het bedankje weg. 'Moeder maakt die van haar vandaag over.'

Tate slikte moeizaam. 'Ik... ik dacht dat deze cheque van jullie beiden was.'

'Verdomme nee, jongen. Dat was alleen mijn helft. Ik moet nu weg. Het is nog een heel eind naar de kerk en moeder wordt woest als ik in de stad harder rijd dan honderdtien, dus heb ik beloofd dat niet te doen. Veel te veel idioten op de weg. Pas op jezelf, jullie allebei, begrepen?'

Hij liep naar buiten. Toen de deur achter hem was dichtgevallen keek de secretaresse naar Tate en fluisterde: 'Zei hij de helft?'

'Dat zei hij, ja.' Tate schudde zijn hoofd in ongeloof. 'Hij schijnt er echt van overtuigd te zijn dat de opiniepeilingen geen donder voorstellen.'

Mary lachte. Avery ook. Maar Tates glimlach was verdwenen tegen de tijd dat hij haar in zijn kantoor had getrokken en de deur had gesloten.

'Wat doe jij hier? Heb je geld nodig?'

'Nee, ik heb geen geld nodig,' zei ze vinnig, terwijl ze op de stoel tegenover zijn bureau ging zitten. 'Zoals je voorstelde, ben ik naar de bank gegaan en heb een nieuwe pas getekend. Ik heb de afwijking in mijn handschrift verklaard,' zei ze en ze spande haar rechterhand. 'Dus ik kan nu een cheque uitschrijven als ik krap bij kas kom te zitten.'

'Wat kom je dan doen?'

'Ik moet iets om handen hebben.'

'Wat zeg je?'

'Iets te doen.'

Haar onverwachte woorden bereikten hun doel. Ze had zijn onverdeelde aandacht. Hij keek haar sceptisch aan, leunde achterover in zijn stoel en legde zijn voeten op de hoek van zijn bureau. 'Iets te doen?'

'Je hoort het goed.'

Hij legde zijn vingers tegen elkaar op de koppel van zijn riem. 'Ik luister.'

'Ik verveel me, Tate.' Haar frustratie had een kookpunt bereikt. Rusteloos stond ze op. 'Ik zit daar de hele dag gevangen op die ranch. Ik ben het nietsdoen zat. Mijn hersens raken afgestompt. Ik begin zelfs al met Mona over soapseries te discussiëren.'

Terwijl ze doelloos door zijn kamer drentelde merkte ze op dat er overal foto's van Mandy stonden, maar niet één van Carole.

Aan een muur hingen ingelijste diploma's en foto's. Op zoek naar aanwijzingen over zijn verleden bleef ze staan voor een vergroting van een kiekje uit Vietnam.

Tate en Eddy stonden samen voor een bommenwerper, de armen kameraadschappelijk om elkaars schouders.

'Sinds wanneer maak jij je zorgen om je hersenen?' vroeg hij.

Ze draaide zich naar hem om. 'Ik moet iets te doen hebben.'

'Ga dan naar aerobics.'

'Dat doe ik al, vanaf het moment dat de dokter zei dat mijn dijbeen sterk genoeg was. Maar dat is maar drie keer per week een uur.'

'Neem er dan een paar lessen bij.'

'Tate!'

'Wat? Wat heeft dit verdomme allemaal te betekenen?'

'Dat probeer ik je te vertellen. Maar jij wilt niet naar me luisteren.'

Hij keek naar de gesloten deur en dacht aan de secretaresse die erachter zat. Veel zachter zei hij: 'Je rijdt graag, maar je hebt sinds je terugkeer niet één keer je paard opgezadeld.'

Dat klopte. Avery hield ook veel van paardrijden, maar ze wist niet hoe goed Carole geweest was en wilde zich niet verraden.

'Daar heb ik geen zin meer in,' zei ze mat.

'Ik had niet anders verwacht,' zei hij smalend.

'Het komt wel weer terug,' antwoordde ze, en om zichzelf wat tijd te gunnen om haar gedachten te ordenen, keek ze naar een foto van

Nelson met Lyndon B. Johnson toen die nog in het Congres zat. Indrukwekkend.

Er hingen diverse foto's van Nelson in uniform, die haar enig inzicht in zijn militaire carrière gaven. Met name één foto trok haar aandacht omdat die zo op de foto van Tate en Eddy leek.

Op de foto had Nelson zijn arm kameraadschappelijk om de schouders van een andere luchtmachtcadet geslagen... een al even knappe jongeman als de jonge Nelson zelf was. Op de achtergrond stond een beetje dreigend een monsterlijke bommenwerper. Onder de foto stond getypt: MAJOORS NELSON RUTLEDGE EN BRYAN TATE, ZUID-KOREA, 1951.

Bryan Tate, een familielid van Nelson? Een vriend? Waarschijnlijk dat laatste, omdat Nelson zijn zoon naar hem had vernoemd.

Avery draaide zich weer naar hem om en deed haar best niet meer interesse in de foto te tonen dan normaal was voor iemand die hem al zou moeten kennen. 'Geef me wat te doen op het campagnehoofdkwartier.'

'Nee.'

'Waarom niet? Fancy werkt er ook.'

'Reden genoeg om jou ervandaan te houden. Er zouden ongelukken van komen.'

'Ik negeer haar gewoon.'

Hij schudde zijn hoofd. 'We hebben een hele reeks nieuwe vrijwilligers. Ze vallen zowat over elkaar heen. Eddy verzint werkzaamheden om ze allemaal bezig te houden.'

'Ik moet ergens bij betrokken worden, Tate.'

'Waarom, in godsnaam?'

Omdat Avery Daniels de beste prestaties leverde wanneer ze onder druk stond, was ze gewend in hoog tempo te werken; ze kon niet tegen nietsdoen. Het luie leventje van Carole Rutledge maakte haar helemaal dol.

Bovendien kon ze hem niet beschermen tegen de moordaanslag of een verhaal schrijven over de poging daartoe als hij haar steeds op veilige afstand bleef houden. Haar toekomst en de zijne hingen ervan af dat zij even actief betrokken werd bij de campagne als alle verdachten.

'Ik vind dat ik je op de een of andere manier moet helpen.'

Hij barstte in lachen uit. 'Wie denk je voor de gek te kunnen houden?'

'Ik ben je vrouw!'

'Voor zolang het nog duurt!'

Zijn scherpe antwoord bracht haar tot zwijgen. Tate zag haar gekwetste uitdrukking en vloekte zacht. 'Goed, als je dan met alle geweld iets voor me wilt doen, ga dan door een fatsoenlijke moeder voor Mandy te zijn. Ik geloof dat ze een beetje loskomt.'

'Ze komt heel erg los. En ik ben van plan dat met de dag verder te verbeteren.' Ze steunde met haar handen op zijn bureau en leunde eroverheen, zoals ze had gedaan wanneer ze Irish toestemming vroeg om achter een verhaal aan te gaan waar hij het niet mee eens was. 'Zelfs Mandy en haar problemen beslaan niet genoeg tijd. Ik kan niet voortdurend bij haar zijn. Ze gaat drie ochtenden per week naar een peuterspeelzaal. Dat is heel goed voor haar, maar ik loop door het huis te slenteren tot het tijd is om haar op te halen. En ze gaat elke middag naar bed.' Ze leunde nog verder naar voren. 'Alsjeblieft, Tate, ik ga dood van verveling.'

Hij schraapte zijn keel en vroeg nors: 'Goed dan, wat stel je voor?'

De spanning nam iets af. Hij stond in elk geval open voor discussie. Ze rechtte haar rug. 'Laat me op het hoofdkwartier werken.'

'Niks ervan.'

'Laat me je dan vergezellen op je promotietocht, volgende week.'

'Nee,' zei hij buitengewoon vastberaden. 'De vorige keer liep je te klagen over de kamers, over het eten, over alles. Je kwam voortdurend te laat, terwijl je wist dat Eddy zich heel strak aan het schema wilde houden. Je maakte idiote opmerkingen tegen de pers en deed aardig tegen die gasten, terwijl wij ons kapot ergerden aan hen. En dat was nog maar een reisje van drie dagen voor ik definitief besloot om mee te doen.'

'Zo zal het deze keer niet gaan.'

'Ik zal helemaal geen tijd voor je hebben. Wanneer ik niet bezig ben het publiek toe te spreken, zal ik aan het schrijven zijn. Amper een paar uur onderweg zul je al lopen te jammeren dat ik je verwaarloos en dat je je rot verveelt.'

'Ik kan toch wel iets doen.'

'De nieuwigheid zou er al snel af zijn, en dan zou je beginnen te klagen en terug naar huis willen.'

'Nee, dat zal ik niet.'

'Waarom wil je er nu plotseling bij betrokken worden?'

'Omdat,' zei ze met toenemende woede, 'je een zetel in de Senaat probeert te bemachtigen en het mijn verantwoordelijkheid als je vrouw is je te helpen winnen.'

'Lulkoek!'

Er werd driemaal hard op de deur geklopt. Even later ging die open en kwamen Eddy en Jack binnen. 'Neem ons niet kwalijk,' zei Eddy, 'maar we hoorden al dat geschreeuw en dachten dat jullie ons misschien nodig hadden als scheidsrechters.'

'Wat is er aan de hand?' Jack sloot de deur. 'Wat doe jij hier?'

'Ik ben gekomen om mijn man te spreken,' zei Avery. 'Als jij daar niets op tegen hebt, Jack.' Ze streek uitdagend haar pony achterover.

'Carole wil volgende week mee op promotiereis,' vertelde Tate.

'Jezus, niet weer,' zei Jack.

Avery schreeuwde: 'En waarom dan wel niet?'

Eddy zei: 'Laten we erover praten.'

Tate keek hen om beurten aan. 'Het idee staat jou dus niet aan, Jack?'

Jack keek hem lelijk aan, haalde toen zijn schouders op en vloekte zacht. 'Ze is jouw vrouw.'

Tates aandacht ging naar Avery. 'Mijn bezwaren ken je al.'

'Sommige daarvan zijn gerechtvaardigd,' zei ze sussend, terwijl ze hem er stilletjes om bewonderde dat hij zijn vrouw niet bekritiseerde in het bijzijn van anderen. 'Ik zal het er deze keer beter afbrengen, nu ik weet wat me te wachten staat en wat er van me verwacht wordt.'

'Eddy?'

Eddy hield op het vloerkleed te bestuderen toen Tate zijn naam uitsprak. Hij keek op. 'Een knap stel verkoopt ongetwijfeld beter dan een knappe man alleen.'

'Waarom?'

'Imago, voornamelijk. Een stel vertegenwoordigt alles wat telt in

Amerika: huis en haard, de Amerikaanse droom. Een huwelijk betekent dat je, wanneer je eenmaal in Washington zit, niet een hoop belastinggeld zult verspillen aan knappe secretaressen die niet kunnen typen.'

'In theorie, tenminste,' bulderde Jack.

Eddy glimlachte wrang en stemde in: 'In theorie, ja. Vrouwelijke kiezers zullen je respecteren omdat je een trouwe echtgenoot en vader bent. Mannen zullen het prettig vinden dat je niet homofiel bent of pogingen doet hun vrouw te versieren.'

Avery verdeelde haar blik vol walging over de drie mannen. 'Dus, hoe luidt het vonnis?'

'Ik heb een voorstel.'

'Aan jou de eer, Eddy.' Tate zat opnieuw achterover in zijn stoel met zijn voeten op de punt van zijn bureau, tot ergernis van Avery.

Eddy zei: 'Ik heb namens Carole de uitnodiging voor het diner van vrijdagavond afgeslagen.'

'Dat van die zuidelijke gouverneurs in Austin?'

'Juist. Ik heb uitgelegd dat het waarschijnlijk nog te veel voor haar zou zijn. Ik kan terugbellen en het alsnog aannemen. Je hoeft er niet echt aan promotie te doen, het is alleen een kans om wat handen te schudden, te zien en gezien te worden. We kunnen kijken hoe die avond verloopt en op basis daarvan een beslissing nemen over de promotietocht.'

'Met andere woorden, een auditie,' zei Avery.

'Als je het zo wilt zien,' antwoordde Eddy kalm. Hij keek naar Jack en Tate. 'Ze bracht het er heel goed van af tijdens die persconferentie bij het verlaten van het ziekenhuis.'

Tate hechtte veel waarde aan Eddy's mening, maar de uiteindelijke beslissing nam hij toch altijd zelf. Hij keek naar zijn oudere broer, die nog steeds zweeg. Wat denk jij, Jack?'

'Ik neem aan dat het wel kan,' zei hij en hij keek haar afkerig aan. 'Ik weet wel dat pap en mam liever zouden zien dat jullie je gezamenlijk presenteerden.'

'Dank jullie beiden voor je advies.'

Ze begrepen de subtiele hint. Jack verliet het kantoor zonder nog een woord te zeggen. Eddy knikte naar Avery en sloot de deur achter zich.

Tate keek haar enkele ogenblikken aan. 'Goed dan,' zei hij met tegenzin. 'Je krijgt de kans me ervan te overtuigen dat je een aanwinst zou zijn wanneer we echt serieus campagne gaan voeren.'

'Ik zal je niet teleurstellen, Tate. Dat beloof ik je.'

Hij fronste weifelend. 'Vrijdagavond. We vertrekken om zeven uur precies. Zorg dat je klaar bent.'

18

'Ik ga wel.'

De bel was al twee keer gegaan. Avery was er het eerst bij. Ze trok de deur open en daar stond Van Lovejoy tussen de potten met geraniums.

Avery verstarde. Haar glimlach veranderde in een grimas, haar knieën in rubber. Haar maag kromp ineen.

Van reageerde ongeveer hetzelfde. Zijn ingedoken figuur kwam meteen overeind. Zijn sigaret viel uit zijn vingers. Hij knipperde meermalen met zijn ogen.

Avery vermande zich zo goed ze kon. 'Hallo.'

'Hoi, eh...' Hij sloot een ogenblik zijn ogen en schudde zijn hoofd. 'Eh, mevrouw Rutledge?'

'Ja?'

Hij legde zijn magere hand op zijn hart. 'Jezus, u zag er heel even precies zo uit als...'

'Kom binnen, alstublieft.' Ze wilde niet dat hij haar naam uitsprak. Ze had zich er maar amper van kunnen weerhouden de zijne vreugdevol uit te roepen. Het was bijna onmogelijk geweest de impuls te weerstaan hem stevig te omhelzen en te vertellen dat ze het geweldigste verhaal van haar carrière op het spoor was. 'En u bent?'

'O, sorry.' Hij wreef met zijn handpalmen over zijn spijkerbroek en stak toen zijn rechterhand uit. Ze schudde die snel. 'Van Lovejoy.'

'Ik ben Carole Rutledge.'

'Dat weet ik. Ik was erbij toen u de kliniek uit kwam. Ik werk voor KTEX.'

'Ik begrijp het.'

Het was vreselijk zo dicht bij een vriend te zijn en je niet normaal te kunnen gedragen. Ze had hem duizenden dingen te vragen, maar stelde zich tevreden met de ene vraag die Carole Rutledge hoorde te stellen.

'Als u hier bent namens het televisiestation, had u dat dan niet moeten regelen via meneer Paschal, de campagneleider van mijn man?'

'Hij weet dat ik kom. De productiemaatschappij heeft me gestuurd.'

'Productiemaatschappij?'

'Aanstaande woensdag maak ik hier een promotiefilmpje. Ik ben nu gekomen om de locatie te bekijken. Heeft niemand u verteld dat ik zou komen?'

'Ik...'

'Carole?'

Nelson kwam de hal binnen en schonk Van een blik vol afkeuring. Nelson zag er altijd tot in de puntjes verzorgd uit.

Van was precies het tegenovergestelde. Zijn vettige T-shirt kwam van een restaurant dat gespecialiseerd was in oesters. De slogan op het T-shirt luidde: PAK ME, ZUIG ME LEEG, EET ME RAUW. Zijn spijkerbroek was niet langer modieus gerafeld, maar gewoon versleten. Er zaten geen veters in zijn afgetrapte sportschoenen. Avery betwijfelde of hij sokken bezat, want die droeg hij nooit.

Hij zag er ongezond en zwaar ondervoed uit. Zijn schouderbladen staken scherp door zijn T-shirt heen. Als hij rechtop had gestaan, zou elke rib zichtbaar zijn geweest. Maar nu stond hij daar weer met kromgebogen rug.

Avery wist dat die door nicotine verkleurde handen met afgebroken en vieze vingernagels heel kundig waren in het hanteren van een videocamera. Zijn holle ogen waren in staat tot een ongelooflijk artistiek inzicht. Het enige wat Nelson echter zag was een eeuwige hippie, een verloren leven. Vans talent was even goed verborgen als Avery's ware identiteit.

'Nelson, dit is meneer Lovejoy. Meneer Lovejoy, kolonel Rutledge.' Nelson leek weinig zin te hebben Van de hand te schudden en hield het kort. 'Hij komt het huis bekijken ter voorbereiding van het promotiefilmpje dat ze volgende week opnemen.'

'Werkt u voor MB Productions?' vroeg Nelson stug.

'Af en toe freelance. Als ze de beste willen.'

'Hmm. Ik zal u rondleiden. Wat wilt u zien, binnen of buiten?'

'Alles.'

'U kunt het hele huis zien als u wilt, maar u krijgt geen toegang tot mijn familie, meneer Lovejoy. Mijn vrouw zou zich storen aan de platvloerse tekst op uw shirt.'

'Zij heeft het niet aan, dus ze hoeft zich er geen zak van aan te trekken.'

Nelsons blauwe ogen werden ijskoud. Hij was gewend met meer eerbied te worden behandeld door mensen die hij als lager in rang beschouwde. Het zou Avery niet verbaasd hebben als Nelson hem bij kop en kont had gepakt en hem naar buiten had gesmeten. Waarschijnlijk zou hij dat ook echt gedaan hebben als Vans aanwezigheid niet rechtstreeks verband hield met Tates campagne.

Van wendde zich weer tot haar: 'Ik zie u nog wel, mevrouw Rutledge. Sorry dat ik naar u staarde, maar u lijkt zo veel op...'

Nelson werd ongeduldig. 'Hierheen, Lovejoy.'

Van schudde nog een keer verbaasd zijn hoofd voor hij achter Nelson de hal door liep. Avery trok zich in haar eigen kamer terug, waar ze met haar rug tegen de deur ging staan. Ze ademde diep in en knipperde de tranen van nervositeit en wroeging weg.

Ze had Van wel bij zijn magere arm willen pakken en na een vreugdevolle hereniging alle informatie uit hem willen trekken. Hoe was het met Irish? Rouwde hij nog om haar dood? Zorgde hij wel goed voor zichzelf? Hoe was het afgelopen met de nieuwe weerman? Had hij de zak gekregen of was hij uit zichzelf opgestapt? Had de zwangere secretaresse een jongen of een meisje gekregen? Wat waren de laatste roddels van de afdeling Verkoop? Bedroog de algemeen directeur zijn vrouw nog steeds?

Ze besefte echter dat Van misschien niet zo blij zou zijn haar te zien als andersom. O, hij zou dolblij zijn dat ze nog leefde, maar zodra hij van de schok was hersteld, hoorde ze hem al zeggen: 'Waar denk je dat je in godsnaam mee bezig bent?'

Ze stelde zichzelf die vraag ook regelmatig. Ze wilde het verhaal, dat zeker, maar dat was niet haar enige motief.

Tates leven redden was de belangrijkste reden geweest om de plaats van zijn overleden vrouw in te nemen. Maar gold dat nog steeds? Waar was die zogenaamde dreiging?

Sinds haar thuiskomst was ze heel oplettend geweest. Er was iets mis tussen Jack en Dorothy Rae. Fancy kon een heilige nog kwaad maken. Nelson was een autocraat. Zee was afstandelijk. Eddy was ergerlijk competent. Maar ze gaven allemaal alleen maar blijk van liefde en bewondering voor Tate. Ze wilde een potentiële moordenaar ontmaskeren en het verhaal schrijven dat haar haar respect en geloofwaardigheid zou terugbezorgen. Van had haar daar weer aan herinnerd.

Hij had het besef meegebracht dat ze zich niet zozeer concentreerde op het ongelooflijke verhaal als wel op de mensen daarin. Dat was niet zo vreemd. Afstand houden was altijd al het moeilijkste aspect van haar carrière geweest. Het was het enige essentiële element van de journalistiek dat zij miste.

Ze had haar journalistieke interesse en vaardigheid geërfd van haar vader. Maar zijn vermogen het menselijk aspect terzijde te schuiven had geen deel uitgemaakt van de erfenis. Ze probeerde altijd wel objectief te blijven, maar had tot dusver gefaald. Ze vreesde dat ze dat hier bij de Rutledges niet zou leren. Maar ze kon nu niet weggaan.

Het werd vrijdag. Avery bracht de lange uren van de middag door met spelen met Mandy na haar middagslaapje. Ze maakten beestjes van klei tot Mandy honger kreeg en werd overgedragen aan Mona.

Om vijf uur ging Avery in bad. Terwijl ze haar make-up voor die avond aanbracht, nam ze wat kleine hapjes die Mona haar had gebracht. Ze bracht haar haar in model en maakte het geheel af met een paar prachtige diamanten oorbellen.

Om kwart voor zeven was ze klaar. Ze stond in haar badkamer wat parfum op te brengen toen Tate plotseling binnenkwam.

Tate sliep op de bedbank in de woon/werkkamer naast haar slaapkamer. Er was een tussendeur, maar die was altijd aan zijn kant op slot.

Avery's eerste gedachte toen hij binnen kwam lopen was dat hij van gedachten veranderd was en haar kwam vertellen dat ze toch niet mee mocht. Hij leek echter niet kwaad, alleen gehaast. Hij bleef staan toen hij haar weerkaatsing in de spiegel zag.

Blij dat haar inspanningen beloond werden draaide Avery zich naar hem om en vroeg: 'Vind je hem mooi?'

'De jurk? De jurk is prachtig.'

'Dat zul je ook wel zien aan de rekening van Frost Brothers.'

Ze wist dat het een schitterende jurk was. Een zwarte illusie, rijkelijk besprenkeld met lovertjes, bedekte haar borst, schouders, rug en armen. De knielange rok van de japon was afgebiesd met zwarte zijde. Er zaten ook zwarte glimmende lovertjes om haar hals en polsen.

Ze wilde die avond niets aan wat van Carole was geweest. Ze wilde volkomen nieuw zijn voor Tate, anders dan Carole ooit was geweest.

Bovendien waren al Caroles avondjurken laag uitgesneden en opzichtig, niet Avery's smaak. Ze had iets duns gezochts, maar met lange mouwen. Ze lette er voortdurend op dat ze niet te veel van haar huid liet zien, wat haar identiteit zou kunnen verraden. Deze jurk was perfect.

'Het geld is goed besteed,' mompelde Tate.

'Wilde je iets speciaals? Of kwam je kijken of ik te laat was?'

'Ik ben degene die te laat is, vrees ik. Ik kan mijn sierknopen niet vinden. Heb jij ze gezien?'

Het was niet aan haar aandacht ontsnapt dat hij maar ten dele gekleed was. Er zat een bloedvlekje op zijn kin, wat getuigde van een gehaaste scheerpartij. Hij was nog blootsvoets, zijn haar was ongekamd en vochtig en zijn gesteven overhemd hing open en over zijn broek heen. 'Sierknopen?' vroeg ze zwakjes.

'Ik dacht dat ik ze misschien hier had laten liggen.'

'Kijk gerust als je wilt.'

Hij rommelde door twee laden voordat hij de zwarte sieradendoos vond. Daarin lag een set sierknopen van onyx met bijpassende manchetknopen. 'Heb je hulp nodig?'

'Nee.'

'Jawel.' Ze ging voor de deur naar zijn kamer staan.

'Ik kan het zelf wel.'

'En je overhemd kreuken terwijl je met die dingen staat te worstelen. Laat mij maar.' Ze wuifde zijn protesten en zijn handen weg en stak de eerste sierknoop erin. Haar knokkels streelden het dikke haar op zijn borst. Het was warm en zacht. Ze wilde haar gezicht er wel in begraven.

'Wat is dat allemaal?' Ze keek naar hem op en volgde zijn blik. 'O, Mandy's kunstwerken.' Er hingen diverse krastekeningen met plakband aan haar spiegel. 'Heeft ze jou er geen gegeven?'

'Natuurlijk. Ik had alleen niet verwacht dat jij de jouwe zo in het zicht zou hangen. Je zegt altijd dat je die rommel niet kan uitstaan. Ben je klaar?' Hij keek omlaag om te zien of ze wel opschoot. Ze botsten bijna met hun hoofden tegen elkaar.

'Nog eentje. Sta stil. Rammelt je maag nou zo? Pak daar maar iets.' Hij wachtte even, nam toen een schijfje appel en een stukje kaas van het blad.

'Manchetknopen?'

Hij gaf ze aan haar en stak zijn linkerarm uit.

Ze stak de manchetknoop door het knoopsgat en drukte hem aan de achterkant open.

'Volgende.' Hij gaf haar zijn rechterarm.

Toen ze klaar was, sloeg ze haar ogen op en keek hem aan. 'En je stropdas?'

Hij slikte de appel door. 'In mijn kamer.'

'Kun je dat zelf?'

'Het zal wel lukken. Dank je. Ik ben over vijf minuten klaar.'

Tate had het gevoel op het nippertje te zijn ontsnapt toen hij de kamer waarin hij sliep weer betrad. Hij had zeker te heet gedoucht. Waarom had hij het anders nog steeds zo warm? Hij schreef zijn onhandigheid toe aan noodzakelijke haast en het belang van de avond die voor hem lag.

Het duurde even voor hij zijn das op de juiste manier gestrikt had; hij kon geen bij elkaar passende sokken vinden; het kostte hem tien minuten om zich verder aan te kleden. Maar toen zijn vrouw na zijn klopje op de deur haar slaapkamer uit kwam maakte ze daar geen opmerkingen over.

Ze liepen samen de huiskamer binnen, waar Zee Mandy een verhaaltje zat voor te lezen. Nelson keek naar zijn favoriete detectiveserie.

Hij keek op toen ze binnenkwamen en floot bewonderend. 'Jullie zien eruit als de bruid en bruidegom op een bruidstaart.'

'Dank je, pap,' antwoordde Tate voor hen beiden.

'Ze lijkt in die zwarte jurk niet bepaald op een bruidje, Nelson.'

Tate wist zeker dat zijn moeder het niet beledigend bedoeld had, maar het klonk nogal scherp.

Even bleef het stil en toen voegde Zee eraan toe: 'Maar je ziet er beeldschoon uit, Carole.'

'Dank je,' antwoordde ze verlegen.

Tate had gehoopt dat alles die avond gladjes zou verlopen. Zijn moeders gedachteloze opmerking had de sfeer niet helemaal verpest, maar nam de spanning ook bepaald niet weg.

Mandy herstelde de feestelijke stemming enigszins door van haar grootmoeders schoot te glijden en wat verlegen op hen toe te komen. Hij knielde neer. 'Geef me eens een lekkere knuffel.' Mandy sloeg haar armpjes om zijn nek en drukte haar gezicht tegen hem aan.

Tot zijn verbazing hurkte Carole naast hem neer. 'Ik kom je nog een kus geven wanneer we terug zijn. Goed?'

Mandy hief haar hoofd op en knikte. 'Goed, mama.'

'Wees lief voor opa en oma.'

Mandy knikte opnieuw en omhelsde ook Carole. 'Dag, mama.'

'Dag, meisje. Krijg ik nog een nachtzoen van je?'

'Moet ik al naar bed?'

'Nee, maar ik wil nu alvast graag een zoen.'

Mandy kuste Carole luidruchtig op de mond en liep toen terug naar haar grootmoeder. Normaal zou Carole geklaagd hebben dat Mandy haar make-up verpestte of haar kleren kreukelde. Nu depte ze alleen haar lippen af met een zakdoekje.

Tate legde zijn hand onder haar elleboog en leidde haar naar de voordeur. 'Het kan wel laat worden voor we terug zijn.'

'Rijd voorzichtig,' riep Zee hen na.

Nelson liet zijn detective voor wat hij was en volgde hen naar de deur. 'Als dit een schoonheidswedstrijd was zouden jullie beslist winnen. Ik kan niet zeggen hoe trots en blij ik ben jullie samen zo mooi opgedoft weg te zien gaan.'

Suggereerde zijn vader soms dat wat er tussen hen geweest was maar vergeven en vergeten moest worden? Tate stelde zijn bezorgdheid op prijs, maar dacht niet dat hij aan die wens kon voldoen. Vergeven? Dat had hij altijd al moeilijk gevonden. Vergeten? Dat zat gewoon niet in zijn aard.

Maar toen hij Carole in zijn auto hielp, wilde hij dat hij dat wel kon. Als hij alle woede en pijn kon uitwissen en vanavond opnieuw kon beginnen met deze vrouw, zou hij dat dan willen?

Tate was tegenover zichzelf altijd even eerlijk geweest als tegenover anderen. Zoals Carole zich nu gedroeg en eruitzag, zei hij tegen zichzelf, ja, dan zou hij best opnieuw willen beginnen.

Hij verlangde duidelijk wel naar haar. Hij vond het prettig als ze zo was, zacht pratend, gelijkmatig gehumeurd en sexy. Hij verwachtte niet van haar dat ze een deurmat was. Ze was te levendig en intelligent om anderen voor haar te laten beslissen. Dat wilde hij ook niet. Hij hield van vonken... van woede of van humor. Zonder die vonken was een relatie even saai als zouteloos eten.

Ze glimlachte toen hij achter het stuur ging zitten. 'Nelson heeft gelijk. Je ziet er heel goed uit vanavond, Tate.'

'Dank je. Jij ook.'

Ze verblindde hem met een glimlach. Vroeger zou hij gezegd hebben: 'Voor mijn part komen we te laat, ik ga de liefde bedrijven met mijn vrouw,' en zou hij met haar in de auto gevreeën hebben.

Hij kreunde zacht bij de gedachte daaraan en maskeerde dat snel door te hoesten.

Hij miste de spontaniteit, het genoegen van een verhitte vrijpartij met iemand van wie hij hield.

Om de felle gloed in zijn ogen, die zij beslist zou herkennen als opgewondenheid, te maskeren zette hij zijn zonnebril op, ook al was de zon al onder.

Terwijl hij van huis wegreed, bekende hij zichzelf dat hij miste wat ze hadden gehad, maar dat hij háár niet miste. Want al was de seks dan gepassioneerd, goed en veelvuldig geweest, hij had nauwelijks echte intimiteit gevoeld. Het was niet mogelijk om iets te missen wat hij nooit had gehad, maar dat nam niet weg dat hij ernaar verlangde.

Het zou heerlijk zijn de verkiezingen te winnen. Maar het zou veel fijner zijn geweest, en zijn toekomst had er een stuk zonniger uitgezien, als hij dat alles had kunnen delen met een liefhebbende vrouw die hem steunde. Maar zelfs als Carole die liefde in zich had gehad, zou hij die nooit meer aanvaarden. Ze had het al lang geleden verpest.

De fysieke aantrekkingskracht was er nog steeds, maar de emotionele band was verbroken.

19

Eddy Paschal stapte onder de douche vandaan. Hij depte snel zijn armen, borst en benen droog, zwierde de handdoek daarna over zijn schouder, pakte het andere uiteinde beet en wreef zijn rug droog terwijl hij de slaapkamer in liep. Daar bleef hij meteen stokstijf staan. Wat doe jij...'

'Hallo. Ik wist niet dat jij van vieze plaatjes hield.'

Fancy lag schuin over zijn bed. Ze steunde op een elleboog en bladerde door de *Penthouse* die ze in zijn nachtkastje had gevonden. Ze keek naar hem op en glimlachte. 'Ondeugende jongen.'

'Wat doe jij hier in godsnaam?' Hij sloeg snel de handdoek om zijn middel.

Fancy rekte zich loom uit. 'Ik lag te zonnebaden bij het zwembad en kwam hier wat verkoeling zoeken.'

Eddy woonde in een appartement boven de garage. Zee was erop tegen geweest dat hij in de personeelswoning trok, maar hij had uitgelegd dat het weliswaar gemakkelijk was als hij dicht bij hen woonde, maar dat hij zijn privacy wilde behouden. Het appartement boven de garage was precies wat hij nodig had. Daarop hadden ze toegegeven.

Nu was zijn privacy geschonden. 'Waarom hier?' vroeg hij. 'Is de airconditioning in het huis kapot?'

'Doe niet zo vervelend.' Fancy gooide het tijdschrift weg en ging rechtop zitten. 'Ben je niet blij me te zien?'

'Er is in elk geval heel wat te zien,' mompelde hij en haalde zijn hand door zijn sluike haar. 'Ik heb wel pleisters gezien die groter waren dan jouw bikini. Vindt Nelson het goed dat je zo rondloopt?'

'Grootvader keurt niets goed wat erotisch is. Ik begrijp echt niet hoe papa en oom Tate ooit verwekt hebben kunnen worden.'

'Je bent hopeloos, Fancy. En wil je nu alsjeblieft opdonderen zodat ik me kan aankleden? Ik heb afgesproken dat ik Tate en Carole bij Waller Creek zou ontmoeten en ik ben nu al te laat.'

'Mag ik met je mee?'

'Nee.'

'Waarom niet?' jammerde ze.

'Geen kaartjes meer.'

'Dat kun jij best regelen.' Hij schudde zijn hoofd. 'Waarom niet? Ik ben zo klaar.'

'Het wordt een saai diner voor grote mensen, Fancy. Je zou stijf staan van verveling.'

'Jij zult ook stijf zijn als ik meega, maar ik garandeer je dat dat niet van verveling zal zijn.' Ze schonk hem een wulpse knipoog.

'Ga je nou nog weg, of niet?'

'Niet, denk ik,' antwoordde ze snel. Ze maakte het bovenstukje van haar bikini los en liet het vallen. Ze richtte zich op haar ellebogen op. Wat vind je van mijn... zonnebrand?'

Eddy sloeg zijn ogen op naar het plafond en sloot ze toen. 'Waarom doe je dat nou? Vooruit, sta op. Trek dat ding weer aan en maak als de donder dat je hier wegkomt.'

Hij liep naar het bed en stak zijn hand uit om haar overeind te helpen. Fancy pakte hem beet, maar niet om zich aan op te trekken. In plaats daarvan drukte ze zijn handpalm tegen haar borst. Uitdaging en opwinding blonken in haar ogen. Ze draaide langzaam zijn hand rond haar tepel en trok met haar andere hand zijn handdoek los.

'Hmm, Eddy, je hebt een pracht van een pik.'

Ze staarde ernaar terwijl ze langzaam naar de rand van het bed schoof. Haar vingers omvatten zijn penis en ze kneep er zacht in. 'Zo groot. Voor wie bewaar je hem? Voor die lelijke rooie op het hoofdkwartier? Of voor mijn tante Carole? Ik kan veel meer voor je doen dan die twee.' Toen ze dat gezegd had, boog ze haar hoofd om het te bewijzen.

Eddy's knieën werden week bij de eerste gewaagde, vochtige streling van haar tong. Enkele seconden later lag Fancy ruggelings op het bed en lag hij boven op haar, met zijn tong diep in haar mond.

'O, god. O, jezus. Ja. Ja,' hijgde Fancy toen zijn handen haar ruw begonnen te liefkozen.

Hij trok haar armen achter haar hoofd en deed een aanval op haar borsten met zijn mond; hij zoog aan de tepels, beet erin en likte ze terwijl het meisje onder hem lag te kronkelen. Ze ging zo op in zijn ruwe voorspel dat het even duurde voor ze in de gaten had dat het voorbij was.

Ze opende haar ogen. Hij stond weer aan het voeteneind van het bed en glimlachte geamuseerd.

'Wat...

Pas toen ze probeerde op te staan voelde ze dat haar handen boven haar hoofd waren vastgebonden. Hij had haar bikinitopje om haar polsen geknoopt.

'Maak me los, klootzak.'

Eddy was begonnen zich aan te kleden. 'Ik weet zeker dat een vindingrijke jongedame,' zei hij met een wenkbrauw sceptisch opgetrokken, 'wel een manier zal vinden om zichzelf te bevrijden.'

'Val dood, jij.'

'Ik wil nog één ding weten. Wat bedoelde je met die opmerking over Carole en mij?'

'Wat denk je?'

Hij was in drie passen bij het bed, pakte een handvol van Fancy's haar beet, wond het om zijn vuist en trok er hard aan. 'Ik weet niet wat ik moet denken. Daarom vraag ik het.'

Hij maakte haar bang. Ze verloor iets van haar zelfverzekerdheid. 'Je moet het toch ergens vandaan halen. Waarom niet van tante Carole?'

'Omdat ze niet mijn type is.'

'Dat is gelogen.'

'Waarom?'

'Je houdt haar als een havik in de gaten, en sinds ze is thuisgekomen heb je er nog een schepje bovenop gedaan.'

Eddy bleef haar koud aanstaren. 'Ze is de vrouw van mijn beste vriend. Ze hebben wat problemen gehad. Ik vraag me af hoe hun huwelijk de uitkomst van de verkiezingen zou kunnen beïnvloeden.'

'Het is me het huwelijk wel,' snoof Fancy. 'Hij kan haar niet meer uitstaan omdat ze hem bedrogen heeft. Mijn onwrikbare oom Tate pikt zoiets niet van zijn vrouw. Hij blijft alleen met haar getrouwd tot na de verkiezingen.'

Toen glimlachte Fancy tevreden. 'Maar, weet je wat? Als je echt in Caroles broek wilt zien te komen, heb je waarschijnlijk pech, want volgens mij zijn ze het aan het goedmaken. Ik denk dat ze hem nu geeft – als hij dat wil – wat ze voor het vliegtuigongeluk aan jou gaf.'

Hij liet haar langzaam los. 'Een mooie theorie, Fancy.' Zijn stem klonk ijzig kalm. Hij liep naar het dressoir, stak een zakdoek in zijn broekzak en deed zijn horloge om. 'Maar hij klopt niet. Er is nooit iets geweest tussen Carole en mij en dat zal er ook nooit zijn.'

'Ik kan het aan haar vragen en kijken wat ze zegt.'

'Als ik jou was zou ik je jaloerse speculaties maar voor je houden,' zei hij zacht.

Fancy kwam wat moeizaam van het bed af en ging voor hem staan. 'Dit is niet leuk meer, Eddy. Maak me los.'

Hij hield zijn hoofd schuin, alsof hij diep over haar verzoek nadacht. 'Nee, ik denk van niet. Ik geloof dat ik liever eerst wat afstand tussen ons schep voor jij loskomt.'

'Ik kan hier niet weg zolang mijn handen vastgebonden zijn.'

'Dat klopt.'

Ze liep achter hem aan naar de deur. 'Alsjeblieft, Eddy,' jammerde ze en er verschenen tranen in haar grote blauwe ogen. 'Dit is gemeen. Het is voor mij geen spelletje. Ik weet dat je me een slet vindt omdat ik zo naar je toe kwam, maar ik had het gevoel dat er nooit iets zou gebeuren als ik niet zelf het initiatief nam. Ik hou van je. Hou alsjeblieft ook van mij. Alsjeblieft.'

Hij legde zijn hand tegen haar rug. 'Ik weet zeker dat je een andere vent kunt vinden die het op prijs stelt dat ik je alvast heb opgewarmd.'

Haar wangen werden vuurrood. 'Jij vuile klootzak.' De jammerende nederigheid was verdwenen uit haar stem, die nu trilde van woede.

'En óf ik een andere vent zal vinden. Ik neuk hem te pletter, ik zuig hem leeg. Ik...'

'Een goede avond, Fancy.' Hij duwde haar eenvoudigweg opzij en rende de buitentrap af naar zijn auto.

Fancy zette haar voet tegen de deur en schopte die achter hem dicht.

Avery zag de man bij de openbare telefoons niet eens toen ze het damestoilet uitkwam. Ze wilde terug naar het feest. Het banket had eindeloos lang geduurd en de spreker was langdradig geweest. Maar toen ze eenmaal vrij rond konden lopen, was Tate het middelpunt van de aandacht geweest en ging het allemaal fantastisch.

Tate had even haar arm aangeraakt toen ze zich excuseerde om naar het toilet te gaan, alsof hij zelfs die korte scheiding al te veel vond.

Nu ze langs de telefoons liep, pakte iemand haar plotseling bij de pols. Ze slaakte een kreet van verbazing en draaide zich om naar de man die haar had beetgepakt. Hij droeg een smoking, hij hoorde dus tot de genodigden.

'Hoe maak je het, schatje,' vroeg hij lijzig.

'Laat me los.' In de veronderstelling dat de man te veel had gedronken, probeerde ze haar arm los te rukken.

'Niet zo snel, mevrouw Rutledge.' Hij sprak de naam honend uit. 'Ik wil het nieuwe gezicht waarover ik zo veel heb gehoord wel eens van dichtbij bekijken.' Hij trok haar tegen zich aan. 'Afgezien van je haar zie je er hetzelfde uit. Maar vertel me eens wat me echt interesseert. Ben je nog steeds zo heet?'

'Laat me los, zei ik.'

'Wat is er aan de hand? Bang dat je man je zal betrappen? Die heeft het veel te druk daarbinnen.'

'Ik schreeuw moord en brand als je me nu niet loslaat.'

Hij lachte. 'Ben je kwaad omdat ik je niet ben komen opzoeken in het ziekenhuis? Het zou niet gepast zijn geweest als een van je minnaars naast je man aan je bed had gestaan, wel?'

Ze keek hem aan met niets dan koude woede. 'De zaken zijn veranderd.'

'O, ja?' Hij bracht zijn gezicht vlak bij het hare. 'Jeukt je poesje niet meer zoals eerst? Wat is er met je aan de hand, Carole? Denk je dat je te goed voor me bent nu Tate echt in de race is? Wat een grap! Rory Dekker zal hem echt niet laten winnen, hoor.' Hij sloot zijn vingers om haar kin. Ze jammerde van pijn en woede.

'Je wilt zeker met hem naar Washington, nietwaar? Je keek vanavond dwars door me heen. Wie denk je verdomme wel niet dat je bent, trut, dat je me zo kunt negeren?'

Hij drukte een harde kus op haar mond en maakte haar misselijk door zijn tong tussen haar lippen door te duwen. Ze balde haar handen tot vuisten en duwde uit alle macht tegen zijn schouders. Ze probeerde hem in zijn kruis te trappen, maar haar rok was te strak. Hij was sterk; ze kon hem niet van zich afhouden. Ze voelde zich zwak en duizelig worden.

Toen hoorde ze stemmen naderen. Hij ook. Hij schonk haar een valse glimlach. 'Je kunt maar beter niet vergeten wie je vrienden zijn,' sneerde hij en hij verdween om de hoek, vlak voor twee vrouwen verschenen die op weg waren naar het toilet.

Hun gesprek stokte toen ze Avery zagen. Ze keerde hun snel de rug toe en nam de telefoonhoorn van de haak, alsof ze wilde gaan bellen. Ze liepen voorbij en gingen het toilet binnen, waarna Avery tegen de plank onder de telefoon in elkaar zakte.

Ze brak een nagel in haar haast Caroles tasje open te maken op zoek naar een zakdoekje. Ze veegde er hard mee over haar mond om de uitgesmeerde lippenstift en de smaak van Caroles ex-minnaar te verwijderen. Ze stopte een pepermuntje in haar mond en depte haar betraande ogen droog. Toen ze eindelijk het gevoel had het publiek weer onder ogen te kunnen komen, draaide ze zich om. Op dat moment kwam een man de hoek om en botste zowat tegen haar op. Ze zag alleen de voorkant van zijn smoking en gilde van angst.

'Carole? Wat is er in godsnaam aan de hand?'

'Tate!'

Avery wierp zich tegen hem aan, sloeg haar armen om hem heen, drukte haar wang tegen zijn borst en sloot haar ogen om het beeld van de andere man kwijt te raken.

Aarzelend sloeg Tate zijn armen om haar heen en streelde haar rug. 'Wat is er aan de hand? Wat is er gebeurd? Een vrouw vertelde me dat je van streek leek. Ben je ziek?'

Hij had onmiddellijk het voetlicht verlaten en was haar te hulp geschoten, ook al was ze een ontrouwe echtgenote. Als ze nog scrupules had gehad omdat ze met de man van een andere vrouw wilde slapen, dan verdwenen die op dat moment. Carole had hem niet verdiend.

'O, Tate, het spijt me.' Ze hief haar gezicht naar hem op. 'Het spijt me zo.'

'Wat dan?' Hij pakte haar bij de schouders en schudde haar zacht door elkaar.

Ze moest snel een logische verklaring bedenken. 'Ik denk dat ik nog niet echt klaar ben om door zo veel mensen omringd te zijn. Ik kreeg het plotseling vreselijk benauwd.'

'Het leek toch prima te gaan?'

'Dat was ook zo. Ik genoot ervan. Maar opeens leek alles en iedereen op me af te komen. Het was alsof ik weer helemaal in het verband zat. Ik kon geen adem krijgen, kon niet...'

'Oké, ik begrijp het al. Had maar iets gezegd. Kom mee.' Hij nam haar bij de arm.

'We hoeven niet per se te gaan.'

'Het feest loopt toch ten einde. Zo zijn wij het eerste op het parkeerterrein.'

'Weet je het zeker?'

'Ik weet het zeker. Kom maar.'

Ze zeiden erg weinig op weg naar huis en toen ze daar aankwamen lag iedereen al in bed. Ze liepen samen naar Mandy's kamer en kusten haar goedenacht. Het meisje mompelde iets in haar slaap, maar werd niet wakker.

Toen ze door de gang naar hun kamers liepen zei Tate: 'We moeten naar diverse formele gelegenheden volgende week. Je moest deze jurk maar meenemen.'

Avery draaide zich naar hem om. 'Je bedoelt dat je wilt dat ik mee-ga?'

Hij keek naar een plek voorbij haar hoofd. 'Ja, ik geloof wel dat het een goed idee is. Eddy zal je over een paar dagen verder inlichten, zodat je weet wat je nog meer mee moet nemen. Welterusten.'

Bitter teleurgesteld in zijn lauwwarme reactie ging ze haar kamer in en maakte zich klaar om te gaan slapen. Ze keek of Caroles ex-minnaar haar jurk niet had beschadigd, maar dat was gelukkig niet zo.

Ze was uitgeput toen ze eindelijk de lamp uitdeed, maar toen ze een uur later nog wakker lag, stond ze op en verliet haar kamer.

Fancy besloot via de keuken naar binnen te gaan voor het geval haar opa in de woonkamer in hinderlaag zat. Ze opende de deur, schakelde het alarm uit en zette het weer aan toen ze binnen was.

'Wie is dat? Fancy?'

Fancy sprong haast de lucht in. 'Jezus christus, tante Carole! Je jaagt me de stuipen op het lijf!' Ze deed het licht aan.

'O, mijn god. Wat is er met jou gebeurd?' zei Avery, toen ze het gezwollen oog en de bloedende lip van het meisje zag.

'Misschien kun je me je plastisch chirurg lenen,' grapte Fancy, voordat ze tot de ontdekking kwam dat het pijn deed als ze lachte. Ze raakte met haar tong de bloedende snee aan. 'Het komt wel weer goed.' Ze liep naar de koelkast, nam er een pak melk uit en schonk zichzelf een glas in.

'Moet je niet naar een dokter? Zal ik je naar de eerste hulp rijden?'

'Nee, hou op. En wil je alsjeblieft niet zo schreeuwen. Ik wil niet dat opa en oma me zo zien.'

'Wat is er gebeurd?'

'Nou, het ging zo. Ik ging naar zo'n boerendanszaal. Het was er heel gezellig. Vrijdagavond, weet je wel... Ze hadden net hun loon gekregen. Iedereen was in feeststemming. Er was een jongen bij met een heel mooi kontje. Hij nam me mee naar een motel. We dronken nog wat bier en rookten een paar joints. Ik denk dat het voor hem wat te veel was, want toen we ter zake kwamen kreeg hij hem niet omhoog. Natuurlijk reageerde hij dat op mij af.'

'Heeft hij je geslagen?'

'Wat dacht je dan? Natuurlijk heeft hij me geslagen.'

'Je had ernstiger gewond kunnen raken, Fancy. Heeft hij je ook vastgebonden?'

Fancy volgde de blik van haar tante naar de rode kringen om haar polsen. 'Ja,' antwoordde ze verbitterd, 'de klootzak bond mijn handen bij elkaar.' Carole hoefde niet te weten dat de 'klootzak' over wie ze het had niet de dronken, impotente cowboy was.

'Je bent gek om zo met een vreemde naar een motel te gaan, Fancy.'

'Ben ik gek? Jij zit anders ijsklontjes in een zakje te stoppen.'

'Voor je oog.'

Fancy sloeg haar handen weg. 'Je hoeft mij niet te vertroetelen, oké?'

'Je oog wordt bont en blauw. Straks zit het helemaal dicht. Wil je dat je ouders je zo zien en je hun het verhaal moet vertellen dat je mij zojuist hebt verteld?'

Geërgerd pakte Fancy de zak met ijs en hield hem tegen haar oog. Ze wist dat haar tante gelijk had.

'Wil je peroxide voor je lip? Een aspirine? Iets tegen de pijn?'

'Ik heb genoeg bier en hasj op om de pijn te verzachten.'

Fancy was in de war. Waarom deed Carole zo aardig tegen haar? Ze gedroeg zich enorm vreemd sinds ze terug was uit die dure kliniek. Ze krijste niet meer tegen het kind. Ze wilde iets doen in plaats van de hele dag op haar gat zitten. Ze leek zelfs weer dol te zijn op oom Tate en te proberen hem weer voor zich te winnen.

Weinig kans, dacht Fancy. Als je oom Tate eenmaal bedrogen had, stond je voor de rest van je leven op de zwarte lijst.

'Wat doe je zo laat nog beneden,' vroeg ze, 'helemaal alleen in het donker?'

'Ik kon niet slapen. Ik dacht dat chocolademelk misschien zou helpen. Er stond een nog halfvolle kom op de tafel.'

'Chocolademelk? Wat een giller.'

'Het juiste middel tegen slapeloosheid voor de vrouw van een senator,' antwoordde ze met een veelzeggende glimlach.

Fancy, die nooit om de zaken heen draaide, vroeg: 'Je bent echt je leven aan het beteren, nietwaar?'

'Wat bedoel je?'

'Je weet verdomd goed wat ik bedoel. Je verandert je imago in de hoop dat oom Tate gekozen zal worden en dat hij je meeneemt naar Washington.' Ze nam een vertrouwelijke pose aan. 'Zeg eens, heb je al je vriendjes de bons gegeven, of alleen Eddy?'

Het gezicht van haar tante werd bleek. Ze beet op haar onderlip en vroeg toen: 'Wat zeg je daar?'

'Doe maar niet zo onschuldig. Ik heb het al die tijd al vermoed,' zei Fancy uit de hoogte. Ik heb Eddy ermee geconfronteerd.'

'En wat zei hij?'

'Niets. Hij ontkende het niet en gaf het niet toe. Hij reageerde zoals het een heer betaamt. Maak je geen zorgen. Er is hier in huis al genoeg aan de hand. Ik zal het niet tegen oom Tate vertellen. Tenzij... tenzij je je verhouding met Eddy weer oppakt. Van nu af aan neukt hij alleen nog met mij. Slaap lekker.'

Heel tevreden dat ze zichzelf zo duidelijk had uitgesproken, liep Fancy de keuken uit.

Het kwam pas na een paar dagen bij haar op dat Carole de enige in de familie was die haar blauwe oog en gebarsten lip had opgemerkt en dat ze haar niet verraden had.

20

Van Lovejoys appartement was de grootste nachtmerrie van ieder woonblad. Hij sliep op een smal matras dat op een laag van betonblokken was gelegd. Andere meubelstukken stelden al even weinig voor en waren afkomstig van vlooienmarkten en tweedehandswinkels.

De volkomen kale kamers stonden vol met videobanden. Die banden, en de apparatuur die hij gebruikte om ze te kopiëren, te redigeren en af te spelen, waren de enige dingen van waarde in zijn appartement, en ze waren van onschatbare waarde. Van was beter toegerust dan menige kleine productiemaatschappij.

Overal lagen videocatalogi. Hij had op allemaal een abonnement en pluisde ze elke maand door op zoek naar een video die hij nog niet had of had gezien. Bijna zijn hele inkomen besteedde hij aan het op peil en bij de tijd houden van zijn collectie.

Zijn collectie films kon concurreren met elke videotheek. Afgezien van speelfilms bevatte zijn collectie ook series en documentaires, en verder elke centimeter film die hij zelf in zijn carrière had volgeschoten. Het was in de hele staat bekend dat als iemand oud materiaal nodig had en dat nergens anders kon krijgen, Van Lovejoy van KTEX in San Antonio het beslist had.

Hij bracht al zijn vrije tijd door met het bekijken van banden. Die avond was hij gefascineerd door de ruwe opnamen die hij enkele dagen tevoren op de Rocking R Ranch had gemaakt. Hij had ze bij MB Productions afgeleverd, maar niet eerder dan nadat hij er voor zichzelf kopieën van had gemaakt. Hij wist nooit wanneer iets wat hij eerder had opgenomen nog nuttig kon zijn, dus bewaarde hij overal kopieën van.

MBP zou er nu een script bij schrijven, het redigeren, er een commentaarstem en muziek bij opnemen en voor de dag komen met een aantal gladde, volledig bewerkte promotiefilmpjes van verschillende lengte. Dat kon Van allemaal niet schelen. Hij was betaald. Wat hem nu interesseerde waren de spontane opnamen.

Tate Rutledge was een buitengewoon inspirerende man, knap en intelligent, een wandelend succesverhaal... het soort man waaraan Van in principe een hekel had. Maar als Van was gaan stemmen zou hij deze man gekozen hebben. Tate was heel oprecht, ook al vertelde hij soms iets wat de mensen liever niet hoorden.

Van bleef maar denken dat er met het kind iets niet in orde was. Ze zag er heel leuk uit, ook al leken die kleine meisjes in Vans ogen allemaal op elkaar. Hij werd gewoonlijk niet gevraagd om kinderen te filmen, maar de keren dat dat wel was gebeurd had hij gemerkt dat ze gewoonlijk bedreigd of gelijmd moesten worden om rustig te gaan zitten, zich fatsoenlijk te gedragen en mee te werken, vooral wanneer een opname een paar keer overgedaan moest worden.

Dat was niet het geval geweest bij dat kind van Rutledge. Ze was heel stil en deed niet vervelend. Ze deed trouwens helemaal niets zolang het haar niet werd gezegd, en dan gedroeg ze zich als een pop die je met een sleuteltje opdraaide. Carole Rutledge kreeg nog het meeste respons van haar.

Zij was ook degene die Van het meest intrigeerde.

Hij had de banden meermalen bekeken... degene die hij op de ranch had opgenomen en die van toen ze de kliniek uitkwam. Die dame wist hoe ze zich voor de camera moest gedragen.

Rutledge en het kind had hij aanwijzingen moeten geven, maar haar niet. Ze was een natuurtalent en leek al te weten wat hij ging doen voor hij dat zelf wist.

Ze was een professional.

Haar gelijkenis met een andere professional met wie hij had samengewerkt was gewoon eng.

Uren had hij voor de televisie gezeten en de banden afgespeeld en Carole Rutledge bestudeerd. Wanneer ze een onhandige beweging maakte, leek het alsof ze dat met opzet deed, alsof ze besefte hoe goed ze was en dat wilde maskeren.

Hij haalde er een videoband uit en stopte er een nieuwe in, een die hij zo had opgenomen dat die in slow motion kon worden afgespeeld. Hij kende hem al. Ze liepen met z'n drieën door het gras, Rutledge met zijn dochter op zijn arm en zijn vrouw naast hem. Van had de opname zo gepland dat de zon achter de dichtstbijzijnde heuvel onderging, waardoor zij in silhouet afgebeeld werden. Het effect was prachtig, bedacht hij nu hij het voor de zoveelste keer bekeek.

En toen zag hij het! Mevrouw Rutledge glimlachte naar haar echtgenoot. Ze raakte zijn arm aan. Zijn glimlach vervaagde. Hij bewoog zijn arm... heel licht, maar voldoende om haar vrouwelijke liefkozing te onderbreken. Als de opname niet in slow motion was geweest had Van het waarschijnlijk nooit opgemerkt.

Hij twijfelde er niet aan of de opname zou eruit geknipt worden bij de eindmontage. De Rutledges zouden overkomen als het ideale gezin. Maar er was iets mis met het huwelijk, evengoed als er iets mis was met het kind. Er klopte daar iets niet.

Van was een cynicus. Het verbaasde hem niet dat het huwelijk op losse schroeven stond en het kon hem geen donder schelen.

Toch fascineerde de vrouw hem nog altijd. Hij durfde te zweren dat ze hem laatst al had herkend voor hij zich voorstelde. En de gelijkenis tussen Carole Rutledge en Avery Daniels was griezelig. Caroles onbewuste bewegingen leken akelig veel op die van Avery.

Het was natuurlijk belachelijk wat hij nu dacht... een stukje uit de *Twilight Zone*. Maar hij kreeg het idee niet uit zijn kop, hoe belachelijk het ook was.

Een paar dagen geleden was hij ermee naar Irish gegaan. Hij had zich in een van de leunstoelen laten vallen en gevraagd: 'Heb je al kans gezien die band te bekijken die ik je gegeven heb?'

Irish was als gewoonlijk met zes dingen tegelijk bezig. Hij haalde zijn hand door zijn grijze haren. 'Band? O, die van Rutledge? Wie doet dat stuk over die stapel beenderen die ze in Comal County hebben gevonden?' had hij naar een verslaggever geroepen die langs zijn kantoor liep.

‘Wat vind je ervan?’ vroeg Van, toen Irish zijn aandacht weer op hem richtte.

‘Waarvan?’

‘De band,’ zei Van geërgerd.

‘Waarom? Verdien je bij als opiniepeiler?’

‘Jezus,’ mompelde Van en wilde opstaan. Irish beduidde hem korzelig weer te gaan zitten. ‘Waar wil je dat ik naar kijk?’

‘De griet.’

Irish kuchte. ‘Heb je het op haar voorzien?’

Van herinnerde zich dat het hem had geërgerd dat Irish de gelijkenissen tussen Carole Rutledge en Avery Daniels niet had opgemerkt. Dat had een indicatie moeten zijn van hoe belachelijk zijn ideeën feitelijk wel waren, want niemand kende Avery beter dan Irish. Hij kende haar al twintig jaar voor Van haar ooit onder ogen had gekregen. Dit bracht hem er echter alleen maar toe koppig zijn gelijk te willen bewijzen.

‘Ik vind dat ze verdomd veel op Avery lijkt.’

Irish keek Van scherp aan. ‘Heb je ook nog iets nieuws te vertellen? Dat hebben we al gezegd zodra Rutledge de politiek in ging en we hem en zijn vrouw op het nieuws begonnen te zien.’

‘Ik zal er die dag dan wel niet geweest zijn.’

‘Of je was te stoned om het je te herinneren.’

‘Zou kunnen.’

Irish ging met een zucht weer achter zijn bureau zitten. Hij werkte harder dan ooit en maakte onnodig veel uren. Iedereen in de redactiekamer sprak erover. Werken was een pleister op zijn wonde. Hij zou als katholiek nooit gewoon zelfmoord plegen, maar zou zichzelf uiteindelijk ter dood brengen door te veel werk, te veel drank, te veel roken, te veel stress... alle dingen waarover Avery hem steeds vol genegenheid de les had gelezen.

‘Ben je er nog ooit achter gekomen wie je haar sieraden heeft opgestuurd?’ vroeg Van. Irish had hem dat destijds verteld en hij had het weliswaar vreemd gevonden, maar was het vergeten tot hij oog in oog kwam te staan met Carole Rutledge.

Irish schudde peinzend zijn hoofd. ‘Nee.’

'Ooit geprobeerd?'

'Een paar telefoontjes.'

Hij wilde er kennelijk niet over praten. Van drong aan. 'En?'

'Ik kreeg een of andere klootzak aan de lijn die met rust gelaten wilde worden. Hij zei dat na het ongeluk alles zo chaotisch was dat er van alles gebeurd kon zijn.'

Zoals lichamen verwisselen? vroeg Van zich af.

Hij had die vraag willen stellen, maar deed het niet. Irish had het zo al moeilijk genoeg met de verwerking van Avery's dood. Hij zou waarschijnlijk gezegd hebben dat zijn hersenen uitgedroogd waren door te veel verdovende middelen, wat waarschijnlijk waar was. Hij was een schooier… een mislukkeling. Een outcast. Wat wist hij nou?

Toch stopte hij weer een band van de Rutledges in de videorecorder.

De eerste schreeuw wekte haar. De tweede drong echt tot haar door. De derde bracht haar ertoe uit bed te springen.

Avery pakte snel een ochtendjas, gooide de deur van haar slaapkamer open en rende door de gang naar Mandy's kamer. Enkele seconden nadat ze haar bed uitgegaan was bukte ze zich over het kind. Mandy lag wild te schoppen en te slaan en krijste nog steeds.

'Mandy, lieverd, word wakker.' Avery ontweek een vuist.

'Mandy?'

Tate dook op aan de andere kant van het bed. Hij liet zich op zijn knieën vallen en pakte de armen en benen van zijn dochter vast. Ze bleef krijsen.

Avery drukte haar handen tegen Mandy's wangen. 'Mandy, word wakker. Word wakker, liefje. Tate, wat moeten we doen?'

'Blijven proberen haar wakker te krijgen.'

'Heeft ze weer een nachtmerrie?' vroeg Zee toen zij en Nelson binnenkwamen. Zee ging achter Tate staan. Nelson nam plaats aan het voeteneinde van het bed van zijn kleindochter.

'We hoorden haar tot in onze vleugel schreeuwen,' zei hij. 'Arm klein ding.'

Avery tikte zachtjes tegen Mandy's wangen. 'Mama is bij je. Papa en mama zijn hier. Je bent veilig, lieverd. Je bent veilig.'

Eindelijk werd het geschreeuw zwakker. Zodra ze haar ogen opendeed wierp ze zich in Avery's armen. Avery trok haar tegen zich aan en drukte het betraande gezichtje in haar hals. Mandy's schouders schokten; haar hele lichaam bewoog op haar snikken.

'Mijn god, ik had geen idee dat het zo erg was.'

'Ze had ze bijna elke nacht toen je nog in het ziekenhuis lag,' zei Tate, 'maar nu is het al een paar weken geleden.'

'Kunnen we iets voor jullie doen?'

Tate keek naar Nelson. 'Nee, ik denk dat ze nu wel zal kalmeren en weer in slaap zal vallen, pa, maar bedankt.'

Daarop nam Nelson Zee bij de arm en trok haar mee naar de deur. Ze leek nog niet weg te willen en wierp Avery een nerveuze blik toe.

'Het zal zo wel beter met haar gaan,' zei Avery. Ze wreef over Mandy's ruggetje. Het meisje hikte nog na, maar had het ergste gehad.

'Soms komen ze terug,' zei Zee slecht op haar gemak.

'Ik blijf de rest van de nacht bij haar.' Toen zij en Tate weer alleen waren met het kind zei Avery: 'Waarom heb je me nooit verteld dat die nachtmerries zo ernstig waren?'

Hij nam plaats in de schommelstoel. 'Jij had zelf problemen genoeg.'

'Toch had ik het moeten weten.'

Avery bleef Mandy tegen zich aan houden. Ze wiegde haar heen en weer en mompelde geruststellende woorden. Ze zou Mandy niet loslaten eer het meisje daar zelf aan toe was. Eindelijk hief ze haar hoofdje op.

'Beter nu?' vroeg Tate.

Mandy knikte.

'Het spijt me dat je zo'n enge droom had,' fluisterde Avery en veegde Mandy's tranen weg. 'Wil je mama erover vertellen?'

'Het krijgt me te pakken,' stamelde ze.

Wat, liefje?'

'Het vuur.'

'Ik heb je uit het vuur gehaald, weet je nog?' vroeg Avery zacht.

'Het vuur is er niet meer. Maar het is nog heel eng om aan te denken, nietwaar?'

Mandy knikte.

Avery had eens een interview gedaan met een bekende kinderpsycholoog en ze herinnerde zich dat hij had gezegd dat niets zo erg was als dat de ouders het belang van de angsten van een kind ontkenden. Angst moest worden erkend voordat die kon worden behandeld en hopelijk weggewerkt.

'Een koel, nat doekje op haar gezicht is misschien wel fijn,' zei Avery tegen Tate. Hij stond op uit de schommelstoel en kwam even later terug met een nat washandje. 'Dank je.'

Hij ging naast haar zitten terwijl zij Mandy's gezichtje waste. Toen deed hij iets wat haar erg ontroerde. Hij pakte Mandy's knuffelbeer op en drukte die in haar armpjes. Mandy drukte hem tegen haar borst.

'Wil je weer gaan liggen?' vroeg Avery zacht.

'Nee.' Haar ogen keken onrustig de kamer rond.

'Mama laat je niet alleen. Ik zal bij je komen liggen.'

Ze drukte Mandy zachtjes omlaag en ging toen naast haar liggen, met haar gezicht naar dat van het meisje gekeerd. Tate stopte hen onder en leunde toen voorover om Mandy een kus te geven.

Hij had alleen een onderbroek aan. Zijn lichaam zag er buitengewoon sterk en mooi uit in de zachte gloed van het nachtlampje. Toen hij overeind wilde komen ontmoette zijn blik die van Avery. In een opwelling legde ze haar hand tegen zijn dichtbehaarde borst en hief haar hoofd om een lichte kus op zijn lippen te drukken.

'Goedenacht, Tate.'

Hij ging langzaam rechtop staan. 'Ik ben zo terug,' mompelde hij.

Hij bleef maar een paar minuten weg, maar toen hij terugkwam lag Mandy al vredig te slapen. Hij had een dunne ochtendjas aangedaan, maar had die wel open laten hangen. Toen hij zich in de schommelstoel liet zakken zag hij dat Avery haar ogen nog open had. 'Dat bed is niet bedoeld voor twee. Lig je gemakkelijk?'

'Het gaat best.'

'Ik geloof niet dat Mandy het zou weten als je nu opstond en naar je eigen kamer ging.'

'Maar ík zou het weten. En ik heb haar beloofd de rest van de nacht bij haar te blijven.' Ze streelde Mandy's verhitte wangetje. 'Wat moeten we doen, Tate?'

Hij steunde zijn ellebogen op zijn knieën en leunde voorover. 'Ik weet het niet.'

'Denk je dat die psychologe haar verder helpt?'

Hij keek haar aan. 'Dacht jij van niet?'

'Ik wil me niet bemoeien met de keus die jij en je ouders hebben gemaakt.'

'Als je er een mening over hebt, zeg dat dan,' drong Tate aan. 'We hebben het hier over ons kind. Ik ga geen ruzie maken over wie het beste idee had.'

'Ik ken een dokter in Houston,' begon ze. Hij trok vragend zijn wenkbrauwen op. 'Hij... Ik heb hem een keer in een talkshow gezien en was erg onder de indruk van wat hij zei en hoe hij het zei. Hij was heel eerlijk en praktisch. Aangezien de huidige arts weinig vorderingen schijnt te maken, moesten we misschien eens met Mandy naar hem toe gaan.'

'We hebben niets te verliezen. Maak maar een afspraak.'

'Ik zal morgen bellen.' Haar hoofd zakte dieper in de kussens, maar ze hield haar ogen op hem gericht. Hij leunde achterover in de schommelstoel. 'Je hoeft daar niet de hele nacht te blijven zitten, Tate,' zei ze zacht.

Ze viel in slaap terwijl ze nog keek hoe hij naar haar keek.

21

Avery werd als eerste wakker. Op dit vroege uur was het schemerig in de kamer, hoewel het nachtlampje nog brandde. Ze glimlachte toen ze Mandy's handje op haar wang voelde. Haar spieren waren verkrampt doordat ze zo lang in dezelfde houding had gelegen; anders zou ze waarschijnlijk wel weer zijn ingeslapen. Ze nam Mandy's hand van haar wang en legde die op het kussen. Heel voorzichtig, om het kind niet wakker te maken, stond ze op.

Tate zat in de schommelstoel te slapen. Zijn hoofd lag bijna op zijn schouder. Het leek haar erg oncomfortabel, maar zijn buik ging langzaam en ritmisch op en neer en ze hoorde zijn gelijkmatige ademhaling.

De slaap had de rimpels van zijn voorhoofd gewist. Zijn wimpers lagen op zijn wangen. Zijn mond zag er sensueel uit. Avery stelde zich voor dat hij heel intens en hartstochtelijk de liefde met haar zou bedrijven – en goed, zoals hij alles deed. Avery voelde pijn opkomen in haar borst. Ze kon wel huilen.

Ze hield van hem.

Hoe graag ze ook haar beroepsfouten goed wilde maken, ze besefte nu dat ze de rol van zijn vrouw ook had aangenomen omdat ze al verliefd op hem was geworden voor ze zijn naam kon uitspreken.

Ze speelde voor zijn vrouw omdat ze zijn vrouw wilde zíjn. Ze wilde hem beschermen. Ze wilde de pijn wegnemen die hem was toegebracht door een zelfzuchtige, overspelige vrouw. Ze wilde met hem naar bed.

Ze zou hem met plezier ontvangen in haar bed als hij het zou willen. Dat zou haar grootste leugen zijn… een leugen die hij haar niet zou kunnen vergeven wanneer de waarheid aan het licht kwam. Hij zou haar erger verachten dan Carole, omdat hij zou denken dat ze hem voor de gek had gehouden. Hij zou nooit geloven dat haar liefde oprecht was. Maar dat was wel zo.

Hij knipperde met zijn ogen, tilde zijn hoofd op, opende zijn ogen en keek haar aan. Ze stond zo dichtbij dat hij haar kon aanraken. 'Hoe laat is het?' vroeg hij, nog slaperig.

'Ik weet het niet. Vroeg. Doet je nek pijn?' Ze haalde haar hand door zijn verwarde haar en legde hem toen in zijn nek.

'Een beetje.'

Ze masseerde de knopen uit de verkrampte spieren.

Even later sloeg hij de slippen van zijn ochtendjas over elkaar en ging rechtop zitten. Ze vroeg zich af of haar tedere massage hem een ochtenderectie had bezorgd die hij voor haar wilde verbergen.

'Mandy slaapt nog,' merkte hij op.

'Wil je ontbijten?'

'Koffie is genoeg.'

'Ik maak wel een ontbijt.'

Het werd net licht. Mona was nog niet eens in de keuken.

'Vooruit dan maar,' zei hij nonchalant. 'Een paar eieren.'

Ze kende de keuken nu goed genoeg om alles voor het ontbijt zelf te pakken. Alles ging goed tot ze eieren in een schaal begon los te roeren.

'Wat doe je nou?'

'Ik maak roereieren. V... voor mezelf,' bluftte ze toen hij haar verbaasd aankeek. Ze had geen idee hoe hij zijn eieren wilde hebben. 'Hier, maak jij dit af, dan begin ik aan de toast.'

Ze beboterde de sneetjes toast die uit de broodrooster sprongen en keek intussen toe hoe hij voor zichzelf twee eieren bakte. Hij schoof ze op een bord en zette dat op tafel, samen met haar roerei.

'We hebben lang niet samen ontbeten.'

'We hebben nog nooit samen ontbeten, Carole. Je hebt een hekel aan ontbijt.'

Ze had moeite met slikken en klemde haar hand om het glas jus d'orange. 'Ze hebben me in het ziekenhuis leren ontbijten. Je weet wel, toen ik eindelijk weer vast voedsel mocht hebben moest ik weer op gewicht komen.'

Hij staarde haar nog steeds aan. Hij geloofde het niet.

'Ik... ik ben eraan gewend geraakt en nu mis ik het wanneer ik niet ontbijt.' Afwerend voegde ze eraan toe: 'Waarom maak je er zo'n heisa over?'

Tate pakte zijn vork op en begon te eten. Zijn bewegingen waren te beheerst om automatisch te zijn. Hij was kwaad. 'Bespaar je de moeite. Ontbijt voor me klaarmaken is gewoon weer een van je trucjes om weer bij me in de gratie te komen.'

Haar eetlust was meteen verdwenen. De geur van het eten maakte haar misselijk. 'Trucjes?'

Kennelijk had hij ook geen honger meer: hij schoof zijn bord weg. 'Ontbijt. Huiselijkheid. Al die blijken van genegenheid, zoals mijn haar strelen, mijn nek masseren.'

'Je leek er wel van te genieten.'

'Het heeft helemaal niets te betekenen.'

'Wel waar!'

'En dat moet ik geloven?' Hij leunde achterover en keek haar woedend aan. 'Die aanrakingen en nachtzoentjes kan ik nog wel verdragen. Als jij wilt doen alsof we een verliefd paar zijn, ga je je gang maar. Zet jezelf maar voor aap. Maar wat me het meest dwarszit is je plotselinge bezorgdheid over Mandy. Je gaf vannacht een heel aardige show weg.'

'Het was geen show.'

Hij negeerde haar protest. 'Zorg maar dat je dat moedertje spelen volhoudt tot ze helemaal genezen is. Ze zou niet nog een terugslag kunnen verwerken.'

'Jij schijnheilige...' Avery werd nu ook woedend. 'Ik wil net zo graag dat Mandy herstelt als jij.'

'Ja, dat zal wel.'

'Geloof je me niet?'

'Nee.'

'Dat is niet eerlijk.'

'Dat moet jij nodig zeggen.'

'Ik maak me vreselijk ongerust over Mandy.'

'Waarom?'

'Waarom?' schreeuwde ze. 'Omdat ze ons kínd is!'

'Net als het kind dat je hebt laten aborteren! Maar dát weerhield je er niet van het te vermoorden!'

De woorden sneden als een mes door haar ziel. Ze sloeg zelfs een arm om haar middel en boog zich voorover alsof haar vitale organen waren geraakt.

Alsof hij walgde van haar aanblik keerde hij haar de rug toe. 'Ik zou er uiteindelijk toch wel achter gekomen zijn, natuurlijk.' Toen hij zich weer naar haar omdraaide had hij een ijskoude blik in zijn ogen. 'Maar om van een vreemde te moeten horen dat mijn vrouw niet meer zwanger is... Kun je je voorstellen hoe ik me voelde, Carole? Jezus! Jij lag daar, meer dood dan levend, en ik zou je met plezier zelf vermoord hebben!'

Uit haar wazige geheugen haalde Avery stemmen naar boven.

Tates stem: *... gevolgen voor de foetus?*

En die van iemand anders: *Foetus? Uw vrouw was niet zwanger.*

De woorden hadden toen niets voor haar betekend. Ze had ze niet begrepen. Ze maakten slechts deel uit van de vele verwarrende gesprekken waarvan ze getuige was geweest voor ze weer helemaal bij bewustzijn kwam. Ze was ze vergeten.

'Dacht je niet dat ik zou merken dat er geen baby kwam? Je wilde me zo graag in het gezicht slingeren dat je zwanger was, waarom vertelde je me ook niet over je abortus?'

Avery schudde verdrietig haar hoofd. Ze had hem niets te zeggen. Geen uitvluchten. Geen verklaringen. Maar ze begreep nu waarom Tate Carole zo haatte.

'Wanneer heb je het gedaan? Geef antwoord, verdomme. Zeg iets. Het is onderhand tijd dat we erover praten, vind je ook niet?'

Avery stamelde: 'Ik... ik dacht niet dat het zo belangrijk zou zijn.' Hij keek haar nu zo woest aan dat ze bang was dat hij haar zou slaan. Om zichzelf toch enigszins te verdedigen beet ze hem toe: 'Ik ken je beleid ten aanzien van abortus, meneer Rutledge. Hoe vaak heb ik je niet horen vertellen dat een vrouw zelf het recht heeft te kiezen? Geldt dat voor iedere vrouw in de staat Texas behalve de jouwe?'

'Ja, verdomme!'

'Wat hypocriet.'

Hij kwam naar haar toe en trok haar aan haar arm overeind. 'Het gaat hier niet om een politieke kwestie, maar om mijn baby.'

Zijn ogen vernauwden zich tot spleetjes. 'Of niet soms? Was dat ook weer een leugen om te voorkomen dat ik je op straat zou zetten, bij de rest van het vuilnis?'

Ze probeerde zich voor te stellen hoe Carole zou hebben gereageerd. 'Er zijn twee mensen nodig om een baby te maken, Tate.'

Dat had het verwachte effect. Hij liet onmiddellijk haar arm los en week achteruit. 'Ik heb spijt genoeg van die nacht. Dat heb ik je meteen al duidelijk gemaakt. Ik heb gezworen je hoerige lichaam nooit meer aan te raken. Maar jij hebt altijd al precies geweten hoe je je zin kon krijgen, Carole. Dagenlang draaide je al om me heen als een krolse kat, miauwde verontschuldigingen en beloften. Als ik die avond niet zo veel gedronken had, zou ik je valstrik wel hebben doorzien.'

Hij keek haar minachtend aan. 'Ben je daar nu ook mee bezig, een valstrik uitzetten? Speel je daarom de modelechtgenote sinds je uit het ziekenhuis bent?'

'Nee,' zei Avery hees. Ze kon zijn haat niet verdragen, ook al was die niet voor haar bedoeld.

'Je hebt geen macht meer over me, Carole. Ik haat je zelfs niet meer. Je bent de energie niet waard die nodig is om je te haten. Neem zo veel minnaars als je wilt. Het kan me geen donder schelen. De enige manier waarop je me nu nog zou kunnen kwetsen is via Mandy, en als je dat doet, vermoord ik je eigenhandig.'

Die middag ging ze paardrijden. Ze had behoefte aan ruimte en frisse lucht om na te denken en vroeg de stalknecht een paard voor haar te zadelen.

De merrie deinsde voor haar terug. De oude stalknecht zei: 'Ze is zeker nog niet vergeten dat u haar vorige keer met de zweep hebt gegeven.' De merrie was nerveus omdat hij haar geur niet herkende, maar Avery liet de man maar in de waan.

Carole Rutledge was een monster geweest... tegenover haar man, haar kind, alles waarmee ze in contact kwam, leek het wel. Ze begreep nu waarom Tate zijn vrouw haatte. Carole had zijn kind willen laten aborteren – ze had tenminste gezegd dat het zijn kind was – maar of ze dat inderdaad voor het ongeluk had gedaan zou altijd een mysterie blijven.

De puzzelstukjes begonnen in elkaar te passen voor Avery. Carole had overspel gepleegd en daar geen geheim van gemaakt. Haar ontrouw was voor Tate onaanvaardbaar geweest, maar vanwege het risico voor zijn politieke toekomst had hij besloten met haar getrouwd te blijven tot na de verkiezing.

Hij had al onbepaalde tijd geen intimiem contact met zijn vrouw gehad en sliep zelfs in een andere kamer. Maar Carole had hem nog één keer weten te verleiden.

Of het kind van Tate was of niet, Caroles abortus was wel degelijk een politieke kwestie. Ze werd misselijk bij de gedachte aan de negatieve publiciteit en ernstige gevolgen die het zou hebben als iemand het ooit te weten kwam.

Toen Avery terugkwam was Mandy Mona aan het helpen koekjes bakken. De huishoudster kon uitstekend met Mandy overweg, dus maakte Avery Mandy een compliment voor de koekjes en liet haar bij de oudere vrouw achter.

Het was stil in huis. Bijna iedereen was weg. In haar kamer gooide Avery de rijzweep op het bed en trok haar rijlaarzen uit. Ze liep de badkamer in en draaide de douchekraan open.

Niet voor het eerst werd ze overvallen door een akelig gevoel. Er was iemand in de kamer geweest tijdens haar afwezigheid. Ze kreeg kippenvel op haar armen toen ze naar haar toilettafel keek. Ze wist zeker dat ze haar sieradendoos niet open had laten staan met een snoer parels over de rand. Ook in de slaapkamer vielen haar dingen op. Daarom deed ze iets wat ze nog nooit had gedaan sinds ze in Caroles kamer was getrokken: ze deed de deur op slot.

Ze nam een douche en trok een dikke badjas aan. Nog altijd niet op haar gemak besloot ze even te gaan liggen alvorens zich aan te kleden.

Toen ze haar hoofd op het kussen liet zakken, hoorde ze een ritselend geluid.

Er was een velletje papier tussen het kussen en de kussensloop geschoven.

Avery keek ernaar met een onbehaaglijk gevoel. Het lag daar niet per ongeluk. Het was heel bewust ergens neergelegd waar alleen zij het zou vinden.

Ze vouwde het open. Er stond één regel midden op het witte, ongelinieerde vel getypt: *Wat je ook doet, het werkt. Ga ermee door.*

'Nelson?'

'Hmm?'

Zijn afwezige reactie bracht een frons op Zinnia's voorhoofd. Ze legde haar borstel opzij en draaide zich om op het krukje bij de toilettafel waar ze zat.

'Het is belangrijk.'

Nelson liet de punt van zijn krant zakken. 'Sorry, lieveling, wat zei je?'

'Nog niets.'

'Is er iets aan de hand?'

Ze waren in hun slaapkamer. Het nieuws van tien uur, waar ze altijd naar keken, was afgelopen en ze maakten zich klaar om naar bed te gaan.

'Er is iets aan de hand tussen Tate en Carole,' zei ze.

'Ik denk dat ze ruzie hebben gehad.' Hij stond op van zijn stoel en begon zich uit te kleden. 'Ze waren aan het avondeten allebei vreselijk stil.'

Ook Zee had de vijandigheid in de lucht gevoeld. Ze was zeer gevoelig voor de stemmingen van haar jongste zoon. 'Tate zat niet zomaar te mokken, hij was woedend. En wanneer Tate woedend is, gedraagt Carole zich meestal heel uitbundig en dwaas om hem verder op de kast te jagen.'

Nelson hing zijn broek netjes in de kast op een hangertje. 'Dat was vanavond niet zo. Ze heeft nauwelijks een woord gezegd.'

'Dat bedoel ik juist, Nelson. Ze was net zo van streek als Tate zelf. Zo zijn hun ruzies nooit eerder geweest.'

Met alleen zijn boxershort aan sloeg Nelson netjes de dekens terug. Hij stapte in bed, legde zijn handen achter zijn hoofd en staarde naar het plafond. 'Er zijn me de laatste tijd wel meer dingen opgevallen die we helemaal niet gewend zijn van Carole.'

'Godzijdank,' zei Zee. 'Ik dacht al dat ik gek werd. Ik ben opgelucht te horen dat iemand anders het ook heeft gemerkt.' Ze deed de lamp uit en kroop naast haar man in bed. 'Ze is niet zo oppervlakkig als ze geweest is, wel?'

'De gevolgen van het ongeluk hebben haar volwassen gemaakt, denk ik.'

'Misschien.'

'Denk jij van niet?'

'Als dat alles was, zou ik kunnen denken dat dat de reden was.'

'Wat dan nog?' vroeg hij.

'Mandy, bijvoorbeeld. Heb je Carole ooit zo bezorgd om Mandy gezien als afgelopen nacht na haar nachtmerrie? Ik herinner me dat Mandy een keer ruim veertig graden koorts had. Ik vond dat ze naar de eerste hulp gebracht moest worden. Carole reageerde onverschillig. Ze zei dat kinderen wel vaker koorts hebben. Maar afgelopen nacht was Carole net zo van streek als Mandy.'

Nelson begon onbehaaglijk heen en weer te schuiven. Zee wist wel waarom. Logisch redeneren ergerde hem. Bij Nelson was alles altijd óf zwart óf wit. Hij geloofde alleen in absolute waarden, met uitzondering van God, die voor hem even absoluut was als de hemel en de hel. Afgezien daarvan geloofde hij niet in ongrijpbare dingen. Hij stond ook zeer sceptisch tegenover psychoanalyse en psychiatrie.

'Carole wordt gewoon volwassen, dat is alles,' zei hij. 'Dat komt door wat ze heeft meegemaakt. Ze ziet alles nu in een ander licht. Ze krijgt eindelijk waardering voor wat ze heeft... Tate, Mandy, deze familie. Het werd onderhand ook eens tijd.'

Zee wilde dat ze hem kon geloven. 'Ik hoop alleen maar dat het blijvend is.'

Nelson rolde zich op zijn zij, met zijn gezicht naar haar toe, en legde zijn arm om haar middel. Hij kuste de haarlijn waar haar grijze lok begon. Wat hoop je dat blijvend is?'

'Haar liefdevolle houding tegenover Tate en Mandy. Ze lijkt echt om hen te geven.'

'Dat is toch goed, of niet?'

'Als het oprecht is. Mandy is zo kwetsbaar dat ze het niet aan zou kunnen als Carole weer zichzelf zou worden. En Tate.' Zee zuchtte. 'Ik wil dat hij gelukkig is, vooral op dit keerpunt in zijn leven, of hij nu die verkiezing wint of niet. Hij verdient het gelukkig te zijn. Hij verdient het bemind te worden.'

Hij streelde met zijn vinger over haar lippen. 'Jij bent ook niets veranderd. Je bent nog altijd even romantisch.'

Hij trok haar tengere lichaam tegen het zijne en kuste haar. Zijn grote handen trokken haar nachthemd uit en streelden haar naakte lichaam. Ze kroop tegen hem aan en ze vrijden in het donker.

22

Avery piekerde er dagen over hoe ze contact moest opnemen met Irish. Hoe ze het ook aanpakte, het zou intens wreed zijn. Als ze zomaar bij hem aan de deur zou staan, zou hij de schok misschien niet overleven. Een telefoontje zou hij afdoen als een grap omdat haar stem anders klonk. Dus besloot ze een briefje naar de postbus te sturen waar ze enkele weken tevoren haar sieraden heen had gestuurd. Hij had zich beslist al afgevraagd waarom hij dat pakketje zonder uitleg per post had ontvangen. Zou hij niet al een vermoeden hebben van mysterieuze omstandigheden rondom haar dood?

Ze dacht uren na over de juiste woorden. Recht voor z'n raap was de enige manier, besloot ze uiteindelijk.

Lieve Irish,
Ik ben niet omgekomen bij het vliegtuigongeluk. Ik zal je de bizarre samenloop van omstandigheden aanstaande woensdagavond om zes uur bij jou thuis uitleggen.
Liefs, Avery.

Ze schreef de brief met haar linkerhand – een luxe de laatste tijd – zodat hij haar handschrift onmiddellijk zou herkennen, en verstuurde hem zonder retouradres op de envelop.

Tate had nauwelijks tegen haar gesproken sinds hun ruzie bij het ontbijt, de afgelopen zaterdag. Ze was daar bijna blij om. Zijn antipathie was weliswaar niet tegen haar gericht, maar zij moest het doorstaan voor haar alter ego. De afstand maakte het gemakkelijker te dragen.

Ze durfde er niet aan te denken hoe hij zou reageren wanneer hij de waarheid ontdekte. Zijn haat jegens Carole zou verbleken bij wat hij voor Avery Daniels zou voelen. Ze kon alleen maar hopen op een gelegenheid om alles uit te leggen. Tot die tijd viel er niets anders te doen dan demonstreren hoe onzelfzuchtig haar motieven waren. Maandagochtend vroeg maakte ze een afspraak met dr. Gerald Webster, de beroemde kinderpsycholoog uit Houston. Zijn agenda was volgeboekt, maar ze liet zich niet afschepen.

Toen ze Tate over de afspraak vertelde, knikte hij kort. 'Ik zal het in mijn agenda zetten.'

Afgezien daarvan hadden ze elkaar weinig te melden gehad. Dat gaf haar meer tijd om te oefenen wat ze zou zeggen wanneer ze tegenover Irish stond.

Toen ze echter die woensdagavond haar auto voor zijn bescheiden huis tot stilstand bracht, had ze nog steeds geen idee wat ze tegen hem moest zeggen of hoe ze zelfs maar moest beginnen.

Haar hart bonkte in haar keel toen ze naar de deur liep. Die werd al opengerukt voor ze de veranda had bereikt. Irish zag eruit alsof hij haar met blote handen in stukken zou kunnen scheuren. Hij stapte naar buiten en zei: 'Wie ben jij in godsnaam en wat voor spel speel je?'

Avery liet zich niet intimideren. Ze liep door tot ze vlak voor hem stond.

'Ik ben het, Irish. Laten we naar binnen gaan.'

Toen haar hand zijn arm raakte, vervloog zijn opstandigheid. De woedende Ier werd zo mak als een lammetje. Het was zielig om aan te zien. In een paar seconden tijd veranderde hij van een strijdlustige vuistvechter in een verwarde oude man. De ijskoude blik in zijn ogen werd plotseling omfloerst door tranen van twijfel, ongenoegen, vreugde.

'Avery? Is het...? Hoe...? Avery?'

'Ik zal je binnen alles vertellen.'

Ze nam hem bij de arm en draaide hem om, want hij leek te zijn vergeten hoe hij zijn voeten en benen moest gebruiken. Een zacht duwtje hielp hem over de drempel. Ze sloot de deur achter hen.

Het huis was er al net zo slecht aan toe als Irish, zag ze tot haar schrik. Hij was dikker geworden, maar zijn gezicht was mager. Zijn neus en wangen zagen verdacht rood. Hij had zwaar zitten drinken. De laatste keer dat ze hem had gezien, was zijn haar peper-en-zoutkleurig geweest. Nu was het bijna volkomen wit.

Dat had zij hem aangedaan.

'O, Irish, vergeef me.' Ze sloeg snikkend haar armen om hem heen en hield hem stevig vast.

'Je gezicht is anders.'

'Ja.'

'En je klinkt hees.'

'Ik weet het.'

'Ik herkende je aan je ogen.'

'Daar ben ik blij om. Vanbinnen ben ik niet veranderd.'

'Je ziet er goed uit. Hoe is het met je?' Hij duwde haar zacht van zich af en wreef met zijn grote, ruwe handen over haar armen.

'Het gaat weer goed. Ik ben hersteld.'

'Waar heb je gezeten? Bij de Heilige Maagd, ik kan het niet geloven.'

'Ik ook nog niet. Mijn god, wat ben ik blij je te zien.'

Ze klampten zich weer aan elkaar vast en huilden samen. Minstens duizend keer in haar leven had ze bij Irish troost gezocht. In haar vaders afwezigheid had Irish haar een kus op pijnlijke ellebogen en knieën gegeven, kapot speelgoed gerepareerd, naar haar rapporten gekeken, in het publiek gezeten wanneer ze moest dansen, haar gestraft, gefeliciteerd en met haar meegeleefd.

Nu had Avery het gevoel zelf de oudere te zijn. De rollen waren omgekeerd. Hij was degene die gekoesterd moest worden. Toen ze uitgehuild waren veegde hij wat beschaamd zijn gezicht droog.

'Ik ben eigenlijk verdomd kwaad. Als... als ik niet zo blij was je te zien zou ik je een pak rammel geven.'

'Dat heb je maar één keer gedaan... die keer dat ik mijn moeder uitschold. Je huilde naderhand zelf langer en harder dan ik.' Ze streelde zijn wang.

'Wat is er nou gebeurd? Heb je geheugenverlies gehad?'

'Nee.'

maken wie ik was, durfde ik dat niet. Ik kon
der mezelf en Tate in gevaar te brengen.'

Irish zweeg tot ze was uitgepraat. Ze lie
ging naast hem zitten. Toen hij weer begon
heel sceptisch.

'Je vertelt me dus dat je de plaats van me
genomen om te voorkomen dat Tate Rutled

'Juist.'

'Maar je weet niet wie van plan is hem te

'Nog niet, maar Carole wist het wel. Ze z
ik niet wat haar relatie tot die andere perso

'Hmm.' Irish trok peinzend aan de losse
bezoeker die je had...'

'Moet een familielid zijn. Iemand anders
toegelaten.'

'Er kan iemand naar binnen geslopen zij

'Misschien, maar dat geloof ik niet. Als
had gehuurd, zou die gewoon zijn verdwe
zou haar niet zijn komen waarschuwen haa

'Het is jóúw moordenaar. Zeg jij het ma

Ze sprong weer overeind. 'Geloof je me

'Ik geloof dat jij het gelooft.'

'Maar je denkt dat ik het me heb ingebe

'Je was verdoofd en gedesoriënteerd, dat

'Wat bedoel je daarmee, Irish?'

'Het was waarschijnlijk een nachtmerrie

'Dat begon ik ook te denken, tot ik een
mijn kussensloop vond.' Ze nam het brie
hem lezen.

Dat bracht Irish op andere gedachten.
dit het eerste contact met hem sinds die av

'Ja.'

Hij las de boodschap nog eens en merkt
hij Tate Rutledge gaat vermoorden.'

Avery keek hem vermoeid aan. 'Het g

'Wat dan?' vroeg hij en hij bestudeerde haar gezicht. 'Ik ben niet gewend dat je er zo uitziet. Je lijkt op...'

'Carole Rutledge.'

'Inderdaad, de vrouw van Tate Rutledge.' Toen ging hem een licht op. 'Zij zat ook in dat vliegtuig.'

'Heb jij mijn lichaam geïdentificeerd, Irish?'

'Ja. Ik herkende je aan het medaillon.'

'Nee, dat had zij vast en we leken genoeg op elkaar om voor zusters te worden aangezien.'

'Hoe...'

'Luister, dan zal ik het je vertellen.' Avery vouwde haar handen om de zijne, een zwijgend verzoek haar niet meer te onderbreken. 'Toen ik in het ziekenhuis bij bewustzijn kwam, een aantal dagen na het ongeluk, zat ik van top tot teen in het verband. Ik kon me niet bewegen. Ik kon met één oog nauwelijks iets zien. Ik kon niet spreken.

Iedereen noemde me mevrouw Rutledge. Aanvankelijk dacht ik dat ik misschien geheugenverlies had, omdat ik me niet kon herinneren dat ik mevrouw Rutledge of wie dan ook was. Ik was in de war en gedesoriënteerd door de pijn. Toen ik me later herinnerde wie ik was, besefte ik wat er was gebeurd. Zij zat op mijn plaats in het vliegtuig, begrijp je.'

Ze vertelde hem over de angstige uren waarin ze had getracht duidelijk te maken wie ze was. 'De Rutledges namen dr. Sawyer in de arm om mijn gezicht – Caroles gezicht – te herstellen aan de hand van foto's van haar. Ik kon hun op geen enkele manier duidelijk maken dat ze zich vergisten.'

'Oké, tot dusver kan ik je volgen,' zei hij even later, nadat hij zich een groot glas whisky had ingeschonken. 'Er werd een grove fout gemaakt terwijl jij niet in staat was te communiceren. Maar waarom heb je de zaak niet rechtgezet toen je dat weer kon? Met andere woorden, waarom speel je nog steeds voor Carole Rutledge?'

Avery stond op van de bank en begon heen en weer te lopen. Het zou niet eenvoudig zijn Irish ervan te overtuigen dat haar toneelspel gerechtvaardigd en zelfs van levensbelang was. Hij had altijd gevonden dat verslaggevers er waren om het nieuws te verslaan, niet om het

te maken. Hun rol was te observeren, n
tijd een twistpunt geweest tussen hem e

'Iemand is van plan Tate Rutledge te
wordt.'

Zoiets had Irish helemaal niet verwa
kyglas erin bleef halverwege de salonta
drank golfde over de rand van het glas
aan zijn broek afveegde.

'Wat?'

'Iemand is van plan...'

'Wie?'

'Dat weet ik niet.'

'Waarom?'

'Dat weet ik niet.'

'Hoe?'

'Dat weet ik niet, Irish,' zei ze, in d
weet ook niet waar of wanneer, dus dat
Laat me gewoon uitpraten.'

'Stel mijn geduld niet op de proef. I
wege jou, dus probeer me geen oor aan

'Dat doe ik niet!'

'Wat is dat dan voor onzin dat iema
En hoe ben jij dat in godsnaam te wete

Zijn toenemende woede stelde haa
beter omgaan dan met de zielige figu
voren nog was. Ze had jaren ervarin
me dat hij Tate zou vermoorden vo
den.'

'Wie?'

'Dat weet ik niet.'

'Verdomme,' vloekte hij woest, 'beg

'Als je me de kans geeft zal ik het ui

Toen Irish zich een beetje leek te on
het voorval op de afdeling Intensive C

'Ik was doodsbang. Toen ik eenma

dachte moordaanslag. Hij wil niet riskeren dat het uitkomt en maakt het briefje dus met opzet vaag, voor het geval het zou worden onderschept. De schijnbaar onschuldige woorden zouden voor Carole iets heel anders betekenen.'

'Wie heeft er toegang tot een schrijfmachine?'

'Iedereen. Ik weet ook welke hij gebruikt heeft.'

'Wat bedoelt hij – of zij – met "wat je ook doet"?'

Avery wendde haar blik af. 'Dat weet ik niet zeker.'

'Avery?'

Ze draaide haar hoofd met een ruk weer naar hem toe. Ze had nooit de waarheid verborgen kunnen houden voor Irish. Hij doorzag haar altijd.

'Ik heb geprobeerd de relatie tussen Tate en zijn vrouw te verbeteren omdat me van begin af aan duidelijk was dat ze problemen hadden.'

'Hoezo?'

'De manier waarop hij haar – mij – behandelt. Hij is beleefd, meer niet.'

'Hmm. Weet je ook waarom?'

'Carole heeft zich laten aborteren, of was dat van plan. Dat heb ik pas de afgelopen week ontdekt. Ik wist al dat ze een zelfzuchtige, egoïstische vrouw was. Ze bedroog Tate en was een ramp als moeder. Ik heb geprobeerd de kloof een beetje te dichten zonder te veel argwaan te wekken. Mijn pogingen om het huwelijk te verbeteren zijn kennelijk opgemerkt. De moordenaar denkt dat het Caroles nieuwe tactiek is om Tate te sussen.'

Ze wreef over haar armen alsof ze het plotseling koud had. 'Hij bestaat echt. Irish. Ik weet het zeker. Daar ligt het bewijs,' zei ze en knikte naar het briefje.

Irish gooide het velletje papier op de salontafel. 'Laten we eens aannemen dat er een moordenaar is. Wie gaat het doen?'

'Ik heb geen idee,' antwoordde ze met een zucht van verslagenheid. 'Het is één grote gezellige familie.'

'Iemand op de Rocking R Ranch schijnt toch niet zo gelukkig te zijn.'

Ze vertelde hem het een en ander over de familieleden en hun relatie met Tate. 'Ieder van hen draagt zijn eigen kruis, maar dat heeft niets met Tate te maken. Zijn ouders zijn dol op hem. Nelson is het onbetwiste hoofd van de familie. Hij regeert streng, maar met genegenheid. Zee is moeilijker te doorzien. Ze is een goede echtgenote en liefhebbende moeder. Ik geloof dat ze een hekel aan Carole heeft omdat zij Tate niet gelukkig maakt.'

'Hoe zit het met de anderen?'

'Carole zou een verhouding gehad kunnen hebben met Eddy.'

'Eddy Paschal, de campagneleider van Rutledge?'

'En zijn beste vriend sinds de universiteit. Ik weet het niet zeker. Ik ga alleen af op wat Fancy zei.'

'Wat een cliché. Hoe behandelt die Paschal je?'

'Fatsoenlijk, verder niets. Natuurlijk heb ik niet de signalen uitgezonden die Carole uitzond. Hij is in elk geval zeer toegewijd aan Tates verkiezingsstrijd.'

'Het meisje?'

Avery schudde haar hoofd. 'Fancy is een wispelturig, verwend nest met minder moraal dan een krolse straatkat.'

'De broer, Jack?'

'Hij heeft een buitengewoon ongelukkig huwelijk,' peinsde ze met een diepe frons in haar voorhoofd, 'maar Tate heeft daar niets mee te maken. Hoewel...'

'Hoewel?'

'Jack is eigenlijk een beetje zielig. Je beschouwt hem als een intelligente, knappe, charmante man, tot je hem naast zijn jongere broer hebt gezien. Tate is de zon. Jack is de maan. Hij weerspiegelt Tates licht, maar geeft zelf geen licht. Hij werkt even hard voor de campagne als Eddy, maar als er iets misgaat, is hij degene die meestal de schuld krijgt. Ik heb medelijden met hem.'

'Heeft hij medelijden met zichzelf? Genoeg om broedermoord te plegen?'

'Ik weet het niet zeker. Hij blijft op een afstand. Ik heb wel gezien dat hij naar me kijkt met een sluimerende vijandigheid. Aan de oppervlakte lijkt hij echter onverschillig.'

'Hoe zit het met zijn vrouw?'

'Dorothy Rae is misschien jaloers genoeg om een moord te plegen, maar zij zou achter Carole aan gaan, niet achter Tate.'

Irish haalde zijn hand door zijn grijze haar. 'Die Carole moet me wel een figuur geweest zijn.'

'Arme Tate.'

'En wat vindt "arme Tate" van zijn vrouw?'

Avery dacht even diep na. 'Hij denkt dat ze zijn baby heeft laten weghalen. Hij weet dat ze minnaars had. Hij weet dat ze een nalatige ouder was en zijn dochter emotionele wonden heeft toegebracht. Ik hoop dat dat nog rechtgezet kan worden.'

'Dus die verantwoordelijkheid heb je ook al op je genomen?'

De kritische klank van zijn stem wekte haar uit haar gepeins. 'Wat bedoel je?'

Irish verdween in de keuken en kwam terug met zijn glas weer vol. Daarna kwam hij voor haar staan, de voeten een stukje uit elkaar, stevig neergeplant. 'Vertel je me de waarheid over die bezoeker in het ziekenhuis?'

'Hoe kun je daaraan twijfelen?'

'Dat zal ik je vertellen. Je kwam een jaar of twee geleden naar me toe met je staart tussen je benen, op zoek naar een baantje... onverschillig wat. Je was net ontslagen door het netwerk omdat je een van de grootste fouten in de journalistieke geschiedenis had gemaakt.'

'Ik ben hier niet gekomen om daaraan herinnerd te worden.'

'Nou, misschien is dat wel eens goed! Want ik denk dat het hier veel mee te maken heeft. Je was er die keer ook zo ingedoken. Voor je alle feiten bij elkaar had, meldde je dat een jong Congreslid uit Virginia zijn vrouw had gedood en daarna zichzelf door het hoofd had geschoten.'

Ze drukte haar vuisten tegen haar slapen bij de afschuwelijke herinneringen.

'Eerste verslaggeefster ter plaatse, Avery Daniels,' kondigde Irish zonder mededogen aan. 'Altijd op zoek naar een goed verhaal. Je rook bloed.'

'Dat deed ik inderdaad! Letterlijk.' Ze kruiste haar armen voor haar borst. 'Ik zag de lijken, hoorde de kinderen schreeuwen van afgrijzen om wat ze hadden ontdekt toen ze uit school kwamen. Ik zag hen huilen om wat hun vader had gedaan.'

'*Vermoedelijk* had gedaan, verdomme. Je leert het nooit, Avery. Hij had *vermoedelijk* zijn vrouw gedood en daarna zijn eigen hersenen tegen de muur geschoten.' Irish nam snel een slok van de whisky. 'Maar jij bracht een live verslag, waarbij je dat technische, wettelijk zo belangrijke woordje vergat dat het netwerk een proces wegens laster opleverde. Je verloor je objectiviteit voor de camera. De tranen stroomden over je wangen en toen – alsof het allemaal nog niet genoeg was – vroeg jij aan je publiek hoe een man, en dan nog wel een door het volk gekozen politicus, zoiets beestachtigs kon doen.'

Ze keek hem uitdagend aan. 'Ik weet wat ik heb gedaan, Irish. Je hoeft me niet aan mijn fout te herinneren. Ik probeer er zelf al twee jaar overheen te komen. Ik had het mis, maar ik heb ervan geleerd.'

'Bullshit!' bulderde hij. 'Je doet weer precies hetzelfde. Je duikt ergens in waar je niets te zoeken hebt. Je maakt het nieuws in plaats van het te verslaan. Is dit niet de geweldige kans waarop je hebt gewacht? Is dit niet het verhaal dat jou weer aan de top kan brengen?'

'Goed dan, ja!' gooide ze eruit. 'Dat is een van de redenen.'

'Het is je reden voor alles wat je ooit hebt gedaan.'

'Wat bedoel je?'

'Je probeert nog steeds je vaders aandacht te trekken. Je probeert zijn plaats in te vullen, je zijn naam waardig te tonen. Laat me je één ding zeggen: hij is het niet waard. Hij was je vader, Avery, maar hij was mijn beste vriend. Ik kende hem langer en veel beter dan jij. Cliff Daniels was een briljant fotograaf. In mijn ogen was hij de beste. Maar hij was niet in staat de mensen die van hem hielden gelukkig te maken.'

'Ik was wél gelukkig. Wanneer hij thuis was...'

'Dat was maar een deel van je jeugd, een fractie. Telkens wanneer hij weer vertrok was je ontroostbaar. Ik zag hoe Rosemary zijn lange reizen verdroeg. Zelfs wanneer hij thuis was voelde ze zich vreselijk, omdat ze wist dat het maar voor heel kort was. Die paar dagen bracht ze steeds door met vooruitkijken naar weer een afscheid.

Cliff hield van het gevaar. Het was zijn elixer, zijn levenskracht.

Voor je moeder was het een ziekte die langzaam aan haar jeugd en vitaliteit knaagde. De meest waardevolle prijs die hij ooit heeft gewonnen was niet de Pulitzer. Het was je moeder, maar hij was te stom om dat te beseffen.'

'Je bent gewoon jaloers.'

Irish bleef haar recht in de ogen kijken. 'Ik was jaloers op de manier waarop Rosemary van hem hield, ja.'

Daarop pakte ze zijn hand en drukte die tegen haar wang. Er drupten tranen over. 'Ik wil geen ruzie maken, Irish.'

'Dat spijt me dan, want er staat je een fikse ruzie te wachten. Ik kan je hier niet mee door laten gaan.'

'Ik moet wel, Irish.'

'Hoe lang nog?'

'Tot ik weet wie heeft gedreigd Tate te vermoorden en ik dat kan bewijzen.'

'En dan?'

'Dat weet ik niet,' kreunde ze.

'En als die moordenaar in spe het plan nou niet doorzet? Als hij het afblaast? Blijf je dan voor altijd mevrouw Rutledge? Het kan niet. Rutledge moet het weten, Avery.'

'Nee!' Ze sprong overeind. 'Nog niet. Ik kan hem nog niet opgeven. Je moet zweren dat je het hem niet zult vertellen.'

Irish deed een stap achteruit, met stomheid geslagen door haar heftige reactie. 'Jezus,' fluisterde hij toen de waarheid tot hem doordrong. 'Dus dáár gaat het allemaal om. Je wilt de man van een andere vrouw. Wil je daarom mevrouw Rutledge blijven... omdat Tate Rutledge goed is in bed?'

23

Avery draaide hem de rug toe om hem niet te slaan. 'Dat was een rotopmerking, Irish.'

'Zo was het ook bedoeld,' gaf Irish toe. 'Telkens wanneer ik toe wil geven, denk ik aan de talloze nachten na het ongeluk dat ik me bewusteloos heb gezopen. Weet je dat ik zelfs heb overwogen er een eind aan te maken?'

Avery draaide zich langzaam naar hem om en de woede was van haar gezicht geweken. 'Zeg dat niet.'

Ze sloeg haar armen om hem heen en legde haar wang tegen zijn schouder. 'Ik hou van je. Ik heb met je meegeleden, geloof dat maar. Ik wist wat voor effect mijn dood op je zou hebben.'

Hij omhelsde haar en wenste voor de zoveelste keer dat ze werkelijk zijn dochter was. 'Ik hou ook van jou. Daarom kan ik je hier niet mee door laten gaan, Avery.'

'Ik heb geen keus meer.'

'Als er iemand is die Rutledge dood wil zien…'

'Die is er.'

'Dan ben jij ook in gevaar.'

'Dat weet ik. Ik wil anders voor Tate en Mandy zijn dan Carole was, maar als ik het over een compleet andere boeg gooi, zal haar medeplichtige denken dat ze hem bedrogen heeft. Of,' voegde ze er somber aan toe, 'dat Carole niet echt Carole is. Ik ben voortdurend bang mezelf te verraden.'

'Misschien heb je dat al gedaan zonder het te weten.'

Ze huiverde. 'Dat besef ik ook.'

'Van had het in de gaten.'

Ze reageerde geschokt en ademde toen langzaam uit. 'Dat vroeg ik me al af. Ik kreeg zowat een hartaanval toen ik de deur voor hem opendeed.'

Irish vertelde over zijn gesprek met Van. 'Ik was toen heel druk bezig en besteedde weinig aandacht aan hem. Maar nu denk ik dat hij me iets duidelijk probeerde te maken.'

'Ja, maar Van kende Avery Daniels. De Rutledges niet. Ze schrijven de veranderingen toe aan het ongeluk en de traumatische periode daarna. Als ik er nu mee ophou en het er levend afbreng, heb ik alles voor niets gedaan. Ik heb nog niet het hele verhaal. En als Tate nou eens echt vermoord wordt, Irish? Als ik het had kunnen voorkomen en dat niet deed? Denk je dat ik daarmee verder zou kunnen leven?'

Hij streelde zacht met zijn knokkels over haar kaak. 'Je houdt van hem, hè?'

Ze sloot haar ogen en knikte.

'Maar hij haatte zijn vrouw en dus haat hij jou.'

'Alweer goed,' zei ze met een vreugdeloze glimlach.

'Hoe gaat het tussen jullie?'

'Ik ben nog niet met hem naar bed geweest.'

'Dat vroeg ik niet.'

'Maar dat wilde je wel weten.'

'Zou je het doen?'

'Ja,' antwoordde ze zonder enige aarzeling. 'Vanaf het moment dat ik bij bewustzijn kwam tot de dag dat ik de kliniek verliet was hij geweldig... werkelijk geweldig. De manier waarop hij Carole in het openbaar behandelt is boven alle kritiek verheven.'

'Maar hoe behandelt hij haar in besloten kring?'

'Kil, als een bedrogen echtgenoot. Daar werk ik nog aan.'

'Wat zal er dan gebeuren? Als hij toegeeft en jullie inderdaad seks zullen hebben, denk je dan niet dat hij het verschil zal merken?'

'Denk je?' Ze hield haar hoofd schuin en probeerde te glimlachen. 'Zeggen mannen niet dat alle katjes in het donker grijs zijn?'

Hij keek haar afkeurend aan.

'En dan is Mandy er nog. Ik hou ook van háár, Irish. Ze heeft wanhopig veel behoefte aan een goede moeder.'

'Daar ben ik het mee eens. Maar wat zal er gebeuren als je werk erop zit en je haar in de steek laat?'

'Ik zou haar niet zomaar in de steek...'

'En wat denk je dat Rutledge ervan zal vinden als je zijn familie te kijk zet?'

'Zo zal het niet zijn.'

'Ik zou niet graag in de buurt zijn wanneer je hem dat probeert uit te leggen. Hij zal denken dat je hem gebruikt hebt.' Hij pauzeerde even voor een dramatisch effect. 'En dan heeft hij gelijk, Avery.'

'Niet als ik ondertussen zijn leven heb gered. Denk je niet dat hij het dan zou kunnen opbrengen me te vergeven?'

Hij vloekte zacht. 'Je hebt je roeping gemist. Je had advocate moeten worden. Je zou het nog tegen de duivel persoonlijk opnemen.'

'Ik kan mijn carrière niet in schande laten eindigen, Irish. Ik moet de fout die ik in Washington beging goedmaken en mijn geloofwaardigheid als journaliste terugwinnen. Misschien probeer ik inderdaad alleen papa's kleine meisje te zijn, maar ik móét het doen.' Haar ogen smeekten om begrip. 'Ik heb niet om deze prachtkans gevraagd. Hij is me opgedrongen en ik moet er het beste van zien te maken.'

'Je pakt het verkeerd aan,' zei hij zacht, terwijl hij met zijn wijsvinger haar kin ophief. 'Je bent veel te sterk emotioneel betrokken, Avery. Je kunt geen afstand meer bewaren. Zelf zeg je dat je veel om die mensen geeft. Je houdt van hen.'

'Reden te meer om te blijven. Iemand wil Tate vermoorden en van Mandy een weeskind maken. Ik moet dat voorkomen als het binnen mijn macht ligt.'

Zijn stilzwijgen betekende hetzelfde als een witte vlag van overgave. Ze keek op de klok aan de muur. 'Ik moet nu gaan. Het is al veel te laat. Maar heb je niet nog iets wat van mij is?'

Nog geen minuut later hing ze de gouden ketting met het medaillon om haar hals. Ze maakte het open en keek naar de foto's die erin zaten. De een was van haar vader, gekleed in gevechtskleding, met een 35 mm camera aan zijn nek. Het was de laatste foto van hem. Een paar weken later was hij gestorven. De andere foto was van haar moeder. Lieve knappe Rosemary glimlachte, zij het triest, in de camera.

Met tranen in haar ogen sloot Avery het medaillon. Ze had nog niet alles verloren. Ze had dit nog en ze had Irish nog.

'Die dode vrouw had het in haar hand.'

Avery knikte en had moeite om te spreken. 'Mandy had het aan mijn hals zien hangen, Ik had het haar gegeven om ermee te spelen. Juist toen we zouden opstijgen, pakte Carole het haar af, omdat ze zich eraan ergerde dat Mandy de ketting rond liet draaien. Dat is het laatste wat ik me herinner voor we neerstortten.'

'Avery?' probeerde hij een laatste maal, 'hou ermee op... Nu. Vanavond nog.'

'Ik kan het niet.'

'Verdomme,' vloekte hij. 'Je hebt de ambitie van je vader en de bemoeizucht van je moeder. Dat is een gevaarlijke combinatie... dodelijk onder deze omstandigheden. Jammer genoeg heb je van hen allebei hun koppigheid geërfd.'

Avery wist dat hij volledig was gecapituleerd toen hij spijtig vroeg: 'Wat wil je dat ik doe?'

Tate stond in de hal toen ze terugkwam. Avery dacht dat hij misschien op haar had staan wachten, maar hij probeerde het als toeval af te doen.

'Waarom ben je zo laat?' vroeg hij, terwijl hij amper in haar richting keek.

'Heeft Zee je de boodschap niet doorgegeven? Ik heb haar gezegd dat ik nog het een en ander moest kopen voor we vertrokken.'

'Ik had je eerder terug verwacht.'

'Ik had heel wat inkopen te doen.' Ze was beladen met boodschappentassen... aankopen die ze had gedaan vóór haar bezoek aan Irish. 'Kun je me helpen dit naar de slaapkamer te brengen, alsjeblieft?'

Hij verloste haar van enkele tassen en volgde haar door de gang.

'Waar is Mandy?' vroeg ze.

'Die slaapt al.'

'O, ik had gehoopt op tijd terug te zijn om haar nog een verhaaltje voor te lezen.'

'Dan had je vroeger thuis moeten komen.'

'Heb jij haar voorgelezen?'

'Nee, mam heeft dat gedaan. Ik heb haar ingestopt en ben bij haar gebleven tot ze sliep.'

'Ik ga zo meteen even naar haar toe. Zet die tassen maar op het bed.' Ze trok haar linnen jasje uit, legde het naast de boodschappentassen en stapte uit haar pumps. Tate kwam vlak bij haar staan.

'Waar heb je inkopen gedaan?'

'De gewone plaatsen.'

Dat was een domme vraag geweest, want de glimmende tassen droegen allemaal bekende logo's. Eén afgrijselijk ogenblik lang was ze bang dat hij haar naar Irish' huis was gevolgd. Maar dat kon niet. Ze had een omweg genomen en voortdurend in haar spiegel gekeken om zich ervan te overtuigen dat ze niet werd gevolgd.

Dergelijke veiligheidsmaatregelen waren een tweede natuur geworden. Ze hield er niet van met leugens te leven en voortdurend op haar hoede te zijn. Met name die avond, na haar emotionele bezoek aan Irish, waren haar zenuwen tot het uiterste gespannen. Tate hád de verkeerde avond uitgekozen om haar te ondervragen.

'Waarom onderwerp je me aan een derdegraads verhoor als ik alleen maar wat inkopen ben wezen doen?'

'Dat doe ik niet.'

'Dat doe je verdomme wel. Je staat te snuiven als een bloedhond.' Ze deed een stap dichter naar hem toe. 'Wat verwachtte je te zullen ruiken? Tabaksrook? Sterkedrank? Sperma? Iets wat je akelige vermoedens dat ik de middag met een minnaar heb doorgebracht zou bevestigen?'

'Dat is eerder gebeurd,' zei hij kortaf.

'Nu niet meer!'

'Denk je soms dat ik een idioot ben? Verwacht je nou echt dat ik geloof dat een operatie aan je gezicht jou in een trouwe echtgenote heeft veranderd?'

'Geloof in godsnaam wat je zelf wilt!' schreeuwde ze terug. 'Maar laat mij intussen met rust.'

Ze liep naar de kast en schoof met grof geweld de deur open. Haar handen trilden zo dat ze de knopen op haar rug niet open kon krijgen. Ze schold zacht op zichzelf.

'Laat mij maar.'

Tate stond vlak achter haar en ze hoorde een onderliggend excuus in de klank van zijn stem.

'Het ís eerder voorgekomen,' merkte hij zacht op terwijl hij de laatste knoop door het knoopsgat haalde.

De blouse gleed van haar schouders en armen en ze drukte hem tegen haar borst voor ze zich omdraaide. 'Ik kan erg slecht tegen ondervragingen, Tate.'

'Even slecht als ik tegen overspel.'

Ze boog haar hoofd. 'Dat heb ik waarschijnlijk verdiend.' Een ogenblik lang staarde ze naar zijn keel. Toen sloeg ze haar ogen weer op naar de zijne. 'Maar heb ik je sinds het vliegtuigongeluk ook maar één reden gegeven om aan mijn toewijding te twijfelen?'

Er kwam een klein zenuwtrekje in zijn mondhoek. 'Nee.'

'Maar je vertrouwt me nog steeds niet.'

'Vertrouwen moet je verdienen.'

'Heb ik het jouwe nog niet terugverdiend?'

Hij antwoordde niet, maar streelde in plaats daarvan langs de gouden ketting rond haar hals. 'Wat is dit?'

Zijn aanraking deed haar bijna smelten. Ze nam een groot risico door hem meer van zichzelf te tonen dan ze ooit had gedaan en liet de blouse uit haar handen op de grond glippen. Haar medaillon lag tussen haar borsten genesteld. Ze hoorde hem naar adem happen.

'Dit heb ik gevonden in een zaak met tweedehands sieraden,' loog ze. 'Mooi, hè?' Tate staarde naar het gouden sieraad. 'Maak het maar open.'

Na een korte aarzeling nam Tate het medaillon in zijn hand en drukte op het slotje. De twee kleine fotolijstjes waren leeg. Ze had de foto's van haar ouders bij Irish gelaten.

'Ik wil er foto's van jou en Mandy in doen.'

Hij keek haar in de ogen. Daarna staarde hij een hele poos naar haar mond, terwijl hij met zijn vingers over het medaillon wreef.

Hij sloot het en legde de gouden schijf terug tussen haar borsten. Zijn hand aarzelde. Zijn vingertoppen raakten nauwelijks de zachte rondingen, maar haar huid ging ervan branden.

Tate wendde zijn hoofd af. Hij voerde strijd met zichzelf, dat merkte ze aan de bewegingen van zijn kaak, de besluiteloosheid in zijn ogen, zijn oppervlakkige ademhaling.

'Tate.' De smekende klank van haar stem maakte dat hij haar weer aankeek. Fluisterend zei ze: 'Tate, ik heb nooit een abortus gehad.' Ze legde haar vingertoppen tegen zijn lippen voor hij kon antwoorden. 'Ik heb nooit een abortus gehad omdat er nooit een baby is geweest.'

Ze had geen idee of Carole zwanger was geweest en een abortus had ondergaan. Maar Tate zou dat ook nooit weten. Een leugen zou voor hem gemakkelijker te vergeven zijn dan een abortus, en aangezien dat de grootste belemmering was voor hun verzoening, wilde ze die barrière wegnemen. Waarom zou zij boeten voor Caroles zonden?

De rest van de leugen kwam heel gemakkelijk over haar lippen. 'Ik heb je alleen verteld dat ik zwanger was om het je in je gezicht te kunnen gooien, zoals je zei. Ik wilde je provoceren.' Ze legde haar handen tegen zijn wangen. 'Maar ik kan je niet langer laten geloven dat ik ons kind heb vernietigd. Ik zie wel dat het je veel te veel pijn doet.'

Hij staarde haar lang en indringend aan en deed toen een stap terug. 'De vlucht naar Houston vertrekt dinsdag om zeven uur. Denk je dat je dat aankunt?'

Ze wilde haar teleurstelling niet laten blijken en vroeg alleen: 'Wat? Het vroege tijdstip of de vlucht zelf?'

'Allebei.'

'Het zal wel gaan.'

'Ik hoop het,' zei hij, terwijl hij naar de deur liep. 'Eddy wil dat alles precies volgens schema verloopt.'

Op maandagavond riep Irish de politieke verslaggever van KTEX in zijn kantoor. 'Helemaal klaar voor deze week?'

'Ja. De mensen van Rutledge hebben me vandaag een schema gestuurd. Als we dit allemaal filmen, moeten we evenveel tijd aan Dekker besteden.'

'Dat is mijn zorg. Jij moet verslag doen van wat er in de campagne van Rutledge gaande is. Ik wil dagelijks rapporten. Overigens, ik geef je Lovejoy mee in plaats van de andere fotograaf.'

'Jezus, Irish,' jammerde de verslaggever. 'Waar heb ik dat aan verdiend? Hij is alleen maar lastig. Hij is onbetrouwbaar. De helft van de tijd stinkt hij verschrikkelijk.'

Hij vervolgde zijn litanie van tegenwerpingen, maar had geen schijn van kans. Toen de man klaar was met zijn pleidooi herhaalde Irish: 'Ik geef je Lovejoy mee.' De verslaggever verliet het vertrek. Als Irish eenmaal iets twee keer had gezegd, was er niets meer tegen in te brengen.

Avery mocht dan niet het idee hebben dat ze in onmiddellijk gevaar verkeerde, ze was impulsief en koppig en vormde zich vaak een overhaast oordeel waarvoor ze dan later een hoge prijs betaalde.

Ze waren overeengekomen contact te houden via zijn postbus als telefoneren te riskant leek. Hij had haar zijn tweede sleutel van de postbus gegeven. Ze zou er verdomd weinig aan hebben als zich een noodsituatie voordeed, maar ze had zijn aanbod van een revolver afgewezen.

Dat geheimzinnige gedoe maakte hem doodnerveus. De laatste dagen had hij bijna voortdurend last van zijn maag. Hij was te oud voor zoiets, maar kon niet zomaar toekijken en niets doen terwijl Avery zich liet vermoorden.

Omdat hij niet zelf haar beschermengel kon zijn, zou hij Van meesturen. Zijn aanwezigheid zou haar beslist nerveus maken, maar als ze tijdens de promotiereis in moeilijkheden raakte, had ze toch iemand bij wie ze terecht kon. Van Lovejoy stelde niet echt veel voor, maar voor het moment kon Irish niet meer doen.

24

De eerste verstoring van Eddy's zorgvuldig geplande promotietocht deed zich voor op de derde dag. Ze waren in Houston. Die ochtend had Tate een toespraak gehouden voor een ruw publiek van dokwerkers. Hij was goed ontvangen.

Na hun terugkeer in het hotel ging Eddy naar zijn kamer om telefoontjes te beantwoorden die tijdens hun afwezigheid waren binnengekomen. De anderen kwamen allemaal naar Tates suite. Jack dook in de kranten. Avery ging met Mandy op de vloer zitten kleuren. Tate ging op het bed liggen en zette de televisie aan. Nelson en Zee maakten samen een kruiswoordpuzzel.

Eddy onderbrak het vredige tafereeltje. Hij stormde de kamer binnen, enthousiaster dan Tate hem ooit had gezien. 'Zet dat ding uit en luister.'

Tate bracht met de afstandsbediening de televisie tot zwijgen. 'Nou,' zei hij met een verwachtingsvolle glimlach. 'U hebt alle aandacht, meneer Paschal.'

'Een van de grootste Rotary Clubs van de staat komt vanmiddag bijeen. Het is hun belangrijkste bijeenkomst van het jaar. Nieuwe leden leggen de eed af, de echtgenotes zijn uitgenodigd. Hun spreker heeft zich vanochtend ziek gemeld en ze willen jou.'

Tate ging rechtop zitten en zwaaide zijn lange benen van het bed. 'Hoeveel mensen?'

'Tweehonderdvijftig, driehonderd.' Eddy zocht tussen de papieren in zijn aktetas. 'Dit zijn hoge zakenlui en zo... hoekstenen van de maatschappij. Hier,' zei hij en gaf een paar velletjes papier aan Tate, 'dit was de geweldige toespraak die je vorige maand in Amarillo gaf.

Kijk hem nog eens door. En trek in godsnaam die spijkerbroek uit en doe iets conservatiefs aan.'

'Het lijken me eerder Dekkers mensen.'

'Dat zijn ze ook. Daarom is het zo belangrijk dat je gaat.' Hij keek over zijn schouder. 'Jij bent ook uitgenodigd, Carole. Maak je maar mooi. De vrouwen…'

'Ik kan niet mee.'

Alle aandacht ging ineens van Eddy naar Carole, die met kleurkrijtjes in haar hand en een plaat van Donald Duck op haar schoot op de vloer zat. 'Mandy's afspraak met dokter Webster is vandaag om één uur.'

'Verdraaid.' Tate haalde zijn hand door zijn haar. 'Je hebt gelijk. Dat was ik vergeten.'

Eddy keek hen beiden ongelovig aan. 'Je mag er niet eens aan dénken deze kans te laten schieten. Deze toespraak zou heel wat campagnedollars kunnen opleveren… dollars die we nodig hebben om tijd te kopen bij de televisie.'

Jack legde zijn krant opzij. 'Maak een nieuwe afspraak met de dokter.'

'Wat vind jij, Carole?' vroeg Tate.

'Je weet hoe moeilijk deze al te krijgen was. Het zou waarschijnlijk weken duren voor ik een nieuwe afspraak kan maken. En zelfs als dat zou kunnen, geloof ik niet dat het goed zou zijn voor Mandy om het uit te stellen.'

Tate zag hoe zijn broer, vader en campagneleider veelbetekenende blikken wisselden. Maar toen hij naar zijn vrouw keek voelde hij de vastberadenheid achter haar kalme blik. 'Jezus.'

'Ik zou met Carole naar de psycholoog kunnen gaan,' bood Zee aan. 'Dan kun jij die toespraak houden, Tate. We kunnen je later alles vertellen wat de dokter over Mandy heeft gezegd.'

'Bedankt voor het aanbod, ma, maar ze is míjn dochter.'

'En dit kan de verkiezing bepalen,' zei Eddy met stemverheffing.

'Eén toespraak zal me nog niet de verkiezing kosten. Pap?'

'Ik geloof dat je moeder de beste oplossing heeft aangedragen. Je weet dat ik niet veel vertrouwen heb in psychiaters, maar het maakt mij niets uit te gaan luisteren wat die kerel over mijn kleindochter te zeggen heeft.'

'Carole?'

Ze had het gesprek zich laten ontwikkelen zonder eraan deel te nemen, dat was niets voor haar. Zolang Tate haar kende had ze nooit nagelaten haar mening te geven.

'Beide zaken zijn uiterst belangrijk, Tate,' zei ze. 'Je moet er zelf over beslissen.'

Eddy vloekte zacht en wierp haar een getergde blik toe. Hij had liever dat ze hevig tekeerging om haar zin te krijgen. Dat gold ook voor Tate. Het was veel eenvoudiger om nee tegen Carole te zeggen wanneer ze eigenzinnig en tegendraads was. De laatste tijd gebruikte ze vaker haar donkere, expressieve ogen om iets duidelijk te maken dan een luide stem.

Wat zijn keus ook was, die zou altijd worden afgekeurd. De beslissende factor was Mandy zelf. Ze wist niet eens waar het over ging, maar keek hem toch verontschuldigend aan.

'Bel ze terug, Eddy en zeg het netjes af.' Carole ontspande zich, alsof ze ademloos zijn beslissing had afgewacht. 'Vertel hun maar dat meneer en mevrouw Rutledge al een afspraak hebben.'

'Maar...'

Tate hield zijn hand omhoog om verdere protesten af te weren. Hij keek zijn vriend vastberaden aan. 'Mijn eerste verplichting is mijn gezin. Je hebt me je begrip beloofd, weet je nog?'

Eddy keek hem kwaad aan en stormde naar buiten. Tate kon hem niet kwalijk nemen dat hij woest was. Hij had geen kind; hij was alleen verantwoordelijk voor zichzelf. Hoe kon hij het begrijpen?

'Ik hoop dat je weet wat je doet, Tate.' Nelson stond op en stak zijn hand uit naar Zee. 'Laten we de gefrustreerde campagneleider maar trachten te kalmeren.' Ze liepen samen de kamer uit.

Jack was al even opgewonden als Eddy. Hij keek Carole kwaad aan. 'Nou tevreden?'

'Genoeg, Jack,' zei Tate geprikkeld.

Zijn broer wees beschuldigend naar haar. 'Ze manipuleert je met dat goede-moeder-toneelspel.'

'Wat er tussen Carole en mij gebeurt gaat je geen sodemieter aan.'

Na nog een vijandige blik op Carole verliet Jack de suite. Hij smeet de deur achter zich dicht.

Ze kwam overeind. 'Denk jij dat ook, Tate? Dat het maar toneelspel van me is?'

Hij wist verdorie niet wat hij moest denken. Jack regelde op hun advocatenkantoor gewoonlijk het aannemen en ontslaan van personeel, maar toen Carole Navarro had gesolliciteerd, had hij Tates mening gevraagd. Geen enkele man kon naar Carole kijken zonder iets te voelen. Haar grote, donkere ogen trokken zijn aandacht, haar figuur zette zijn fantasie in werking en haar glimlach veroverde zijn hart. Hij had zijn goedkeuring over haar uitgesproken en Jack had haar op de loonlijst gezet.

Algauw had Tate tegen zijn eigen zakenethiek gezondigd en haar mee uit eten gevraagd om een zaak te vieren waarin de rechter in het voordeel van hun cliënt had beslist. Ze was charmant en flirterig geweest, maar de avond was voor de deur van haar appartement geëindigd met een vriendschappelijke handdruk.

Wekenlang waren hun afspraakjes vriendschappelijk gebleven. Toen Tate dat op een avond niet langer kon volhouden, had hij haar in zijn armen genomen en gekust. Ze had zijn kus met zinderende hartstocht beantwoord. Ze belandden als vanzelf in bed en de seks was voor beiden zeer bevredigend geweest.

Binnen drie maanden was het advocatenkantoor een employée armer, maar Tate een echtgenote rijker.

Haar zwangerschap was een schok geweest. Hij had zich snel en gewillig aangepast aan het idee eerder een kind te krijgen dan ze hadden gepland; Carole niet. Ze klaagde dat ze zich aan huis gekluisterd voelde door een onwelkome verantwoordelijkheid. Haar aanstekelijke glimlach werd nog slechts een herinnering.

Zodra Mandy geboren was, deed Carole er alles aan om haar figuur terug te krijgen. Ze sportte met overdreven toewijding. Hij vroeg zich af waarom. Toen werd de reden voor haar ijver duidelijk. Hij wist bijna op de dag nauwkeurig wanneer ze haar eerste minnaar had genomen. Ze maakte er geen geheim van, evenmin als van de keren die volgden. Zijn verdediging was onverschilligheid, die tegen die tijd ook echt was.

Achteraf wenste hij dat hij toen meteen van haar was gescheiden. Dat was misschien beter geweest voor iedereen.

Maandenlang woonden ze in hetzelfde huis, maar leefden langs elkaar heen. Toen was ze hem op een avond in zijn kamer komen opzoeken. Hij had nooit geweten wat haar daartoe had gebracht... waarschijnlijk verveling, misschien wrok, misschien de uitdaging hem te verleiden. Wat haar reden ook was geweest, seksuele onthouding en een schandalige zuippartij tijdens een pokerspelletje met zijn broer hadden hem ertoe gebracht gebruik te maken van haar aanbod.

Weken daarna had ze hem strijdlustig meegedeeld dat ze weer zwanger was. Hoewel Tate ernstig had betwijfeld of het kind wel van hem was, had hij geen andere keus gehad dan haar op haar woord te geloven.

'Ik wil niet met nog een kind worden opgescheept!' had ze geschreeuwd.

Toen had hij geweten dat hij niet meer van haar hield, al een hele tijd niet meer, en dat hij dat ook nooit meer zou kunnen. Hij was tot die conclusie gekomen een week voordat ze aan boord ging van vlucht 398 naar Dallas.

Nu schudde hij zijn hoofd om zichzelf uit zijn onplezierige overpeinzingen te wekken. Hij zou haar laatste vraag negeren, net zoals hij haar bewering had genegeerd dat ze helemaal niet zwanger was geweest. Hij was bang weer in haar val te lopen, en kon zich niet vastleggen, op welke wijze dan ook, voordat hij zeker wist dat de recente veranderingen in Carole permanent waren.

'Waarom laat je de lunch niet hier brengen, zodat we niet meer weg hoeven voor onze afspraak met dokter Webster,' stelde hij voor, om van onderwerp te veranderen.

'Wat wil je hebben?' vroeg ze.

'Maakt niet uit. Een paar boterhammen met vleeswaren is prima.'

Toen ze op het bed ging zitten om de telefoon op het nachtkastje te gebruiken kruiste ze automatisch haar benen. Tate voelde hoe zijn maagspieren zich spanden.

Waarom verlangde hij er zo hevig naar met haar te vrijen, als hij haar nog steeds wantrouwde?

Ze verdiende een tien voor de moeite. Dat moest hij toegeven. Sinds ze thuis was gekomen, en zelfs daarvoor, had ze haar best gedaan het met hem goed te maken. Ze verloor nog zelden haar geduld. Ze deed haar best met zijn familie overweg te kunnen en was abnormaal geïnteresseerd in hun wel en wee, hun gewoonten, hun bezigheden. Ze was het tegengestelde van de ongeduldige, humeurige ouder die ze eerst was geweest.

'U hoort het goed, een boterham met pindakaas,' zei ze in de hoorn, 'én jam. Ik weet dat die niet op het roomservicemenu staat, maar dat heeft ze nu eenmaal het liefst als lunch.' Ze hadden vaak plezier om Mandy's grote liefde voor pindakaas met jam. Carole glimlachte hem over haar schouder toe.

God, hij wilde die glimlach proeven.

Pasgeleden had hij dat nog gedaan. Haar mond had niet naar verraad en leugens en ontrouw gesmaakt. Haar kussen waren heerlijk zoet geweest en... anders. Nu hij er – zoals zo vaak de laatste tijd – over nadacht, realiseerde hij zich dat het was geweest alsof je een vrouw voor de eerste keer kuste.

Maar misschien was dat niet zo vreemd. Ze zag er anders uit met dat korte haar. Misschien had de plastische chirurgie haar gezicht zodanig veranderd dat ze een compleet andere vrouw leek.

Die redenering klonk goed, maar hij was niet overtuigd.

'Ze komen zo,' zei ze. 'Mandy, wil je de krijtjes oprapen en in de doos doen, alsjeblieft. Het is tijd om te gaan eten.'

Ze bukte zich om mee te helpen. Daarbij spande haar strakke rok zich over haar achterwerk. Verlangen raasde door zijn aderen. Bloed golfde naar zijn lendenen. Dat was te begrijpen, redeneerde hij snel. Hij had al zo verdraaid lang geen vrouw gehad.

Maar ook dat geloofde hij niet echt.

Hij wilde niet zomaar een vrouw. Als dat het geval was kon hij zijn probleem met een enkel telefoontje oplossen.

Nee, hij wilde deze vrouw, deze Carole, deze echtgenote die hij nu pas leerde kennen. Soms, wanneer hij in haar ogen keek, was het alsof hij haar nooit had gekend en de problemen tussen hen zich met iemand anders hadden voorgedaan. Al kon hij het zelf bijna niet geloven, hij mocht deze Carole wel. Nog ongelooflijker was het dat hij een beetje verliefd op haar was geworden.

Maar dat zou hij tot zijn laatste ademtocht ontkennen.

'Ik ben blij dat je bent meegegaan,' zei Avery met een aarzelende glimlach naar Tate. Een receptioniste had hun gevraagd in dokter Websters kantoor plaats te nemen in afwachting van het gesprek.

'Ik kon geen andere beslissing nemen.'

De psycholoog was al bijna een uur met Mandy bezig. Het wachten op zijn diagnose eiste zijn tol. Ze probeerde de spanning wat te verlichten door te praten.

'Blijft Eddy nou de rest van de tocht boos op me?'

'Ik heb hem nog gesproken voor we het hotel verlieten. Hij wenste ons succes. Ik denk dat pa en ma hem gekalmeerd hebben. Hij wordt trouwens nooit echt kwaad.'

'Dat is toch vreemd?'

Tate keek op zijn horloge. 'Hoe lang blijft hij nog met haar bezig, in godsnaam?' Hij keek naar de deur achter hen alsof hij die wilde dwingen open te gaan. Wat zei je?'

'Dat Eddy nooit kwaad wordt.'

'O, ja.' Hij haalde de schouders op. 'Dat is gewoon zijn karakter. Hij laat zich zelden gaan.'

'IJsman,' mompelde ze.

'Hmm?'

'Niets. Hoe zit het met vrouwen?'

Tate gooide het tijdschrift neer dat hij zojuist had opgepakt. 'Welke vrouwen?'

'Eddy's vrouwen.'

'Dat weet ik niet. Daar praat hij met mij niet over.'

'Bespreekt hij zijn seksleven niet met zijn beste vriend? Ik dacht dat mannen altijd met hun successen liepen te pronken.'

'Jongens misschien. Mannen hebben dat niet nodig. Ik ben geen voyeur en Eddy is geen exhibitionist.'

'Is hij heteroseksueel?'

Tate keek haar ijzig aan. 'Waarom? Heeft hij je afgewezen?'

'Val dood, jij! Ik vraag het alleen omdat je nichtje haar zinnen op hem heeft gezet en ik ben bang dat ze gekwetst zal worden.'

'Mijn nichtje? Fancy?' Hij lachte ongelovig. 'Zit die achter Eddy aan?'

'Ze vertelde het me een poosje geleden, toen ze thuiskwam met een blauw oog en een scheur in haar lip.' Zijn glimlach verdween. 'Inderdaad, Tate. Ze pikte een cowboy op in een bar. Ze werden high. Toen hij geen erectie kon krijgen gaf hij Fancy de schuld en sloeg haar in elkaar.'

'Jezus.'

'Had je het niet aan haar gezien? Nou, je hoeft je niet te schamen. Haar ouders hebben het ook niet gemerkt. Hoe dan ook, ze heeft nu haar oog op Eddy laten vallen. Hoe denk je dat hij zal reageren?'

'Fancy is nog maar een kind.'

'Je mag dan haar oom zijn, Tate, maar je bent toch zeker niet blind.'

Hij rolde onbehaaglijk met zijn schouders. 'Eddy had vriendinnetjes op de universiteit. Hij bezocht bordelen in Vietnam. Ik weet dat hij hetero is.'

'Heeft hij momenteel een relatie?'

'Hij gaat wel uit met vrouwen die op het hoofdkwartier werken, maar dan gewoonlijk met een hele groep. Maar Fancy?' Tate schudde zijn hoofd. 'Ik geloof niet dat Eddy haar zou aanraken. Hij zou zich niet inlaten met een vrouw die bijna twintig jaar jonger is dan hij, vooral niet Fancy. Daar is hij te slim voor.'

'Ik hoop dat je gelijk hebt, Tate.' Na een bedachtzaam zwijgen keek ze hem aan en voegde eraan toe: 'En niet omdat ik zelf in hem geïnteresseerd ben.'

Hij kreeg geen tijd daarop te reageren, want de dokter deed de deur open en kwam zijn kantoor binnen.

25

'Oordeel niet te hard over uzelf, mevrouw Rutledge. Schuldgevoel over oude fouten helpt Mandy niet verder.'

'Hoe moet ik me dan voelen, dokter Webster? U maakt me net duidelijk dat ik verantwoordelijk ben voor de achterstand in Mandy's sociale ontwikkeling.'

'U hebt fouten gemaakt. Dat doen alle ouders. Maar u en meneer Rutledge hebben de eerste stappen al gezet om daar verandering in te brengen. U brengt meer tijd met Mandy door, en dat is uitstekend. U prijst zelfs haar kleinste overwinningen en minimaliseert mislukkingen. Ze heeft dat soort positieve feedback heel hard nodig.'

'Wat kunnen we nog meer doen?' vroeg Tate.

'Vraag haar vaak om haar mening. "Mandy, wil je vanille of chocola?" Dwing haar om keuzes te maken en prijs haar beslissingen. Ze moet haar gedachten onder woorden leren brengen. Ik heb de indruk dat ze daarin tot dusver niet genoeg is aangemoedigd. Uw kleine meisje heeft een erg lage dunk van zichzelf.' Avery drukte haar vuist tegen haar lippen. 'Sommige kinderen brengen dat tot uiting door slecht gedrag om op die manier de aandacht te trekken. Mandy heeft zich in zichzelf teruggetrokken. Ze beschouwt zichzelf als transparant... van weinig of geen betekenis.'

Tate liet zijn hoofd tussen zijn schouders zakken. Hij keek naar Avery, bij wie de tranen over de wangen rolden. 'Het spijt me,' fluisterde ze. Ze bood haar excuses aan namens Carole, die zijn vergiffenis niet verdiende.

'Het is niet alleen jouw schuld. Ik was er ook bij. Ik heb heel wat door de vingers gezien, terwijl ik had moeten ingrijpen.'

'Jammer genoeg,' zei dokter Webster, 'heeft het vliegtuigongeluk het voor Mandy alleen maar erger gemaakt. Hoe gedroeg ze zich op de vlucht hierheen?'

'Ze raakte nogal overstuur toen we haar gordel probeerden om te doen,' zei Tate.

'Ik had zelf ook moeite om mijn gordel om te doen,' bekende Avery eerlijk. 'Als Tate me er niet doorheen gepraat had, geloof ik niet dat ik het opstijgen zou hebben doorstaan.'

'Ik begrijp het, mevrouw Rutledge,' zei hij met sympathie. 'Hoe was Mandy toen jullie eenmaal in de lucht waren?'

Ze keken elkaar aan en Avery antwoordde: 'Nu u het zegt, toen ging het prima.'

'Dat dacht ik al. Ziet u, ze herinnert zich dat u haar vastbond in haar stoel, mevrouw Rutledge, maar daarna niets meer. Ze herinnert zich niet dat u haar hebt gered.'

Avery legde een hand tegen haar borst. 'Bedoelt u dat ze mij de schuld geeft van het ongeluk?'

'In zekere zin wel, vrees ik.'

Huiverend sloeg ze haar hand voor haar mond. 'O, wat verschrikkelijk.'

'Het zal een echte doorbraak zijn als ze haar geest toestaat de explosie opnieuw te beleven. Ik vermoed dat de terugkerende nachtmerries haar naar het moment van de klap leiden.'

'Ze zei dat het vuur haar wou opeten,' zei Avery zacht, toen ze zich Mandy's laatste nachtmerrie herinnerde. 'Kunnen we iets doen om haar geheugen terug te brengen?'

'Hypnose is een mogelijkheid,' zei de dokter. 'Ik zou echter liever haar geheugen de kans geven er vanzelf overheen te komen. Als ze weer een nachtmerrie krijgt, maak haar dan niet wakker.'

'Jezus.'

'Ik weet dat het wreed lijkt, meneer Rutledge, maar ze moet het ongeluk opnieuw beleven en het weer helemaal doormaken, tot ze veilig in de armen van haar moeder is. Het afgrijzen moet worden uitgebannen. Eerder zal ze haar onbewuste angst en de vrees voor uw vrouw niet kunnen overwinnen.'

'Ik begrijp het,' zei Tate, 'maar het zal niet meevallen.'

'Dat weet ik.' Dokter Webster stond op om aan te geven dat hun tijd om was. 'Ik benijd u niet dat u moet toezien hoe ze die vreselijke ervaring opnieuw doormaakt. Ik zou haar graag over twee maanden terugzien, als dat uitkomt.'

'We zorgen wel dat het uitkomt.'

'En eerder als u denkt dat het nodig is. U kunt me altijd bellen. Veel succes met uw campagne,' zei de psycholoog terwijl hij Tate de hand schudde.

'Dank u.'

Toen nam de dokter Avery's handen tussen de zijne. 'Maak uzelf niet ziek van schuldgevoel. Ik ben ervan overtuigd dat u erg veel van uw dochter houdt.'

'Dat is ook zo. Heeft ze u gezegd dat ze me haat?'

Dat was voor hem een routinevraag. Hij hoorde die wel tien keer per dag, uit de mond van moeders met een schuldgevoel. In dit geval kon hij gelukkig een positief antwoord geven. Hij glimlachte. 'Ze heeft veel vertrouwen in haar moeder en wordt alleen onrustig als ik terugga naar de periode vóór het ongeluk. Dat zou u toch iets duidelijk moeten maken.'

'Wat dan?'

'Dat u een betere ouder bent geworden.' Hij klopte haar op de schouder. 'Met uw liefdevolle zorg zal Mandy hieroverheen groeien en een pienter, lief kind worden.'

'Ik hoop het, dokter Webster,' zei ze hartstochtelijk. 'Dank u.'

Hij liep met hen naar de deur en trok die open. 'Weet u, mevrouw Rutledge, ik was even heel verrast toen ik u zag. Pakweg een jaar geleden heeft een jonge vrouw me een interview afgenomen voor de televisie. U lijkt bijzonder veel op haar. Ze komt zelfs bij u uit de omgeving. Kent u haar toevallig? Ze heet Avery Daniels.'

Avery Daniels, Avery Daniels, Avery Daniels.

De menigte schreeuwde haar ware naam terwijl zij en Tate tussen de mensen door naar het podium liepen.

Avery Daniels, Avery Daniels, Avery Daniels.

Overal stonden mensen. Ze struikelde en werd van Tate gescheiden. Hij werd door de menigte opgeslokt. Tate!' schreeuwde ze. Hij kon haar niet horen boven de mensen uit die met duivels plezier haar naam opdreunden.

Avery, Avery, Avery.

Wat was dat? Een schot! Tate was overdekt met bloed. Tate wendde zich tot haar en terwijl hij neerviel sneerde hij: 'Avery Daniels, Avery Daniels, Avery Daniels.'

'Carole?'

Avery Daniels.

'Carole. Word wakker.'

Avery schoot overeind. Haar mond en keel waren droog. Ze piepte: 'Tate?' Ze viel tegen zijn blote borst en sloeg haar armen om hem heen. 'O god, het was vreselijk.'

'Had je een akelige droom?'

Ze knikte en begroef haar gezicht weer in de pluizige warmte van zijn borst. 'Hou me vast. Alsjeblieft. Even maar.'

'Waar kwam het door?'

'Ik weet het niet,' loog ze.

'Ik geloof dat ik het wel weet. Je bent jezelf niet meer sinds dokter Webster de naam Avery Daniels noemde.' Ze jammerde. Tate haalde zijn vingers door haar haar en sloot ze om haar hoofd. 'Hij wist niet dat ze bij het ongeluk is omgekomen. Hij vond het zo vreselijk dat hij erover begonnen was dat ik medelijden met hem kreeg.'

'Heb ik me erg aangesteld?'

'Nee, maar je viel zowat flauw.'

'Ik herinner me niet eens hoe ik zijn kantoor uit gekomen ben.'

Hij duwde haar iets van zich af. 'Het was een bizarre samenloop van omstandigheden dat die vrouw bij je in het vliegtuig zat. Vreemden zagen je wel vaker voor haar aan, weet je nog? Het verbaast me eigenlijk dat niemand daar eerder iets over heeft gezegd.'

Hij had dus geweten wie Avery Daniels was. Om de een of andere reden voelde ze zich daardoor beter. Ze vroeg zich af of hij graag naar haar had gekeken op de televisie. 'Het spijt me dat ik een scène heb veroorzaakt. Ik krijg er gewoon...' Ze wilde maar dat hij haar nog steeds tegen zich aan hield. Het was gemakkelijker tegen hem te praten wanneer hij haar niet in de ogen keek.

'Wat?'

Ze legde haar hoofd tegen zijn schouder. 'Ik heb er genoeg van dat mensen voortdurend naar mijn gezicht staren. Het prikkelt de nieuwsgierigheid. Ik voel me als de dame met de baard op de kermis.'

'De menselijke natuur. Niemand bedoelt het kwaad.'

'Dat weet ik, maar ik krijg soms het gevoel dat ik nog steeds in verband gewikkeld ben. Ik kijk wel naar buiten, maar niemand kan voorbij mijn gezicht kijken en mijn binnenste zien.' Vanuit haar ooghoek drupte een traan op zijn schouder.

'Je bent nog steeds van streek door die droom,' zei hij en hij zette haar weer overeind. Wil je wat drinken? Er staat Bailey's in de bar.'

'Dat klinkt heerlijk.'

Hij verdeelde de inhoud van het flesje over twee glazen en kwam ermee terug naar haar bed.

'Op je overwinning, Tate.' Ze beklonken haar toost. De drank gleed gemakkelijk door haar keel en verspreidde zich warm door haar buik. 'Hmm. Dit was een goed idee. Dank je.'

Ze was blij met dit rustige ogenblik samen. Ze deelden alle problemen van een gehuwd stel, maar niet de intimiteit. Vanwege de campagne stonden ze voortdurend in de belangstelling en dat bracht extra spanning in een toch al moeilijke relatie. Ze deelden geen plezier in elkaar dat als tegenwicht kon dienen.

Ze waren getrouwd en toch ook weer niet. Tot vanavond had Mandy als buffer gediend in de beperkte ruimte van de hotelkamer. Ze had bij Avery in bed geslapen.

Maar nu was Mandy er niet. Ze waren alleen. Midden in de nacht. Ze zaten samen Irish cream te drinken en hun problemen te bespreken. Voor ieder ander stel zou dit uitdraaien op een vrijpartij.

'Ik mis Mandy nu al,' zei ze, terwijl ze met haar vinger over de rand van het glas streek. 'Ik weet niet zeker of het wel goed was om haar met Zee en Nelson naar huis te sturen.'

'Dat is vanaf het begin het plan geweest... dat zij haar na de afspraak met dokter Webster mee naar huis zouden nemen.'

'Maar na dat gesprek met hem heb ik het gevoel dat ik voortdurend bij haar moet zijn.'

'Hij zei dat een scheiding van een paar dagen geen kwaad kon, en mama weet wat haar te doen staat.'

'Hoe heeft het toch kunnen gebeuren? Hoe is ze zo introvert, zo emotioneel gekneusd geraakt?'

'Je hebt gehoord wat hij zei. Je hebt nooit genoeg tijd aan haar besteed. De tijd die je wel met haar doorbracht heeft haar meer kwaad dan goed gedaan.'

Avery had het gevoel het voor Carole te moeten opnemen. 'En waar was jij al die tijd? Als ik het zo verschrikkelijk deed als moeder, waarom heb jij dan niets ondernomen? Mandy heeft twéé ouders, hoor.'

'Dat klopt. Maar jij hebt nooit bepaald goed tegen kritiek gekund.'

'En jij wel?'

Hij zette zijn glas op het nachtkastje en wilde de lamp uitdoen. Avery's hand schoot uit en pakte de zijne. 'Het spijt me. Ga... ga nog niet terug naar bed. Het is om meerdere redenen een lange, vermoeiende dag geweest. Daar hebben we allebei last van. Ik wilde niet zo tegen je uitvallen.'

'Je had waarschijnlijk ook met pa en ma naar huis moeten gaan.'

'Nee,' zei ze snel, 'mijn plaats is bij jou.'

'Vandaag was maar een voorbeeld van hoe het van nu tot november zal zijn, Carole. Het zal alleen maar moeilijker worden.'

'Dat kan ik wel aan.' Ze glimlachte en streelde impulsief over het kloofje in zijn kin. 'Ik wou dat ik een stuiver kreeg voor elke keer dat je hebt gezegd: "Hallo, ik ben Tate Rutledge en doe mee aan de senatorsverkiezingen." Ik vraag me af hoeveel handen je hebt geschud.'

'Zoveel.' Hij hield zijn rechterhand omhoog, krom als een verkrampte klauw.

Ze lachte zacht. 'Ik geloof dat we het er heel goed hebben afgebracht tijdens ons bezoek aan de Galleria, in aanmerking genomen dat we net van dokter Webster kwamen en afscheid hadden genomen van Mandy.'

Zodra ze uit het kantoor van de psycholoog terug waren gekeerd in het hotel hadden ze Mandy overgedragen aan haar grootouders. Zee weigerde te vliegen, dus waren ze met de auto naar Houston gekomen. Ze wilden op tijd weer wegrijden om voor het donker thuis te zijn.

Zij en Tate hadden hen amper uitgezwaaid of Eddy duwde hen in de auto en reed naar het grote, meerdere verdiepingen tellende winkelcentrum.

Vrijwilligers hadden onder Eddy's supervisie hun komst bejubeld. Tate had een korte toespraak gehouden vanaf een podium, had zijn vrouw aan het publiek voorgesteld en zich toen onder hen gemengd om handen te schudden en stemmen te winnen.

Het was zo goed gegaan dat Eddy's gram over het moeten afwijzen van de Rotary Club helemaal was verdwenen. Zelfs dat was nog goed afgelopen. De club had Tate uitgenodigd om later die maand op een andere bijeenkomst te komen spreken.

Avery was verbaasd geweest toen ze Van Lovejoy en een politiek verslaggever van KTEX de hele dag in hun buurt had gezien. 'Waarom zijn die ons helemaal vanuit San Antonio nagereisd?' had ze Eddy gevraagd.

Sla nooit gratis publiciteit af. Lach in de camera bij elke kans die je krijgt.'

In plaats daarvan probeerde ze Vans camera te ontwijken. Het katen-muisspel dat ze de hele dag met elkaar speelden, samen met de schok die dokter Webster haar had bezorgd, had haar zenuwen volkomen blootgelegd. Ze was zo nerveus geworden dat ze later heel heftig had gereageerd toen ze een paar oorbellen niet kon vinden.

'Ik weet zeker dat ze een dag voor ons vertrek hierin zaten,' riep ze tegen Tate.

'Kijk dan nog eens.'

Ze schudde het satijnen tasje zelfs om. 'Ze zitten er niet tussen.'

'Hoe zien ze eruit?'

Ze moesten naar een barbecue van een rijke boer buiten de stad. Tate stond al een half uur op haar te wachten. Ze was laat.

'Grote zilveren druppels.' Tate had de kamer rondgekeken. 'Je zult ze niet vinden,' had ze woedend gezegd. 'Ik heb ze nog niet eerder gedragen. Ik had ze speciaal voor bij deze jurk gekocht.'

'Carole, maak je in hemelsnaam niet zo druk,' zei Tate met stemverheffing. Tot dat moment was hij irritant rustig gebleven. 'Je bent een paar oorbellen vergeten. Dat is toch niet het einde van de wereld.'

'Ik bén ze niet vergeten.' Ze haalde diep adem en keek hem aan. 'Dit is niet de eerste keer dat er iets op mysterieuze wijze verdwijnt.'

'Dat had je moeten zeggen. Ik bel meteen de veiligheidsdienst van het hotel.'

Ze pakte zijn arm beet voor hij de telefoon bereikt had. 'Niet alleen hier. Ook thuis. Iemand sluipt mijn kamer binnen en zit aan mijn spullen.'

Zijn reactie was zoals ze had verwacht. 'Dat is belachelijk. Ben je gek?'

'Nee. En ik beeld het me ook niet in. Ik mis diverse dingen... kleine, onbelangrijke dingen. Zoals deze oorbellen waarvan ik verdomd zeker weet dat ik ze heb ingepakt.'

Gevoelig als hij was voor kritiek op zijn familie, kruiste hij zijn armen voor zijn borst. Wie beschuldig je van diefstal?'

'Ik vind die voorwerpen nog niet eens zo erg als de inbreuk op mijn privacy.'

Juist op dat moment was er op de deur geklopt... de perfecte climax van een afschuwelijke dag. 'Ook zoiets,' had ze geïrriteerd gezegd. 'Waarom kunnen we nooit eens een persoonlijk gesprek afmaken voor iemand ons onderbreekt?'

'Roep niet zo hard. Zo dadelijk hoort Eddy je.'

'Naar de hel met Eddy,' had ze gezegd, en ze meende het.

Tate trok de deur open en Eddy kwam binnenstappen. 'Klaar, jongens?'

Als verklaring voor het feit dat ze zo laat waren zei Tate: 'Carole is haar oorbellen kwijt.'

Ze wierp hem een blik toe die duidelijk moest maken dat ze ze niet verloren had.

'Nou, doe dan andere in of ga zonder, maar we moeten nu weg.' Eddy hield de deur voor hen open. 'Jack wacht bij de auto. Het is een uur rijden.'

Ze haastten zich naar de lift. Gelukkig zag een andere hotelgast hen en hield hij de liftdeur voor hen open. Jack liep langs de limousine te ijsberen.

Tot haar verbazing was het feestje leuk geweest. Er werd geen pers toegelaten en ze hoefde niet voortdurend haar best te doen Vans camera te ontwijken; ze ontspande zich en genoot. Ze had zelfs met Tate gedanst. Eddy had hem daartoe overgehaald.

'Vooruit. Dat zal het publiek mooi vinden.'

Zolang Tate haar in zijn armen hield en ze over de vloer draaiden, deed ze alsof het zijn idee was. Ze glimlachten elkaar toe. Hij leek er werkelijk plezier aan te beleven. Toen de muziek een crescendo bereikte, trok hij haar tegen zich aan en deed haar rondtollen onder het uitbundige applaus van de omstanders. Toen had hij haar op haar wang gekust.

Daarna had hij een vreemde uitdrukking op zijn gezicht. Hij leek wel verrast over zijn eigen spontaniteit.

Tijdens de rit terug naar de stad zat ze echter in een hoekje van de limousine door het getinte glas naar buiten te kijken terwijl hij, Jack en Eddy analyseerden hoe goed de dag was verlopen en bespraken wat voor effect dat zou hebben op de uitslag van de verkiezingen.

Ze was uitgeput en terneergeslagen in bed gekropen. De nachtmerrie was het gevolg van een lichamelijk en emotioneel zware dag.

Dit ongestoorde ogenblik met Tate deed haar enorm veel goed. Ze waren constant door mensen omringd. Zelfs in hun eigen suite waren ze zelden alleen.

'Ik geloof dat de Bailey's begint te werken.' Ze gaf hem het lege glas en ging weer in de kussens liggen.

'Word je slaperig?'

'Hmm. Bedankt dat je met me hebt gedanst,' zei ze doezelig. 'Het was fijn door je vastgehouden te worden.'

'Je zei altijd dat ik geen ritmegevoel had.'

'Ik had het mis.'

Hij bleef nog even naar haar kijken en deed toen de lamp uit. Hij wilde net opstaan van haar bed toen ze een hand op zijn blote dijbeen legde. 'Tate?'

Hij verstarde. Ze herhaalde zijn naam, zacht, uitnodigend.

Langzaam liet hij zich weer op de matras zakken en leunde over haar heen. Ze schopte de dekens van zich af zodat ze door niets van elkaar gescheiden zouden zijn.

'Tate, ik...'

'Niet doen,' zei hij. 'Zeg niets wat me van gedachten zou doen veranderen.' Zijn gezicht was zo dicht bij het hare dat ze zijn adem tegen haar lippen voelde. 'Ik wil je hebben, dus zeg geen woord.'

Bezitterig duwden zijn lippen de hare vaneen. Zijn tong dook diep in haar mond en er weer uit, verkennend. Avery pakte hem bij zijn haar en drukte haar mond tegen de zijne.

Hij ontspande zijn armen, die strak om haar hoofd gesloten waren geweest. Langzaam strekte hij zijn lichaam uit naast het hare. Zijn harde dij drukte tegen haar heup en ze keerde haar onderlichaam naar hem toe. Hij drukte zijn knie zacht tussen haar benen.

'Ben je zo nat voor mij?'

Avery raakte vreselijk opgewonden door zijn openlijke taal. 'Ik mocht niets zeggen van je.'

'Voor wie ben je zo nat?'

Ze streelde over zijn dijbeen, legde haar hand onder zijn heup en trok hem uitnodigend dichterbij.

Kreunend van verlangen kuste hij haar hals en borst en beet zachtjes in haar tepels.

Ze kromde haar lichaam als reactie daarop. Hij hief haar gezicht op en drukte zijn mond hard op de hare terwijl hij tussen haar gespreide benen ging liggen.

Avery's hartslag versnelde van genot toen ze zijn geslachtsorgaan in zijn volle omvang over het dal van haar vrouwelijkheid voelde strelen. Zelfs het schuren van zijn katoenen onderbroek tegen haar zijden slipje had iets opwindends. Te ongeduldig om langzaam en onderzoekend te werk te gaan, sloeg ze haar handen om zijn slanke, lenige rug. Ze klemde haar benen om zijn kuiten.

Ruw, hard en heet stak Tate zijn hand in de vochtige zijde die hem de toegang ontzegde.

De telefoon ging.

Hij trok zijn hand terug, maar ze lag nog steeds onder hem. Terwijl ze beiden zwaar ademhaalden, bleef de telefoon overgaan.

Uiteindelijk rolde Tate naar de rand van het bed en trok de hoorn van de haak. 'Hallo?' Na een korte stilte vloekte hij. 'Ja, Jack. Ik ben wakker,' gromde hij. 'Wat is er?'

Avery slaakte zacht een kreet van verdriet en ging met haar rug naar hem toe aan de andere kant van het bed liggen.

26

'Ik kom.'

Eddy stond op uit zijn comfortabele hotelstoel. In de veronderstelling dat de klop op zijn deur betekende dat zijn bestelling van de roomservice er was, opende hij de deur zonder eerst door het kijkgaatje te kijken.

Fancy stond voor de deur. 'Dat zou ik wel eens willen zien.'

Hij deed geen poging zijn ongenoegen te verbergen en belemmerde haar de doorgang met zijn arm tegen de deurstijl. 'Wat?'

'Dat jij komt.'

'Leuk.'

'Dank je,' antwoordde ze ondeugend. Daarna werden haar blauwe ogen donkerder. 'Wie verwachtte je?'

'Gaat je niets aan. Wat doe jij zo ver van huis, meisje?'

De bel van de lift verderop in de gang klonk en de kelner van de roomservice stapte uit de lift met een blad op zijn schouder. Hij naderde hen geluidloos. 'Meneer Paschal?'

'Hier.' Toen Eddy opzij stapte om hem binnen te laten, glipte Fancy ook naar binnen. Ze ging de badkamer in en sloot de deur. Eddy krabbelde zijn handtekening op de rekening en liet de kelner uit.

'Een goedenacht gewenst.' De jongen knipoogde.

Eddy deed de deur iets te snel en iets te hard dicht om beleefd te zijn. 'Fancy?' Hij klopte op de deur van de badkamer.

'Ik kom zo.'

Hij hoorde het toilet doorspoelen. Ze opende de deur terwijl ze nog bezig was de strakke kokerrok van haar jurk over haar dijen omlaag te schuiven.

De jurk was als haar lippenstift, haar hoge pumps en het tiental plastic armbanden om haar arm. Met haar geblondeerde haar wat in de war zag ze eruit als een hoer.

'Wat heb je besteld? Ik sterf van de honger.'

'Je bent niet uitgenodigd.' Hij pakte haar bij haar arm. 'Wat doe je hier?'

'Nou, daarnet zat ik te plassen en nu ga ik kijken wat je te eten hebt.'

Zijn vingers sloten zich strakker om haar bovenarm en hij siste haar naam tussen zijn tanden door. 'Wat doe je in Houston?'

'Ik verveelde me thuis,' zei ze en ze rukte haar arm los, 'met alleen Mona en moeder om me heen. Moeder is de helft van de tijd bezopen en de andere helft loopt ze te janken dat papa niet meer van haar houdt.' Ze hief het verzilverde deksel van een van de borden af en pakte een kerstomaatje... de garnering bij zijn belegde boterhammen.

'Wat... hmm, chocolade-ijs,' zei ze verheugd toen ze onder het andere deksel keek. 'Hoe kun je 's avonds laat nog zo eten en dan zo'n mooie strakke buik houden?'

Haar geoefende ogen gleden over zijn gladde, gespierde lichaam omlaag. Fancy likte haar lippen af.

'Hoe dan ook, moeder gelooft dat pap op tante Carole geilt, wat ik ronduit schandalig vind. En jij?' Ze huiverde, niet van afkeer, maar van plezier. 'Het is zo... net iets uit het Oude Testament om de vrouw van je broer te begeren.'

'De zonde van de week, door Fancy Rutledge.'

Ze giechelde. 'Moeder is echt chagrijnig en Mona kijkt me aan alsof ze een kakkerlak in de suikerpot heeft gevonden. Opa, oma en het kleine monster zouden terugkomen en dat maakte het alleen maar erger, dus besloot ik hem te smeren en hierheen te komen, waar tenminste wat te doen is.'

'Zoals je kunt zien, is hier vanavond erg weinig te doen,' zei hij wrang.

'De waarheid is, Eddy lieverd, dat ik op zwart zaad zit. De geldautomaat vertelde me dat ik niets kreeg omdat mijn saldo negatief is.

Dus,' zei ze, terwijl ze zich met haar armen boven haar hoofd wellustig uitrekte, 'kwam ik naar mijn beste vriend voor een kleine lening.'

'Wat noem jij klein?'

'Honderd dollar?'

'Ik geef je er twintig om van je af te zijn.' Hij haalde een bankbiljet uit zijn broekzak en gooide het op haar schoot.

'Twintig!'

'Dat is genoeg voor de benzine voor de rit terug.'

'Maar meer dan ook niet.'

'Als je meer wilt, ga je maar naar je ouweheer. Die zit in kamer 1215.'

'Denk je dat hij blij zou zijn me te zien? Vooral als ik hem vertel dat ik net uit jouw kamer kom?'

Eddy nam niet de moeite daar antwoord op te geven en keek op zijn horloge. 'Als ik jou was, zou ik maar gauw op huis aan gaan voor het nog later wordt. Kijk goed uit onderweg.' Hij liep naar de deur om haar uit te laten.

'Ik heb honger. En aangezien je zo vrekkig bent met je lening, kan ik me onderweg geen maaltijd veroorloven. Ik geloof dat dat me het recht geeft op een deel van jouw eten.' Ze nam een stuk van de boterham en beet erin.

'Help jezelf.' Hij trok een rechte stoel onder de tafel uit, ging zitten en nam ook een stuk van het brood. Onder het eten bestudeerde hij een van de computerprints die op de tafel lagen.

Fancy sloeg die uit zijn hand. 'Waag het niet me te negeren, klootzak.'

De gloed in zijn ogen zag er gevaarlijk uit. 'Ik heb je niet gevraagd hier te komen, kleine hoer. Ik wil je hier niet hebben. Als het je hier niet bevalt, kun je vertrekken – hoe eerder hoe beter – dan ben ik van je af.'

'O, Eddy, zeg zoiets nou niet.'

'Hou toch op, Fancy.'

Ze luisterde niet naar hem. Ze kroop tussen zijn knieën en kuste zijn maag. 'Ik hou zo veel van je.' Haar mond en tong gleden over zijn gladde, onbehaarde buik. 'Ik weet dat je ook van mij houdt.'

Hij kreunde van ongewild genoegen toen haar lange nagels zacht over zijn tepels krasten. Ze maakte zijn broeksriem los en trok zijn rits open.

'Jezus,' kreunde hij toen ze zijn harde penis uit zijn onderbroek nam. Zijn vingers gingen verloren in haar weelderige blonde haar. Hij draaide de lokken strak rond zijn vingers. Van bovenaf zag hij hoe haar felrode lippen over zijn stijve lid schoven.

Hij zei twee keer hijgend haar naam. Ze sloeg haar ogen naar hem op en smeekte: 'Hou van me, Eddy, alsjeblieft.'

Hij krabbelde overeind, trok haar mee omhoog en tegen zich aan. Ze kusten elkaar hartstochtelijk. Terwijl ze verwoede pogingen deed zijn hemd uit te trekken, reikte hij onder de strakke rok naar haar slipje en trok het kapot.

Ze schreeuwde het uit van verrassing en pijn toen hij twee vingers diep in haar stak, maar ze bereed ze met wild genoegen. Ze had zijn broek en slip al tot over zijn knieën omlaag weten te krijgen. Hij liet ze tot op zijn enkels zakken en stapte eruit terwijl hij haar optilde en tegen zich aan trok.

Samen vielen ze op het bed neer. Hij schoof haar jurk omhoog en begroef zijn gezicht in de delta van haar lichaam, terwijl zij zich uit de strakke jurk probeerde te wringen. Nog voor ze daar helemaal in was geslaagd begon hij in haar borsten te knijpen en aan haar tepels te zuigen en erin te bijten.

Eddy spreidde haar dijen en stortte zich met zo'n kracht in haar dat haar hoofd tegen het hoofdeinde van het bed bonkte. Zijn lichaam was al nat van het zweet toen ze haar benen om hem heen sloeg en met hem mee begon te beuken. Hun lichamen bonkten telkens weer tegen elkaar.

Eddy's gezicht werd verwrongen in een grimas van extase. Hij kromde zijn rug en legde al zijn kracht in zijn laatste beweging. Fancy kreeg tegelijk met hem een climax.

'God, wat was dat geweldig!' zuchtte ze toen ze enkele ogenblikken later van elkaar af rolden.

Zij herstelde zich het eerst, ging rechtop zitten en keek fronsend naar het kleverige goedje tussen haar dijen. Ze stapte van het bed af en ging op zoek naar het tasje dat ze bij zich had gehad. Ze haalde er een pakje condooms uit en gooide hem dat toe. 'Gebruik er volgende keer zo eentje.'

'Wie zegt dat er een volgende keer zal zijn?'

Fancy, die onbeschaamd haar lichaam stond te bewonderen in de passpiegel, schonk zijn weerspiegeling een wrange glimlach. 'Ik ben morgen bont en blauw.' Ze raakte trots de tandafdrukken op haar borsten aan alsof het trofeeën waren. 'Ik voel de bloeduitstortingen nu al.'

'Doe maar niet alsof het je iets kan schelen. Wees blij dat je niet gestraft wordt.'

'Ik heb u anders niet horen klagen, meneer Paschal.'

Met alleen haar schoenen en armbanden aan stapte ze naar de tafel en keek naar de restanten van de maaltijd. Van het ijs was niets meer over dan een romige witte brij met chocoladesiroop en een kers.

'O, verrek,' mompelde ze. 'Het ijs is gesmolten.'

Op het bed begon Eddy te lachen.

Avery werd als eerste wakker. Het was nog donker in de kamer en erg vroeg, maar ze wist dat ze niet meer zou kunnen slapen. Ze liep op haar tenen naar de badkamer en nam een douche. Tate sliep nog toen ze terugkwam.

Ze pakte de ijsemmer en liep in haar ochtendjas de kamer uit. Tate ging elke ochtend hardlopen, waar hij ook was. Wanneer hij terugkwam dronk hij heel veel ijswater. Dat was in een hotel niet altijd gemakkelijk te krijgen. Ze zorgde er nu altijd voor dat het klaarstond wanneer hij verhit en uitgedroogd terugkwam van het rennen.

Ze vulde de emmer uit de ijsmachine in de hal en was op weg terug naar hun kamer toen er een andere deur openging. Fancy stapte naar buiten en sloot de deur stilletjes achter zich. Ze keerde zich naar de liften, maar bleef abrupt staan toen ze Avery zag.

Avery schrok van de verschijning van het meisje. Haar haar zat hopeloos in de war. Wat er nog restte van haar make-up was uitgesmeerd en doorgelopen. Haar lippen waren gezwollen. Ze had krassen in haar hals en over haar borst, en deed geen enkele poging die te verbergen.

Avery drukte zich tegen de muur en wist niets te zeggen. Fancy liep haar met een 'Goedemorgen, tante Carole' voorbij. Ze rook ongewassen en gebruikt. Avery rilde van afgrijzen.

De lift kwam bijna meteen. Voor Fancy erin stapte schonk ze Avery een wellustige glimlach over haar blote, blauw kleurende schouder.

Avery bleef enkele seconden naar de gesloten liftdeuren staan kijken en staarde toen naar de kamer waaruit Fancy tevoorschijn was gekomen. Ze wist van wie die kwamer was.

Tate had het mis wat zijn vriend betrof: Eddy was niet zo scrupuleus als Tate geloofde. En ook niet zo pienter.

27

Vanuit Houston trokken ze naar Waco en van Waco naar El Paso, waar Tate de onbetwiste kampioen van de Spaanse kiezers was. De Rutledges werden ontvangen als koningen. Op het vliegveld kreeg Avery een groot boeket verse bloemen.

'*Señora Rutledge, como está?*' vroeg een van de mensen die hen kwamen begroeten.

'*Muy bien, gracias. Y usted? Cómo se llama?*'

Haar glimlach om het hartelijke welkom vervaagde toen de man zich afwendde en ze toevallig Tate in de ogen keek. 'Sinds wanneer ken jij Spaans?'

Enkele hartslagen lang kon Avery in geen enkele taal een geloofwaardige leugen bedenken. Ze had Spaans gehad als bijvak op de universiteit en wist zich nog steeds aardig te redden. Tate sprak de taal vloeiend. Het was nooit bij haar opgekomen zich af te vragen of Carole Spaans had gesproken.

'Ik... ik wilde je verrassen.'

'Dat is je dan gelukt.'

'De Spaanse stemmen zijn heel belangrijk,' vervolgde ze. 'Ik dacht dat het zou helpen als ik tenminste enkele beleefdheidsfrasen kende, dus heb ik heimelijk gestudeerd.'

Voor één keer was Avery blij dat ze omringd waren door mensen. Anders zou Tate waarschijnlijk hebben doorgevraagd over haar kennis van het Spaans. Gelukkig had niemand anders gehoord wat ze zeiden. Tate was de enige die ze volledig kon vertrouwen.

Het samenzijn met Jack, Eddy en een aantal van de campagnemedewerkers tijdens hun reis van stad naar stad had geen enkele aanwijzing opgeleverd over Caroles medeplichtige.

Met zorg gestelde vragen hadden weinig opgeleverd. In alle onschuld had ze Jack gevraagd hoe hij erin geslaagd was de intensive care op te komen op de avond dat zij bij bewustzijn was gekomen. Hij had haar niet-begrijpend aangekeken. 'Waar heb je het in godsnaam over?'

'Laat maar. Ik ben niet altijd zeker over de volgorde van bepaalde gebeurtenissen.'

Hij was óf onschuldig, óf een geweldig leugenaar.

Ze had hetzelfde geprobeerd met Eddy. Hij had geantwoord: 'Ik ben geen familie. Wat zou ik op de intensive care moeten?'

Tates leven bedreigen, had ze willen zeggen.

Maar dat kon natuurlijk niet, dus had ze iets gemompeld over haar verwarring en het daarbij gelaten.

'Praat dan in elk geval met hen, Tate,' zei Eddy in het vliegtuig van El Paso naar Odessa. 'Het kan toch geen kwaad naar hen te luisteren.'

'Ik mag ze echt niet.'

Ze maakten steeds vaker ruzie over de vraag of ze nou wel of niet professionele campagnestrategen moesten inhuren. Weken geleden had Eddy voorgesteld een gespecialiseerd bedrijf in public relations in de arm te nemen. Tate had zich heftig tegen het idee verzet en deed dat nog steeds.

'Hoe weet je nou of hun ideeën je niet zullen aanstaan als je nog niet hebt gehoord wat ze te zeggen hebben?' vroeg Jack.

'Als de kiezers me niet kunnen kiezen om wat ik ben, dan…'

'De kiezers, de kiezers,' herhaalde Eddy spottend. 'De kiezers hebben geen verstand. Dat willen ze niet eens. Ze zijn lui en onverschillig.'

'Je geeft wel blijk van een geweldig vertrouwen in het Amerikaanse publiek, Eddy.'

'Ik ben hier niet de idealist, Tate. Dat ben jij.'

'Godzijdank! Liever dat dan een cynicus. Ik geloof wel degelijk dat de mensen het belangrijk vinden,' snauwde Tate. 'Ze luisteren naar wat ik zeg. Ze houden van eerlijke taal, niet van die pr-flauwekul!'

'Oké, oké. Aangezien dat zo'n gevoelig onderwerp is zullen we het voorlopig maar laten rusten. Laten we het over de Latijns-Amerikanen hebben.'

'Wat is daarmee?'

'Probeer de volgende keer als je hen toespreekt niet zo de nadruk te leggen op hun integratie in onze samenleving.'

'Onze samenleving?'

'Ik denk nu als een Anglo-Amerikaan.'

'Het is belangrijk dat ze in de Amerikaanse samenleving integreren,' zei Tate, niet voor het eerst. 'Dat is de enige manier om te voorkomen dat de samenleving als de jouwe, de onze of de hunne wordt gekenmerkt. Heb je helemaal niet naar mijn toespraken geluisterd?'

'Benadruk dat ze hun eigen gewoonten moeten behouden.'

'Dat doe ik ook. Maar als ze hier wonen, Eddy – als ze burgers van dit land worden – moeten ze zich een aantal van de gewoonten eigen maken, te beginnen bij de Engelse taal.'

Eddy hield vol. 'Kijk, de Anglo-Amerikanen horen niet graag dat Latijns-Amerikanen hun samenleving binnendringen, evenmin als zij graag de Engelse gewoonten én een nieuwe taal opgedrongen krijgen. Zorg nou eerst maar dat je gekozen wordt en begin dan over integreren, oké? En probeer in godsnaam je mond te houden over het probleem van het drugsverkeer tussen Texas en Mexico.'

'Dat ben ik met hem eens,' zei Jack. 'Daar kun je wel iets aan doen wanneer je senator bent. Waarom zou je nu met het drugsprobleem gaan zwaaien als met een rode vlag? Het geeft iedereen gelegenheid je te bekritiseren.'

Tate lachte vol ongeloof en spreidde zijn handen. 'Ik probeer tot senator gekozen te worden en ik mag niet eens een mening hebben over hoe de illegale drugsstroom naar mijn staat moet worden aangepakt?'

'Natuurlijk mag je wel een mening hebben,' zei Jack, alsof hij een klein kind naar de mond praatte.

'Maar zwijg over je plannen om iets aan het probleem te doen tenzij je daar specifiek om gevraagd wordt. Nu, wat die menigte in Odessa betreft...' zei Eddy en hij raadpleegde zijn aantekeningen.

Eddy had altijd aantekeningen bij de hand. Terwijl hij zijn papieren doorbladerde, keek Avery naar zijn handen. Hadden die handen Fancy haar schrammen en blauwe plekken bezorgd, of was ze naar hem toe gevlucht nadat weer een cowboy haar te grazen had genomen?

'Probeer in godsnaam op tijd te zijn voor iedere afspraak. En zorg dat je die stropdas loost voor we gaan landen.'

'Wat mankeert eraan?'

'Hij is niet om aan te zien, dat mankeert eraan.'

Voor één keer was Avery het met Eddy eens. Tates stropdas was niet de mooiste die ze ooit gezien had, maar ze vond dat Eddy dat niet zo tactloos had hoeven zeggen.

'Hier, neem de mijne maar,' stelde Jack voor, terwijl hij al aan de knoop trok.

'Nee, die is nog erger,' zei Eddy met karakteristieke openheid. 'Hier heb je de mijne.'

'Val allebei dood met je stropdas,' zei Tate. Hij liet zich weer in de stoel van het vliegtuig zakken. 'Laat me met rust.' Hij legde zijn hoofd tegen de kussens en deed zijn ogen dicht om iedereen buiten te sluiten.

Avery applaudisseerde in stilte voor hem, hoewel hij háár ook had buitengesloten.

Algauw hoorde ze Tates regelmatige ademhaling boven het gedreun van de vliegtuigmotoren uit. Hij kon bijna onmiddellijk in slaap vallen om een paar minuten later fit weer wakker te worden – een vaardigheid die hij in Vietnam had ontwikkeld. Ze keek graag naar hem wanneer hij sliep, vooral wanneer ze 's nachts zelf de slaap niet kon vatten.

'Doe iets.'

Eddy leunde over het smalle gangpad heen en wekte haar uit haar overpeinzingen. Hij en Jack keken haar aan als ondervragers. 'Waaraan?'

'Aan Tate.'

'Wat wil je dat ik doe? Zijn stropdassen uitzoeken?'

'Overtuig hem ervan dat ik die pr-firma in dienst moet nemen.'

'Doe je het soms zelf niet goed genoeg, Eddy?' vroeg ze koel.

Strijdlustig kwam hij nog dichter bij haar hangen. 'Vind je dat ik meedogenloos ben? Die jongens zouden niets van jouw onzin accepteren.'

'Welke onzin?' beet ze hem toe.

'Zoals dat je Tates telefoontjes afschermt.'

'Als je gisteravond bedoelt, hij sliep al toen je belde. Hij had zijn rust nodig. Hij was uitgeput.'

'Als ik met hem moet praten, dan wil ik dat onmiddellijk kunnen doen,' zei hij en daarbij stak hij dreigend zijn vinger op. 'Begrepen, Carole? En nu wat die professionals betreft...'

'Hij wil ze niet. Hij denkt dat ze een verkeerd imago voor hem zullen opbouwen en dat ben ik met hem eens.'

'Niemand heeft jou iets gevraagd,' zei Jack.

'Als ik een mening heb over de campagne van mijn echtgenoot, dan zal ik die ventileren en jullie kunnen de pot op als dat je niet bevalt!'

'Wil je een senatorsvrouw worden of niet?'

Er verstreek een ogenblik in stilzwijgen terwijl ze allemaal probeerden hun kalmte terug te krijgen. Eddy vervolgde op verzoenende toon: 'Doe in elk geval wat nodig is om Tate uit dat rothumeur te krijgen, Carole. Het is vernietigend.'

'Het publiek weet niet dat hij in een rothumeur is.'

'Maar de vrijwilligers wel. Ze praten erover,' zei Jack. 'Jij bent degene die hem zover heeft gebracht. Jij bent de enige die hem er weer uit kan halen. En hou je maar niet van den domme, want we weten allemaal wel beter.'

Avery voelde zich gefrustreerd na de woordenwisseling, en niet in staat iets te doen aan een kwalijke situatie waarvan ze kennelijk allemaal haar de schuld gaven.

Ze was opgelucht toen ze na een geslaagde landing kon uitstappen. Ze plakte een glimlach op voor de mensen die zich hadden verzameld.

Haar glimlach verdween echter toen ze Van Lovejoy zag staan. Van dook overal op waar de Rutledges kwamen en zijn aanwezigheid maakte Avery nerveus.

Zodra dat met goed fatsoen kon verdween ze wat naar de achtergrond, waar een cameralens haar moeilijker zou kunnen vinden. Vanuit die positie keek ze naar de menigte, voortdurend alert op verdachte personen. Het publiek bestond voornamelijk uit mediamensen, Rutledge-aanhangers en nieuwsgierigen.

Een lange man achteraan in de menigte trok haar aandacht, omdat hij haar bekend voorkwam. Hij droeg een maatpak en cowboyhoed en ze zag hem aanvankelijk aan voor een van de oliemensen die Tate hier zou toespreken.

Ze kon niet precies zeggen waar of wanneer ze hem eerder had gezien, maar meende niet dat hij toen zo gekleed was geweest. Ze zou zich de cowboyhoed hebben herinnerd. Maar ze had hem pas nog gezien, dat wist ze zeker. Misschien op de barbecue in Houston? Voor ze erin slaagde de tijd en plaats te bepalen verdween hij in de massa en uit het zicht.

Zodra de kandidaat-senator, zijn entourage en de jakhalzen van de media uit zijn onmiddellijke nabijheid verdwenen waren, kwam de goed geklede cowboy uit de telefooncel. Tate Rutledge was gemakkelijk te volgen. Ze waren allebei groot, maar terwijl Tate gezien wilde worden, was de cowboy trots op zijn vermogen zich met de menigte te laten versmelten en zich praktisch onzichtbaar te maken.

Voor een man van zijn lengte bewoog hij zich met veel gratie en gemak voort. Alleen al zijn houding dwong respect af van iedereen die toevallig zijn pad kruiste. Het meisje bij het autoverhuurbedrijf behandelde hem buitengewoon beleefd. Hij legde een creditcard neer. Daar stond een valse naam op, maar de kaart werd geaccepteerd door het elektronische controlesysteem.

Hij bedankte het meisje toen ze de autosleutel in zijn hand liet vallen. 'Hebt u een kaart van de omgeving nodig, meneer?'

'Nee, dank u. Ik weet de weg.'

Hij droeg zijn kleren in één efficiënt ingepakte tas. De herkomst van de inhoud was niet te herleiden en desnoods kon hij alles achterlaten; evenals de huurauto, als dat nodig was.

28

Een reusachtig bed.

'Ik benijd de vrouwen in Texas niet. Zoals vrouwen in alle andere staten zien ze zich voor ernstige problemen geplaatst... problemen die onmiddellijk moeten worden opgelost. Problemen zoals goede kinderopvang.'

Zelfs terwijl Tate een toespraak hield tijdens de lunchbijeenkomst van werkende vrouwen waren zijn gedachten bij dat ene grote bed in hun kamer in het Adolphus Hotel.

Nadat ze op Love Field waren geland, hadden ze snel hun inschrijving in het hotel geregeld en zich opgefrist voor de lunch. Het krappe schema had die ene overheersende gedachte niet uit zijn hoofd kunnen wissen: vanavond zou hij met Carole in hetzelfde bed liggen.

'Sommige bedrijven, waarvan er tot mijn genoegen vele hier in Dallas te vinden zijn, hebben een kinderopvangprogramma voor hun werkneemsters opgezet. Maar die bedrijven met visie en innoverende ideeën zijn nog altijd in de minderheid. Ik wil dat daar iets aan gedaan wordt.'

Over het applaus heen hoorde Tate in gedachten de stem van de gedienstige piccolo vragen: 'Is er anders nog iets van uw dienst, meneer Rutledge?'

Op dat moment had hij moeten zeggen: 'Ja. Ik geef de voorkeur aan een kamer met aparte bedden.'

Het applaus stierf weg. Tate maskeerde zijn lange stilzwijgen door een slok water te nemen. Vanuit zijn ooghoeken zag hij Carole vragend naar hem kijken. Ze zag er verleidelijker uit dan het heerlijke dessert dat hij had afgeslagen. Hij zou ook haar afslaan.

'Gelijk loon voor gelijk werk is een afgezaagd onderwerp,' zei hij in de microfoon. 'Het Amerikaanse volk wil daar niets meer over horen. Maar ik zal dit plan blijven verdedigen tot de tegenstand gebroken is.'

Hij kreeg een donderend applaus. Tate glimlachte ontwapenend en probeerde niet onder de rok van de vrouw op de eerste rij te kijken die hem een spectaculair uitzicht bood.

Terwijl ze zich haastten om op tijd klaar te zijn, had hij een toevallige glimp van zijn vrouw opgevangen door de iets openstaande badkamerdeur. Ze droeg pastelkleurige lingerie en had een prachtig achterwerk en zachte dijen. Hij had een stijve gekregen en die had hij nu nog.

Hij schraapte zijn keel en zei: 'De misdaden jegens vrouwen baren me veel zorgen. Het aantal verkrachtingen neemt met het jaar toe, maar het aantal verkrachters dat wordt voorgeleid en veroordeeld is belachelijk laag.

Geweld binnen het huwelijk bestaat al zolang als er gezinnen bestaan. Gelukkig is onze samenleving zich daar eindelijk bewust van geworden. Dat is goed. Maar wordt er wel genoeg gedaan om een einde te maken aan dat toenemende geweld?

Meneer Dekker suggereert dat het antwoord ligt in gesprekstherapie. Om een uiteindelijke oplossing te bereiken, ja, daar ben ik het mee eens. Maar politieoptreden is een noodzakelijke eerste stap. Wettige afzondering van de bron van het geweld en gegarandeerde veiligheid voor de slachtoffers – voor het merendeel vrouwen en kinderen – is bittere noodzaak. Pas dan, en niet eerder, kan worden overgegaan tot gesprekstherapie en verzoening.'

Toen het applaus wegstierf ging hij over tot de laatste bezielende uitspraken van zijn speech. Zodra deze bijeenkomst was afgesloten moesten ze naar een fabriek van General Motors in het naburige Arlington, om zich tijdens het wisselen van de diensten onder de arbeiders te mengen.

Daarna zouden ze teruggaan naar het hotel, naar het avondnieuws kijken, de kranten doornemen en zich aankleden voor het formele diner dat ter ere van hem werd gegeven op Southfork. En later die avond zouden ze terugkeren naar het reusachtige bed.

'Ik verwacht uw steun in november. Heel hartelijk dank.'

Hij kreeg een staande ovatie. Carole ging naast hem staan en glimlachte naar hem met wat liefde en bewondering leek. Ze speelde het spel verdraaid goed.

Pas na bijna een half uur slaagde Eddy erin hen los te weken van de enthousiaste menigte.

'Je moet nu naar de fabriek toe, anders kom je te laat. Ik handel eerst nog een telefoontje af dat Jack even voor me aanhoudt. We zien je daar wel. Weet je de weg?'

'Aan de I-30, is het niet?' Tate trok het jasje van zijn pak uit en gooide het op de achterbank van de huurauto.

'Juist.' Eddy gaf nog wat aanwijzingen. 'Je kunt het niet missen.' Toen keek hij naar Carole. 'Ik zal een taxi bellen om je terug te laten brengen naar het hotel.'

'Ik ga met Tate mee.'

'Ik geloof...'

'Het is in orde, Eddy,' zei Tate. 'Ze kan wel met me mee.'

'Ze zal er veel te veel opvallen. Het is daar geen dameskransje.'

'Tate wil me erbij hebben en ik ga graag mee,' zei ze.

'Goed dan.' Hij zwichtte, maar Tate zag dat hij er niet blij mee was. 'We komen jullie zo snel mogelijk achterna.' Hij sloot het portier aan Caroles zijde en ze vertrokken.

'Hij laat nooit een mogelijkheid voorbijgaan om me het gevoel te geven dat ik een waardeloos aanhangsel ben,' zei ze. 'Het verbaast me nog dat hij ons huwelijk heeft goedgekeurd.'

'Er zat weinig anders op voor hem. We konden hem niet vinden, weet je nog?'

'Natuurlijk weet ik dat nog,' zei ze kwaad. 'Ik bedoelde alleen... Ach, laat maar. Laten we niet over Eddy praten.'

'Ik weet dat je hem niet zo mag. Soms kan hij inderdaad stierlijk vervelend zijn. Maar zijn intuïtie is erg goed.'

'Ik vertrouw zijn intuïtie wel, maar zijn persoonlijkheid niet.'

'Wat heeft hij gedaan dat je hem zo wantrouwt?'

Ze wendde haar gezicht van hem af en keek door het raam. 'Niets, denk ik. Jeetje, wat is het heet.'

Zo ver vooroverleunend als de veiligheidsgordel toeliet, trok ze haar jasje uit. Daaronder droeg ze een bijpassende zijden blouse.

'Je was briljant, Tate,' zei ze. 'Niet kleinerend of uit de hoogte. Dat zouden ze niet hebben geaccepteerd. Maar nu aten ze uit je hand.' Ze keek hem zijdelings aan. 'Vooral die ene in haar blauwe jurk op de eerste rij. Wat voor kleur slipje had ze aan?'

'Helemaal geen.'

Dat botte antwoord had ze niet verwacht. Haar plagende glimlach vervaagde. Ze wendde haar blik af en keek weer door de voorruit.

'Ik heb niets over de abortuskwestie gezegd. Was je dat opgevallen?'

'Nee.'

'Ik wist niet wat ik moest zeggen. Misschien had ik jou erbij moeten roepen. Jij had ons uit de eerste hand kunnen vertellen hoe het is.'

Er stonden tranen in haar ogen toen ze hem aankeek. 'Ik heb je gezegd dat ik nooit een abortus heb laten plegen.'

'Maar ik zal nooit zeker weten welke keer je loog, nietwaar?'

'Waarom doe je nou zo, Tate?'

Omdat er een *reusachtig bed* in onze hotelkamer staat, dacht hij. Voor ik dat met je deel moet ik mezelf alle redenen voorhouden waarom ik je veracht.

Dat zei hij natuurlijk niet.

Er stond een delegatie op hen te wachten bij de poort van de autofabriek. Tate parkeerde een eindje ervandaan, om de tijd te hebben zijn gedachten te ordenen. Hij had zin in ruzie. Hij wilde het uitvechten. Zijn hoofd stond niet naar glimlachen en beloven de problemen van arbeiders op te lossen terwijl hij machteloos tegenover zijn eigen huwelijksproblemen stond.

'Trek je jasje weer aan,' zei hij op bevelende toon, hoewel hij zelf zijn das afdeed en zijn mouwen oprolde.

'Dat was ik al van plan,' antwoordde ze koel.

'Goed. Je tepels steken door je blouse heen. Of was dat soms de bedoeling?'

'Val dood,' zei ze liefjes terwijl ze het autoportier openduwde.

Hij moest toegeven dat ze zich bewonderenswaardig goed herstelde van zijn stekelige opmerkingen en zich intelligent wist te onderhouden met de vakbondsmensen die hen kwamen begroeten.

Eddy en Jack kwamen aan op ongeveer hetzelfde moment dat de ploegen wisselden en de deuren arbeiders begonnen uit te braken. Degenen die naar hun werk kwamen, naderden vanaf de parkeerplaats. Tate gaf iedereen die hij kon bereiken een hand.

Telkens wanneer hij naar Carole keek, voerde ze even ijverig campagne als hij.

Tate zocht naar iets waar hij kritiek op kon uitoefenen, maar vond niets. Ze pakte groezelige handen beet en schudde ze hartelijk. Ze bleef glimlachen, hoewel de menigte luidruchtig en de hitte ondraaglijk was.

En ze was als eerste bij hem toen hij door iets werd geraakt en neerviel.

29

Avery keek toevallig net naar Tate toen zijn hoofd met een ruk achteroverging. In een reflex bracht hij zijn hand naar zijn voorhoofd; hij wankelde en viel.

'Néé!'

Ze stond maar een paar meter van hem vandaan, maar het was erg druk. Het leek een eeuwigheid te duren eer ze zich door de mensen heen had gewerkt. Ze ruïneerde haar kousen en schaafde haar knieën toen ze naast hem op de hete stenen neerviel.

'Tate! Tate!' Er stroomde bloed uit een wond aan de zijkant van zijn hoofd. 'Haal een dokter, iemand. Eddy! Jack! Laat iemand iets doen. Hij is gewond!'

'Ik ben in orde.' Hij probeerde te gaan zitten. Hij was nog draaierig, zocht naar steun, vond Avery's arm en hield zich daaraan vast.

Aangezien Tate kon praten en een poging deed om te gaan zitten, wist ze dat de kogel hem alleen had geschampt en niet in de schedel was binnengedrongen. Ze drukte zijn hoofd tegen haar borst. Zijn bloed stroomde warm en rood over haar kleren, maar dat merkte ze niet eens.

'Jezus, wat is er gebeurd?' Eddy was er eindelijk in geslaagd door de menigte te dringen. 'Tate?'

'Ik ben in orde,' mompelde hij. Langzaam liet Avery zijn hoofd los. 'Geef me een zakdoek.'

'Er wordt een ambulance gebeld.'

'Niet nodig. Ik ben door iets geraakt.' Hij keek om zich heen in een woud van voeten en benen. 'Daardoor,' zei hij en hij wees naar een gebroken bierfles die vlak bij hem op de grond lag.

'Wie heeft die in godsnaam gegooid?'

'Heb je hem gezien?' Avery was bereid met de aanvaller op de vuist te gaan.

'Nee. Ik heb niets gezien. Geef me een zakdoek,' herhaalde hij.

Terwijl zij en Eddy hem overeind hielpen, kwam Jack hijgend naderbij. 'Een paar werklui zijn het niet eens met je politieke visie. De politie heeft ze gearresteerd.'

'Laten we gaan,' zei Eddy.

'Nee.' Tates lippen waren wit en stijf door een combinatie van woede en pijn. 'Ik ben hier gekomen om mensen de hand te schudden en om hun stem te vragen, en dat zal ik doen ook. Daar kunnen een paar flessengooiers me niet van weerhouden.'

'Tate, Eddy heeft gelijk.' Avery hield hem stevig bij zijn arm. 'Dit is nu een zaak voor de politie.'

Ze was duizend doden gestorven tijdens haar spurt naar hem toe. Ze had gedacht: dit is het. Dit is wat ik wilde voorkomen, en ik heb gefaald. Het incident had haar heel duidelijk gemaakt hoe kwetsbaar hij feitelijk was. Wat voor bescherming kon zij hem bieden? Als iemand hem graag genoeg wilde vermoorden, dan kon dat. Daar zou zij of wie dan ook helemaal niets tegen kunnen doen.

'Hallo, ik ben Tate Rutledge, ik ben kandidaat voor de Senaat.' Tate wendde zich koppig naar de man die naast hem stond. Het vakbondslid keek onzeker naar Tates hand en toen naar zijn collega's. Ten slotte schudde hij Tate de hand. 'Ik zou het op prijs stellen als u in november op me stemde,' zei hij tegen de man voor hij verder ging naar de volgende. 'Hallo, ik ben Tate Rutledge.'

Tegen de wens van zijn adviseurs in liep Tate door de menigte en schudde handen met zijn rechterhand, terwijl hij met zijn linker de bebloede zakdoek tegen zijn slaap hield. Avery had nog nooit zo veel van hem gehouden.

Ze was ook nog nooit zo bang geweest hem te verliezen.

Toen alle arbeiders hetzij naar huis, hetzij naar binnen waren gegaan, konden Eddy en Avery Tate eindelijk in de auto krijgen en hem naar de dichtstbijzijnde eerstehulppost rijden, waar een arts drie hechtingen aanbracht en die bedekte met een steriel gaasje.

Avery had vanaf de eerste hulp naar Nelson en Zee gebeld, omdat ze wist dat die zich zorgen zouden maken als ze het nieuws op de televisie zouden horen. Ze stonden erop met Tate te praten. Hij maakte grapjes over zijn verwonding, maar Avery zag hoe hij dankbaar de pijnstiller van de verpleegster aannam.

In de hal van het Adolphus werden ze opgewacht door een horde verslaggevers. Ze kwamen massaal op hen af. 'Zorg dat ze foto's krijgen van het bloed op je jurk,' zei Eddy vanuit zijn mondhoek.

Ze had hem de ogen wel uit willen krabben om die ongevoelige opmerking. 'Klootzak.'

'Ik doe gewoon mijn werk, Carole,' zei hij kalm. 'Ik maak het beste van elke situatie... ook de slechte.'

Bij de deur van hun kamer zei ze: 'Tate gaat even liggen, zodat die pijnstiller de kans krijgt zijn werk te doen.' Ze liet geen ruimte voor tegenwerpingen. 'Ik zal de telefoniste vertellen dat ze geen telefoontjes mag doorverbinden.'

'Hij moet een verklaring afleggen.'

'Schrijf jij die maar,' zei ze tegen Jack. 'Je zou toch alles herschrijven wat hij zei. Onthou alleen wat hij op weg hierheen heeft gezegd. Hij is niet van plan een klacht in te dienen tegen de man die de fles heeft gegooid, hoewel hij een hekel heeft aan geweld en het als een lage vorm van zelfexpressie beschouwt. Hij stelt evenmin de bond als groep aansprakelijk voor de daden van enkelen van hun leden. Ik weet zeker dat je daar wel iets van kunt maken.'

'Ik kom jullie om half acht ophalen,' zei Eddy, toen hij zich omdraaide. Over zijn schouder voegde hij er nog aan toe: 'Exact.'

Tate had een poosje geslapen en toen naar het nieuws gekeken voordat hij opstond om zich te douchen en aan te kleden. Nu wendde hij zich van de passpiegel af en keek haar aan. 'En? Hoe zie ik eruit?'

Met haar hoofd een tikje schuin keek ze hem peinzend aan. 'Buitengewoon zwierig.' Zijn haar viel aantrekkelijk over de wond. 'Het verband voegt iets nonchalants toe aan je onberispelijke smoking.'

'Nou, dat is dan goed,' mompelde hij en hij raakte voorzichtig het verband aan, 'want het doet verdomd zeer.'

Avery liep op hem toe en keek hem bezorgd aan. 'We hoeven niet per se te gaan.'

'Eddy zou een beroerte krijgen.'

'Dat moet hij dan zelf weten. Alle anderen zullen het begrijpen.'

'Nee. Ik kan het me niet veroorloven dit af te zeggen.'

'Neem dan tenminste nog een pil.'

Hij schudde zijn hoofd. 'Als ik ga, moet ik volledig bij mijn positieven zijn.'

'Hemel, wat ben jij koppig. Net als toen je vanmiddag per se daar wilde blijven.'

'Het zag er prachtig uit op het avondnieuws.'

Ze fronste haar voorhoofd. 'Nu klink je net als Eddy. Je hebt je kandidaat gesteld voor de Senaat, niet voor de functie van beste doelwit van het jaar voor elke idioot die iets op het systeem aan te merken heeft. Je moet je leven niet op het spel zetten alleen omdat dat er goed uitziet op het nieuws.'

'Luister, als ik niet probeerde in de Senaat te komen, was ik zelf achter die klootzak aangegaan die de fles heeft gegooid en had ik hem verrot geslagen.'

'Ha, zo mag ik het horen. Een kandidaat die zegt wat hij werkelijk denkt.'

Even lachten ze samen, toen zei Tate: 'Ik heb me als een zak gedragen, vanmiddag.'

'Je hebt wel kwetsende dingen gezegd.'

'Ik weet het,' gaf hij toe. 'Dat was ook mijn bedoeling. Gedeeltelijk omdat...'

Er werd geklopt. 'Half acht,' riep Eddy door de deur.

Tate keek geërgerd op. Avery pakte haar tasje en stapte naar de deur. Haar zintuigen gloeiden. Haar zenuwen lagen aan flarden. Ze zou wel kunnen schreeuwen.

Ze deed dat ook bijna toen een van de eerste mensen die ze tussen de menigte op Southfork opmerkte de man was die ze al eerder op Odessa Airport had gezien.

Het door de televisieserie *Dallas* beroemd geworden ranchhuis baadde in het licht. Op deze bijzondere avond was het huis open en mochten de bezoekers zo naar binnen lopen. Het diner zelf werd gehouden in het aangrenzende gebouw dat vaak werd verhuurd voor feestjes.

De opkomst was beter dan verwacht. Zodra ze aankwamen kregen ze te horen dat er een grote menigte was toegestroomd. Velen hadden meer dan tweehonderd dollar geboden voor de kans het diner bij te wonen en Tate te horen spreken.

'Ongetwijfeld vanwege dat fantastische stukje nieuws van vandaag,' zei Eddy. 'Alle netwerken en plaatselijke omroepen hebben er het nieuws van zes uur mee geopend.'

Avery kreeg met de dag een grotere hekel aan hem. Zijn ongepaste geflikflooi met Fancy was voor haar al reden genoeg om zijn zogenaamde nette manieren te wantrouwen.

Tate vertrouwde hem echter volkomen. Daarom had ze hem niet verteld dat ze Fancy uit Eddy's kamer had zien komen. Ze voelde dat Tates houding tegenover haar zich verzachtte en wilde dat niet op het spel zetten door zijn beste vriend door het slijk te halen.

Ze probeerde Eddy's opmerking en alle andere zorgen van zich af te zetten toen ze met Tate het grote gebouw binnenliep; hij zou haar steun die avond nodig hebben. De verwonding vergde kennelijk meer van hem dan hij wilde toegeven. Een enthousiaste sympathisant kwam op hen toelopen. Hij zoende Avery op de wang en schudde Tate joviaal de hand. Toen Avery haar hoofd achteroverwierp om te lachen om iets wat de man had gezegd, viel haar oog op de lange man met het grijze haar.

Ze draaide zich in zijn richting, maar verloor hem bijna meteen uit het oog. De man op het vliegveld had een casual pak en een Stetsonhoed gedragen; deze man was heel formeel gekleed. Waarschijnlijk leken ze alleen toevallig op elkaar.

Terwijl ze haar best deed attent te zijn tegenover iedereen die hen benaderde om zich voor te stellen, bleef ze de menigte bestuderen, maar ze zag de man voor het diner niet meer terug.

'Geen honger?' vroeg Tate toen ze aan tafel zaten met een knikje naar haar bijna onaangeroerde bord.

'Te veel opwinding.'

In werkelijkheid was ze ziek van bezorgdheid. Ze dacht erover Tate te waarschuwen voor het gevaar waarin hij verkeerde.

'Tate?' vroeg ze aarzelend. 'Heb jij ook een lange, grijze man gezien?' Hij lachte even. 'Ongeveer vijftig.'

'Nee, eentje in het bijzonder. Hij kwam me bekend voor.'

'Misschien paste hij in een van die vakjes in je geheugen die nog niet zijn opengegaan.'

'Ja, misschien.'

'Zeg, ben je wel in orde?'

Ze forceerde een glimlach, bracht haar lippen naar zijn oor en fluisterde: 'De vrouw van de kandidaat moet naar het toilet. Denk je dat dat in orde is?'

'Beter dan de gevolgen als ze niet gaat.' Hij stond op om haar uit haar stoel te helpen.

Ze voelde zich zowel gefrustreerd als opgelucht toen ze eenmaal buiten stond. Ze wist bijna zeker dat het dezelfde man was als die ze in West-Texas had gezien. Anderzijds waren er natuurlijk tienduizenden lange Texanen met grijs haar. Ze voelde zich een beetje dwaas over haar paranoia en glimlachte in zichzelf.

Haar glimlach vervaagde abrupt toen iemand vlak achter haar kwam staan en treiterend zei: 'Hallo, Avery.'

30

De McDonald's op de hoek van Commerce en Griffin zag er om middernacht uit als een vissenkom. De eetruimte was fel verlicht, en door de grote ramen was iedereen die binnen zat even duidelijk zichtbaar als acteurs midden op een podium.

Avery naderde het restaurant voorzichtig. Van de overkant van de straat keek ze naar binnen. Ze zag hem alleen aan een tafeltje zitten. Gelukkig had hij er een bij het raam gekozen. Zodra het verkeerslicht op groen sprong stak ze de brede straat over.

Op de hoek stonden twee vrouwen, de een met oranje en de ander met donkerrood haar, te wedijveren om de aandacht van een man in een strakke leren broek. Hij stond verveeld tegen een lantaarnpaal geleund, totdat Avery voorbijkwam. Hij keek haar aan als een roofdier. De vrouw met het oranje haar tolde om haar as, zette haar handen op haar heupen en schreeuwde tegen Avery: 'Hé, teef, haal je kont uit zijn gezicht, of ik vermoord je!'

Avery negeerde hen alle drie en liep over het trottoir weg. Toen ze ter hoogte van het tafeltje was gekomen, klopte ze op het raam. Van Lovejoy keek op van zijn chocolademilkshake, zag haar en glimlachte. Hij wees naar de stoel tegenover hem. Avery schudde woedend haar hoofd en beduidde dat hij maar naar buiten moest komen.

Hij nam er de tijd voor. Vol ongeduld volgde ze zijn rustige gang door het restaurant, de deur uit en de hoek om. Tegen de tijd dat hij haar eindelijk bereikte, kookte ze van woede.

'Wat ben je in godsnaam van plan, Van?' vroeg ze.

Onschuldig bracht hij zijn magere handen naar zijn borst: '*Moi?*'

'Moesten we elkaar per se hier ontmoeten? En op dit uur van de nacht?'

'Had je liever gehad dat ik naar je kamer kwam... de kamer die je deelt met de man van een andere vrouw?' In de daaropvolgende stilte stak hij rustig een joint op. Na twee trekjes hield hij hem aan Avery voor. Ze sloeg zijn hand weg.

'Je kunt je niet voorstellen in wat voor gevaar je me hebt gebracht door me vanavond aan te spreken.'

'Weet hij dat je niet zijn vrouw bent?'

'Nee! En dat mág hij ook niet weten.'

'Leg uit.'

'Dat kost veel te veel tijd.'

'Ik heb geen haast.'

'Maar ik wel,' riep ze en greep hem bij zijn magere arm. 'Van, je mag het niemand vertellen. Dat zou levensgevaarlijk zijn.'

'Ja, Rutledge zou misschien woedend genoeg zijn om je te vermoorden.'

'Ik heb het over Tates leven. Dit is geen spelletje, geloof me. Er staat heel veel op het spel. Je zult het met me eens zijn als ik de kans heb gehad het je uit te leggen. Maar dat kan niet nu. Ik moet terug.'

'Dit is nogal een onderneming, Avery. Wanneer heb je hiertoe besloten?'

'In het ziekenhuis. Ze zagen me aan voor Carole Rutledge. De reconstructieve operatie aan mijn gezicht was al achter de rug voor ik iemand kon vertellen wie ik werkelijk was.'

'En waarom heb je dat toen niet gedaan?'

Gejaagd naar een uitweg zoekend riep ze: 'Vraag het maar aan Irish.'

'Irish!' kraste hij en verslikte zich in de marihuanarook. 'Die lastige ouwe klootzak. Weet hij het?'

'Nog maar pas. Ik moest het iemand vertellen.'

'Dus daarom heeft hij me deze opdracht gegeven.'

'Dat zal dan wel. Ik was stomverbaasd toen ik je in Houston zag. Het was al erg genoeg toen ik die dag op de ranch de deur voor je opendeed. Had je me toen al herkend?'

'De dag dat je uit de kliniek kwam. Het viel me op dat de manieren van mevrouw Rutledge voor de camera zo op die van jou leken. Het was gewoon eng hoe ze haar lippen bevochtigde en met haar hoofd schudde zoals jij dat altijd deed. Na die opnamen op de ranch was ik bijna overtuigd, en sinds vanavond weet ik het zeker.'

'O, god.'

'Wat?'

Over Vans schouder had Avery een politieagent zien aankomen.

'Oké, wat is er?' vroeg Tate geërgerd aan zijn broer.

Jack sloot de deur van zijn hotelkamer en trok zijn jasje uit. Wil je wat drinken?'

'Nee, dank je. Wat is er nou?'

Zodra ze de hal van het Adolphus binnen waren gelopen had Jack hem bij zijn elleboog gepakt en gezegd dat hij hem alleen moest spreken. 'Wat, nu?'

'Nu.'

Tate had geen zin in een persoonlijk gesprek met zijn broer. De enige die hij wilde spreken was zijn vrouw, die zich sinds hun aankomst op Southfork vreemd had gedragen. Daarvoor was er niets aan de hand geweest.

Aan het diner had ze het over een man met grijs haar gehad. Misschien had die haar aangesproken toen ze naar het toilet ging, want bij haar terugkeer was ze bleek en beverig geweest.

De rest van de avond was ze schrikachtig geweest. Hij had haar er diverse keren op betrapt nerveus op haar onderlip te bijten. Wanneer ze glimlachte was dat niet oprecht. Hij had nog geen kans gehad het uit te zoeken. Dat wilde hij nu doen.

Maar omwille van de harmonie in het kamp besloot hij eerst Jack zijn zin te geven. 'Jack wil me vijf minuten spreken,' had hij gezegd toen ze op de lift stonden te wachten.

'O, nu?' had ze gevraagd. 'Dan loop ik even terug naar de conciërge en vraag hem wat brochures en zo voor Mandy. Dat zal niet lang duren. Ik zie je wel in onze kamer.'

Tate zag hoe Jack een witte envelop uit zijn borstzak haalde en nam die van hem aan. Zijn naam stond erop geschreven. Hij scheurde de envelop open, las de boodschap twee keer en keek toen van onder zijn wenkbrauwen naar zijn broer.

'Wie heeft je dit gegeven?'

'Herinner je je de dame – vrouw – in het blauw van vanmiddag nog? Eerste rij.'

'Waarom heeft ze jou gevraagd me dit te geven?' vroeg hij zijn broer. 'Ik neem aan dat ze het niet gepast vond het je zelf te geven.'

'Gepast?' zei Tate spottend en hij keek weer naar de openhartige woorden op het briefje.

Jack deed niet eens een poging zijn plezier te verbergen en vroeg: 'Mag ik raden waar het over gaat?'

'Bingo.'

'Mag ik je een voorstel doen?'

'Nee.'

'Het kan geen kwaad die uitnodiging aan te nemen. Het zou zelfs goed kunnen zijn.'

'Is het aan je aandacht ontsnapt dat ik getrouwd ben?'

'Nee, evenmin als het aan mijn aandacht is ontsnapt dat je huwelijk op het moment geen barst voorstelt, maar je wilt natuurlijk geen commentaar van mij op je huwelijk of je vrouw.'

'Dat klopt.'

'Luister, Tate. Ik wil alleen het beste voor jou. Neem die uitnodiging aan. Ik weet niet wat er tussen jou en Carole gaande is. Maar ik weet wel wat er níét gaande is. Jullie zijn al sinds lang voor het ongeluk niet meer van bil gegaan. Geen enkele man kan optimaal functioneren als zijn lul niet gelukkig is.'

Tate staarde zwijgend naar de vloer. Even later borrelde er een lach uit zijn borst naar boven.

'Wat?' Jack zag de humor er niet van in.

'Nog niet zo lang geleden bood Eddy me aan een vrouw te zoeken op wie ik mijn frustraties kon botvieren. Waar waren jullie toen ik jong en alleen was en wel een paar goede pooiers had kunnen gebruiken?'

Jack glimlachte wrang. 'Dat zal ik wel verdiend hebben. Het is alleen dat je de laatste tijd zo gespannen bent, dat ik dacht dat een onschuldige stoeipartij met een gewillig, hartstochtelijk grietje je goed zou doen.'

'Waarschijnlijk wel, maar toch bedankt.' Tate liep naar de deur. 'Heb je nog contact gehad met je gezin?'

'Ja, ik heb Dorothy Rae vandaag gesproken. Ze zegt dat alles in orde is. Ze heeft het idee dat Fancy iets van plan is, maar weet nog niet wat.'

'Dat weet alleen God.'

'Misschien weet God het, ja. Verder weet beslist niemand het.'

'Goedenacht, Jack.'

Tate had zijn jasje en stropdas al uitgedaan toen hij de deur van zijn kamer opende. 'Carole? Ik weet dat het langer heeft geduurd dan vijf minuten, maar... Carole?'

Ze was er niet.

Avery wendde haar hoofd af toen ze de politieman zag. 'Doe in godsnaam die sigaret uit,' zei ze tegen Van. 'Hij zal denken...'

'Vergeet het maar,' onderbrak haar vriend haar glimlachend. 'Als jij een hoer was, zou ik je onmogelijk kunnen betalen.' Hij kneep de brandende punt van zijn sigaret uit en stopte hem in zijn borstzak.

Terwijl de politieagent een einde trachtte te maken aan het geschreeuw op de hoek, maakte Avery Van duidelijk dat ze de hoek om moesten glippen en terug moesten gaan naar het Adolphus. Met zijn slepende tred kwam Van achter haar aan.

'Van, je moet me beloven dat je mijn identiteit aan niemand zult onthullen. Volgende week zal ik een ontmoeting regelen bij Irish. Hij zal toch wel willen weten hoe deze tocht verlopen is. Dan vertel ik je de rest.'

'Wat denk je dat Dekker voor deze informatie zou betalen?'

Avery kwam abrupt tot stilstand. Ze kneep Van in zijn arm. 'Dat kun je niet doen! Van, alsjeblieft. Mijn god, dat mag je niet doen.'

'Als jij me niets beters biedt, zou ik het misschien toch doen.' Hij schudde haar hand van zijn arm en riep: 'Tot ziens, Avery.'

Ze waren nu bij het hotel, maar aan de overkant van de straat.

Ze liep hem achterna en pakte hem weer bij zijn arm. 'Je weet niet hoe belangrijk dit is, Van. Ik smeek het je, als mijn vriend.'

'Ik heb geen vrienden.'

'Doe alsjeblieft niets voordat ik de kans heb gehad het je uit te leggen.' Hij trok zijn arm los. 'Ik zal erover nadenken. Maar je verklaring mag wel verdomd goed zijn, anders verkoop ik het verhaal.'

Met een gevoel of ze zojuist in elkaar geslagen was, stak ze de straat over. Voor ze de overkant bereikte hief ze haar hoofd op. Tate stond in het portiek naar haar te kijken.

31

Hij keek bepaald moordzuchtig. Na een paar aarzelende passen liep Avery op hem toe met de uitdagende houding van een misdadiger die weet dat het spel uit is, maar nog altijd niet bereid is te bekennen.

'Daar is ze al, meneer Rutledge,' zei de portier vrolijk. 'Ik zei u toch dat ze elk moment terug kon komen.'

Omwille van de portier hield Tate zich in. 'Ik begon me zorgen te maken, Carole.' Zijn vingers sloten zich om haar bovenarm met de kracht van een python.

In de lift keken ze zwijgend voor zich uit. Ze konden elkaars woede voelen. Hij opende de deur van hun kamer en liet haar voorgaan. Ze zochten geen van beiden naar de lichtschakelaar. In de badkamer brandde een zwak nachtlampje achter een namaakschelp.

'Waar ben je verdomme naartoe geweest?' vroeg hij zonder enige inleiding.

'Naar de McDonald's op de hoek. Ik had op het banket niet veel gegeten, weet je nog. Ik had honger. En omdat jij bij Jack was, dacht ik...

'Wie was die vent? Was dat een dealer?'

Haar mond viel open van verbazing. 'Een drugsdealer?'

'Ik weet dat jij en Fancy wel eens een jointje hebben gerookt. Ik hoop bij god dat het niet verder is gegaan, maar de echtgenote van een senatorskandidaat die op straat hasj koopt van een onbekende, Carole. In hemelsnaam, hij had wel een undercover...'

'Dat was Van Lovejoy!' schreeuwde ze woedend. De naam zei hem kennelijk niets. Hij staarde haar aan. 'De cameraman van KTEX. Hij heeft de opnamen gemaakt voor je promotiefilm. Weet je nog?'

Ze duwde hem opzij, liep naar de kaptafel en begon haar sieraden af te doen.

'Wat heb je met hem uitgespookt?'

'Gewandeld,' zei ze geërgerd tegen zijn beeld in de spiegel. 'Ik kwam hem tegen bij McDonald's. Hij mopperde omdat ik alleen was gaan lopen en stond erop me naar het hotel terug te brengen.'

'Pientere jongen. Heel wat pienterder dan jij. Wat bezielde je in godsnaam om op dit uur alleen uit te gaan?'

'Ik had hónger,' zei ze met stemverheffing.

'Ooit aan roomservice gedacht?'

'Ik had behoefte aan frisse lucht.'

'Had dan een raam opengezet.'

'Wat kan het jou schelen dat ik naar buiten ging? Jij was bij Jack. Jack en Eddy. Laurel en Hardy. Als de een niet dringend iets met je moet bespreken, heeft de ander je wel weer nodig. Er staat er altijd wel eentje op de deur te kloppen.'

'Verander niet van onderwerp. We hebben het over jou, niet over Jack en Eddy.'

'Wat is er met mij?'

'Waardoor was je vanavond zo nerveus?'

'Ik was niet nerveus.'

Ze probeerde weer bij hem vandaan te lopen, maar dat liet hij niet toe. Hij versperde haar de weg en pakte haar bij haar schouders. 'Er is iets aan de hand. Mij hou je niet voor de gek. Wat heb je nu weer uitgespookt? Je kunt het me maar beter vertellen voor ik het van iemand anders hoor.'

'Waarom denk je dat ik iets heb uitgespookt?'

'Omdat je me niet aan wil kijken.'

'Ik ontwijk je blik, inderdaad. Maar dat is omdat ik woedend ben, niet omdat ik iets zou hebben uitgespookt.'

'Dat was in het verleden wel altijd zo, Carole.'

'Noem me geen...' Avery hield zich net op tijd in.

'Wat?'

'Niets.' Ze vond het vreselijk dat hij haar Carole noemde. 'Noem me geen leugenaar,' voegde ze eraan toe. Ze gooide uitdagend haar hoofd in haar nek. 'En opdat je het niet van een ander hoeft te horen, Van Lovejoy rookte een joint. Hij bood hem ook aan mij aan. Maar ik weigerde. Is het nou goed, meneer de senator?'

Tate was nog steeds woedend. 'Ga er nooit meer in je eentje vandoor.'

'Je kunt me niet aan de ketting leggen.'

'Het kan me verdomme niet schelen wat je doet,' gromde hij en kneep haar nog harder in de schouders. 'Je bent gewoon niet veilig alleen.'

'Alleen?' herhaalde ze op harde, vreugdeloze toon. 'Alleen? We zijn nooit alleen.'

'We zijn nu alleen.'

Het drong tot hen beiden tegelijk door dat ze tegen elkaar aan stonden.

Hij sloeg zijn armen om haar heen en trok haar tegen zich aan. Avery brandde van verlangen. Hun lippen ontmoetten elkaar in een hartstochtelijke kus. Ze sloeg haar armen om zijn hals en drukte haar lichaam tegen het zijne aan. Zijn handen gleden over haar achterwerk en trokken haar ruw tegen zijn bekken.

Tate duwde haar met haar rug tegen de muur. Zijn vingers omvatten haar hoofd en hielden het stil terwijl hij haar hongerig kuste.

Ze trok de sierknopen van zijn overhemd. Een voor een vielen ze geluidloos op het tapijt. Ze trok het overhemd helemaal open en drukte haar mond tegen zijn borst. Vloekend van genoegen zocht hij naar de sluiting van haar jurk.

Hij kreeg de knoopjes niet open. De stof scheurde. Kralen sprongen eraf, de lovertjes regenden neer. Ze dachten geen van beiden aan de schade. Hij trok de jurk van haar schouders omlaag, plantte een zoen op haar borst en opende het haakje van haar strapless beha.

Avery raakte even in paniek. Hij zou het merken!

Maar hij had zijn ogen dicht. Zijn lippen waren zijn sensoren, niet zijn ogen.

Ze trok zijn manchetten over zijn handen zonder de manchetknopen los te maken. Hij wapperde met zijn handen tot hij zijn overhemd helemaal uit had en stak toen zijn handen onder de zoom van haar jurk. Ze gleden langs haar dijen omhoog, vonden de rand van haar slipje en trokken het omlaag. Toen lag zijn handpalm op haar, staken zijn vingers in haar en maakte ze hese, jammerende, hunkerende geluidjes.

'Je bent mijn vrouw,' zei hij schor. 'Je verdient beter dan tegen de muur te worden genomen.'

Hij liet haar los en deed een stap terug. Binnen enkele seconden had hij zijn schoenen en sokken uit en liet hij zijn broek op de vloer glijden.

Avery schudde haar jurk los, schopte haar schoenen uit, liep snel naar het bed en kroop tussen de lakens. Ze had amper haar kousen uit toen Tate bij haar kwam liggen.

Hij pakte haar borst beet, wreef eerst met zijn duim over de tepel en likte er daarna aan met zijn tong. Zonder tegenstand van haar zijde spreidde hij haar benen. Ze was zacht, gevoelig en nat. Ze hapte naar adem toen zijn vingers met haar begonnen te spelen.

Toen rolde hij haar op haar rug en leidde zijn erectie in de vochtige, ovale opening. Hij was groot en hard en zij was klein en zacht. Man en vrouw. Zoals het hoorde te zijn. Zijn macht was teruggebracht tot zwakte; haar kwetsbaarheid werd haar kracht.

Hij deed zijn best de climax tegen te houden, het plezier te verlengen, maar dat was te veel gevraagd van een lichaam dat al zo lang gevangen was in vrijwillige onthouding.

Hij drong maar een paar keer diep in haar voor hij klaarkwam.

Het was zo stil in de kamer dat ze zijn horloge kon horen tikken. Ze durfde hem niet aan te kijken. En hem aanraken kon helemaal niet. Ze lag daar maar te luisteren hoe zijn ademhaling weer normaal werd. Het was voorbij.

Uiteindelijk rolde ze zich op haar zij, haar rug naar hem toe, haar knieën opgetrokken tegen haar borst. Ze voelde pijn, maar kon niet zeggen hoe of waar of waarom.

Enkele minuten verstreken. Toen ze de strelende bewegingen van zijn hand in haar taille voelde dacht ze aanvankelijk dat ze het zich inbeeldde, omdat ze er zo hevig naar verlangde.

Hij draaide haar weer op haar rug. Ze staarde naar zijn gezicht, naar zijn grote, vragende en ondeugende ogen.

Hij streelde over haar wang, daarna over haar lippen. Avery werd overweldigd door emoties bij zijn tedere aanraking. Ze opende haar mond, maar kon niet zeggen wat haar hart voelde.

God, wat hield ze van deze man.

Hij drukte zijn mond op de hare. Zijn tong gleed tussen haar lippen. Teder, erotisch bedreef zijn tong de liefde met haar mond. Ze kreunde van verlangen. Hij trok haar zo tegen zich aan dat zijn slap geworden penis in de vochtige warmte tussen haar dijen lag.

Hij bleef haar mond, hals en schouders kussen terwijl hij met haar borsten speelde. Zijn strelende vingers maakten de tepels hard voor zijn mond. Hij sabbelde eraan met ingehouden hebzucht tot ze onrustig onder hem begon te kronkelen. Hij kuste haar maag, haar buik, de gevoelige plek tussen haar bekkenbeenderen.

Avery woelde met haar vingers door zijn haar.

Ze was belachelijk nat tussen haar dijen, zijn vingers gleden zonder terughoudendheid bij haar naar binnen. Hij ontdekte het kleine, gevoelige knobbeltje tussen haar schaamlippen. Hij drukte erop, streelde het, rolde het zacht tussen zijn vingers.

Er gingen lichte huiveringen door haar heen. Ze trok in een reflex haar knieën op.

'Ik ben alweer hard.' Er klonk verbazing door in zijn stem. Hij had niet verwacht zo snel weer naar haar te verlangen, of ooit weer zo hevig naar haar te verlangen als nu.

Dit keer drong hij veel langzamer bij haar naar binnen. Avery's lichaam reageerde onmiddellijk. Haar inwendige spieren spanden zich om zijn penis. Zacht kreunend begon hij zijn heupen heen en weer te bewegen.

Ze klampte zich aan hem vast. Elke ritmische beweging bracht haar dichter bij het licht aan het eind van de tunnel. Ze ging sneller en sneller. Het licht explodeerde om haar heen en ze werd erin opgenomen. Tate slaakte een lange, diepe zucht. Zijn hele lichaam spande zich.

Hij kwam en kwam en kwam, tot hij helemaal leeg was.

Daarna keerde hij haar zonder nog iets te zeggen de rug toe. Avery draaide zich de andere kant op en huilde stilletjes. Lichamelijk was het het beste geweest wat ze ooit had meegemaakt. Maar voor Tate was het begonnen en geëindigd als een biologische reactie, aangedreven door woede, niet door liefde, of zelfs maar genegenheid.

Het voorspel was technisch uitstekend maar onpersoonlijk geweest. Hij had haar een climax bezorgd, maar had dat slechts als een verplichting gezien. Ze hadden elkaar geen lieve woordjes toegefluisterd, geen betuigingen van liefde. Hij had zelfs haar naam niet gezegd.

Die kende hij niet eens.

32

'Tate, ik moet je even spreken.' Avery stormde de kamer binnen waar de mannen een bespreking hielden.

'Wat is er?' vroeg Tate slecht gehumeurd.

Eddy fronste van ergernis; Jack vloekte zacht. Nelsons ongenoegen was even duidelijk, maar hij probeerde nog netjes te blijven. 'Is het een noodgeval? Mandy?'

'Nee, Nelson, Mandy is naar de crèche.'

'Is het iets waar Zee je bij kan helpen?'

'Ik vrees van niet. Ik moet even onder vier ogen met Tate praten.'

'We zitten midden in een bespreking, Carole,' zei Tate geërgerd. 'Is het belangrijk?'

'Als het niet belangrijk was zou ik jullie niet gestoord hebben.'

'Ik heb liever dat je wacht tot we klaar zijn of het zelf afhandelt.'

Ze voelde haar wangen gloeien van vernedering. Sinds hun thuiskomst enkele dagen geleden had hij alles gedaan om haar te ontwijken.

Het was een grote teleurstelling, zij het geen grote verrassing geweest dat hij niet was teruggekeerd in haar slaapkamer.

Hun liefdesspel had hen niet nader tot elkaar gebracht, maar eerder nog de kloof verbreed. De ochtend erna hadden ze elkaar nauwelijks aangekeken of met elkaar gesproken, alsof ze geen van beiden wilden erkennen wat er was gebeurd.

Hij had er maar één keer iets over gezegd, toen ze stonden te wachten tot hun bagage zou worden opgehaald. 'We hebben gisteravond niets gebruikt,' zei hij met lage, ingehouden stem, terwijl hij uitkeek over Dallas.

'Ik heb geen aids,' had ze hem toegesnauwd, om door zijn schijnbaar ondoordringbare afstandelijkheid heen te prikken. Dat lukte haar.

Hij draaide zich naar haar om. 'Dat weet ik. Dat zouden ze in het ziekenhuis wel ontdekt hebben.'

'Dacht je daarom dat je wel zonder risico met me kon vrijen? Omdat ik geen ziekte onder de leden heb?'

'Wat ik wil weten,' grauwde hij, 'is of je zwanger zou kunnen raken.'

Ze schudde haar hoofd. 'Verkeerde tijd van de maand. Je bent volkomen veilig.'

Dat was alles wat er over hun liefdesspel werd gezegd, hoewel die term de daad verhief tot iets wat het niet echt was geweest, tenminste niet voor Tate. Ze voelde zich een meisje-voor-één-nacht, een onbetaalde hoer. Ieder warm vrouwenlichaam zou goed geweest zijn voor hem.

Voorlopig was hij bevredigd. Hij zou haar de eerste tijd niet nodig hebben.

'Goed dan,' zei ze nu, 'ik handel het zelf wel af.'

Ze trok de deur met een knal achter zich dicht. Nog geen minuut later sloeg ze een andere deur in huis dicht... die van Fancy's slaapkamer. Het meisje zat op haar bed haar teennagels vuurrood te lakken. In de asbak op het nachtkastje lag een brandende sigaret. Ze had een koptelefoon op haar hoofd. Haar kaken bewerkten een stuk kauwgom op de maat van de muziek.

Fancy keek op, zette het kwastje van de nagellak terug in het flesje en hing de koptelefoon om haar hals. 'Wat doe jij in mijn kamer?'

'Ik kom mijn eigendommen terughalen.'

Zonder verdere waarschuwing aan Fancy liep Avery naar de kleerkast en schoof de louvredeur open.

'Hé zeg, wacht eens even!' riep Fancy uit. Ze gooide de koptelefoon op het bed en sprong eraf.

'Dit is van mij,' zei Avery, terwijl ze een blouse van het hangertje trok. 'En deze rok. En dit.' Ze nam een ceintuur van de haak. Toen ze verder niets vond in de kast liep ze naar Fancy's toilettafel, die overdekt was met snoeppapiertjes, kauwgomfolie, parfumflesjes en voldoende make-up om een drogisterij te bevoorraden.

Avery opende een sieradendoosje en zocht tussen oorbellen, kettingen, armbanden en ringen. Ze vond de zilveren oorbellen die ze in Houston gemist had, een armband en het horloge.

Het was geen duur horloge, maar Tate had het voor haar gekocht, nadat zij een opmerking had gemaakt over het mooie groene bandje.

Het was waardevol voor Avery omdat hij het voor háár had gekocht, niet voor Carole. Ze had die ochtend gemerkt dat het weg was. Dat had haar ertoe gebracht Tates bespreking te onderbreken. Omdat hij had geweigerd haar te adviseren over hoe ze moest omgaan met Fancy's kleptomanie, had ze de zaak in eigen hand genomen.

'Je bent een belabberde dievegge, Fancy.'

'Ik weet niet hoe jouw spullen in mijn kamer komen,' zei ze uit de hoogte.

'In liegen ben je nog slechter.'

'Mona zal wel...'

'Fancy!' riep Avery. 'Je sluipt al wekenlang mijn kamer binnen en haalt dingen weg. Beledig me niet door het te ontkennen.'

'Ga je het oom Tate vertellen?'

'Wil je dat?'

'Doe verdomme maar wat je niet laten kunt, als je het maar niet in mijn kamer doet.'

Avery wilde weglopen, maar bedacht zich. Ze draaide zich om en ging op het bed zitten. Ze pakte de zilveren oorbellen en legde ze in Fancy's hand.

'Waarom hou je deze niet? Ik zou ze je wel geleend hebben als je het me had gevraagd.'

Fancy gooide de oorbellen weg. 'Ik wil jouw liefdadigheid niet. Wie denk je dat je bent, om mij je armoedige afdankertjes aan te bieden? Ik wil je oorringen helemaal niet. Ik wil niets van je.'

'Nee, je wilde alleen maar worden betrapt.'

'Je hebt te lang in de zon gezeten, tante Carole. Weet je niet dat dat slecht is voor je plastic gezicht? Het zou kunnen smelten.'

'Je kunt mij niet beledigen,' antwoordde Avery kalm. 'Daar heb je de macht niet toe. Ik heb je namelijk door.'

Fancy keek haar mokkend aan. 'Wat bedoel je?'

'Je wilde mijn aandacht. Die kreeg je door te stelen. Precies zoals je de aandacht van je ouders probeert te trekken door dingen te doen waarvan je weet dat zij ze afkeuren.'

'Zoals met Eddy neuken?'

'Zoals met Eddy neuken.'

Fancy was verrast door Avery's kalme echo van haar vraag. Ze herstelde zich echter snel. 'Ik wed dat je zowat in je broek scheet toen je me zijn hotelkamer uit zag komen. Je wist niet dat ik in Houston was, hè?'

'Hij is te oud voor je, Fancy.'

'Wij vinden van niet.'

'Heeft hij je gevraagd naar Houston te komen?'

'Misschien, misschien niet.' Ze sprong van het bed en liep naar de kast om een bikini te pakken. Ze trok haar nachthemd over haar hoofd.

Haar lichaam zat vol blauwe plekken en schrammen. Avery wendde haar blik af.

'Ik heb nog nooit zo'n goede minnaar gehad als Eddy,' zei Fancy dromerig toen ze in haar bikinibroekje stapte.

'O, wat voor minnaar is hij dan?'

'Weet je dat niet?'

Avery zei niets. Ze wist niet zeker of Carole met de beste vriend van haar man had geslapen.

'Hij is de beste.' Fancy maakte het topje van haar bikini vast, leunde toen voorover naar de spiegel, koos een lippenstift en bracht die op haar lippen aan. 'Jaloers?'

'Nee.'

Ze keken elkaar via de spiegel aan. Fancy keek sceptisch. 'Oom Tate slaapt nog steeds in de andere kamer.'

'Dat zijn jouw zaken niet.'

'Het kan me ook helemaal niet schelen,' zei ze met een ondeugende glimlach, 'zolang jij de schade maar niet probeert in te halen met Eddy.'

'Vertel me eens wat over hem.'

Fancy begon haar haar te borstelen en keek Avery sluw aan. 'Ik begrijp het. Niet jaloers, alleen nieuwsgierig.'

'Misschien. Waar praten jij en Eddy samen over?'

'Praat jij met de kerels die je neukt?' Ze lachte hard. 'Zeg, je hebt toch niet toevallig wat hasj, of wel?'

'Nee.'

'Zal wel niet,' zei ze. 'Oom Tate werd woest toen hij ons die keer betrapte bij het roken. Wat zou hij gedacht hebben als hij ons met die cowboy had betrapt?'

Avery werd bleek en wendde haar blik af. 'Ik – ik doe dat soort dingen niet meer, Fancy.'

'Zonder flauwekul? Echt niet?' Ze leek oprecht nieuwsgierig.

'Echt niet.'

Avery veranderde van onderwerp. 'Eddy heeft je toch vast wel iets over zichzelf verteld. Waar is hij opgegroeid? Hoe zit het met zijn familie?'

Fancy zette haar handen op haar heupen en keek Avery vreemd aan.

'Je weet net zo goed als ik waar hij is opgegroeid. Een of ander godvergeten klein gat. Hij had geen familie, weet je nog? Alleen een oma die stierf toen hij en oom Tate nog op de universiteit zaten.'

'Wat deed hij voor hij voor Tate kwam werken?'

Fancy had alweer genoeg van de vragen. 'Luister, we neuken met elkaar, oké? We praten niet. Ik bedoel, hij is vreselijk op zichzelf.'

'Bijvoorbeeld?'

'Hij heeft niet graag dat ik aan zijn spullen kom. Dus dat doe ik niet, punt uit. We hebben allemaal behoefte aan onze privacy, weet je.'

'Heeft hij nooit gezegd wat hij deed tussen Vietnam en zijn terugkeer naar Texas?'

'Ik heb hem alleen gevraagd of hij ooit getrouwd is geweest. Hij zei van niet. Hij zei dat hij lang bezig was geweest zichzelf terug te vinden. Ik vroeg: "Was je verdwaald?" Het was als een grapje bedoeld, maar Eddy keek me heel vreemd aan en zei zoiets van: "Ja, een tijdlang wel."'

'Wat denk je dat hij daarmee bedoelde?'

'O, ik neem aan dat hij na de oorlog is doorgedraaid,' zei Fancy met een luchtigheid die aan onverschilligheid grensde.

'Waarom?'

'Waarschijnlijk omdat oom Tate zijn leven heeft gered nadat hun vliegtuig was neergestort. Ik geloof dat Eddy er moeite mee had dat hij gewond raakte en dat oom Tate hem door de jungle meedroeg tot een helikopter hen kon komen oppikken. Als je hem ooit naakt hebt gezien, heb je beslist dat grote litteken op zijn rug opgemerkt. Akelig, hè? Hij moet doodsbang zijn geweest dat ze door de Viet Cong werden gepakt. Eddy smeekte oom Tate hem achter te laten om te sterven, maar dat deed oom Tate niet. Later was oom Tate de held en Eddy gewoon een van de vele gewonden. Maar luister, ik ga naar het zwembad, dus als je het niet erg vindt?'

Ze liep naar de deur en trok die open. Avery liep naar haar toe.

'Luister,' zei ze, 'als je nog eens iets van me wilt gebruiken, vraag het dan gewoon.' Fancy rolde met haar ogen, maar Avery negeerde dat. Ze raakte heel even de schouder van het meisje aan en voegde eraan toe: 'En pas op.'

'Waarvoor?'

'Voor Eddy.'

'Ze zei dat ik voor je moest oppassen.'

Het was een goedkope, stoffige motelkamer. Maar Fancy leek daar geen last van te hebben toen ze in een drumstick beet. Ze was de afgelopen paar weken gewend geraakt aan dergelijke schamele onderkomens.

Ze had haar afspraakjes met Eddy liever in een wat eleganter hotel gehad, maar de Sidewinder Inn lag aan de weg tussen het campagnehoofdkwartier en de ranch, dus was het gemakkelijk voor hen om daar bij elkaar te komen voor ze naar huis gingen. Het motel kwam onwettige geliefden tegemoet. Kamers waren per uur te huur. De staf was discreet… uit onverschilligheid.

Omdat ze die avond tot na etenstijd hadden doorgewerkt, zaten ze nu naakt op de verkreukelde lakens gefrituurde kippenpootjes te eten en over Carole Rutledge te praten.

'Oppassen voor mij?' vroeg Eddy. 'Waarom?'

'Ze zei dat ik me niet moest inlaten met een man die zo veel ouder is,' zei Fancy, terwijl ze haar tanden in het vlees zette.

Eddy staarde afwezig fronsend voor zich uit. 'Ik wou toch liever dat ze het niet wist.'

'Laten we daar niet weer ruzie over maken, oké? Ik kon er niets aan doen. Ik kwam je kamer uitlopen en daar stond zij me aan te staren alsof ze haar tong had ingeslikt.'

'Heeft ze het Tate verteld?'

'Dat betwijfel ik.' Er viel een goudkleurig kruimeltje op haar buik. Ze pakte het kruimeltje op en likte haar vingers af. 'Ik zal je nog eens wat anders vertellen,' zei ze, geheimzinnig fluisterend, 'ik geloof niet dat ze helemaal goed bij haar hoofd is.'

'Wat bedoel je?'

'Ze stelt de meest idiote vragen.'

'Zoals?'

'Gisteren noemde ik iets waaraan ze een levendige herinnering moet hebben, zelfs al heeft ze een hersenschudding gehad.'

'Wat dan?'

'Nou,' zei Fancy lijzig, 'een andere ranch wilde paarden kopen van grootvader. Toen de cowboy ze kwam bekijken was er niemand thuis. Ik liet hem zelf de stal zien. Hij was echt heel leuk.'

'Ik begrijp het al,' zei Eddy. 'Wat heeft Carole daarmee te maken?'

'Ze ontdekte ons terwijl we als konijnen lagen te neuken in een van de stallen. Ik dacht dat ik in de sores zat, want dat was een paar jaar geleden en ik was amper zeventien. Maar het klikte meteen tussen Carole en de cowboy. Voor ik het wist was ze net zo naakt als wij en rolde ze mee door het hooi.' Ze wuifde zich theatraal koelte toe. 'God, het was fantastisch! Wat een middag. Maar toen ik het er gister over had, keek ze alsof ze zou gaan kotsen.'

'Wat hebben jij en Carole dan over mij besproken?'

'Ik heb haar gewoon gezegd dat je de beste minnaar was die ik ooit heb gehad.' Ze leunde naar voren en gaf hem een vettige kus op zijn lippen. 'Dat ben je heus, weet je. Je hebt een pik van massief staal. En je hebt iets heel opwindends... gevaarlijks, bijna.'

Ze amuseerde hem. 'Eet je kip op. Het is tijd om naar huis te gaan.'

Ongehoorzaam sloeg Fancy haar armen om zijn hals en kuste hem loom. Met haar lippen nog op zijn mond fluisterde ze: 'Ik had het nog nooit op z'n hondjes gedaan.'

'Dat weet ik.'

'Deed ik het dan niet goed?'

'Je deed het prima. Maar ik kon merken dat je verrast was.'

'Ik hou van verrassingen.'

Eddy pakte haar hoofd beet en gaf haar een zinderende kus. Samen vielen ze weer op de zurig ruikende kussens. 'Als je tante Carole weer vragen over me gaat stellen,' zei hij hijgend, terwijl hij een condoom omdeed, 'zeg je maar dat ze zich met haar eigen zaken moet bemoeien.' Hij drong hard bij haar naar binnen.

'Ja, Eddy, ja,' zong ze en ze sloeg hem op zijn rug met de drumstick die ze nog steeds in haar hand hield.

33

'Ach, verdomme,' zei Van Lovejoy. Hij nam een laatste trekje van de tot aan zijn vingertoppen opgerookte sigaret. 'Ik zou toch geen goede chanteur zijn geweest. Ik zou het waarschijnlijk verprutst hebben, zoals alles wat ik doe.'

'Je hebt haar met chantage bedreigd?' Irish staarde de cameraman vol afkeer aan.

'Het is al goed, Irish. Van was gewoon kwaad dat we hem geen deelgenoot hadden gemaakt van ons geheimpje.'

'Maak er geen grapjes over. Ik krijg chronische indigestie van dat geheimpje.' Irish stond op van de bank om zich in de keuken nog een glas whisky in te schenken.

'Geef mij er ook een,' riep Van. Tegen Avery zei hij: 'Irish heeft gelijk. Je zit tot je nek in de stront en je beseft het niet eens.'

'Jawel, hoor.'

'Jezus, Avery, ben je gek? Waarom doe je nou zoiets idioots?'

Terwijl Irish en Van van hun whisky dronken, vertelde Avery opnieuw haar ongelooflijke verhaal. Van luisterde ingespannen, ongelovig, en keek vaak naar Irish, die alles wat ze zei met een somber knikje van zijn grijze hoofd bevestigde.

'Heeft Rutledge geen idee?' vroeg Van toen ze hem helemaal had ingelicht.

'Nee. Tenminste niet voor zover ik weet.'

'Wie is de verrader in het kamp?'

'Dat weet ik nog niet.'

'Heb je nog iets van hem gehoord?'

'Ja. Gisteren. Ik heb weer een getypt briefje ontvangen.'

'Wat stond erin?'

'Ongeveer hetzelfde als in het vorige,' antwoordde ze ontwijkend, niet in staat Irish in de intelligente blauwe ogen te kijken.

Het briefje, dat ze in haar lingerielade had gevonden, luidde: *Je hebt met hem geslapen. Goed werk. Hij is ontwapend.*

'Wie hij ook is,' zei ze nu tegen haar vrienden, 'hij is nog steeds van plan het door te zetten.' Ze kreeg kippenvel op haar armen. 'Maar ik geloof niet dat hij zelf de moord zal plegen.' Ze kon het woord bijna niet over haar lippen krijgen. 'Ik denk dat er iemand voor is ingehuurd. Heb je de banden meegebracht waarom ik je had gevraagd?'

Van knikte naar een tafel waarop hij diverse videobanden had neergelegd toen hij een paar minuten voor Avery binnenkwam. 'Irish heeft me het briefje doorgegeven dat je via zijn postbus had gestuurd.'

'Dank je, Van.' Avery stond op van haar plaats op de bank, pakte de videobanden, liep toen naar Irish' televisie en videorecorder en zette ze aan. Ze schoof er een van de videobanden in en liep met de afstandsbediening terug naar de bank. 'Is dit alles wat je hebt gefilmd tijdens de trip?'

'Ja. Van je aankomst in Houston tot je terugkeer thuis. Als we onbewerkte video's gaan zitten bekijken, heb ik nog wat te drinken nodig.'

'Breng volgende keer zelf een fles mee,' mopperde Irish toen Van de keuken in slenterde.

'Val dood, McCabe.'

Op de televisie zagen ze Tate uit het vliegtuig stappen met Avery en Mandy naast zich. De rest van de entourage stond op de achtergrond.

'Je hebt het kind bij je, maar waar zijn zijn ouders?' vroeg Van toen hij met een opnieuw gevuld glas binnenkwam.

'Die waren met de auto. Zee weigert te vliegen.'

'Vreemd voor de vrouw van een vlieger, nietwaar?'

'Toch niet. Nelson voerde bombardementsvluchten uit in Korea terwijl zij met de kleine Jack thuis zat. Later maakte hij een aantal testvluchten. Ik ben ervan overtuigd dat ze bang was weduwe te worden. En Nelsons maat – Tate is naar hem vernoemd – is met zijn vliegtuig boven zee verongelukt... Wacht! Stop!'

Toen ze zich realiseerde dat zij de afstandsbediening in haar handen hield, zette ze de band stil, spoelde hem terug en drukte weer op Play. Heel stil en angstig zei ze: 'Hij was ook op het vliegveld toen we in Houston aankwamen.'

'Wie?' vroegen Irish en Van in koor.

Avery spoelde de band opnieuw terug. 'Dit is toch nog op Hobby Airport, nietwaar, Van?'

'Klopt.'

'Daar! Zie je die man met dat grijze haar?'

'Geel poloshirt? Wat is er met hem?' vroeg Van.

Avery spoelde weer terug. 'Heeft dit ding een knop om het beeld stil te zetten?'

'Ja natuurlijk.' Irish graaide de afstandsbediening uit haar handen. 'Zeg maar ho. Ik heb helemaal niks gezien om van...'

'Ho!'

Hij drukte de pauzeknop in. Avery knielde voor de televisie om de man aan te wijzen. Hij stond op de achtergrond, aan de rand van de menigte.

'Hij zat in ons hotel,' zei ze toen het tot haar doordrong. 'We haastten ons naar een bijeenkomst en hij hield de lift voor ons tegen.'

'Ja, en?'

'En hij was ook in Midland. Hij stond op het vliegveld toen we landden. Later zag ik hem in Dallas weer bij het diner op Southfork.'

Van en Irish keken bezorgd. 'Toeval?'

'Denk je dat nou echt?' vroeg Avery kwaad.

'Goed dan, een enthousiaste aanhanger van Rutledge.'

'Ik had mezelf daar ook zo ongeveer van overtuigd,' zei ze, 'maar ik ben sinds onze terugkomst bijna elke dag op het hoofdkwartier geweest en heb hem niet onder de vrijwilligers gezien. Bovendien heeft hij ons nooit benaderd. Hij bleef altijd aan de rand van de menigte.'

'Je trekt overhaaste conclusies, Avery.'

'Laat dat.' Ze had waarschijnlijk nog nooit zo fel tegen Irish gesproken. Ze schrokken er allebei van, maar ze paste de toon van haar stem maar een klein beetje aan toen ze eraan toevoegde: 'Ik weet wat je denkt en je hebt het mis.'

'Wat denk ik?'

'Dat ik me erin stort, overhaaste conclusies trek voor ik alle feiten op een rijtje heb, emotioneel reageer in plaats van pragmatisch.'

'Je zegt het zelf,' zei Van. 'Daar ben je heel goed in.'

Avery richtte zich op. 'Laten we het andere materiaal bekijken, dan kun je zien of ik het mis heb.'

Toen het scherm na de laatste band begon te sneeuwen, volgde er een lange stilte, die slechts werd verbroken door het ruisende geluid dat de videorecorder maakte bij het terugspoelen van de band.

Avery kwam overeind en keek hen aan. Ze verspilde geen tijd aan het bevestigen van haar gelijk; de banden spraken voor zichzelf. De man stond op bijna elke tape.

'Komt hij een van jullie beiden bekend voor?'

Van zei: 'Nee.'

'Hij was in bijna elke stad waar wij waren,' dacht Avery hardop. 'Voortdurend van een afstand naar Tate starend.'

'Net als jij, van dichtbij,' zei Van. 'Maar jij bent niet van plan hem te vermoorden.'

Ze keek hem woedend aan. 'Vind je het niet wat vreemd dat een man een senatorskandidaat door de hele staat heen volgt, terwijl hij niet eens deel uitmaakt van het verkiezingscomité?'

De beide mannen haalden hun schouders op. 'Het is heel merkwaardig,' stemde Irish in, 'maar er zijn geen opnamen van hem met zijn vinger om de trekker.'

'Heb je hem bij de fabriek van GM gezien?' wilde Van weten.

'Nee.'

'Dat was een van de grootste en meest vijandige mensenmassa's die Tate heeft toegesproken,' zei Irish. 'Zou dat geen voor de hand liggende plek voor onze man zijn om tot actie over te gaan?'

'Misschien was de man die de fles gooide hem te snel af.'

'Maar je zegt dat je de Grijze daar niet hebt gezien,' zei Van.

'Wacht! Nu weet ik het weer,' riep Avery uit. 'Ik las de agenda voor die dag door voordat we het hotel verlieten. De tocht naar de fabriek van GM stond niet op het schema, doordat die er pas later tussen is geschoven. Niemand behalve Eddy, Jack en de vakbondsbazen bij de fabriek wist dat we daarheen gingen. Dus zelfs als de Grijze een schema had onderschept, kon hij niet weten dat Tate naar Arlington zou gaan.'

'Jullie praten alsof je het verdomme over een indiaan hebt,' zei Irish geprikkeld. 'Luister, Avery, dit wordt te gevaarlijk. Vertel Rutledge wie je bent, wat je vermoedt en neem de benen.'

'Dat kan ik niet.' Ze haalde beverig adem en herhaalde met nadruk: 'Dat kan ik niet.'

Ze probeerden nog een half uur haar over te halen, maar bereikten daar niets mee. Ze noemde hun de redenen waarom ze haar missie nu niet kon opgeven en weerlegde hun argumenten dat ze het alleen deed om de roem die ze er uiteindelijk mee zou behalen.

'Begrijpen jullie het dan niet? Tate heeft me nodig. En Mandy ook. Ik laat hen niet in de steek eer ik weet dat ze veilig zijn. En daar blijf ik bij.'

Irish kreunde en trok haar in een omhelzing. 'Ik heb nog nooit van mijn leven van iemand zo'n maagpijn gehad,' zei hij nors. 'Maar ik wil je toch niet voor de tweede keer verliezen.'

Ze omhelsde hem ook en kuste hem op de wang. 'Wees maar niet bang.'

Van zei: 'Hou je gedekt, Avery.'

'Zal ik doen, dat beloof ik je.'

Ze haastte zich naar huis, maar was niet snel genoeg.

34

'Dit begint wel vervelend te worden,' viel Tate tegen Avery uit toen ze Mandy's slaapkamer binnenkwam. 'Ik loop hier te ijsberen, terwijl ik geen flauw idee heb waar jij uithangt.'

Ademloos liep ze de kamer door en ze liet zich naast Mandy's bed neerzakken. Mandy sliep, maar de sporen van haar tranen waren nog zichtbaar op haar wangen. 'Het spijt me. Zee vertelde me dat ze weer een nachtmerrie heeft gehad.'

'Ja, ze werd wakker van haar eigen geschreeuw.'

Avery streek Mandy's haar naar achteren en mompelde: 'Ik had hier moeten zijn.'

'Dat had je inderdaad, ja. Ze huilde om jou. Waar zat je?'

'Ik had boodschappen te doen.' De onverzettelijke klank van zijn stem deed haar pijn, maar ze was nu meer geïnteresseerd in het kind dan in een ruzie met Tate. 'Ik zal verder wel bij haar blijven.'

'Dat kan niet. De mensen van Wakely en Foster zijn er.'

'Wie?'

'De mensen die we hebben aangenomen om de campagne te regelen. We hebben ze al lang genoeg laten wachten.'

Hij trok haar mee uit Mandy's slaapkamer en naar een van de deuren die toegang gaven tot de binnenplaats. Avery bleef staan. 'Wat zit je nou het meeste dwars, Tate, de nachtmerrie van je dochter of het feit dat je de hoge heren hebt laten wachten?'

'Stel mijn geduld niet op de proef, Carole,' zei hij tussen zijn opeengeklemde tanden door. 'Ik was hier om haar te troosten, jij niet.'

Ze keek schuldig de andere kant op. 'Ik dacht dat je erop tegen was professionele hulp in te roepen voor je campagne.'

'Ik ben van gedachten veranderd.'

'Dat hebben Eddy en Jack op hun geweten.'

'Ze hebben hun inbreng gehad, maar de uiteindelijke beslissing heb ik zelf genomen. Ze zijn nu in elk geval hier om hun strategie met ons te bespreken.'

'Tate, wacht nou even. Als je je hier niet prettig bij voelt, zeg dan gewoon nee tegen hen. Tot dusver is deze campagne op jou gebaseerd geweest... wie je bent en waar je voor staat. Als die zogenaamde experts je nou proberen te veranderen? Zelfs de beste adviseurs kunnen het mis hebben. Laat je alsjeblieft niet dwingen tot iets waar je niet achter staat.'

'Als ik me ergens toe zou laten dwingen, Carole, dan was ik lang geleden al van je gescheiden. Dat is me ook aangeraden.'

De volgende ochtend stapte ze uit haar badkuip en sloeg losjes een badlaken om zich heen. Toen ze voor de spiegel haar haar stond te drogen meende ze iets te zien bewegen in de slaapkamer. Haar eerste gedachte was Fancy. Ze zwaaide de deur open, maar deed meteen een stap terug.

'Jack!'

'Het spijt me, Carole. Ik dacht dat je me had horen kloppen.'

'Wat wil je, Jack?'

'Eh, de jongens hebben dit voor je achtergelaten.'

Zonder zijn ogen van haar af te wenden gooide hij een plastic mapje op het bed. Ze voelde zich niet prettig onder zijn starende blik. Haar schouders en benen werden niet door het badlaken bedekt. Zag hij de verschillen tussen haar lichaam en dat van Carole? Wist hij hoe Caroles lichaam eruitgezien had?

'Welke jongens?' vroeg ze, terwijl ze haar best deed haar onbehagen niet te tonen.

'Van Wakely en Foster. Ze hadden gisteren geen kans het je te geven, omdat je wegrende van de vergadering.'

'Ik rende niet weg van de vergadering. Ik ben even naar Mandy gaan kijken.'

'En weggebleven tot zij verdwenen waren. Je mag ze niet, is het wel?'

'Ze deden niets anders dan bevelen uitdelen. Ik hou niet van dat autoritaire gedoe, en het zou me verbazen als Tate het tolereert.' Jack lachte. 'Gezien je afkeer van hen en hun autoritaire houding zal het je wel moeite kosten dit te verstouwen.' Hij wees naar het mapje.

Avery pakte het op en sloeg het open. 'Een lijst van wat de vrouw van de kandidaat wel en niet mag.'

'Dat klopt, mevrouw Rutledge.'

Ze sloeg de map weer dicht en gooide hem terug op het bed.

Jack lachte opnieuw. 'Ik ben blij dat ik alleen maar de boodschap hoef over te brengen. Eddy zal woest zijn als je dat niet leest en je ernaar gedraagt.'

'Eddy kan het dak op. En jij ook. En dat geldt voor iedereen die van Tate een baby's kussende, handen schuddende robot wil maken die een gladde opmerking kan maken, maar absoluut niets zegt wat de moeite waard is om naar te luisteren.'

'Je springt nogal voor hem in de bres tegenwoordig, is het niet? Plotseling ben je zijn grootste aanhanger.'

'Nou en of.'

'Wie denk je eigenlijk dat je voor de gek houdt, Carole?'

'Ik ben zijn vrouw. En als je me nog eens wilt spreken, Jack, klop dan wat harder.'

Hij kwam woedend een stap dichterbij. 'Je kunt toneelspelen zo veel je wilt wanneer de anderen erbij zijn, maar als we alleen zijn...'

'Mama, ik heb een tekening voor je gemaakt.' Mandy stormde de kamer binnen, zwaaiend met een vel papier.

Jack wierp nog een woedende blik op Avery, draaide zich toen om en verliet de kamer.

'Wat heb je getekend? Laat eens kijken.' Avery bestudeerde de kleurrijke strepen die Mandy over het papier had getrokken. 'Dat is prachtig!' riep ze uit, terwijl ze nog wat beverig glimlachte.

In de weken sinds het consult bij dokter Webster was Mandy geweldig vooruitgegaan. Ze kwam langzaam aan uit de schulp waarin ze was weggekropen. Ze was slim en haar stevige lijfje leek over te lopen van energie. Het zelfvertrouwen was nog wat wankel, maar leek toch niet meer zo breekbaar als het was geweest.

'Dit is papa. En dat is Shep,' kwebbelde ze. Ze wees naar een donkerblauwe vlek op het papier.

'Ik zie het.'

'Mag ik kauwgom? Mona zei dat ik het aan jou moest vragen.'

'Eéntje. En slik hem niet in. Breng hem bij mij als je hem niet meer wilt.'

Mandy kuste haar. 'Ik hou van je, mama.'

'Ik ook van jou.' Avery sloeg haar armen om het meisje heen en hield haar stevig vast tot Mandy zich loswrong om de beloofde kauwgom te gaan halen.

Avery sloot de deur achter haar. Ze dacht erover hem op slot te draaien. Er waren mensen in huis die ze wilde buitensluiten.

Maar er waren er ook voor wie ze haar deur open wilde houden. Mandy, bijvoorbeeld. En Tate.

Van trok een blikje tonijn open en liep ermee terug naar de videorecorders. Zijn maag had eindelijk aan zijn hersenen weten duidelijk te maken dat hij voedsel nodig had om in leven te blijven. Anders zou hij zo zijn opgegaan in wat hij deed dat hij er nooit aan zou hebben gedacht te eten. Met een redelijk schone lepel bracht hij stukjes van de in olie drijvende vis van het blikje naar zijn mond.

Met de lepel tussen zijn tanden gebruikte hij beide handen om een band uit het ene apparaat te halen en een andere band in het andere apparaat te stoppen.

Hij stopte de eerste band terug in de doos en richtte zijn aandacht op de band die nu werd afgespeeld.

Van slikte de hap door die hij nog in zijn mond had, nam een trekje van zijn smeulende sigaret, een slok whisky en schepte daarna weer een hap tonijn op terwijl hij achteroverleunde in zijn bureaustoel en zijn voeten op de tafelrand legde.

Tot dusver had nog geen van de banden die hij had bekeken het knagende gevoel gerechtvaardigd dat hij iemand in Tates naaste omgeving al eerder had gezien, en het was niet de man met het grijze haar over wie Avery zich zo veel zorgen maakte. Van wist niet eens waar hij naar zocht, maar hij moest toch ergens beginnen. Hij zou niet ophouden voor hij het had gevonden… wat het ook was. Tot hij weer met Rutledge op promotiereis ging had hij toch niets beters te doen dan high te worden.

Dat kon hij altijd straks nog doen.

'Waar is Eddy?' vroeg Nelson vanaf zijn plaats aan het hoofd van de tafel.

'Hij moest nog werken,' antwoordde Tate. 'Hij zei dat we niet op hem hoefden te wachten.'

'Het lijkt wel of we nooit meer allemaal samen aan tafel zitten,' merkte Nelson fronsend op. 'Dorothy Rae, waar is Fancy?'

'Ze is… ze is…' Dorothy Rae had geen idee waar haar dochter uithing.

'Ze was nog op het hoofdkwartier toen ik wegging,' hielp Tate.

Jack glimlachte naar zijn ouders. 'Ze maakt lange dagen, nietwaar, ma?'

Zee glimlachte. 'Ze is toegewijder dan ik had verwacht.'

'Werken doet haar goed.'

'Het is een begin,' mopperde Nelson.

Avery, die tegenover Jack zat, hield haar mond. Het leek wel of zij de enige was die er belang aan hechtte dat Eddy en Fancy zo vaak samen laat thuiskwamen.

Een paar minuten later kwam Fancy binnen. Ze liet zich op haar stoel vallen, duidelijk in een slecht humeur.

'Heb je voor niemand een fatsoenlijk woord over, jongedame?' vroeg Nelson streng.

'Jezus, bloemkool,' mompelde ze en ze schoof de dekschaal naar de andere kant van de tafel.

'Zulke taal duld ik hier niet!' bulderde Nelson.

'Dat was ik vergeten!' riep ze bitter uit.

Zijn gezicht kleurde rood van woede. 'En die brutale toon accepteer ik ook niet van je.' Hij wierp veelzeggende blikken op Jack, die zijn hoofd liet zakken, en Dorothy Rae, die naar haar wijnglas greep. 'Laat eens zien dat je weet hoe het hoort. Ga fatsoenlijk rechtop zitten en eet wat je wordt voorgezet.'

‘Er is hier nooit iets fatsoenlijks te eten,’ klaagde Fancy.

‘Je moest je schamen, Francine.’

‘Ik weet het, ik weet het, opa. Al die hongerende kindjes in Afrika. Laat die preek maar zitten, oké? Ik ga naar mijn kamer.’

‘Jij blijft zitten,’ blafte hij. ‘Je maakt deel uit van dit gezin, en in dit gezin wordt gezamenlijk gegeten.’

‘Je hoeft niet zo te schreeuwen, Nelson.’ Zee raakte zacht zijn arm aan.

Alsof er niets was voorgevallen, pikte Nelson de conversatie weer op waar die was blijven steken toen zij binnenkwam. ‘Het team van Wakely en Foster plant alweer een promotiereis voor Tate.’

Avery keek Tate aan. ‘Ik hoorde het vanmiddag pas,’ zei hij verontschuldigend, ‘en heb nog niet de tijd gehad het je te vertellen. Je krijgt wel een schema.’

‘Waar gaan we heen?’

‘Naar zowat alle uithoeken van de staat.’

Zee depte haar mond. ‘Hoe lang blijven jullie weg?’

‘Iets meer dan een week.’

‘Maak je geen zorgen over Mandy, Carole,’ zei Nelson. ‘Opa zal wel op haar passen. Nietwaar, Mandy?’

Ze lachte naar hem en knikte. Het kind vond het nooit erg om bij hen te blijven. Normaal gesproken zou Avery daar ook geen moeite mee hebben gehad. Mandy had een paar dagen geleden echter weer een nachtmerrie gehad… de tweede die week. Misschien konden ze Mandy meenemen. Ze moest dat met Tate bespreken voor de plannen definitief werden vastgesteld.

Op dat moment verscheen Eddy in de deuropening van de eetkamer. Mona, die net bezig was het hoofdgerecht af te ruimen, vertelde hem dat ze zijn eten warm had gehouden. ‘Ik breng het zo meteen.’

‘Laat maar.’ Zijn ogen dwaalden naar de anderen en hielden even stil bij iedereen die aan tafel zat. ‘Ik zal straks moeten eten. Ik vind het vreselijk de maaltijd voor jullie te verpesten,’ begon hij.

‘Je lijkt van streek,’ zei Nelson.

Dat was dan wel heel zacht uitgedrukt, dacht Avery. Eddy brieste van woede.

'Wat is er aan de hand? Zijn we gezakt in de opiniepeilingen?'

'Is er iets mis?' vroeg Zee.

'Ik vrees van wel,' zei Eddy. 'Ralph en Dirk zijn bij me, maar ik heb ze gezegd even in de woonkamer te wachten tot ik de kans had gehad met jullie te praten.'

Ralph en Dirk waren de twee mannen van Wakely en Foster die Tates campagne regelden.

'Nou?' vroeg Nelson ongeduldig. 'Kom dan maar snel voor de dag met het slechte nieuws.'

'Het gaat over Carole.' Alle ogen in het vertrek gingen naar haar. 'Een verpleegkundige van haar abortuskliniek dreigt de pers in te lichten.'

35

Piloten van bommenwerpers moeten het vermogen hebben kalm te blijven onder hoogspanning. Nelson bezat dat vermogen. Avery dacht na over zijn houding toen ze later de ogenblikken na Eddy's vreselijke aankondiging nog eens de revue liet passeren.

Zijn gebrek aan reactie was in haar ogen opmerkelijk, omdat ze zelf zo diep geschokt was. Ze was sprakeloos, bewegingloos, niet tot denken in staat. Haar hersenen hielden even op te werken. Het leek alsof de aarde onder haar voeten vandaan werd gerukt en zij zonder de veiligheid van de zwaartekracht in een luchtloze, zwarte leegte zweefde.

Nelson schoof met bewonderenswaardige veerkracht zijn stoel achteruit en stond op. 'Ik geloof dat we dit gesprek moeten voortzetten in de woonkamer.'

Eddy knikte, keek Tate aan met een mengeling van medelijden en ergernis en liep toen de kamer uit.

Ook Zee kwam, lijkwit maar bijna even beheerst als haar echtgenoot, overeind. 'Mona, we slaan het dessert vandaag over. Wil je Mandy bezighouden? Het zal waarschijnlijk wel een poosje duren.'

Dorothy Rae reikte naar haar wijnglas. Jack nam het haar af en zette het terug op tafel. Hij pakte haar onder haar arm, trok haar overeind en duwde haar naar de hal. Fancy kwam achter hen aan. Ze straalde van plezier. Bij de deur aangekomen zei Jack tegen zijn dochter: 'Jij houdt je hierbuiten.'

'O nee. Er is hier nog nooit zoiets opwindends gebeurd,' zei ze giechelend.

'Het gaat jou niet aan, Fancy.'

'Ik maak ook deel uit van dit gezin. Opa heeft het net nog gezegd.

Bovendien werk ik mee aan de campagne.'

Jack dook een biljet van vijftig dollar op uit zijn broekzak en drukte het in Fancy's hand. 'Ga wat anders doen.'

Voor ze wegstampte vormde ze met haar lippen het woord 'klootzak'.

Tate zag wit van woede. Met zorgvuldig gecontroleerde bewegingen vouwde hij zijn servet op en legde het naast zijn bord. 'Carole?'

Avery's hoofd kwam met een ruk overeind. Ze stond op het punt te ontkennen, maar de woede die ze in zijn ogen zag branden, snoerde haar de mond. Onder zijn krachtig sturende hand verliet ze de eetkamer en liep de hal door naar de grote woonkamer.

Geen enkel vriendelijk gezicht begroette haar toen ze de kamer binnenkwam. De mannen van de pr-bureau waren ronduit vijandig.

Dirk was lang, mager, zwaarmoedig en zag er voortdurend uit alsof hij zich nodig moest scheren. Hij was het prototype van een moordenaar in een gangsterfilm. Het leek wel alsof zijn gezicht in stukken zou breken als hij een keer glimlachte.

Ralph was Dirks tegenpool: hij was rond, stevig en vrolijk. Hij maakte tot ieders ergernis voortdurend grapjes. Wanneer hij nerveus was rammelde hij met kleingeld. De munten in zijn broekzak werden nu zo door elkaar geschud dat het wel sledebellen leken.

Nelson nam het heft in handen. 'Eddy, wil je alsjeblieft nader verklaren wat je ons zojuist in de eetkamer hebt verteld?'

Eddy pakte de koe meteen bij de horens en wendde zich tot Avery: 'Heb jij abortus laten plegen?'

Haar lippen gingen van elkaar, maar er kwam geen geluid uit. Tate antwoordde in haar plaats. 'Ja, dat heeft ze.'

'Wist jij dat?' vroeg Eddy aan Tate.

'Ja.'

'En dat heb je niemand verteld?'

'Daar hadden jullie toch niets mee te maken, of wel soms?' snauwde Tate.

'Wanneer is het gebeurd?' wilde Nelson weten. 'Pasgeleden?'

'Nee, voor het vliegtuigongeluk. Vlak ervoor.'

'Geweldig,' mompelde Eddy. 'Dit is, godverdomme, geweldig.'

'Denk om uw taalgebruik waar mijn vrouw bij is, meneer Paschal!' bulderde Nelson.

'Het spijt me, Nelson,' schreeuwde de jongere man terug, 'maar heb je enig idee wat voor effect dit op de campagne zal hebben als het in de openbaarheid komt?'

'Natuurlijk. Maar dan hoeven we nog niet zo voorspelbaar te reageren. Wat schieten we nu nog op met ruzie?'

Toen iedereen wat was gekalmeerd vroeg Nelson: 'Hoe ben je dit... dit gruwelijks te weten gekomen?'

'De verpleegster van de betreffende arts belde vanmiddag naar het hoofdkwartier en vroeg naar Tate,' zei Eddy. 'Hij was al weg, dus nam ik het gesprek aan. Ze zei dat Carole naar hen toe is gekomen toen ze zes weken zwanger was en hun heeft gevraagd de zwangerschap te beëindigen.'

Avery liet zich op de armleuning van de bank zakken en sloeg haar armen om haar middel. 'Moeten we dit bespreken met hen erbij?' Ze knikte in de richting van het public-relationsduo.

'Wegwezen,' zei Tate tegen hen.

'Wacht eens even,' protesteerde Eddy. 'Ze moeten alles weten wat hier speelt. Dat hebben we je vanaf het begin duidelijk gemaakt.'

Tate zag eruit alsof hij elk moment uit elkaar kon ploffen. 'Waar heeft die verpleegster mee gedreigd?'

'De media.'

'Of anders?'

'Of we kunnen haar betalen om het stil te houden.'

'Chantage,' zei Ralph. 'Niet erg origineel.'

'Maar wel effectief,' zei Eddy kortaf. 'Ze weet zich van mijn aandacht verzekerd. Door jou is misschien wel alles verpest, weet je dat wel,' beet hij Avery toe.

Het kon haar niet schelen wat de anderen van haar dachten, maar ze wilde ter plekke sterven als ze eraan dacht hoe verraden Tate zich moest voelen.

Eddy liep naar de kast en schonk zich een straffe whisky in. 'Ik sta open voor suggesties.'

'Hoe zit het met de arts?' vroeg Dirk hem.

'De verpleegster werkt daar niet meer.'

'O?' Ralph rammelde niet langer met zijn kleingeld. 'Hoe komt dat?'

'Dat weet ik niet.'

'Zoek dat dan uit.'

Avery, die dat laatste bevel had gegeven, kwam overeind. Ze zag slechts één manier om het bij Tate enigszins goed te maken, en dat was hem uit deze ellende redden. 'Als de verpleegster is ontslagen, is ze misschien niet zo'n erg betrouwbare bron, of wel?'

'Daar heeft Carole gelijk in,' zei Ralph terwijl hij de kring rondkeek. 'Jij hebt deze ellende veroorzaakt,' zei Eddy tegen Avery. Wat ben je nu van plan, je eruit bluffen?'

'Ja,' zei ze.

Ze hoorde de radertjes in hun hersenen bijna knarsen. Er werd serieus over nagedacht.

Zee verbrak de stilte. 'En als ze je medische gegevens heeft?'

'Die kunnen vervalst zijn, met name kopieën. Het zou haar woord tegen het mijne zijn.'

'We kunnen er niet om liegen,' zei Tate.

'Waarom niet, in godsnaam?' vroeg Dirk.

Ralph lachte. 'Liegen hoort erbij, Tate. Als je wilt winnen, zul je overtuigender moeten liegen dan Rory Dekker, dat is alles.'

'Als ik senator word, zal ik toch nog altijd elke dag naar mezelf in de spiegel moeten kunnen kijken,' zei Tate nors.

'Ik zal niet hoeven liegen. Evenmin als jij. Niemand zal ooit iets over de abortus te weten komen.' Avery ging voor Tate staan en legde haar handen op zijn armen. 'Als we haar overbluffen, zal ze terugdeinzen. Ik kan je bijna garanderen dat geen enkel plaatselijk televisiestation naar haar zou luisteren, zeker niet als ze door die arts is ontslagen.'

Als de verpleegster met haar verhaal naar Irish McCabe ging – en KTEX zou waarschijnlijk haar eerste keus zijn, omdat het de hoogste kijkcijfers had – zou die het verhaal in de kiem smoren. Als ze er ergens anders mee naartoe ging...

Avery wendde zich plotseling tot Eddy en vroeg: 'Is er iemand die haar verhaal kan bevestigen?'

'Nee.'

'Dan zal geen enkele geloofwaardige verslaggever het uitzenden.'

'Hoe kun jij dat nou weten?' vroeg Jack vanaf de andere kant van de kamer.

'Ik heb *All the President's Men* gezien.'

'De roddelbladen zouden het gewoon afdrukken zonder bevestiging.'

'Dat is mogelijk,' zei ze, 'maar die hebben geen enkele geloofwaardigheid. Als wij een dergelijk schandalig verhaal in alle rust negeren, zullen de lezers het als een vuile leugen beschouwen.'

'En als het uitlekt naar Dekkers staf? Hij zal het rondbazuinen van Texarkana tot Brownsville.'

'En wat dan nog?' vroeg Avery. 'Het is een smerig verhaal. Wie zal geloven dat ik zoiets zou doen?'

'Waarom heb je het gedaan?'

'Het spijt me, Zee, maar dat gaat alleen Tate en mij aan,' zei Avery na enig nadenken. 'Het leek me op dat moment de juiste beslissing.'

Zee huiverde van afkeer.

Eddy trok zich niets aan van de gevoelsmatige aspecten van hun dilemma. Hij ijsbeerde door de kamer. 'God, Dekker zou hier dolblij mee zijn. Hij zou Carole afschilderen als een moordenares.'

'Het zou eruitzien alsof hij met modder gooit,' zei Avery, 'tenzij hij het glashard kan bewijzen, en dat kan hij niet. Het zou ons de sympathie van de kiezers opleveren.'

Dirk zei: 'Ze heeft een paar heel goede opmerkingen gemaakt, Eddy. Wanneer die verpleegster weer van zich laat horen, probeer je haar te overbluffen. Ze zal zich waarschijnlijk gemakkelijk laten afschrikken.'

Eddy beet op de binnenkant van zijn wang. 'Ik weet het niet. Het is riskant.'

'Maar het is de beste oplossing.' Nelson stond op uit zijn stoel en stak Zee zijn hand toe. 'Regelen jullie dit verder samen maar. Ik wil er nooit meer iets over horen.' Hij noch Zee keurde Avery een blik waardig toen ze de kamer verlieten.

Dorothy Rae liep naar de kast met drank.

Jack keek zo vol afkeer naar de vrouw van zijn broer dat hij het niet eens zag. 'Heb je nog meer van dergelijke verrassingen voor ons in petto?'

Tate tolde rond en viel zijn broer aan met een grotere woede dan Avery hem ooit tegen iemand van zijn familie had zien doen. 'Hou je kop, Jack,' riep hij met gebalde vuisten uit.

'Zeg niet dat hij zijn kop moet houden!' schreeuwde Dorothy Rae, die met een klap de wodkafles terug op de kast zette. 'Het is niet zijn schuld dat je vrouw een slet is!'

'Dorothy Rae!'

'Het is toch zo, Jack? Zij laat met opzet een baby weghalen, terwijl de mijne, de mijne...' Er welden tranen op in haar ogen. Ze keerde de anderen haar rug toe.

Jack blies zijn adem uit, liet zijn hoofd zakken en mompelde: 'Het spijt me, Tate.'

Hij liep naar zijn huilende vrouw, sloeg zijn arm om haar middel en leidde haar de kamer uit.

Dirk en Ralph hadden, ongevoelig voor het familiedrama, met elkaar zitten praten. 'Jij blijft deze ronde thuis,' zei Dirk op een toon die geen tegenspraak duldde.

'Daar ben ik het mee eens,' zei Eddy.

'Dat is Tates beslissing,' zei ze.

Zijn blik was koud en ongevoelig. 'Je blijft hier.'

De tranen stonden in haar ogen, maar ze verdomde het om een potje te gaan huilen waar Dirk, zijn maatje en de ijskoude Eddy Paschal bij waren. 'Neem me niet kwalijk.' Trots maar snel liep ze de kamer uit.

Tate volgde haar. Hij pakte haar bij de arm en draaide haar naar zich toe. 'Je verraad kent werkelijk geen grenzen, is het wel, Carole?'

'Ik weet dat het er beroerd uitziet, Tate, maar...'

'Beroerd?' Ongelovig en verbitterd schudde hij zijn hoofd. Waarom gaf je niet gewoon toe dat je het gedaan had? Waarom nog zeggen dat er nooit een kind geweest was?'

'Omdat ik zag hoezeer jij eronder leed.'

'Onzin! Je zag hoezeer je er zelf van te lijden had!'

'Nee,' zei ze ellendig.

'Overbluf haar. Geen getuige die het verhaal bevestigt. Vervalste medische gegevens,' citeerde hij haar. 'Je had je ontsnappingsroute al helemaal klaar voor het geval je betrapt zou worden, nietwaar? Hoeveel kaarten heb jij nog in je mouw?'

'Ik heb die voorstellen gedaan zodat jij beschermd zou worden. Jij, Tate.'

'Ja, natuurlijk,' zei hij cynisch. 'Als je iets voor me had willen doen, had je helemaal geen abortus laten plegen. Of nog beter, je zou niet eens zwanger zijn geworden. Of dacht je dat een baby in je buik je ticket naar Washington was?'

Hij liet haar plotseling los met een heftigheid alsof hij het niet meer kon verdragen haar aan te raken. 'Blijf uit mijn buurt. Ik wil je niet meer zien.'

Avery werd de volgende ochtend moeizaam wakker. Ze was suf, haar ogen waren gezwollen en pijnlijk van de tranen die ze had vergoten voordat ze in slaap viel. Ze trok een lichte ochtendjas aan en strompelde naar de badkamer.

Zodra ze de deur had opengetrokken, drukte ze zich met haar rug tegen de muur en las vol afgrijzen de boodschap die met haar eigen lippenstift op de spiegel was geschreven:

STOMME SLET. JE HAD BIJNA ALLES VERPEST.

Enkele ogenblikken lang was ze verlamd van angst. Daarna liep ze naar de kast en kleedde zich gejaagd aan. Ze nam amper de tijd om de boodschap van de spiegel te vegen en ontvluchtte de kamer alsof ze door demonen werd achtervolgd.

Binnen een paar minuten had ze in de stal een paard gezadeld. Ze reed in volle galop over de velden, ze wilde afstand scheppen tussen zichzelf en het prachtige huis dat een dergelijk verraad herbergde. Hoewel de eerste zonnestralen haar huid verwarmden, kreeg Avery kippenvel op haar armen wanneer ze bedacht dat iemand haar slaapkamer was binnengeslopen terwijl zij sliep.

Misschien hadden Irish en Van toch gelijk, en had zij het gevaar onderschat. Ze zou kunnen verdwijnen, ergens anders heen gaan, een nieuwe identiteit aannemen. Ze had een goed verstand en vele interesses. De journalistiek was niet de enige bevredigende werkkring voor haar.

Maar die mogelijkheden werden haar ingegeven door angst en paniek. Avery wist dat ze zoiets niet zou doen. Ze kon niet nog een beroepsmatige mislukking verdragen, zeker niet een van een dergelijke omvang. En als Tate zijn leven verloor ten gevolge van haar beslissing? Hij en Mandy waren haar inmiddels veel meer waard dan haar eerherstel. Ze moest blijven. De verkiezingen waren al over enkele weken; het einde was in zicht.

Uit de boodschap op haar spiegel bleek wel dat Caroles onvoorspelbare gedrag van de laatste tijd Tates vijand boos en nerveus had gemaakt. Nerveuze mensen maakten fouten. Ze zou heel goed op moeten letten of hij zichzelf niet verried, en tegelijk oppassen dat zij niet hetzelfde deed.

De stal was nog verlaten toen ze terugkeerde van haar rit. Ze zadelde het paard af, gaf hem een emmer voer en wreef hem droog.

'Ik heb je overal gezocht.'

Geschrokken liet ze de roskam vallen en draaide zich om. 'Tate.' Ze drukte haar hand op haar bonkende hart. 'Ik had je niet binnen horen komen. Je liet me schrikken.'

Hij stond in de deuropening van de stal. Shep zat gehoorzaam naast hem, de tong uit zijn bek.

'Mandy wil per se jouw toast als ontbijt. Ik heb haar gezegd dat ik je zou gaan zoeken.'

'Ik ben gaan rijden,' zei ze. Ze droeg een spijkerbroek en oude laarzen. De slip van haar hemd hing losjes over haar heup.

'O.' Hij draaide zich om en wilde weglopen.

'Tate?' Ze maakte nerveus haar lippen nat toen hij zich weer omdraaide. 'Ik weet dat iedereen woedend op me is, maar jouw mening is de enige die telt. Haat je me?'

Shep ging op de betonnen vloer van de stal liggen en legde zijn kop op zijn voorpoten.

'Ik kan maar beter teruggaan naar Mandy,' zei Tate. 'Kom je?'

'Ja, ik kom zo.'

Toch maakte geen van beiden aanstalten de stal te verlaten. Ze bleven daar maar naar elkaar staan staren. Er was geen geluid in de stal. Stof danste in de strepen zonlicht die door de ramen vielen. De lucht was vervuld van de geur van hooi en paarden en leer. En lust.

Het verlangen dat ze voelde ging vergezeld van wanhoop. Dat was een ondraaglijke combinatie. Ze wendde haar blik van hem af en streelde de bruine neus van de ruin. Hij keek op van zijn voer om zachtjes tegen haar schouder te duwen.

'Ik snap er niets van.'

Haar ogen gingen weer naar Tate. 'Wat?'

'Hij werd altijd woest als je in zijn buurt kwam. Je wilde dat we hem naar de slachter brachten. Nu staan jullie elkaar te aaien. Wat is er gebeurd?'

Ze keek Tate recht in zijn grijze ogen en zei zacht: 'Hij heeft geleerd me te vertrouwen.'

Hij begreep wat ze bedoelde. De boodschap was niet mis te verstaan. Hij bleef haar lange tijd aankijken en gaf toen de hond een duwtje met de punt van zijn laars. 'Kom mee, Shep.' Over zijn schouder zei hij tegen haar: 'Mandy wacht.'

36

'Wees een lieve meid.' Tate knielde bij zijn dochter neer en omhelsde haar. 'Ik ben terug voor je er erg in hebt en breng een cadeautje voor je mee.'

Normaal zou Mandy's verheugde grijns een glimlach op Avery's gezicht hebben gebracht, maar die ochtend op de dag van Tates vertrek zat dat er niet in. Hij richtte zich op. 'Bel me als er een doorbraak is.'

'Natuurlijk.'

'Of een terugslag.'

'Ja.'

'De hele staf is ingelicht: als er een telefoontje over Mandy binnenkomt, moeten ze me meteen roepen, ongeacht waar ik mee bezig ben.'

'Ik beloof dat ik je meteen zal bellen als er iets gebeurt.'

Jack toeterde ongeduldig. Eddy zat naast hem in de auto te telefoneren.

Wat dat andere betreft,' zei Tate op vertrouwelijke toon. 'Eddy heeft gedaan wat je voorstelde en de verpleegster om onweerlegbaar bewijs van je abortus gevraagd. Hij heeft haar flink aangepakt en haar een voorproefje gegeven van wat haar te wachten staat als ze met haar verhaal naar de pers of naar Dekkers mensen gaat. Hij heeft ook wat onderzoek verricht. Zoals je al vermoedde was ze door de arts ontslagen; het ging haar er eigenlijk meer om de dokter te treffen dan ons. Eddy heeft ook dat benut en haar met van alles en nog wat gedreigd. Voorlopig ziet ze van haar plannetjes af.'

'O, daar ben ik zo blij om, Tate. Ik zou het vreselijk hebben gevonden als die affaire je campagne negatief had beïnvloed.'

Hij lachte kort. 'Het kan niet veel somberder worden dan het nu is.'

'Laat je niet ontmoedigen,' zei ze en ze legde haar hand op zijn mouw. 'Die opiniepeilingen zijn niet heilig. Bovendien kunnen ze elk moment weer omslaan.'

'Dan mag dat wel heel snel gebeuren,' zei hij grimmig. 'November staat voor de deur eer we het in de gaten hebben.'

'Tate,' begon ze. Jack toeterde opnieuw.

'Ik moet gaan.' Hij boog zich voorover en gaf Mandy nog een kus op haar wang. 'Dag, Carole.' Zij kreeg geen kus of omhelzing, zelfs geen blik over zijn schouder voor hij instapte en wegreed.

'Mama? Mama?'

Mandy moest al een paar keer geroepen hebben. Tegen de tijd dat Avery niet langer naar de bocht in de weg staarde waar de auto uit het zicht was verdwenen en zich tot het meisje richtte, keek zij haar heel verbaasd aan.

'Het spijt me. Wat is er, liefje?'

'Waarom huil je?'

Avery veegde de tranen van haar wangen en dwong zichzelf tot een brede glimlach. 'Ik ben gewoon een beetje verdrietig omdat papa weggaat. Maar ik heb jou nog om me gezelschap te houden. Wil je dat doen nu hij weg is?'

Mandy knikte enthousiast. Samen liepen ze naar binnen. Al kon ze Tate tijdelijk niet helpen, ze kon tenminste haar uiterste best doen voor zijn dochter.

De dagen kropen voorbij. Ze was niet gewend aan nietsdoen, maar toch leek ze niet de energie op te kunnen brengen om meer te doen dan voor zich uit te staren en zich zorgen te maken.

Ze keek elke avond naar het nieuws en zocht dan nerveus naar de man met het grijze haar tussen het publiek. Irish zou zich afvragen waarom ze Tate niet vergezelde, dus belde ze hem op vanuit een telefooncel in Kerrville en legde hem de abortuscrisis uit.

'Zijn adviseurs, te beginnen met Eddy, vonden dat ik thuis moest blijven.'

'Ik heb over politieke experts als Wakely en Foster horen praten. Zij geven een bevel en Rutledge blaft, is het niet zo?'

'Ze geven een bevel, Tate gromt naar hen en blaft dan alsnog.'

'Hmm, nou, ik zal Van inlichten en zeggen dat hij zijn ogen open moet houden voor die kerel die volgens jou zo belangrijk is.'

'Ik wéét dat hij belangrijk is. Zeg dat Van me meteen belt wanneer hij hem ziet.'

'Als hij hem ziet.'

Hij had hem kennelijk niet gezien, want Van belde niet op. Maar alle door KTEX uitgezonden nieuwsbeelden bevatten altijd minstens één opname van het publiek. Van stuurde haar een boodschap. De Grijze bevond zich niet onder de mensen die Tate omringden.

Dat verlichtte haar spanning echter nauwelijks. Ze wilde naast Tate staan om met eigen ogen te zien dat hij niet in onmiddellijk gevaar verkeerde. 's Nachts zag ze hem een bloederige dood sterven. Overdag, wanneer ze niet met Mandy bezig was, liep ze rusteloos door het huis.

'Nog altijd in de put?' informeerde Nelson op een gegeven moment.

'Ik moet toegeven dat ik de laatste tijd geen erg goed gezelschap ben.'

'Mis je Tate?'

'Ja, Nelson, ik mis hem verschrikkelijk. Misschien kun je dat maar moeilijk geloven. Dat geldt in elk geval voor Zee. Ze keurt me nauwelijks een blik waardig.'

Hij keek haar recht in de ogen en zei: 'Die abortuskwestie was walgelijk.'

'Het was niet mijn bedoeling dat iemand er ooit achter zou komen.'

'Behalve Tate.'

'Ja, hij moest het natuurlijk weten, het was zijn kind.'

'En dan vraag jij je af waarom we niet al te aardig over je denken?' vroeg hij. 'Je hebt ons kleinkind vernietigd, Carole. Je weet hoe dol Zee op Tate is. Had je verwacht dat ze je zou omhelzen om wat je hebt gedaan?'

'Nee.'

'Ze kan zich zoiets als wat jij hebt gedaan zelfs nauwelijks voorstellen. En ik eerlijk gezegd ook niet.'

Avery keek naar het fotoalbum dat open op haar schoot lag. De foto's waren van het begin van hun huwelijk. Zee was erg jong en heel knap. Nelson zag er stralend uit in zijn luchtmachtuniform. Jack en Tate waren afgebeeld in diverse stadia van hun jeugd. Het typische Amerikaanse gezin.

'Het zal niet gemakkelijk voor Zee zijn geweest toen je naar Korea ging.'

'Nee, dat was het ook niet,' zei hij en ging in een gemakkelijke stoel zitten. 'Ik moest haar alleen achterlaten met Jack, die nog maar een baby was.'

'Tate is na de oorlog geboren, nietwaar?'

'Vlak erna.'

'En hij was nog maar een baby toen jullie naar New Mexico verhuisden,' zei ze, met weer een blik op het album.

'De luchtmacht stuurde me daarheen, dus ging ik,' zei Nelson. 'Vreselijke plek. Zee haatte de woestijn en het stof. Ze haatte ook het werk dat ik deed. In die tijd waren testpiloten wegwerpartikelen.'

'Zoals je vriend Bryan Tate.'

Zijn trekken verzachtten, alsof hij terugdacht aan mooie tijden. Toen schudde hij triest zijn hoofd. 'Het was alsof ik een familielid verloor. Daarna ben ik ook gestopt met testvluchten. Ik deed het niet meer van harte, en als je het niet meer van harte doet, is de kans dat je om het leven komt groter. Misschien is dat ook Bryan overkomen. Ik wilde in elk geval niet dood. Ik had nog veel te veel te doen.'

'Maar je mist het vliegen wel, nietwaar?'

'Nou, verdorie, ja,' zei hij met een verontschuldigend lachje. 'Zo oud als ik ben herinner ik me nog altijd hoe het was daarboven. Geen enkel ander gevoel kan daartegenop. Er is ook niets zo leuk als bier drinken en verhalen uitwisselen met andere vliegeniers. Een vrouw kan niet begrijpen hoe het is om zulke maten te hebben.'

'Zoals Bryan?'

Hij knikte. 'Hij was een goede piloot. De beste.' Zijn glimlach vervaagde. 'Maar hij werd roekeloos en betaalde met zijn leven.' Hij richtte zijn aandacht weer op Avery. 'Iedereen betaalt voor zijn fouten, Carole. Je kunt misschien een tijdje ongestraft doorgaan, maar niet voor altijd. Uiteindelijk zul je door je fouten worden ingehaald.'

Met een onbehaaglijk gevoel wendde ze haar blik af. 'Denk je dat dat nu gebeurt met mijn abortus?'

'Jij dan niet?'

'Het zal wel.'

Hij leunde voorover en steunde met zijn onderarmen op zijn dijbenen. 'Je hebt al geboet door de schande ervoor te moeten dragen. Ik hoop alleen dat Tate niet voor jouw fout hoeft te betalen door de verkiezing te verliezen.'

'Ik ook.'

Hij keek haar even aan. 'Weet je, Carole, ik heb je vele malen verdedigd sinds je deel bent gaan uitmaken van dit gezin. Ik heb je meermalen het voordeel van de twijfel gegund.'

'Waar stuur je op aan?'

'Iedereen heeft de veranderingen in je opgemerkt sinds je bent thuisgekomen na het ongeluk.'

Avery's hartslag versnelde zich. Hadden ze met elkaar over die veranderingen gepraat?

'Ik ben inderdaad veranderd. Ten goede, geloof ik. Wat denk jij?'

'Ik geloof dat je een knappe, verstandige jonge vrouw bent... te verstandig om mij tegen je in het harnas te jagen. Zorg maar dat je ook bént wat je hebt voorgewend te zijn.' Enkele ogenblikken lang keek hij haar dreigend aan. Toen spleet zijn gezicht zich in een brede grijns. 'Maar als je oprecht probeert je fouten goed te maken, vind ik dat prijzenswaardig. Om te worden gekozen heeft Tate de onvoorwaardelijke steun nodig van zijn familie, met name zijn vrouw.'

'Ik sta er voor honderd procent achter dat hij gekozen wordt.'

'Dat mag dan ook wel van je verwacht worden.' Hij stond op uit zijn stoel. Bij de deur draaide hij zich om. 'Gedraag je als de vrouw van een senator en je hebt van mij niets te duchten.'

Hij had er kennelijk met Zee over gepraat, want die avond aan het diner merkte Avery op dat Zee enigszins was ontdooid. Ze leek oprecht geïnteresseerd toen ze vroeg: 'Heb je vanmiddag genoten van je rit, Carole?'

'Heel erg. Nu het koeler is, kan ik wat langer wegblijven.'

'En je berijdt Ghostly. Dat is vreemd, nietwaar? Je hebt altijd een hekel aan hem gehad, en vice versa.'

'Ik denk dat ik vroeger bang van hem was. We hebben elkaar leren vertrouwen.'

Mona stapte de eetkamer binnen om Nelson aan de telefoon te roepen.

'Wie is het?'

'Het is Tate, kolonel Rutledge.'

Nelson bleef enkele minuten weg. Toen hij terugkwam keek hij uiterst tevreden.

'Dames,' zei hij, niet alleen tegen zijn vrouw, maar ook tegen Avery, Dorothy Rae, Fancy en Mandy. 'Pak vanavond jullie spullen. We vertrekken morgen naar Fort Worth.'

Hun reacties verschilden.

Zee zei: 'Allemaal?'

Dorothy Rae zei: 'Niet ik. Ik?'

Fancy sprong van haar stoel en joelde van onverholen vreugde. 'God, het werd tijd dat hier eens iets leuks gebeurde.'

Mandy keek Avery aan voor een verklaring. Waarom was iedereen plotseling zo opgewonden?

Avery vroeg: 'Morgen? Waarom?'

Nelson beantwoordde haar vraag het eerst. 'De opiniepeilingen. Tate valt met de dag terug.'

'Dat is niet bepaald een reden tot vreugde,' zei Zee.

'Tates adviseurs vinden dat de familie meer op de voorgrond moet treden,' legde Nelson uit, 'zodat hij wat minder overkomt als een individualist. Ik persoonlijk ben blij dat we weer allemaal samen zullen zijn.'

'Ik zal spullen pakken voor Mandy en mijzelf,' zei Avery. Alle negatieve gedachten werden verdreven door de wetenschap dat ze al gauw weer bij Tate zou zijn. 'Hoe laat vertrekken we?'

'Zodra iedereen klaar is.' Nelson keek naar Dorothy Rae, die kennelijk in paniek verkeerde. Haar gezicht had de kleur van koude pap en ze wreef in haar handen. 'Mona, help Dorothy Rae alsjeblieft haar koffers te pakken.'

37

Het regende toen ze in Fort Worth aankwamen.

Nelson reed rechtstreeks naar het hotel, maar omdat de reis door het slechte weer en de vele onderbrekingen langer had geduurd dan ze hadden voorzien, waren Jack, Eddy en Tate al naar de politieke bijeenkomst die voor die avond op het programma stond.

De vermoeide reizigers trokken zich zo snel mogelijk in hun kamers terug. Mandy was moe en lastig. Ze was vreselijk humeurig en niets kon haar tevredenstellen, zelfs niet de maaltijd die onmiddellijk door de roomservice werd gebracht.

'Mandy, eet je bord leeg,' zei Zee.

'Nee.' Ze trok een pruillip. 'Je hebt gezegd dat ik papa mocht zien. Ik wil papa zien.'

'Hij komt straks hierheen,' legde Avery voor de zoveelste keer uit.

'Kom nu, dit is je lievelingseten,' zei Zee vleiend. 'Pizza.'

'Dat wil ik niet.'

Nelson keek ongeduldig op zijn horloge. 'Het is bijna zeven uur. We moeten nú gaan, anders komen we te laat.'

'Ik blijf wel bij haar,' bood Dorothy Rae hoopvol aan.

'Daar zouden we nogal wat mee opschieten,' zei Fancy minachtend. 'Laat dat kleine wicht maar honger lijden.'

'Fancy, alsjeblieft,' zei Zee. 'Eén onhandelbaar kind is wel genoeg.' Ze zei dat ze zelf toch te moe was om mee naar de bijeenkomst te gaan en dat ze wel bij Mandy zou blijven.

'Dank je, Zee,' zei Avery. 'Ik geloof niet dat het verstandig is haar nu mee te nemen. Nelson, ga jij alvast met Dorothy Rae en Fancy. Ik kom straks wel.'

Nelson begon te protesteren. 'Dirk en Ralph hebben gezegd dat...'

'Het kan me niet schelen wat ze hebben gezegd,' onderbrak Avery hem. 'Tate zou niet willen dat ik Mandy bij Zee achterlaat terwijl ze zich zo slecht gedraagt. Wanneer ze in bed ligt, pak ik een taxi. Zeg maar dat ik kom zodra ik kan.'

De drie verlieten Mandy's slaapkamer, onderdeel van de driekamersuite van Tate.

'En nu, Mandy,' zei Avery op redelijke toon, 'eet je je avondeten op zodat ik papa kan vertellen hoe lief je bent geweest.'

'Ik wil mijn verrassing.'

'Eet je eten op, lieverd,' smeekte Zee.

'Nee!'

'Wil je dan een lekker warm bad?'

'Nee! Ik wil mijn verrássing. Papa heeft gezégd dat ik een verrássing krijg.'

'Mandy, hou daarmee op,' zei Avery streng, 'en eet je bord leeg.'

Mandy gaf een duw tegen het bord, dat van tafel schoof en op de vloer kapot viel.

Avery vloog overeind. 'En nu is het genoeg.' Ze trok Mandy uit haar stoel, draaide haar om en gaf haar een paar flinke tikken tegen haar billen. 'Dat accepteer ik niet van je, jongedame.'

Mandy was te verbaasd om te reageren. Ze keek Avery met grote, ronde ogen aan. Toen begon haar onderlip te trillen en direct daarop rolden er enorme tranen over haar wangen. Ze opende haar mond en slaakte een jammerkreet die de doden uit hun graf had kunnen opwekken.

Zee stak haar armen naar haar uit, maar Avery trok Mandy al tegen zich aan. Het kind sloeg de armpjes om haar hals en drukte haar natte gezicht tegen Avery's schouder.

Avery wreef zacht over haar rug. 'Schaam je je niet dat ik je klappen moest geven. Papa denkt dat je een lieve meid bent.'

'Ik bén ook een lieve meid.'

'Vanavond niet. Je bent erg ondeugend, en dat weet je.'

Het huilen hield nog een paar minuten aan. Toen het eindelijk voorbij was, hief Mandy haar gezichtje op en vroeg: 'Mag ik nu mijn ijs?'

'Nee, dat mag je niet. Het spijt me, maar je hebt het niet verdiend. Slecht gedrag wordt niet beloond. Begrijp je wat mama zegt?'

Mandy knikte spijtig. Avery nam haar van haar schoot. 'Laten we nu maar in bad gaan en je pyjama aantrekken zodat jij en oma naar bed kunnen. Hoe sneller je slaapt, hoe eerder papa terug is.'

Twintig minuten later stopte Avery haar in. Mandy was zo moe dat ze al sliep voor haar hoofd het kussen raakte. Avery was ook doodmoe. Het incident had haar uitgeput.

Ze was op weg naar de tussenkamer toen de telefoon ging. Het was Tate. 'Kom je nog, of wat?'

'Ja, ik kom. Ik had een probleempje met Mandy, maar ze ligt nu in bed. Ik neem een taxi en ben over...'

'Ik sta beneden in de hal op je te wachten. Schiet op.'

Ze deed wat ze kon in vijf minuten tijd; meer durfde ze zichzelf niet te gunnen. Het resultaat was niet spectaculair, maar goed genoeg om Tate een bewonderende blik te ontlokken toen ze uit de lift stapte.

'Wat was er in godsnaam aan de hand?' vroeg Tate toen hij haar naar de draaideur duwde. 'Pa zei dat Mandy erg van streek was.'

'Van streek, vergeet het maar! Ze gedroeg zich vreselijk.'

'Waarom?'

'Omdat ze nog maar een hummeltje van drie is, daarom. Ze heeft de hele dag in de auto gezeten. Ik begreep best waarom ze onhandelbaar was, maar mijn begrip is niet oneindig. Ik vind het vreselijk Zees verrassing te verpesten, maar ik heb haar een paar tikken gegeven.'

Ze stonden nu bij de auto. Hij bleef staan met zijn hand op de portierknop. 'Wat gebeurde er toen?'

'Ze had in de gaten dat het me ernst was... en het had succes.'

Hij keek even naar haar resolute gezichtsuitdrukking, knikte toen en zei bruusk: 'Stap in.'

'Waarom ben je me komen halen?' vroeg ze toen de auto door de stormachtige avond suisde. 'Ik had best een taxi kunnen nemen.'

'Ik hing toch alleen maar in de coulissen rond. Ik dacht dat ik mijn tijd beter kon besteden door zelf als chauffeur te fungeren.'

Wat zeiden Dirk en Ralph ervan dat je wegging?'

'Niets. Ze wisten het niet.'

'Wat?'

'Tegen de tijd dat ze ontdekken dat ik 'm gesmeerd ben, is het al te laat om er nog iets aan te doen. Bovendien had ik er onderhand genoeg van dat ze mijn toespraak bleven veranderen.'

Hij reed onverantwoord hard, maar ze zei er niets over; hij leek niet in de stemming om kritiek aan te horen. 'Waarom moesten we ons bij je voegen?' vroeg ze, in de hoop de oorzaak van zijn slechte humeur te weten te komen.

'Ik ben drie punten gezakt sinds we aan deze reis zijn begonnen. Dirk en Ralph dachten dat het bolwerk van een familie die achter me staat de kiezers ervan zou overtuigen dat ik geen heethoofd ben. Een man omringd door zijn familie geeft een stabieler beeld. Verdomme, ik weet het niet. Ze gaan maar door en door tot ik niet eens meer hoor wat ze zeggen.'

Hij draaide de parkeerplaats van Billi Bob's Texas op, dat voor die avond was afgehuurd door Tates verkiezingscomité. Diverse country- en westernzangers hadden hun tijd en talent beschikbaar gesteld om fondsen te werven.

Tate zette de auto voor de deur. Een cowboy in een gele regenjas en druipende Stetson stapte uit het portiek en liep op de auto toe. Tate draaide het raampje omlaag.

'U mag hier niet parkeren, meneer.'

'Ik ben...'

'U moet uw auto verwijderen. De brandweer moet erdoor kunnen.'

'Maar ik ben...'

'Verderop in de straat is een parkeerplaats, maar die is misschien al vol doordat het zo druk is.' Hij verschoof zijn pruimtabak van de ene kant van zijn mond naar de andere. 'Hoe dan ook, hier kunt u hem niet laten staan.'

'Ik ben Tate Rutledge.'

'Buck Burdine. Aangenaam kennis te maken. Maar u mag hier nog steeds niet parkeren.'

Buck was kennelijk niet in politiek geïnteresseerd. Tate keek Avery aan. Die keek diplomatiek naar haar in haar schoot gevouwen handen, terwijl ze op haar lippen beet om niet in lachen uit te barsten.

Tate probeerde het nog eens. 'Ik ben kandidaat voor een senatorszetel.'

'Luister, meneer, zet u die auto nou nog weg, of moet ik u een schop verkopen?'

'Ik denk dat ik mijn auto maar wegzet.'

Een paar minuten later parkeerde Tate in een steegje een heel eind verderop, tussen een schoenmaker en een pizzabakker. Zodra hij de motor had uitgezet, keek hij naar Avery. Ze keek hem van opzij aan en ze barstten tegelijk in lachen uit. Het duurde wel een paar minuten voor ze uitgelachen waren.

'O Jezus,' zei hij en kneep in zijn neusrug. Wat ben ik moe. Het is heerlijk om weer eens zo te lachen. Ik neem aan dat ik Buck Burdine daarvoor moet bedanken.'

'Was het heel erg, Tate?'

'Ja, vreselijk. Ik verlies elke dag terrein. Mijn campagne verloopt rampzalig. Nu we in de laatste weken zijn aangekomen, zouden we juist steeds meer vaart moeten krijgen. Het ziet ernaar uit dat Dekker weer gaat winnen.' Hij sloeg met zijn vuist op het stuur.

Avery sloot zich af voor alles behalve hem. Ze gaf hem haar onverdeelde aandacht. Hij had haar niet hoeven vertellen dat hij moe was. De lijnen van vermoeidheid waren rond zijn mond en ogen geëtst.

'Ik heb er nooit aan getwijfeld dat ik was voorbestemd om deze staat te dienen in de Senaat.' Hij keek haar aan.

Ze knikte, maar zei niets, niet goed wetend hoe te reageren. Hij zou niet geholpen zijn met banale uitspraken.

'Ik heb zelfs een positie als volksvertegenwoordiger overgeslagen en ben meteen afgestevend op datgene wat ik uiteindelijk wilde. Maar nu begin ik me af te vragen of ik niet te veel naar mensen heb geluisterd die me alleen vertelden wat ik wilde horen. Lijd ik aan grootheidswaan?'

'Ongetwijfeld.' Ze glimlachte toen hij verrast opkeek. 'Maar noem eens één politicus die dat niet heeft. Je moet wel over een enorm zelfvertrouwen beschikken om de verantwoording voor duizenden mensen op je te kunnen nemen, Tate.'

'We zijn dus allemaal egotrippers?'

'Je hebt een gezond zelfvertrouwen. Dat is niets om je voor te schamen.'

'Denk je nog steeds dat ik ga winnen?'

'Absoluut.'

'Ja?'

'Ja.'

Het werd heel stil in de auto, terwijl de regen op het dak en de ruiten bleef roffelen. Hij legde zijn hand plat op haar borst, waarbij zijn duim en pink van sleutelbeen tot sleutelbeen reikten.

Avery sloot haar ogen. Ze schoof zachtjes iets in zijn richting, alsof ze door een onzichtbaar koord werd aangetrokken. Toen ze haar ogen weer opendeed, was hij veel dichterbij en bestudeerden zijn ogen haar gezicht.

Zijn hand gleed omhoog langs haar keel en naar haar nek. Toen zijn lippen de hare streelden, raakten ze spontaan in vuur en vlam. Ze kusten elkaar hevig, terwijl zijn handen over haar borst omlaaggleden en toen weer omhoog om door de kwaliteitsstof van haar jasje haar borsten te kneden.

Avery liefkoosde zijn haar, zijn wangen, zijn hals en zijn schouders en trok hem daarna tegen zich aan toen ze terugviel tegen de leuning van haar stoel.

Hij maakte de twee knoopjes op haar linkerschouder open en worstelde met de rij haakjes die langs die kant van haar bovenlichaam omlaagliepen. Toen hij het jasje open had, viel het gouden medaillon dat nu foto's van hem en Mandy bevatte in het dal tussen haar borsten. De stromen regenwater op de voorruit wierpen vloeibare schaduwen op haar borsten die uit haar beha puilden.

Hij boog zich voorover en kuste de welvingen. Door het kant heen streelde zijn tong hongerig, hartstochtelijk de tepel.

'Tate,' kreunde ze, terwijl allerlei gevoelens vanuit haar borsten door haar hele lichaam trokken. 'Tate, ik verlang naar je.'

Onhandig ontdeed hij zich van zijn broek en duwde haar hand

omlaag. Haar vingers omvatten zijn stijve penis. Terwijl zij met haar duim over de zachte kop streelde, begroef hij zijn gezicht tussen haar borsten en hijgde erotische woorden en beloften.

Zijn handen gleden onder haar strakke rok. Ze hielp hem haar slipje uittrekken. Hun lippen ontmoetten elkaar in een hartstochtelijke kus terwijl ze een werkbare houding zochten in de beperkte ruimte van de voorstoelen.

'Verdomme!' vloekte hij met rauwe stem.

Hij ging rechtop zitten en trok haar op zijn schoot. Met zijn handen onder haar rok tegen haar billen zette hij haar boven op zijn erectie. Ze liet zich over hem heen zakken. Ze slaakten allebei verheugde kreetjes en kreunden binnen enkele seconden van genot.

Hij wreef met zijn hoofd tegen haar borst tot hij die uit de cup van haar beha had bevrijd. Hij knabbelde zachtjes aan de harde tepel en nam hem toen in zijn mond. Hij bracht een van zijn handen tussen haar vochtige dijen en zocht met zijn vingers naar het kleine knobbeltje tussen haar schaamlippen.

Avery hapte luid hijgend naar adem. Ze boog haar hoofd over zijn schouder. Ze spande zich rond zijn hardheid binnen in haar en wreef tegen de strelende vinger aan de buitenkant en kreeg een erg lange, erg natte climax die samenviel met die van Tate.

Ze bewogen zich de eerste vijf minuten niet. Daarvoor waren ze te zwak. Ten slotte gleed Avery van zijn schoot en raapte haar slipje op. Zwijgend gaf Tate haar een zakdoek.

Ze nam die wat verlegen aan en zei: 'Dank je.'

'Alles in orde? Heb ik je pijn gedaan?'

'Nee, waarom?'

'Je... je voelt zo smal aan.'

Haar ogen waren de eerste die werden neergeslagen na een lange, veelzeggende stilte.

Toen ze zich eenmaal had gefatsoeneerd en haar hopeloos gekreukte kleren recht had getrokken, klapte ze de zonneklep naar beneden en keek met ongenoegen naar zichzelf in het spiegeltje.

Haar kapsel was naar de knoppen. De met schuimversteviger bewerkte haren staken alle kanten op. Ze miste een oorbel. De zorgvuldig aangebrachte lippenstift was over het onderste deel van haar gezicht uitgesmeerd.

'Ik zie er vreselijk uit,' kreunde ze.

'Doe je best maar.' Hij gaf haar de oorbel waar hij op had gezeten.

'Ik zal het proberen.' Met de cosmetica in haar tasje herstelde ze de schade aan haar make-up en deed wat ze kon voor haar kapsel. 'We kunnen het weer wel de schuld geven van mijn haar, denk ik.'

'En die rode plek hier?' Tate raakte voorzichtig haar mondhoek aan. 'Doet het pijn?'

Ze haalde haar schouders op en glimlachte verlegen. Hij beantwoordde haar glimlach, stapte toen uit en liep om de auto heen om haar te laten uitstappen.

Tegen de tijd dat ze aankwamen achter de coulissen waar Eddy liep te ijsberen en Ralph met kleingeld in allebei zijn zakken liep te rammelen, zagen ze er helemaal vreselijk uit... verwaaid en natgeregend, maar onfatsoenlijk gelukkig.

'Waar... in godsnaam... heb jij gezeten?' Eddy was zo furieus dat hij bijna niet uit zijn woorden kon komen.

Tate antwoordde met bewonderenswaardige kalmte: 'Ik ben Carole gaan ophalen.'

'Dat zei Zee al toen ik naar het hotel belde,' zei Ralph. Hij rammelde niet langer met kleingeld. 'Wat bezielde je om zo'n idiote stunt uit te halen? Ze zei dat jullie een half uur geleden al vertrokken waren. Waarom duurde het zo lang?'

'Geen plaats om te parkeren,' zei Tate, geïrriteerd door het kruisverhoor. 'Waar zijn Jack en de anderen?'

'Die proberen voor ons de menigte in bedwang te houden. Hoor je dat?' Eddy wees naar de zaal, waar het publiek stampte en zong: 'Wij willen Tate! Wij willen Tate!'

'Dan zullen ze extra blij zijn me te zien,' zei Tate rustig.

'Hier is je toespraak.' Eddy probeerde hem een aantal velletjes papier in de handen te drukken, maar hij weigerde ze aan te nemen.

Hij tikte tegen de zijkant van zijn hoofd en zei: 'Hier zit mijn toespraak.'

'Heb het lef niet er nog eens zo vandoor te gaan,' waarschuwde

Ralph hem bazig. 'Het is ronduit stom om niet ten minste één van ons te laten weten waar je bent.'

Dirk had nog geen woord gezegd. Zijn donkere gezicht was nog donkerder geworden van woede. Die was niet op Tate gericht, maar op Avery. Hij had zijn kraaloogjes geen moment van haar afgewend sinds ze ademloos binnen waren gekomen. Ze had zijn blik vol afgrijzen kalm ondergaan. Toen hij uiteindelijk sprak, trilde zijn stem van woede. 'Als u nog eens geneukt wilt worden, mevrouw Rutledge, dan doet u dat voortaan maar in uw eigen tijd, niet in de onze.'

Er klonk een woest, grauwend geluid op uit Tates keel toen hij zich op de andere man wierp. Hij zou hem tegen de grond geslagen hebben als hij hem niet tegen de dichtstbijzijnde muur had geduwd. Zijn onderarm zat als een ijzeren staaf tegen Dirks keel geklemd en zijn knie drukte in het kruis van de andere man. Dirk gromde van verbazing en pijn.

'Als je ooit,' zei Tate met zachte, dreigende stem, 'ook nog maar één keer mijn vrouw op die manier beledigt, dan maak ik je kapot. Heb je dat begrepen, klootzak?' Hij drukte zijn knie in Dirks testikels. De man knikte doodsbang zo hard met zijn hoofd als Tates arm onder zijn kin hem toestond.

Langzaam ontspande Tate zijn arm. Dirk sloeg dubbel en greep kuchend en sputterend naar zijn ballen. Ralph snelde zijn collega te hulp. Tate streek zijn haar naar achteren, richtte zich tot Eddy en zei rustig: 'Laten we gaan.' Hij stak zijn hand uit naar Avery.

Zij pakte die beet en volgde hem het podium op.

38

Mandy stond erop haar nachthemd te verwisselen voor het T-shirt dat Tate haar had gegeven, ook al was het al ver na middernacht en dichter bij de ochtend dan de avond.

'Nu ben je ere-cheerleader van de Dallas Cowboys,' zei hij, terwijl hij het T-shirt over haar hoofd trok.

Ze bewonderde de zilveren belettering op de voorkant en schonk hem een betoverende glimlach. 'Dank je wel, papa.' Met een reusachtige geeuw pakte ze haar knuffelbeer weer beet en liet zich terugvallen op het kussen.

'Ze wordt al een echte vrouw.'

'Wat bedoel je daar precies mee?' vroeg Avery toen ze hun eigen slaapkamer binnenliepen.

'Ze pakt haar presentje aan, maar bedankt er niet voor met een knuffel of een kus.'

Avery zette haar handen op haar heupen. 'Moet ik de vrouwelijke kiezers nu waarschuwen dat je onder de façade van ruimdenkendheid zo seksistisch als wat bent?'

'Alsjeblieft niet. Ik heb alle stemmen nodig die ik kan krijgen.'

'Volgens mij ging het vanavond heel goed.'

'Toen ik eenmaal was gearriveerd, bedoel je.'

'Daarvoor ook.' De vertrouwelijke klank in haar stem maakte dat hij opkeek. 'Bedankt dat je mijn eer hebt verdedigd, Tate.'

'Daar hoef je me niet voor te bedanken.'

Ze keken elkaar lange tijd aan voordat Avery zich afwendde om haar kleren uit te trekken. Ze glipte de badkamer in, nam snel een douche, trok een negligé aan en liet de badkamer toen over aan Tate.

In bed gelegen luisterde Avery naar het stromende water terwijl Tate zijn tanden poetste. Uit ervaring wist ze dat hij in een hotel nooit de handdoek terughing op het rekje, maar als een vochtige hoop naast de wasbak liet liggen.

Toen hij de badkamer uit kwam draaide ze zich naar hem om, van plan hem te plagen met die slechte gewoonte. De woorden werden nooit uitgesproken.

Hij was naakt. Hij had zijn hand op het lichtknopje, maar zijn ogen waren op haar gericht. Ze ging rechtop zitten, een onuitgesproken vraag in haar ogen.

'In het verleden,' zei hij met een hese fluistering, 'kon ik je altijd nog uit mijn gedachten zetten. Dat lukt me nu niet meer. Ik weet niet waarom. Ik zal je die abortus nooit vergeven, of het feit dat je erover hebt gelogen, maar dingen zoals wat er vanavond in de auto is gebeurd, maken het gemakkelijker te vergeten.

Sinds die avond in Dallas lijk ik wel een verslaafde die een nieuwe drug heeft ontdekt. Ik verlang intens naar je, en voortdurend. Me ertegen verzetten maakt me gek en is bijna onmogelijk. De afgelopen paar weken zijn niet erg plezierig geweest voor mezelf en iedereen in mijn omgeving. Dus zolang je mijn vrouw bent, zal ik gebruikmaken van mijn huwelijkse rechten.' Hij zweeg heel even. 'Heb je daar nog iets op te zeggen? Nou?'

'Doe het licht uit.'

De spanning vloeide weg uit zijn prachtige lichaam. Er verscheen een grijns rond zijn lippen. Hij deed het licht uit, stapte in bed en trok haar in zijn armen.

Voor Avery zich erop had kunnen voorbereiden lag ze naakt naast hem en streelde hij haar huid met zijn vingertoppen. Verlangen golfde door haar heen.

Toen hij boven haar kwam hangen, klaar om bij haar binnen te dringen, verlengde zij het voorspel door haar handen tegen zijn borstkas te drukken. Haar lippen streelden zacht over zijn tepels. Tates hese gekreun was haar beloning.

Haar lichaam was heet, zoet en diep toen hij het voor zich opeiste.

De volgende ochtend liepen Tate, Avery en Mandy door de lange gang van de lift naar hun suite nadat ze beneden in het restaurant hadden ontbeten. Nelson en Zee zaten daar nog koffie te drinken, maar Mandy was rusteloos geworden. De formele eetkamer was geen plaats voor een energiek kind.

Mandy, die op Tates schouders zat, gilde het uit toen hij deed alsof hij struikelde. Ze greep met beide handjes zijn haar vast, waarop hij het uitschreeuwde.

'Stil, jullie tweeën,' maande Avery. 'Straks worden we nog uit het hotel gezet.'

Tate gaf Avery de sleutel van hun suite en ze stapten naar binnen. De kamer zat vol mensen. 'Wat is hier verdorie aan de hand?' vroeg Tate terwijl hij Mandy neerzette.

Eddy keek op. 'We hadden ruimte nodig om bij elkaar te komen en jij had de enige suite met een salon.'

'Maak het jullie gemakkelijk,' zei Tate sarcastisch.

Dat hadden ze al gedaan. Overal stonden dienbladen met sap, koffie en broodjes. Fancy zat met gekruiste benen op het bed in een modeblad te bladeren. Dorothy Rae dronk iets wat eruitzag als een bloody mary en staarde naar buiten. Jack was aan het telefoneren, met één vinger in zijn ene oor. Ralph zat naar de televisie te kijken. Dirk bekeek de kleren in Tates kast met het keurende oog van een geroutineerde koopjesjager tijdens de sale.

'Ik neem Mandy wel mee naar de andere kamer.' Avery legde haar hand op de schouder van het meisje en duwde haar in de richting van de tussendeur.

'Nee, jij blijft hier,' zei Dirk, zich van de kast afwendend. '*No hard feelings* over gisteravond, oké? We hebben allemaal onder een zware druk gestaan. De lucht is nu gezuiverd.'

Jack hing de hoorn op de haak. 'Geregeld. Tate heeft vanavond om vijf uur een live interview op het vijfde net. Hij moet daar uiterlijk om half vijf zijn.'

'Prima,' zei Ralph. Hij wreef zich in de handen. 'Nog iets gehoord van de omroepen in Dallas?'

'Er zijn wat telefoontjes binnengekomen.'

Er werd op de deur geklopt. Het waren Nelson en Zee. Er was een man bij hen die Avery niet kende. Fancy sprong van het bed en omhelsde haar grootouders. Ze was in een uitstekende stemming sinds hun aankomst in Fort Worth.

'Wie is dat?' vroeg Tate, met een hoofdknikje naar de man die op de drempel bleef staan.

'De kapper die we hebben besteld. Ga zitten, Tate, en laat hem beginnen. Hij kan knippen terwijl wij praten. Doe maar lekker kort,' zei hij tegen de kapper, die een blauw-wit gestreepte cape om Tates hals hing en een kam door zijn haar haalde.

'Hier,' zei Ralph en duwde Tate een stapel papieren onder zijn neus. 'Kijk deze eens door.'

'Wat zijn dat?'

'Je toespraken voor vandaag.'

'Ik heb mijn toespraken zelf al geschreven.' Niemand luisterde naar hem.

De telefoon ging. Jack nam op. 'Channel Four,' meldde hij opgewonden met zijn hand over het mondstuk.

'Zee, Nelson, ga zitten. Laten we ter zake komen. De ochtend is zo voorbij.' Dirk was in zijn element. 'We hebben gisteren bij Billy Bob's een uitstekend resultaat behaald. Dat heeft heel wat campagnedollars opgeleverd. God weet dat we die hard nodig hebben.'

'De mensen van Channel Four zeggen dat ze naar General Dynamics zullen komen om een stuk van Tates toespraak te beluisteren, maar meer willen ze niet beloven,' meldde Jack toen hij de telefoon had opgelegd.

Dirk knikte. 'Niet geweldig, maar beter dan niets.'

'Zie je, Tate,' vervolgde Ralph alsof het tweede gesprek niet plaatsvond, 'zelfs als je verliest, willen we niet dat het lijkt of je het hebt opgegeven.'

'Ik verlies niet.' Hij keek naar Avery en knipoogde.

'Ja, nee, natuurlijk niet,' stamelde Ralph en lachte wat onbehaaglijk. 'Ik bedoelde alleen...'

'U haalt er niet genoeg af,' zei Dirk nors tegen de kapper. 'Ik zei kort!'

Tate sloeg de handen van de kapper weg. 'Wat is dit?' Hij wees naar een alinea in een van de toespraken die voor hem geschreven waren. Ook nu werd hij genegeerd.

'Nelson, ik wil dat jij prominent aanwezig bent op dat podium wanneer Tate vanmiddag bij General Dynamics spreekt. De militaire contracten houden hen aan het werk. Het feit dat jij een ex-vliegenier bent is dus mooi meegenomen.'

'Moet ik ook mee? En Mandy?' vroeg Zee.

'Ik blijf met plezier hier met Mandy,' bood Dorothy Rae aan.

'Iedereen gaat mee.' Dirk fronste naar het lege glas in Dorothy Rae's hand. 'En ik wil dat iedereen er op zijn best uitziet. Dat geldt ook voor jou, juffie,' zei hij tegen Fancy. 'Geen minirok.'

'Ach, val dood.'

'Francine Rutledge!' bulderde Nelson. 'Je gaat onmiddellijk naar huis als je zulke taal uitslaat.'

'Sorry,' mompelde ze. 'Maar wie is die klootzak dat hij mij kan vertellen wat ik aan moet trekken?'

Dirk voelde zich volstrekt niet gepikeerd en wendde zich tot Avery. 'Jij brengt het er gewoonlijk prima vanaf wat je garderobe betreft. Draag niet al te flitsende kleren, vandaag. Dit zijn werklui, arbeiders. Tate, ik heb je grijze pak uitgekozen.'

'Vergeet niet hem aan zijn hemd te herinneren,' zei Ralph.

'O, ja, en trek een blauw hemd aan in plaats van een wit. Wit komt niet goed over op de televisie.'

'Al mijn blauwe hemden zijn vuil.'

'Ik heb je toch gezegd ze iedere dag naar de wasserij te sturen.'

'Nou, dat ben ik dus vergeten, oké?' Hij tolde plotseling rond en rukte de kapper de schaar uit zijn handen. 'Ik wil niets meer van mijn haar afgeknipt hebben. Ik vind het mooi zoals het is.'

Op een toon die hij tegen Mandy gebruikt had kunnen hebben, zei Dirk: 'Het is te lang, Tate.'

Tate sprong overeind uit zijn stoel. 'Wie zegt dat? De kiezers? De arbeiders bij GD? De kijkers van Channel Four? Of alleen jij?'

Hij trok de cape van zijn nek, graaide in zijn zak, vond een biljet van vijftig dollar, drukte dat de kapper in de hand en begeleide de man naar de deur. 'Hartelijk bedankt.' Tate duwde de deur achter hem dicht.

Toen hij zich weer naar hen omdraaide stond zijn gezicht even dreigend als de wolken die nog steeds laag aan de hemel hingen. 'De volgende keer, Dirk, laat ik jóú wel weten wanneer mijn haar geknipt moet worden, als ik vind dat dat je iets aangaat, en eerlijk gezegd vind ik dat niet. En ik zou het op prijs stellen als je uit mijn kast bleef en even met me overlegde voor je je intrek neemt in de kamers van mijn gezin.'

'We konden nergens anders bij elkaar komen,' zei Eddy.

'Wat een onzin, Eddy!' schreeuwde hij tegen zijn vriend die het had gewaagd hem te onderbreken. 'Dit hotel heeft honderden kamers. Maar aangezien jullie nu toch al hier zijn,' zei hij, en hij pakte de vellen papier op die hij op de tafel had gesmeten, 'zou ik graag willen weten wat dit te betekenen heeft.'

Ralph leunde naar hem over en las een paar regels. 'Dat is je standpunt over de onderwijswet.'

'Om de dooie dood niet. Dit is lulkoek. Dat is het.' Hij sloeg met de rug van zijn hand op het papier. 'Afgezwakte, krachteloze, nietszeggende lulkoek.'

Zee stond op. 'Ik neem Mandy wel mee naar de andere kamer om televisie te kijken.' Ze pakte het kind bij de hand.

'Ik moet op het potje, oma.'

'Goed, lieverd, Fancy, ga jij ook maar met ons mee.'

'Dat nooit. Ik wil dit voor geen tien miljoen missen,' zei ze vanaf het bed. Ze stak nog een kauwgom bij de andere in haar mond.

Toen de deur achter Zee en Mandy was dichtgevallen vervolgde Ralph met een sussende verklaring. 'We vonden gewoon, Tate, dat je mening over sommige punten wat verzacht moest worden.'

'Zonder met mij te overleggen?' vroeg Tate, die boven de kleinere man uittorende. 'Het is mijn standpunt,' zei hij en tikte tegen zijn borst. 'Mijn standpunt. Zo verlies ik steeds meer punten bij de opiniepeilingen.'

'Dat komt dan omdat je niet naar ons luistert.'

'O nee,' zei Tate, koppig zijn hoofd schuddend. 'Ik geloof dat ik al veel te lang naar jullie heb geluisterd.'

Eddy stond op van zijn stoel. 'Wat wil je daarmee duidelijk maken, Tate?'

'Helemaal niets. Ik zeg gewoon dat ik niemand nodig heb die mijn kleren uitkiest of een kapper op me afstuurt. Ik zeg dat ik niet wil dat iemand me woorden in de mond legt. Ik zeg dat ik niet wil dat iemand mijn standpunt verzacht tot het zo zwak is dat zelfs ik het niet meer herken. De mensen die me hun stem hebben toegezegd op basis van mijn stellingname zullen denken dat ik gek ben geworden. Of erger nog, dat ik ze heb verraden.'

'Je trekt de zaak uit proportie.'

Tate viel heftig uit tegen zijn broer. 'Het is niet jóúw haar dat ze proberen af te knippen, Jack.'

'Maar dat zou heel goed wel zo kunnen zijn,' beet zijn broer terug. 'Ik steek hier even diep in als jij.'

'Dan zou je moeten weten hoe belangrijk het voor me is dat ik mezelf ben.'

'Dat ben je toch,' zei Eddy.

'Om de dooie dood niet! Wat mankeert er aan mijn kledingkeus?' Hij wees naar de kleren die hij voor het ontbijt had gedragen. 'Kijk, jongens, dit ben ik. Zo ben ik oorspronkelijk naar de kiezers van Texas toe gestapt. Verander me en ze zullen me niet meer herkennen.'

'We willen je niet veranderen, Tate,' zei Dirk, 'alleen beter maken.' Hij sloeg Tate op de schouder.

Tate schudde zijn hand van zich af. 'Heren, ik zou graag even alleen met mijn familie willen spreken, alstublieft.'

'Als er iets te bepraten valt...'

Tate hield zijn hand op om hun tegenwerpingen af te weren. 'Alstublieft.' Ze liepen met tegenzin naar de deur. Dirk wierp Eddy een veelzeggende blik toe voor hij de kamer verliet.

'Carole, wil je me alsjeblieft een kop koffie inschenken?'

'Natuurlijk.' Terwijl zij opstond liet Tate zich in een gemakkelijke stoel zakken. Ze gaf hem de koffie en ging op de armleuning van zijn stoel zitten. Tate nam de koffie met een hand aan en legde de andere over haar knie.

Eddy zei: 'Nou, dat was een hele toespraak.'

'Ik heb het op jouw manier geprobeerd, Eddy. Tegen beter weten in heb ik je hen laten aannemen.' Zijn volgende woorden lieten niets te raden over, evenals zijn blik. 'Ik mag die lui niet.'

'Ik zal wel met ze praten, zeggen dat ze het wat kalmer aan moeten doen.'

'Blijf hier,' zei Tate, toen Eddy naar de deur wilde lopen. 'Dat is niet genoeg. Ze luisteren gewoon niet.'

'Oké, ik zal zeggen dat we aan het eind van deze promotiereis drastische verbeteringen willen zien.'

'Dat is nog niet genoeg.'

'Wat stel je dan voor?'

Tate keek iedereen in de kamer aan en zei toen: 'We sturen ze de laan uit.'

'Ze ontslááń?' riep Jack uit. 'Dat kunnen we niet doen.'

'Waarom niet? We hebben ze toch ook aangenomen?'

'Dat kun je niet doen,' hield Jack vol.

Eddy pleitte: 'Tate, ik smeek je er heel goed over na te denken.'

'Dat heb ik al gedaan. Wat zij proberen te doen staat me gewoon niet aan.'

'En dat is?' vroeg Jack uitdagend.

'Mij omvormen tot iets wat zij menen dat ik moet zijn, niet tot wat ik ben. Oké, misschien mag er wel wat aan me gesleuteld worden. Misschien kan ik wel wat finesse gebruiken. Maar ik vind het niet prettig om voortdurend gecommandeerd te worden. En ik kan er helemaal niet tegen dat me woorden in de mond worden gelegd die volledig tegen mijn eigen ideeën ingaan.'

'Wat ben je toch een stijfkop,' zei Jack.

'Het was ook mijn beslissing die mannen in dienst te nemen,' zei Tate. 'Maar ik ben van gedachten veranderd.'

'Zomaar?' Eddy knipte met zijn vingers. 'Met de verkiezing nog maar een paar weken van ons vandaan wil jij midden in de race een ommekeer maken?'

'Nee, verdomme, dat probeerden zíj te doen!' Hij vloog overeind uit zijn stoel en wees naar de deur waardoor de twee mannen waren vertrokken.

'Ze willen me zo veranderen dat ik niet meer herkenbaar ben voor de kiezers die me vanaf het begin hebben gesteund. Ik zou ze verraden en geen haar beter zijn dan Dekker.' Hij stuitte op een muur van stilzwijgen bij zijn broer en Eddy.

Hij wendde zich tot Nelson: 'Pa? Help jij me?'

'Waarom zou je nu nog om mijn hulp vragen? Bewijs jezelf maar.'

'Hoe?'

'Door te winnen.'

'Doe ik dat door mijn mond te houden en hun adviezen op te volgen?'

'Tenzij je het gevoel hebt dat je daardoor te veel water bij de wijn moet doen.'

'Nou, dat is precies zoals ik me voel. Ik zou liever de verkiezing verliezen als mezelf, dan hem winnen terwijl ik wist dat ik compromissen heb moeten sluiten over alles waarin ik geloof. Het spijt me als niemand van jullie het met me eens is.'

'Ik sta aan Eddy's kant,' zei Fancy, 'als er iemand is die belang stelt in mijn mening.'

'Carole?'

'Ik ben het eens met wat jij besluit, Tate. Ik sta volledig achter je.'

'O ja? Sinds wanneer?' Jack draaide zich om naar Tate. 'Jij moet nodig iets zeggen over compromissen. Dat je weer met haar slaapt is het grootste compromis dat je ooit hebt gesloten, broertje.'

'Zo is het genoeg, Jack!' bulderde Nelson.

'Pap, je weet even goed als ik dat...'

'Genoeg! Zodra jij je eigen vrouw in de hand kunt houden, mag je kritiek hebben op Tate.'

Jack keek woedend naar zijn vader, daarna naar zijn broer, kromde toen zijn schouders en stormde de kamer uit. Dorothy Rae kwam wankelend uit haar stoel overeind en volgde hem.

'Jij bent zeker de volgende die wegloopt,' zei Tate tegen Eddy in de gespannen sfeer na hun vertrek.

Eddy trok een scheve grijns. 'Je weet wel beter. In tegenstelling tot Jack neem ik dit niet persoonlijk op. Ik geloof dat je het mis hebt, maar...' Hij haalde zijn schouders op. 'Dat zullen we wel zien als het tijd is voor de verkiezingen.' Hij klopte zijn vriend op de rug. 'Dan zal ik onze gewezen raadgevers maar gaan inlichten.' Hij verliet de kamer; Fancy liep hem meteen achterna.

Zee kwam binnen met Mandy. Slecht op haar gemak zei ze: 'Ik hoorde een hoop geschreeuw.'

'We hebben een paar dingen geregeld,' zei Nelson.

'Ik hoop dat jij het eens bent met mijn beslissing, pap.'

'Zoals je zei, het is jouw beslissing. Ik hoop dat je bereid bent de gevolgen onder ogen te zien.'

'Voor mijn gemoedsrust moest ik deze beslissing nemen.'

'Hou dan op je te verontschuldigen voor iets wat al gebeurd is.'

'Ik heb Mandy gezegd dat we over Sundance Square zouden gaan wandelen,' onderbrak Zee het onplezierige gesprek. 'Ik geloof niet dat het nog zal gaan regenen.'

'Ik ga mee,' zei Nelson en hij pakte het kind in zijn armen. 'Ik kan wel wat beweging gebruiken. En wij vinden het niet erg als het gaat regenen, hè, Mandy?'

'Bedankt voor je steun,' zei Tate tegen Avery toen ze eindelijk alleen waren. 'Je hebt niet altijd achter me gestaan.'

'Zoals Jack me duidelijk onder de neus wreef.'

'Hij was van streek.'

'Het is meer dan dat, Tate. Jack verafschuwt me.'

Tate negeerde dat. 'Waarom heb je het gedaan? Waarom koos je mijn kant? Vond je dat dat je plicht was als echtgenote?'

'Nee,' zei ze geërgerd. 'Ik heb je kant gekozen omdat ik het met je eens ben. Ik moest net zo min wat hebben van die lui en al hun bemoeizucht als jij.'

Het was plotseling heel stil in de suite na de verhitte discussies.

Vreemd genoeg leek de salon niet groter maar kleiner zonder al die mensen erin. De stilte en de eenzaamheid sloten zich om hen heen.

Avery zette haar handen in haar zij. 'Nou, ik denk...'

'Aardig van pa en ma om met Mandy te gaan wandelen.'

'Ja, inderdaad.'

'Ze zal ervan genieten.'

'En het geeft jou de kans ongestoord je toespraken door te lezen.'

'Hmm.'

'Hoewel ik niet echt geloof dat dat nodig is.'

'Nee, ik voel me sterker dan ooit.'

'Dat is goed.'

Hij staarde een poosje naar de punten van zijn laarzen. Toen hij weer opkeek, vroeg hij: 'Denk jij dat het nog zal gaan regenen?'

'Ik, eh…' Ze wierp een korte blik op het raam. 'Ik geloof het niet, nee. Het…'

Hij pakte haar vast, trok haar tegen zich aan en kuste haar in haar hals.

'Tate?'

'Hmm.'

Hij liep met haar naar de bank.

'Ik dacht dat je na vannacht niet weer…'

'Dan had je het mis.'

39

'Boe!'

Fancy sprong achter de deur vandaan toen Eddy zijn hotelkamer binnenkwam. Hij gaf geen krimp. 'Hoe kom jij hier binnen?'

'Ik heb een kamermeisje omgekocht.'

'Waarmee?'

'Een slip van oom Tate.'

'Je bent pervers.'

'Vind je het niet heerlijk?'

'Wat is dat?' Hij wees naar de tafel voor het grote raam. Er lagen een wit tafellaken en twee placemats op.

'De lunch. Krabsalade met avocado.'

'Je had het me eerst moeten vragen, Fancy.'

'Heb je geen honger?'

'Daar gaat het niet om. Ik heb geen tijd.'

Hij ging op de rand van het bed zitten en pakte de telefoon. Hij viste een papiertje uit zijn borstzak, keek erop en toetste het nummer in. 'De heer George Malone, alstublieft.'

Fancy kroop op haar knieën achter hem en drukte haar bekken tegen zijn rug. 'Meneer Malone? U spreekt met Eddy Paschal, van de Rutledge-campagne. U had gebeld?' Eddy dook weg toen ze over zijn schouder leunde en in zijn oorlelletje beet.

'Meneer Rutledge heeft een erg krap schema, vrees ik. Wat had u in gedachten? Hoeveel mensen? Aha.'

Ze kuste hem in de nek. Hij bedekte het mondstuk met zijn hand. 'Hou op, Fancy. Ik ben bezig.'

Pruilend sprong ze van het bed.

'Hoe snel moet u het weten?'

Terwijl Eddy vriendelijk in de telefoon bleef spreken, trok ze langzaam haar korte rok omhoog en spreidde haar handen over haar dijen.

Haar vingers kwamen bij elkaar op het rode satijnen driehoekje dat haar schaamhaar bedekte. Ze streelde er één, twee keer over en trok toen haar slipje uit en liet het voor zijn neus bungelen.

'Ik zal het met meneer Rutledge bespreken en dan bel ik u zo snel mogelijk terug. We waarderen in elk geval uw interesse. Hartelijk dank voor de uitnodiging.'

Hij hing op. Tot Fancy's grote ergernis liep hij langs haar heen naar de badkamer, waar hij zijn haar kamde en zijn handen waste.

'Wat is er verdomme met jou aan de hand?' vroeg ze toen ze zich bij hem voegde. 'Niets. Ik heb alleen haast, dat is alles.'

'Ben je kwaad omdat oom Tate je die twee klootzakken heeft laten ontslaan?'

'Niet kwaad. Ik ben het alleen niet met hem eens.'

'Nou, reageer dat dan niet op mij af.'

'Dat doe ik niet.' Hij trok zijn stropdas recht en controleerde zijn manchetknopen. 'Ik heb gewoon geen tijd voor je, Fancy.' Hij liep terug naar de slaapkamer.

Ze liet zich op het bed vallen en keek toe terwijl hij tussen de papieren in zijn aktetas keek. Hij was zo knap met die frons van concentratie in zijn voorhoofd.

Fancy ging met haar rug tegen het hoofdeinde van het bed zitten en trok haar witte katoenen trui over haar hoofd. Toen ze alleen nog haar minirok en rode laarsjes aan had, riep ze zacht zijn naam. Hij draaide zich om, maar keerde haar meteen weer de rug toe.

Fancy's wijd gespreide benen klapten dicht als de kaken van een klem. Ze rolde naar de rand van het bed, pakte haar trui en trok die met wilde bewegingen van haar armen over haar hoofd.

Eddy sloot rustig zijn aktetas, pakte het jasje van zijn pak en liep naar de deur.

Ze greep hem bij zijn mouw toen hij langs haar liep. 'Waarom doe je zo rot tegen me?'

'Ik heb haast, Fancy.'

'Dus je bent niet kwaad?'

Hij deed een stap opzij. 'Ik ben niet kwaad.'

'Zie ik je later nog?'

'Vanmiddag bij de bijeenkomst.' Hij klopte op zijn zak om zich ervan te overtuigen dat hij zijn sleutel bij zich had en legde zijn hand op de deurknop.

Ze drukte zich plat tegen de deur. 'Je weet heel goed wat ik bedoel. Zie ik je later nog?' Verleidelijk glimlachend kneep ze hem zacht in zijn kruis.

'Ja, ik weet wat je bedoelt.' Hij duwde haar hand opzij en opende de deur, haar pogingen hem daarvan te weerhouden ten spijt. 'Probeer in de tussentijd uit de problemen te blijven.'

Fancy vloekte hartgrondig toen hij de deur achter zich dichttrok. Ze had een intieme lichte lunch gepland en daarna een snelle, wilde vrijpartij. Of, afhankelijk van zijn schema, een lange, lome middag vol liefde.

Mooi niet dus, bedacht ze verontwaardigd. Niemand deed of zei nog iets wat niet met de verkiezing te maken had. Ze werd doodziek van die hele verkiezing. Ze zou blij zijn als dat hele gedoe achter de rug was, zodat Eddy zich helemaal op haar kon concentreren.

Ze hield hartstochtelijk veel van Eddy, maar moest toegeven dat zijn afstandelijkheid een deel van zijn aantrekkingskracht vormde. Ze had kerels gekend die zich letterlijk van de wereld neukten. Het hele gebouw kon om hen heen instorten, en ze zouden er niets van merken tot na de climax.

Zo niet Eddy. Zijn lichamelijke prestaties waren uitstekend, maar zijn geest bleef altijd los van zijn lichaam. Voor zelfs de meest intieme handelingen had hij geen emotionele binding nodig. Hij leek bijna een toeschouwer.

Die volledige beheersing wond haar op. Het was anders, intrigerend.

Maar soms wilde ze dat Eddy naar haar zou staren met de bewondering waarmee de mannelijke hoofdrolspeler in een soapserie naar het gezicht van het vrouwelijke stuk keek. Zijn ogen straalden grenzeloze liefde uit terwijl hij zacht aan haar vingertoppen knabbelde.

Het zou een hele toer zijn Eddy Paschals hart te veroveren. Ze zou het heerlijk vinden te weten dat hij zijn ogen niet van haar af kon houden, dat ze haar hongerig door de hele kamer zouden volgen.

Ze zou het heerlijk vinden als Eddy zo volledig in haar opging.

Ze zou het heerlijk vinden als hij zo in haar opging als oom Tate in tante Carole.

Dorothy Rae lanceerde haar aanval toen ze in de limousine op de mannen zaten te wachten. Het ene moment staarde ze rustig uit het raam, het volgende zat ze tegen Avery te sissen als een valse kat.

'Je vond het prachtig, nietwaar?'

'Sorry, wat?' vroeg Avery.

'Ik zei dat je het prachtig vond.'

Avery begreep absoluut niet wat ze bedoelde. Ze schudde verward haar hoofd. Wat vond ik prachtig?'

'Om Jack vanochtend voor gek te zetten.'

'Hoe heb ik Jack voor gek gezet?' vroeg Avery.

'Door Tates kant te kiezen.'

'Tate is mijn man.'

'En Jack de mijne!'

Mandy, die met haar hoofdje op Avery's schoot lag te slapen, deed even haar ogen open, maar sliep meteen weer in. Dorothy Rae ging iets zachter praten. 'Dat heeft je er niet van weerhouden te proberen hem van me af te nemen.'

'Dat heb ik niet gedaan.'

'De laatste tijd misschien niet,' zei ze en ze depte haar vochtige ogen met een zakdoekje, 'maar voor het ongeluk wel.'

Avery zei niets.

'Wat het zo verwerpelijk maakt,' vervolgde Dorothy Rae, 'is dat je hem helemaal niet wilde hebben. Zodra hij interesse begon te tonen, liet je hem weer vallen. Het kon je niet schelen wat die afwijzing met zijn ego deed. Je wilde alleen Tate kwetsen door met zijn broer te flirten.'

'Ik stel geen belang in Jack, Dorothy Rae.'

'Omdat hij niet in de schijnwerpers staat.' Haar hand sloot zich als een klauw om Avery's arm. 'Dat staat hij nooit. Dat wist je. Waarom liet je hem niet gewoon met rust? Hoe durf je zo met het leven van andere mensen te spelen?'

Avery trok haar arm los. 'Heb je voor hem gevochten?'

Dorothy Rae was niet op een tegenaanval voorbereid. Ze staarde Avery stomverbaasd aan. 'Hè?'

'Heb je ooit gevochten om Jacks aandacht vast te houden, of dronk je jezelf alleen maar elke dag een stuk in je kraag en liet je het gebeuren?'

Dorothy Rae's gezicht vertoonde nu zenuwtrekjes. Haar roodomrande ogen werden nog roder, nog natter. 'Het is helemaal niet aardig om zoiets te zeggen.'

'Iedereen is al veel te lang aardig tegen je geweest. De hele familie sluit zijn ogen voor jouw ziekte.'

'Ik heb geen...'

'Je hebt wél een ziekte, Dorothy Rae. Alcoholisme is een ziekte.'

'Ik ben geen alcoholist!' riep ze in tranen uit, een echo van de woorden die haar moeder jarenlang had gebruikt. 'Ik neem een paar borrels...'

'Nee, je drinkt om dronken te worden en je blijft dronken. Je zwelgt in zelfmedelijden en vraagt je dan nog af waarom je man naar andere vrouwen verlangt. Kijk toch eens naar jezelf. Je ziet er niet uit. Is het een wonder dat Jack geen interesse meer voor je heeft?'

Dorothy Rae pakte de deurknop beet. 'Ik hoef hier niet naar te blijven luisteren.'

'O, jawel.' Avery draaide de rollen om. Ze greep Dorothy Rae bij de arm en weigerde haar los te laten. 'Het wordt tijd dat iemand jou eens hard aanpakt, zodat je de feiten onder ogen ziet. Jouw man is je helemaal niet afgenomen. Je hebt hem zelf verdreven.'

'Dat is niet waar! Hij heeft me gezworen dat ik niet de reden was voor zijn vertrek.'

'Vertrek?'

'Ja, die zes maanden waarin hij wegbleef,' zei Dorothy Rae. 'Weet je dat dan niet meer, Carole? Het waren de langste zes maanden van mijn leven. Ik wist niet waar hij was, wat hij deed, of hij ooit nog terug zou komen.'

'Maar hij kwam terug.'

'Hij zei dat hij tijd nodig had om over een paar dingen na te denken.'

'Zoals?'

Ze maakte een hulpeloos gebaar. 'O, Nelsons verwachtingen voor het advocatenkantoor, Tates campagne, mijn eh, drankgewoontes, Fancy.'

'Fancy heeft een moeder nodig, Dorothy Rae. Ze is bang dat niemand van haar houdt.' Avery ademde diep in. 'En ik ben bang dat ze misschien gelijk heeft.'

'Ik hou van haar,' protesteerde Dorothy Rae heftig. 'Ik heb haar altijd alles gegeven wat ze wilde.'

'Je gooide haar speeltjes toe om haar bezig te houden zodat je rustig alleen kon zijn met je fles. Je rouwt om de twee kinderen die je hebt verloren ten koste van het kind dat je hebt mogen behouden. Fancy zoekt het gevaar op. Ze heeft je nodig. Ze heeft haar vader nodig. Als Jack zich niet zo veel zorgen hoefde te maken over jouw drankgebruik, zou hij misschien wat meer tijd en aandacht aan Fancy besteden. Ik weet het niet.

Maar ik weet wel dat als jij niet snel iets doet, ze zal doorgaan zoals nu... onverantwoorde dingen doen om de aandacht te trekken. Vandaag of morgen gaat ze te ver.'

Dorothy Rae duwde een lok haar naar achteren en nam een verdedigende houding aan. 'Fancy is altijd al onhandelbaar geweest... meer dan Jack en ik aankonden. Ze heeft een krachtige persoonlijkheid. Ze is gewoon in de puberteit, dat is alles.'

'O ja? Puberteit? Wist je dat ze een poosje geleden 's nachts thuiskwam nadat ze in elkaar was geslagen door een kerel die ze in een bar had opgepikt? Ja,' zei Avery met nadruk toen ze Dorothy Rae wit zag wegtrekken van ongeloof. 'En er is nog meer.' Avery besloot de voorzichtigheid opzij te zetten. Ze pleitte tenslotte voor het leven van een jonge vrouw. 'Ze slaapt met Eddy Paschal.'

'Daar geloof ik helemaal niks van,' bracht Dorothy Rae hijgend uit. 'Hij is oud genoeg om haar vader te zijn.'

'Ik zag haar een paar weken geleden in Houston uit zijn hotelkamer komen.'

'Dat wil nog niet zeggen...'

'Het was ochtend, Dorothy Rae. Je kon zo aan haar zien wat ze de hele nacht had gedaan. Ik heb alle reden te geloven dat die verhouding nog steeds voortduurt.'

'Dat zou hij niet doen.'

Het was triest, maar veelzeggend dat Dorothy Rae geen twijfels had over de moraal van haar dochter, maar wel over die van de huisvriend. 'Jawel.'

Het kostte Dorothy Rae enkele ogenblikken om die informatie te verwerken, toen keek ze Avery weer met samengeknepen ogen aan. 'Je bent wel een mooie om mijn dochter te beschuldigen.'

'Je begrijpt me niet,' zei Avery. 'Ik wil helemaal niet over Fancy oordelen. Ik maak me zorgen om haar. Denk je dat een man als Eddy afgezien van die ene reden echt interesse in haar heeft? Denk je, met het oog op zijn vriendschap met Tate, dat hij deze relatie zal laten voortduren of zal laten uitgroeien tot iets van betekenis? Nee. Wat mij werkelijk zorgen baart is dat Fancy denkt dat ze verliefd op hem is. Als hij haar laat vallen zal dat haar lage eigendunk alleen maar verergeren.'

Dorothy Rae lachte spottend. 'Mijn dochter heeft eerder een te hóge dunk van zichzelf.'

'Pikt ze daarom steeds vreemden op in bars en laat ze hen met haar doen wat ze maar willen? Heeft ze daarom haar zinnen gezet op een man die ze onmogelijk kan krijgen?' Avery schudde haar hoofd. 'Fancy houdt helemaal niet van zichzelf. Ze straft zichzelf omdat ze denkt dat ze onbeminnelijk is.'

Dorothy Rae plukte aan haar zakdoekje en zei zacht: 'Ik heb haar nooit in de hand kunnen houden.'

'Omdat je jezelf niet in de hand kunt houden. Stop met drinken en wees een vrouw voor Jack, geen huilebalk.'

'Wat zou het voor zin hebben? Jack haat me.'

'Waarom zeg je dat?'

'Dat weet je best. Omdat hij denkt dat ik hem erin heb laten lopen met ons huwelijk. Ik dacht echt dat ik zwanger was. Ik was over tijd.'

'Als Jack je haatte,' redeneerde Avery, 'zou hij dan al die jaren met je getrouwd gebleven zijn? Zou hij na een scheiding van zes maanden teruggekomen zijn?'

'Als Nelson hem dat voorschreef,' zei ze triest.

Avery bekeek Dorothy Rae nu vanuit een ander gezichtspunt en gaf toe dat zij misschien ook zou gaan drinken als ze gevangenzat in een liefdeloos huwelijk dat alleen bijeengehouden werd door patriarchaal gezag. De situatie was ontmoedigend voor Dorothy Rae. Haar liefde voor hem was overduidelijk.

'Hier.' Avery nam een schoon zakdoekje uit haar tas en gaf dat aan Dorothy Rae. 'Dep je ogen droog en doe wat nieuwe lippenstift op.'

Haar schoonzus was daar net mee klaar toen Fancy het autoportier opentrok en instapte. Ze ging op een van de klapstoeltjes tegenover hen zitten. 'God, dat campagnegedoe is echt klote. Moet je zien wat die rottige wind met mijn haar heeft uitgehaald.'

Dorothy keek even naar Avery en wendde zich toen tot haar dochter: 'Je moet dat soort taal niet gebruiken, Fancy.'

'Waarom niet?'

'Omdat dat niet bij een dame hoort, daarom niet.'

'Een dame? Ja hoor, mam,' zei ze met een vrijpostige knipoog. 'Hou jij jezelf maar lekker voor de gek. Neem ondertussen nog een borrel.' Ze pakte een kauwgompje en stak het in haar mond. 'Hoe lang gaat dit nou nog duren? Waar zit de radio in dit ding?'

'Ik heb liever dat je hem uit laat, Fancy,' zei Avery. 'Anders wordt Mandy wakker.'

Ze vloekte zacht en tikte de punten van haar rode laarsjes tegen elkaar.

'Je zult iets fatsoenlijks moeten hebben om aan te trekken voor de bijeenkomst vanavond,' zei Dorothy Rae met een blik op haar dochters welgevormde blote dijbenen.

Fancy legde haar armen op de stoel achter haar. 'O, ja? Nou, ik heb helemaal niets fatsoenlijks. Godzijdank.'

'Wanneer we terug zijn in het hotel zal ik je spullen even bekijken en...'

'Nooit!' riep Fancy uit. 'Ik doe verdomme aan wat ik zelf wil. Bovendien heb ik je al gezegd dat ik niets...'

'Waarom gaan jullie dan vanmiddag niet samen iets kopen? Ik heb trouwens een lijstje met dingen die jullie mee kunnen brengen als jullie toch gaan, merkte Avery op.'

'Wie zegt dat ik meega?' vroeg Fancy dwars.

'Zou je dat willen, Fancy?'

Fancy keek naar haar moeder, die zacht, bijna verlegen had gesproken. Ze was oprecht verbaasd. Haar ogen stonden argwanend, maar ook nieuwsgierig. Avery ontdekte een glimpje kwetsbaarheid achter die wereldse façade.

'Waarom doen we dat niet?' drong Dorothy Rae met beverige stem aan. 'Het is eeuwen geleden dat we iets samen hebben gedaan. Misschien koop ik zelf ook wel een nieuwe jurk, als jij me wilt helpen kiezen.'

Fancy opende haar mond, alsof ze het voorstel wilde afwijzen. Na een korte aarzeling nam ze echter weer haar het-kan-me-geen-barst-schelen-houding aan. 'Goed, als jij dat wilt, ga ik wel mee, hoor. Waarom niet? Er is hier toch niets anders te doen.'

40

'Hallo, meneer Lovejoy.'

Van stond over zijn camera gebogen. Hij keek op en schudde zijn lange haar uit zijn gezicht. 'O, hoi, Ave... eh, mevrouw Rutledge.'

'Het is fijn u weer te zien.'

'Het genoegen is geheel aan mijn kant.' Hij schoof een lege band in zijn camera en hees hem op zijn schouder. 'Ik heb u de eerste week gemist, maar ik zie dat de familie herenigd is.'

'Ja, meneer Rutledge wilde ons bij zich hebben.'

'Ja?' zei Van insinuerend. 'Wat lief.'

Ze keek hem misprijzend aan. Ze had Van die dag weliswaar al diverse malen gezien, maar nog niet eerder de kans gehad met hem te praten.

'Hoe gaat het?' vroeg Van haar.

'De campagne? Heel vermoeiend. Ik heb vandaag wel duizend handen geschud en dat is maar een fractie van wat Tate heeft gedaan.'

'Ik heb gehoord dat hij die gieren van Wakely en Foster heeft ontslagen.'

'Nieuws verspreidt zich snel.'

'Pascha! heeft al een verklaring uitgegeven. Als u het mij vraagt heeft Rutledge die kerels geen minuut te vroeg buitengezet. Ze maakten het bijna onmogelijk in zijn buurt te komen. Het was alsof je neukte met een stalen radiaalband om je pik in plaats van een gewoon rubbertje.'

Avery hoopte dat niemand in hun omgeving die vergelijking had gehoord. Die was nauwelijks geschikt voor de oren van de echtgenote van een kandidaat voor het Congres. Ze veranderde snel van onderwerp. 'De filmpjes die u op de ranch heeft gemaakt zijn nu op de televisie.'

'Hebt u ze gezien?'

'Uitstekend camerawerk, meneer Lovejoy.'

Zijn scheve tanden werden ontbloot in een glimlach. 'Dank u, mevrouw Rutledge.'

'Hebt u hier nog bekenden gezien?' vroeg ze, terwijl ze rustig rondkeek.

'Vanavond niet.' Zijn nadruk op het eerste woord trok meteen haar aandacht. 'Ik zag vanmiddag wel wat bekende gezichten in de menigte.'

'O?' Ze had zorgvuldig om zich heen gekeken, maar de Grijze tot haar grote opluchting niet gezien. Van kennelijk wel. 'Waar? Hier in het hotel?'

'Bij General Dynamics en daarna weer op de luchtmachtbasis Carswell.'

'Ik begrijp het,' zei ze beverig. Was dat de eerste keer deze reis?'

'Uhhuh.' Hij knikte. 'Wel, u moet me excuseren, mevrouw Rutledge. De plicht roept. De verslaggever geeft me een teken, dus ik moet gaan.'

'O, het spijt me als ik u heb opgehouden, meneer Lovejoy.'

'Geen probleem. Graag tot uw dienst.' Hij deed een paar passen van haar vandaan, maar keerde toen terug. 'Mevrouw Rutledge, hebt u er ooit bij stilgestaan dat iemand misschien hier is om u te zien in plaats van uw, eh, echtgenoot?'

'Mij?'

'Zomaar een idee. Maar de moeite waard om over na te denken.' Vans ogen seinden een waarschuwing door. Even later werd hij opgenomen in het komen en gaan van mensen.

'Jack?'

'Hmm?'

'Heb je mijn nieuwe kapsel gezien?'

Dorothy Rae bewonderde zichzelf in de spiegel, voor het eerst in zo lang dat ze het zich niet eens meer kon herinneren. 'Fancy en ik kwamen vanmiddag langs zo'n deftige schoonheidssalon in het winkelcentrum. In een opwelling zei ik: "Fancy, ik neem een behandeling." Dus gingen we naar binnen en deed een van de meisjes mijn haar en make-up en nagels.'

Ze keek weer in de spiegel. 'Fancy zei dat ik mijn haar een beetje moest laten blonderen, hier rond mijn gezicht. Ze zei dat ik er jonger door zou lijken. Wat denk jij?'

'Ik denk dat ik zou oppassen met de adviezen van Fancy.'

Dorothy Rae's terugkerende zelfvertrouwen liep een krasje op, maar ze weerstond de verleiding naar de bar te lopen en zich een borrel in te schenken. 'Ik... ik ben gestopt met drinken, Jack,' gooide ze eruit.

Hij liet zijn krant zakken en keek haar voor het eerst die avond echt aan. Het nieuwe kapsel was korter en flatteerde haar. De subtiel aangebrachte make-up had de door vele liters whisky in haar gezicht gegroefde geulen verzacht en het weer kleur gegeven.

'Sinds wanneer?'

Haar hernieuwde zelfvertrouwen wankelde nog iets meer bij zijn sceptische vraag, maar ze hield haar hoofd fier rechtop. 'Vanmorgen.'

Jack vouwde de krant dicht en gooide hem op de vloer. Hij deed het bedleeslampje uit en zei: 'Goedenacht, Dorothy Rae.'

Ze liep naar het bed en deed het lampje weer aan. Hij keek haar verbaasd aan. 'Deze keer meen ik het, Jack.'

'Je meende het elke keer dat je zei dat je zou stoppen.'

'Deze keer is het anders. Ik laat mezelf na de verkiezing opnemen in zo'n ziekenhuis voor dronkenlappen.'

'Je bent geen dronkenlap.'

Ze glimlachte triest. 'Jawel, Jack. Dat ben ik wel. Je had me lang geleden al moeten dwingen het toe te geven.' Ze stak haar hand uit en raakte aarzelend zijn schouder aan. 'Maar ik neem jou niets kwalijk. Ik ben zelf verantwoordelijk voor wat ik geworden ben.'

Toen stak ze haar mooie kin, die op de een of andere manier de schade door te veel drank en een ongelukkig leven had doorstaan, nog iets hoger de lucht in. 'Ik zal niet langer een waardeloze dronkenlap zijn.'

'We zullen zien.'

Ze gebaarde hem op te schuiven, zodat ze op de rand van het bed kon gaan zitten en vouwde haar handen in haar schoot. 'We moeten Fancy wat korter houden.'

'Veel succes,' zei hij.

'Ik besef best dat we haar niet aan de ketting kunnen leggen. Daar is ze te oud voor.'

'En te ver heen.'

'Misschien. Ik hoop van niet. Ik wil dat ze weet dat ik belang stel in wat er met haar gebeurt.' Ze glimlachte zacht. 'We hebben echt plezier gehad, vanmiddag. Ze heeft me een nieuwe jurk helpen kiezen. Heb je de jurk gezien die zij vanavond droeg? Hij was heel flitsend, maar degelijk volgens haar normale opvattingen. Zelfs Zee maakte haar een compliment. Fancy moet hard worden aangepakt. Dat is de enige manier om haar te laten weten dat we van haar houden.' Ze zweeg even en keek hem aarzelend aan. 'En ik wil jou helpen.'

'Waarmee helpen?'

'Over je teleurstellingen heen te komen.'

'Teleurstellingen?'

'Vooral over Carole. Je hoeft niets toe te geven of te ontkennen,' zei ze snel. 'Ik ben nu broodnuchter, maar ik weet dat jouw verlangen naar haar geen dronken waan is geweest. Ik hoef niet te weten of er iets gebeurd is. Ik kan het je niet kwalijk nemen als je me ontrouw bent geweest. Er zijn tijden geweest dat ik meer van mijn volgende borrel hield dan van jou. Ik weet dat je verliefd bent op Carole. Ze heeft je gebruikt en pijn gedaan. Ik wil je helpen dat te vergeten.

En ik wil je over andere teleurstellingen heen helpen, zoals toen Tate vanmorgen tegen je besluit inging om die adviseurs aan te houden.'

Haar moed bijeenrapend raakte ze dit keer zijn gezicht aan. Haar hand trilde maar een beetje. 'Ongeacht wat de anderen denken, Jack, ik vind je een geweldige man. Je bent altijd al mijn held geweest.'

Hij lachte enigszins spottend. 'Mooie held.'

'Voor mij ben je dat wel.'

'Wat heeft dit allemaal te betekenen, Dorothy Rae?'

'Ik wil dat we weer van elkaar houden.'

Hij keek haar lange tijd aan, veelzeggender dan hij in jaren had gedaan. 'Ik betwijfel of dat nog kan.'

Ze schonk hem een waterige glimlach. 'We zullen er samen aan werken. Welterusten, Jack.'

Ze deed de lamp uit en ging naast hem liggen. Hij reageerde niet toen ze haar armen om hem heen sloeg, maar draaide haar ook niet zoals gewoonlijk de rug toe.

Slapeloosheid was de norm geworden sinds Carole was teruggekeerd uit het ziekenhuis. Die doorwaakte nachten werden gekoesterd, want het was de beste tijd geworden om na te denken. Niemand anders in de buurt, geen bewegingen en geluiden die de gedachten konden onderbreken. Stilte leidde tot inzicht.

Alleen de logica ontbrak. Want hoe vaak de gegevens ook werden geanalyseerd, de 'logische' hypothese was belachelijk.

Carole was niet Carole.

Geheugenverlies was de enige andere uitleg voor de volledige verandering van haar persoonlijkheid. Dat zou verklaren waarom ze weer verliefd was geworden op haar man, maar niet de rest. Het kon alleen maar kloppen als ze een heel andere vrouw was.

Carole was niet Carole.

Wie was ze dan wel?

Het was een kwellende vraag, omdat er zo vreselijk veel op het spel stond.

Deze Carole, deze bedriegster, moest in de gaten worden gehouden. Ze leek onschuldig, maar een mens kon niet voorzichtig genoeg zijn. Maar wie ze was en waarom ze de identiteit van een andere vrouw wilde aannemen, als dat inderdaad was gebeurd, was een groot raadsel.

Zodra ze weer thuis waren, moesten er antwoorden worden gezocht op die vragen. Misschien konden ze haar nog een wortel voor de neus houden om te zien hoe ze zou reageren, tot wie ze zich zou wenden. Ja, er was nog een boodschap nodig. Ze mocht niet weten dat ze doorzien was. De partner in deze zou het daar zeker mee eens zijn. Elke beweging van Carole moest van nu af aan onder de loep worden gelegd.

Het begin zou zijn uit te zoeken wie er nu werkelijk was omgekomen bij het ongeluk met vlucht 398... en wie het had overleefd.

'Morgen.'

'Ha, Jack. Ga zitten.' Tate wees naar de stoel aan de andere kant van de ontbijttafel en gebaarde een kelner hem koffie in te schenken. 'Verwacht je niemand anders?'

'Nee. Carole en Mandy hebben vanochtend uitgeslapen. Ik ben gaan rennen en was alweer aangekleed toen zij wakker werden. Carole zei me niet op hen te wachten, maar alvast naar beneden te gaan. Ik vind het vreselijk om alleen te eten, dus ik ben blij dat je er bent.'

'Echt waar?' Tegen de kelner zei hij: 'Ontbijt nummer drie, graag.'

'Natuurlijk, meneer Rutledge.'

Tate leunde achterover in zijn stoel, zijn handen lagen naast zijn bord. Wil je me vertellen wat je daarmee bedoelt?'

'Waarmee?' Jack schudde twee zakjes suiker in zijn koffie.

'Of ik echt blij ben dat je samen met me ontbijt.'

'Ik dacht gewoon dat na gisteren...'

'Gisteren verliep geweldig.'

'Ik heb het over de bespreking met Dick en Ralph.'

Op vreedzame toon zei Tate: 'Het was niet mijn bedoeling je te kleineren, Jack.'

'Zo kwam het op mij wel over. En op de anderen ook.'

Tate staarde naar de kouder wordende wafels op zijn bord, maar liet zijn vork toch rusten. 'Het spijt me als je het je hebt aangetrokken, maar hun tactieken pasten gewoon niet bij mij. Ik heb naar jou geluisterd, naar Eddy, naar papa, maar...'

'Maar je door Caroles mening laten leiden.'

Tate schrok van de heftigheid van Jacks woorden. Wat heeft zij ermee te maken?'

'Vertel jij het me maar.'

'Ze is mijn vrouw.'

'Dat is jouw probleem.'

Tate wilde geen discussie over zijn huwelijk aangaan met zijn broer. Hij ging over op het onderwerp waar het echt om draaide. 'Jack, mijn naam staat op het stembiljet. Ik ben degene die uiteindelijk verantwoordelijk is voor de manier waarop mijn campagne wordt gevoerd. Ik zal me als ik gekozen word in het Congres moeten verantwoorden voor mijn optreden. Tate Rutledge,' zei hij met nadruk, 'en niemand anders.'

'Dat begrijp ik wel.'

'Help me dan, werk me niet tegen. Ik had zonder jou nooit zover kunnen komen.'

'Ik wil niets liever dan jou gekozen zien worden.'

'Dat weet ik, Jack. Je bent mijn broer. Ik hou van je. Ik waardeer je vasthoudendheid, je zelfopoffering en alle kleine dingen die jij doet zodat ik daar niet naar hoef om te kijken. Ik besef misschien wel meer dan jij dat ik hoog op het witte paard zit terwijl jij daarbeneden de stront achter me opruimt.'

'Ik heb nooit het verlangen gekend het witte paard te berijden, Tate. Maar ik wil wel graag erkenning voor het feit dat ik de stront aardig goed weet op te ruimen.'

'Veel meer dan aardig goed,' zei Tate. 'Het spijt me dat we het gisteren niet eens waren, maar soms moet ik gewoon op mijn eigen instinct afgaan. Zou ik een waardig kandidaat zijn als ik kon worden overgehaald met iets in te stemmen alleen omdat het populair, voordelig en gemakkelijk zou zijn, ook als ik er zelf sterk op tegen was?'

'Ik neem aan van niet.'

Tate glimlachte wrang. 'Uiteindelijk ben ik degene die voor de wereld met de billen bloot gaat, Jack.'

'Als je maar niet verwacht dat ik me buk om ze te kussen wanneer ik denk dat je het mis hebt.'

De twee broers moesten allebei lachen. Jack was de eerste die weer ernstig werd. Hij gebaarde de kelner de borden weg te halen en hun koffiekopjes nog eens te vullen. 'Tate, nu we toch wat zaken aan het ophelderen zijn...'

'Hmm?'

'Ik krijg de indruk dat het beter gaat tussen jou en Carole.'

Tate keek zijn broer scherp aan. 'Sommige dingen.'

'Nou, dat is... dat is goed, geloof ik. Zolang jij er gelukkig mee bent.' Hij speelde met een leeg suikerzakje.

'Waarom heb ik het idee dat er nog meer gaat komen?'

Jack schraapte zijn keel en bewoog zich onrustig. 'Ik weet het niet, er is iets...' Hij haalde zijn hand door zijn dunner wordende haar. 'Je zult wel denken dat ik gek ben.'

'Kom maar op.'

'Er klopt iets niet met haar.'

'Wat bedoel je?'

'Ik weet het niet. Verdorie, jij slaapt met haar. Als het jou niet is opgevallen, zal ik het me wel verbeelden.' Hij zweeg, wachtend op een bevestiging of ontkenning, die hij geen van beide kreeg. 'Heb je haar gisteravond met die kerel van de televisie zien praten?'

'Welke kerel?'

'Van Lovejoy, van KTEX. Ik vond het zo vreemd dat Carole recht op hem afliep toen ze van het podium af kwam. Hij is helemaal haar type niet. Ik bedoel,' stamelde Jack, 'hij is niet... ach, verdorie, je weet wat ik bedoel.'

'Ik weet wat je bedoelt,' zei Tate zacht.

'Nou, ik kan maar beter naar boven gaan en het vuur onder Dorothy Rae en Fancy opporren. Eddy wil iedereen om half elf klaar hebben staan in de hal.' Hij gaf zijn broer een kameraadschappelijk schouderklopje toen hij langs hem liep. 'Ik heb van het ontbijt genoten.'

'Ik ook, Jack.'

Tate bleef nietsziend uit het raam zitten staren. Had Carole weer met Van Lovejoy gepraat? Waarom?

Hij had zijn broer niet verteld dat ze al eerder met de cameraman had gesproken. Ze had zich er toen uit gekletst. Hij had geweten dat ze loog, maar toen had hij haar gekust, had zij hem teruggekust en was hij vergeten waarom ze ruzie hadden gemaakt. Het ging zo goed tussen hen. Waarom moest er nu weer een donkere wolk aan de horizon verschijnen?

Hun seks was nog nooit zo goed of bevredigend geweest. Hun liefdesspel had iets nieuws, iets intrigerends, bijna alsof het onwettig was. Hij schaamde zich het cliché zelfs maar te denken, maar elke keer leek de eerste keer. Hij ontdekte telkens weer iets aan haar wat hij zich eerder niet had gerealiseerd.

Ze was nooit preuts geweest. Had zich er nooit van laten weerhouden ongekleed rond te lopen. De laatste tijd gebruikte ze echter heel listig lingerie in plaats van haar naaktheid om hem te bekoren. Toen ze gisterochtend de liefde hadden bedreven op de bank, had ze erop gestaan dat hij eerst de gordijnen dichtdeed. Hij veronderstelde dat het was vanwege de nauwelijks zichtbare littekens op haar armen en handen.

Haar maagdelijke verlegenheid wond hem op. Ze verleidde door terughoudendheid. Hij had nog niet in het licht gezien wat hij in het donker met zijn handen en lippen had geliefkoosd. Verdomd als hij door die geheimzinnigheid niet nog meer naar haar verlangde.

Hij had gisteren de hele dag aan haar gedacht. Steeds wanneer hun blikken elkaar troffen, leken ze hetzelfde te denken; dat ze wilden dat de tijd snel voorbij zou gaan zodat ze weer naar bed konden.

Speelde ze een spelletje met hem? Was haar preutsheid gespeeld? Vanwaar de onverklaarbare interesse in die cameraman?

Enerzijds wilde Tate onmiddellijk antwoord op zijn vragen. Maar als dat betekende dat hij de vrede, harmonie en seks daarvoor moest opgeven, was hij bereid nog een poosje te wachten op een verklaring.

41

Zinnia Rutledge staarde naar de foto's aan de muur van het kantoor. De herinneringen die ze opriepen waren bitterzoet.

Toen de deur achter haar openging draaide ze zich om. 'Hallo, Zee, heb ik je laten schrikken?'

Zee knipperde snel de tranen uit haar ogen weg. 'Hallo, Carole. Je hebt me wel verrast. Ik verwachtte Tate.' Ze zouden samen zijn gaan lunchen, alleen zij tweetjes.

'Daarom heeft hij me gestuurd. Ik vrees dat ik slecht nieuws voor je heb.'

'Hij kan niet,' zei Zee duidelijk teleurgesteld.

'Nee, helaas. Je weet dat er problemen zijn over de werkdruk op het politiebureau van Houston. Die hebben vanmorgen een kritiek punt bereikt. Eddy besloot een uur geleden dat Tate erheen moest gaan, de situatie bekijken en de mensen toespreken. De laatste opiniepeilingen tonen aan dat Tate het gat aan het dichten is. Hij staat nog maar vijf punten achter Dekker. Die explosieve situatie in Houston bood Tate een uitstekend forum om een paar van zijn ideeën naar voren te brengen, niet alleen over de verhoudingen tussen werknemers en werkgevers, maar ook over de uitoefening van de wet. Ze vliegen erheen in een privévliegtuig en zouden over een paar uur terug moeten zijn, maar die lunch zit er niet in.'

'Tate vliegt al even graag als zijn vader,' merkte ze glimlachend op. 'Hij zal ervan genieten.'

'Neem je genoegen met een vervangster?'

De aarzelende uitnodiging rukte Zee uit haar overpeinzingen. 'Met jou gaan lunchen, bedoel je?'

'Zou dat zo erg zijn?'

'Ik pas ervoor.'

'Waarom?'

'Je hebt nooit geweten wanneer je moest ophouden, Carole.' Zee stak haar handtas onder haar arm.

'Waarom wil je niet met mij gaan lunchen?'

Avery had zich voor de deur opgesteld, zodat Zee niet weg kon komen. 'Ik had me verheugd op een lunch met Tate,' zei Zee. 'Ik begrijp waarom hij het moest afzeggen, maar ik ben teleurgesteld en zie geen reden dat te verbergen. We hebben de laatste tijd zo weinig tijd samen, hij en ik.'

'En dat is wat je werkelijk dwarszit, of niet?'

Zees tengere lichaam spande zich onmiddellijk. Als Carole bleef aandringen op een confrontatie kon ze die krijgen. 'Wat wil je daarmee zeggen?'

'Je kunt niet uitstaan dat Tate meer tijd met mij doorbrengt. Je bent jaloers op onze relatie, zeker nu die met de dag sterker wordt.'

Zee lachte zacht, spottend. 'Dat zou je wel graag willen geloven, nietwaar, Carole? Je denkt liever dat ik gewoon jaloers ben, terwijl je weet dat ik vanaf het begin tegen je huwelijk met mijn zoon ben geweest.'

'O?'

'Doe niet alsof je het niet weet. Tate weet het. Ik ben ervan overtuigd dat jullie het besproken hebben.'

'Dat klopt. Maar zelfs als het niet zo was zou ik toch wel weten dat je me intens haat. Je verbergt je gevoelens niet erg goed, Zee.'

Zee glimlachte, maar het was een trieste glimlach. 'Het zou je verbazen te weten hoe goed ik mijn gedachten en gevoelens verberg. Ik ben een expert.' Caroles vragende blik maakte Zee alert. Haar gezicht verstrakte en ze zei ijzig: 'Je hebt je best gedaan je verslechterende relatie met Tate te herstellen. Nelson is verrukt. Ik niet. Ik weet dat al je liefdevolle maniertjes onecht zijn. Net zo onecht als jij.'

Caroles stem klonk zwak toen ze vroeg: 'Onecht? Wat bedoel je?'

'Kort nadat je met Tate bent getrouwd, toen ik zag dat er problemen begonnen te ontstaan, huurde ik een privédetective. Niet leuk, nee. Het was de meest vernederende ervaring waaraan ik mezelf ooit heb blootgesteld, maar ik deed het om mijn zoon te beschermen. Die detective was een verachtelijk individu, maar hij heeft uitstekend werk verricht. Zoals je ongetwijfeld al wel zult begrijpen heeft hij me een indrukwekkend dossier over jou gegeven van voor de tijd dat je bij Rutledge en Rutledge kwam werken.' Zee voelde haar bloeddruk stijgen. 'Ik geloof niet dat ik de walgelijke inhoud van het dossier met je hoef te bespreken, wel? Alleen God weet wat er nog in ontbreekt. Maar laat me je verzekeren dat het je afwisselende baan als topless danseres bevat. Evenals je andere carrières,' voegde ze er met een lichte huivering aan toe.

'Je diverse artiestennamen waren kleurrijk maar fantasieloos. De detective heeft niet doorgegraven tot hij de naam vond die je bij je geboorte hebt gekregen, maar dat is ook niet belangrijk.'

Carole zag eruit alsof ze elk moment kon gaan overgeven. Ze slikte moeizaam.

'Weet iemand anders over dat... dat dossier? Weet Tate het?'

'Niemand,' antwoordde Zee, 'hoewel ik vele malen in de verleiding ben geweest het hem te laten zien... pas nog, toen ik besefte dat hij verliefd begon te worden op de nieuwe Carole.'

Zee hield haar hoofd schuin en keek haar tegenstandster even aan. 'Je bent een zeer geslepen jonge vrouw. Je transformatie van topless danseres tot een dame die charmant genoeg was om de vrouw van een senator te zijn is opmerkelijk. Het moet een ontzettende opgave zijn geweest. Je koos zelfs een Spaanse achternaam. Een groot voordeel voor de vrouw van een politiek kandidaat in Texas.

De meest recente verandering is echter nog ongelooflijker dan de eerste, omdat je er zelf in lijkt te geloven. Ik zou zelfs kunnen denken dat je oprecht bent, tot ik vergelijk hoe je op de ochtend voor het ongeluk was en hoe je nu bent tegenover Tate en Mandy.' Zee schudde haar hoofd. 'Niemand kan zo drastisch veranderen.'

'Hoe weet je dat ik het roer niet uit liefde voor Tate heb omgegooid? Ik probeer te zijn wat hij wil, wat hij nodig heeft.'

Zee duwde haar opzij en pakte de deurknop beet. 'Ik weet even goed als jij dat je niet bent wat je ons wilt laten geloven.'

'Wanneer ga je me verraden?'
'Nooit.'
Carole keek haar verbaasd aan.
'Zolang Tate gelukkig en tevreden met je is, zal ik hem zijn illusies niet ontnemen. Het dossier blijft ons geheim. Maar doe hem opnieuw pijn, Carole, en ik verzeker je dat ik je te gronde zal richten.'
'Dat kun je niet doen zonder Tate mee te sleuren. Je kunt het hem nooit vertellen. Alsjeblieft, Zee, doe dat niet. Het zou zijn dood worden.'
'Dat is de enige reden waarom ik het nog steeds niet heb gedaan. Maar geloof me, Carole, als het erop aankomt hem tijdelijk in een schandaal te verwikkelen of hem de rest van zijn leven ongelukkig te zien, zal ik hem het laatste ten koste van alles besparen.'
Op weg naar buiten voegde ze er nog aan toe: 'Ik ben ervan overtuigd dat je naar het dossier zult gaan zoeken. Neem niet de moeite het te vernietigen. Er ligt een duplicaat in een bankkluis die alleen door mij, of in geval van mijn overlijden door Tate kan worden geopend.'

Avery opende de deur met haar sleutel en stapte het huis binnen. 'Mona? Mandy?'
Ze vond hen in de keuken. De wang die ze tegen die van Mandy drukte was koud. Ze had het hele eind naar huis gereden met het autoraampje open. De frisse lucht had de misselijkheid onderdrukt die ze voelde wanneer ze aan Carole Navarro's geschiedenis dacht.
'Is de soep lekker, liefje?'
'Uhhuh,' antwoordde Mandy en ze slurpte een mondvol op.
'Ik had niemand thuis verwacht voor de lunch, mevrouw Rutledge, maar ik kan wel iets voor u klaarmaken.'
'Nee, dank je, Mona. Ik heb geen honger.' Ze trok haar jas uit en ging op een van de stoelen aan tafel zitten. 'Ik zou wel een kop thee lusten als dat niet te veel moeite is.'
'Voelt u zich wel goed, mevrouw Rutledge? Uw wangen zien zo rood.'
'Ik voel me prima. Alleen een beetje koud.'

'Ik hoop niet dat u de griep krijgt. Dat heerst nogal op het moment.'

'Ik voel me prima,' herhaalde ze zwak glimlachend. 'Eet je fruithapje op, Mandy, dan lees ik je een verhaaltje voor voor je middagdutje.' Ze probeerde op Mandy's opgewekte gekwebbel te reageren, een teken van haar vorderende herstel, maar haar gedachten dwaalden steeds af naar Zee en de vreselijke informatie die ze over Carole had gekregen.

'Alles op?' Ze keek naar de twee schaaltjes die Mandy ter inspectie omhooghield, dronk haar thee op en bracht Mandy naar haar slaapkamer. Ze hielp haar haar schoenen uitdoen, legde haar in bed en stopte haar onder. Toen ging ze naast haar zitten met een groot plaatjesboek.

Haar vader had haar uit een dergelijk boek voorgelezen toen ze nog klein was. Het waren heerlijke momenten geweest, wanneer papa thuis was en aandacht aan haar besteedde. In de sprookjes die hij voorlas had de prinses altijd een liefdevolle vader. En het goede zegevierde altijd over de krachten van het kwade.

Misschien noemde men het daarom sprookjes. Ze weken af van de werkelijkheid, waarin vaders voor maanden achtereen verdwenen en het kwade dikwijls overwon.

Toen Mandy sliep, glipte Avery de kamer uit en trok ze zachtjes de deur achter zich dicht. Mona trok zich elke middag een paar uur terug in haar eigen kamers om televisie te kijken en te rusten voor het avondeten.

Er was verder niemand in huis, maar Avery liep op haar tenen over de tegelvloer rechtstreeks van Mandy's kamer naar de vleugel waar Zee en Nelson hun vertrekken hadden. Ze dacht er niet over na of wat ze deed goed of slecht was. Het was een vreselijke inbreuk op de privacy en onder normale omstandigheden zou deze actie ondenkbaar zijn geweest. De omstandigheden waren echter niet normaal.

Ze vond de slaapkamer zonder problemen. Het was een erg plezierige kamer, vervuld van de bloemengeur die ze met Zee associeerde.

Zou Zee de belangrijke documenten in haar mooie Queen Annebureautje bewaren? Waarom niet? Het zag er heel onschuldig uit. Wie zou daar nou gaan zoeken? Nelson deed zijn werk voor de ranch aan een groot bureau in de werkkamer verderop in de hal. Hij zou geen reden hebben in het schijnbaar onbenullige bureautje van zijn vrouw te gaan zoeken.

Avery pakte een nagelvijl van de kaptafel en begon er het kleine gouden slot van de lade mee te bewerken.

Het was geen erg stevig slot. Binnen enkele seconden trok Avery de lade al open.

De bruine dossiermap lag achter in de lade. Avery nam hem eruit en sloeg hem open.

Vijf minuten later verliet ze de kamer weer, bleek en bevend. Haar hele lijf trilde. De thee die ze eerder had gedronken maakte nu haar maag van streek. Ze haastte zich naar haar kamer en sloot de deur achter zich. Met haar rug ertegenaan ademde ze een paar keer heel diep in.

Tate. O, Tate. Als hij ooit de afgrijselijke inhoud van dat dossier onder ogen kreeg...

Ze had een bad nodig. Snel. Onmiddellijk.

Ze schopte haar schoenen uit, trok haar trui over haar hoofd en schoof de kastdeur open.

Ze gilde.

Ze week achteruit met haar beide handen voor haar mond en begon te kokhalzen. Toen ze de kastdeur open had geschoven was de campagneposter aan een rood satijnen koord naar voren gezwierd als een lijk aan de galg.

In helderrode verf was een kogelgat midden op Tates voorhoofd geschilderd. De verf drupte over zijn gezicht omlaag, volslagen misplaatst bij zijn glimlach. In grote rode letters stond op de poster geschreven: VERKIEZINGSDAG!

Avery vloog de badkamer in en gaf over.

42

'Het was vreselijk. Afgrijselijk.'

Avery zat over een glas cognac gebogen dat haar volgens Irish beslist zou helpen kalmeren. De eerste onwillige slok had een krater in haar lege maag gebrand, maar ze had het glas omklemd omdat ze iets nodig had om zich aan vast te houden.

'Heb ik je niet gewaarschuwd? Heb ik het niet gezegd?'

'Oké, je hebt haar gewaarschuwd. Hou er nu over op,' zei Van. 'Wie vraagt jou wat?'

'Willen jullie alsjeblieft ophouden?' riep Avery. 'En Van, wil je die joint uitmaken? Ik word er misselijk van.'

Ze tikte met haar vingers tegen haar lippen, alsof ze erover nadacht of ze weer zou gaan overgeven of niet. 'Die poster heeft me doodsbang gemaakt. Hij is het echt van plan. Ik heb het al die tijd al geweten, maar dit...'

Ze zette het glas cognac op het salontafeltje, stond op en wreef over haar armen. Ze had een trui aan, maar kon het maar niet warm krijgen.

'Wie is het, Avery?'

Ze schudde haar hoofd. 'Ik weet het niet. Ik wéét het niet.'

'Wie had er toegang tot je kamer?'

'Eerder vanochtend en voor ik vanmiddag thuiskwam, iedereen. Mona zei al dat ze maar klapdeuren moesten laten installeren. Iedereen loopt voortdurend in en uit. De mensen komen en gaan op de vreemdste tijden nu de verkiezing dichterbij komt.'

'Geen aanwijzingen in het dossier van de oude dame?'

Avery beantwoordde Vans vraag met een hoofdschudden.

'Vertel ons eens over Carole Navarro,' zei Irish. 'Ze is nu belangrijker dan Zee Rutledge.'

'Carole, of hoe ze ook heette, was een hoer. Ze danste in de smerigste nachtclubs...'

'Naakt natuurlijk,' vulde Van aan.

'... onder een reeks smeuïge en suggestieve namen. Ze werd een keer gearresteerd wegens onzedelijk gedrag in het openbaar en een keer wegens prostitutie, maar beide aanklachten werden ingetrokken.'

'Weet je dat allemaal zeker?'

'De privédetective mag dan een schoft zijn geweest, hij was wél zorgvuldig. Met de informatie waarvan hij Zee voorzag, was het gemakkelijk een aantal van de plaatsen terug te vinden waar Carole heeft gewerkt.'

'Wanneer was dat?' wilde Irish weten.

'Voor ik naar jullie toe kwam. Ik heb zelfs enkelen van de mensen gesproken die haar hebben gekend... dansers, vroegere werkgevers en zo.'

'Zag iemand je voor haar aan?' vroeg Van.

'Allemaal. Ik gaf me uit voor een nichtje van haar om de gelijkenis te verklaren.'

'Wat hadden ze over haar te zeggen?'

'Ze had alle contact verbroken. Niemand wist wat er van haar geworden was. Dit is puur gissen, maar ik denk dat Carole een volledige transformatie heeft ondergaan, zich in het advocatenkantoor van Rutledge heeft binnengewerkt en toen ze eenmaal binnen was een manier heeft gevonden om haar campagne ter zelfverbetering nog een stap verder door te voeren door met Tate te trouwen. Herinner je je het stuk dat ik een aantal jaren geleden over prostituées heb gedaan, Irish? Het persoonlijkheidsprofiel van die vrouwen past bij Carole. De meesten van hen zeiden mannen te haten. Zij was waarschijnlijk niet anders.'

'Dat weet je niet.'

'O nee? Kijk maar hoe ze Jack behandeld heeft. Ze flirtte met hem tot zijn huwelijk wankelde, maar ik krijg de indruk dat ze het daarbij heeft gelaten. Als dat niet vals is, weet ik het niet meer.'

Was ze niet bang dat iemand haar zou herkennen, en dat haar duistere verleden haar zou opbreken?'

Avery had daar zelf ook aan gedacht. 'Begrijp je dan niet dat dat het nog mooier zou hebben gemaakt? Tate zou echt vernederd worden als bekend werd wat zijn vrouw voor hun huwelijk was geweest.'

'Hij moet wel echt een ezel zijn geweest,' mompelde Van, 'om daarin te trappen.'

'Je beseft niet hoe berekenend ze was,' zei Avery ter verdediging van Tate. 'Ze werd alles wat hij zich maar kon wensen. Ze zette een val uit met zichzelf als lokaas. Ze was knap, geanimeerd, sexy. Maar er was meer dan dat: iemand die Tate heel goed kende leerde haar precies op welke knoppen ze moest drukken om lust te doen uitgroeien tot liefde.'

'Degene die hem dood wil zien.'

'Juist.' Avery knikte naar Van, die haar hypothese had verwoord. 'Hij moet net als Zee hebben gevoeld dat Carole een opportuniste was.'

'Waarom liep ze niet naar Tate toen hij haar benaderde?'

'Dat weet ik niet zeker,' bekende ze. 'Er zitten nog gaten in mijn theorie. Misschien trok de positie van senatorsweduwe haar meer dan die van senatorsvrouw.'

'Zelfde status, maar geen lastige echtgenoot,' raadde Irish. 'Hmm.'

Wat denk je van die laatste boodschap?' vroeg Irish.

Ze haalde een hand door haar haar. 'Ze willen kennelijk hun slag slaan op de dag van de verkiezingen. En ze zijn van plan een vuurwapen te gebruiken.'

'Ik weet het niet,' zei Irish. 'De symboliek lijkt me deze keer iets te duidelijk.'

Wat bedoel je?'

'Dat weet ik niet precies,' gaf hij toe en hij beet op zijn lip. Afwezig pakte hij Avery's cognacglas en nam een flinke slok. 'Waar is de subtiliteit van de eerdere briefjes gebleven?'

'Misschien wordt hij brutaal omdat alles toch niet meer terug te draaien is,' zei Van knorrig. 'Het zal hoe dan ook doorgaan. Alles valt op zijn plaats.'

'Net als de Grijze?' vroeg Avery. Van haalde zijn schouders op.

'Hoe zit het met de opnamen die je vandaag in Houston hebt gemaakt? Staat hij daar nog op?' vroeg Irish aan Van.

'Nee. Ik heb hem niet meer gezien sinds Fort Worth. Niet sinds Avery is thuisgebleven.' Irish onderschepte de blik die hij Avery toezond met zijn door marihuana vertroebelde ogen.

'Oké, wat weten jullie wat ik niet weet?'

Avery maakte haar lippen nat. 'Van acht het mogelijk dat de Grijze mij in de gaten houdt in plaats van Tate.'

'Waarom denk je dat?'

'Het was maar een idee. Een schot voor de boeg, maar...'

'Hij kijkt op alle opnamen naar Tate,' zei Avery.

'Moeilijk te zeggen. Jij staat altijd vlak naast hem.'

'Avery.' Irish pakte haar hand beet, trok haar terug op de bank en hurkte voor haar neer. Hij bedekte haar handen met de zijne. 'Luister naar me. Je moet de autoriteiten inlichten.'

Hij ordende zijn gedachten. 'Je steekt er tot over je oren in, liefje. Ik weet waarom je dit wilde doen. Het was een geweldig idee... een eenmalige kans om naam te maken en meteen iemands leven te redden.

Maar het is uit de hand gelopen. Je leven is in gevaar. En zolang je dit laat doorgaan ook dat van Rutledge. En dat van het kind.' Aangezien ze gevoelig leek te zijn voor dat argument ging hij naast haar op de bank zitten, maar hij hield zijn handen op de hare. 'Laten we de FBI bellen.'

'Wat?' piepte Van.

'Ik heb een maat op het plaatselijke kantoor,' drong Irish aan. 'Hij is gewoonlijk als undercover op zoek naar drugs die uit Mexico hierheen komen. Dit past dan niet in zijn straatje, maar hij kan ons vertellen wie we moeten bellen, ons adviseren wat we moeten doen.'

Nog voor hij was uitgesproken schudde Avery haar hoofd. 'Irish, dat kan niet. Als de FBI het weet, moet iedereen het weten, begrijp je dat dan niet? Denk je niet dat het verdenkingen zou oproepen als Tate plotseling werd omringd door gewapende lijfwachten en mannen van de geheime dienst met donkere zonnebrillen? Dan zou alles in de openbaarheid komen.'

‘En dat is het punt, nietwaar?’ schreeuwde Irish woedend. ‘Je wilt niet dat Rutledge het weet! Omdat je dan je gezellige plekje naast hem in bed zou moeten opgeven.’

‘Nee, dat is het niet!’ schreeuwde ze terug. ‘De autoriteiten zouden hem kunnen beschermen tegen mensen van buiten zijn familie, maar niet tegen iemand daarbinnen. En we weten dat de man die hem wil doden iemand is die hem heel na staat... iemand die voorwendt van hem te houden. We kunnen Tate niet op het gevaar wijzen zonder de vijand duidelijk te maken dat we hem doorhebben.’

‘Wat ben je dan van plan te doen?’ vroeg Irish.

Ze sloeg haar handen voor haar gezicht en begon te huilen. ‘Ik weet het niet.’

Van stond op en trok een versleten leren motorjack aan. ‘Ik heb nog het een en ander te doen.’

‘Een bijbaantje?’

Van beantwoordde Irish’ vraag met een onverschillig schouderophalen. ‘Ik ben wat banden uit mijn verzameling aan het bekijken.’

‘Waarvoor?’

‘Een vermoeden.’

Avery pakte zijn hand beet. ‘Bedankt voor alles, Van. Als je iets hoort of ziet...’

‘Laat ik het je weten.’

‘Heb je die postbussleutel nog die ik je heb gegeven?’ vroeg Irish.

‘Ja, maar waar zou ik die voor nodig hebben? Ik zie je elke dag op het werk.’

‘Je zou hem nodig kunnen hebben om me iets te sturen wanneer je met Rutledge op pad bent... iets wat je niet naar mijn kantoor kunt sturen.’

‘Gesnopen. Dag.’

Avery keek op haar horloge. Sinds ze het bij Fancy had teruggehaald had ze het niet meer afgedaan. ‘Ik moet gaan. Het wordt al laat en ik heb bijna geen plausibele excuses meer voor Tate. Een vrouw kan geen boodschappen blijven doen, weet je.’ Haar zwakke poging tot humor slaagde niet echt.

Irish trok haar tegen zich aan en streelde onhandig met zijn grote hand over haar haar terwijl haar hoofd tegen zijn schouder rustte. 'Je houdt van hem.' Het was geen vraag. Ze knikte. 'Jezus,' zuchtte hij, 'waarom moet het toch altijd zo verdomd gecompliceerd zijn?' Ze sloot haar ogen; hete tranen drupten op zijn overhemd. 'Ik hou zo veel van hem dat het pijn doet, Irish. Wat moet ik toch doen? Ik kan het hem niet vertellen, maar ik kan hem ook niet beschermen.' Ze klemde zich aan Irish vast om kracht te zoeken. Hij hield haar in een stevige omhelzing en kuste haar op haar slaap.

'Rosemary zou me aanvliegen als ze wist dat ik je in een levensbedreigende situatie liet zitten.'

Avery glimlachte tegen zijn vochtige overhemd. 'Waarschijnlijk wel, ja. Ze vertrouwde erop dat jij voor ons beiden zou zorgen.'

'Deze keer laat ik haar in de steek.' Hij trok haar nog dichter tegen zich aan. 'Ik ben bang je nog een keer te verliezen, Avery.'

'Nadat ik vandaag die bloedstollende poster heb gezien, ben ik zelf ook wel een beetje bang. Ik word nog steeds als een medeplichtige beschouwd. God helpe me als hij ooit de waarheid ontdekt.'

'Wil je niet toch de autoriteiten erbij halen?'

'Nog niet. Niet voordat ik duidelijk kan zeggen: "Hij is het."'

Hij bracht wat ruimte tussen hen en hief haar kin op. 'Dan is het misschien al te laat.'

Dat had hij niet hoeven zeggen. Ze wist het al. Het was misschien al te laat om haar carrière als verslaggeefster te redden en een toekomst op te bouwen met Tate en Mandy, maar ze móést het proberen. Op de drempel omhelsde ze Irish nog een keer, zei hem goedenacht, kuste hem op zijn ruwe wang en stapte het donker in.

Het was zo donker dat ze geen van beiden de auto opmerkten die een paar huizen verderop stond geparkeerd.

43

De spontane reis naar Houston om ontevreden politiemensen toe te spreken was op rolletjes verlopen voor Tate. De afstand tussen hem en Dekker werd met de dag kleiner.

Dekker voelde de druk en begon gemeen te worden in zijn toespraken, en Tate af te schilderen als een liberaal die een bedreiging vormde voor 'de traditionele idealen die wij als Amerikanen en Texanen hooghouden'.

Het zou voor hem een perfect moment zijn geweest om Caroles abortus als munitie te gebruiken. Dat zou Tates campagne hebben verpest en de race in Dekkers voordeel hebben beslist. Maar de tactiek die Eddy op de chanteuse had toegepast was kennelijk effectief geweest. Toen duidelijk werd dat Dekker niets van het incident wist, haalde iedereen in de naaste omgeving van Rutledge opgelucht adem.

Dekker had echter de steun van de president die de staat door trok om zijn eigen herverkiezing kracht bij te zetten.

Na een uitputtende maar opwindende reis langs zeven steden in twee dagen was iedereen in het hoofdkwartier van Rutledge in de ban van de opwinding voor de verkiezingen. Hoewel Dekker in de officiële opiniepeilingen nog altijd iets voor stond, leek de laatste toch in het voordeel te zijn. Op straat werd gezegd dat het er met de minuut beter uitzag voor Tate Rutledge. Iedereen liep te stralen.

Behalve Fancy.

Ze slenterde door de diverse vertrekken van het campagnehoofdkwartier, liet zich in lege stoelen vallen, mopperde op de feeststemming, en hield voortdurend Eddy in de gaten met een mokkende, boze blik.

Ze waren al meer dan een week niet alleen geweest. Als hij zijn ogen al in haar richting liet dwalen, keek hij dwars door haar heen. De keren dat ze haar trots opzij zette en hem benaderde, deed hij niets anders dan haar wat simpele karweitjes opdragen. Ze werd zelfs aan de telefoon gezet om er bij mensen op aan te dringen dat ze zouden gaan stemmen. De enige reden dat ze doorging met dat ontmoedigende werk was dat ze zo een oogje op Eddy kon houden. Het alternatief was thuisblijven en hem helemaal niet zien.

Hij was voortdurend in beweging, blafte iedereen bevelen toe en verloor zijn geduld als ze niet snel genoeg naar zijn zin werden uitgevoerd. Hij leek te leven op koffie, frisdrank en automatenvoedsel. Hij was de eerste die op het hoofdkwartier arriveerde en de laatste die er wegging, áls hij al wegging.

Op de zondag voor de verkiezingen trokken de Rutledges in het Palacio Del Rio, een eenentwintig verdiepingen tellend hotel in San Antonio. Daarvandaan zouden ze twee dagen later de verkiezingen volgen.

Tates naaste familie nam de Imperial Suite op de twintigste verdieping. De anderen kregen kamers daar vlakbij. Op alle televisies werden videorecorders aangesloten, zodat nieuwsuitzendingen en commentaren konden worden opgenomen om later te bespreken en analyseren. Er werden extra telefoonlijnen aangelegd en er werden bewakers bij de liften gezet, meer om de privacy van de kandidaat dan de kandidaat zelf te beschermen.

Twintig verdiepingen lager werd de Corte Real-balzaal versierd met gekleurde vlaggen, meer dan levensgrote posters van Tate, bloemen en een net met duizenden ballonnen aan het plafond.

Boven de drukte en verwarring van hotelmedewerkers, servicelui en telefooninstallateurs uit probeerde Eddy zich die zondagochtend in de salon van Tates suite verstaanbaar te maken.

'Van Longview vlieg je naar Texarkana. Daar blijf je maximaal anderhalf uur, dan naar Wichita Falls, Abilene en terug. Je zou rond...'

'Papa?'

'Tate, in godsnaam!' Eddy liet het klembord zakken dat hij in zijn handen hield en blies zijn ergernis uit als stoom.

'Sst, Mandy.' Tate hield een vinger tegen zijn lippen. Ze zat al de hele bespreking op zijn schoot, maar haar geduld was allang ten einde. 'Luister je nou, of niet?'

'Ik luister, Eddy. Longview, Wichita Falls, Abilene, en terug.'

'Je vergeet Texarkana.'

'Mijn verontschuldigingen. Ik weet zeker dat jij en de piloot dat niet zullen vergeten. Zitten er nog bananen in de fruitschaal?'

'Jezus,' riep Eddy. 'Je staat twee dagen voor de verkiezingen voor een senaatszetel en jij denkt aan bananen. Waar ben je mee bezig?'

Tate nam rustig de banaan aan van zijn vrouw en pelde hem af voor Mandy. 'Jij bent te gespannen, Eddy. Ontspan je. Je maakt iedereen gek.'

'Amen,' zei Fancy grimmig vanuit haar stoel voor de televisie.

Win jij de verkiezing nou maar, dan kan ik me ontspannen.' Eddy keek weer op het klembord. 'Ik weet niet eens meer waar ik gebleven was. O ja, je komt hier morgen rond half acht weer aan. Ik zal een tafel reserveren voor de familie in een plaatselijk restaurant en daarna ga je naar bed.'

'Mag ik nog even plassen en mijn tanden poetsen? Ik bedoel tussen het eten en het slapengaan?'

Iedereen lachte. Alleen Eddy vond het grapje van Tate niet leuk. 'Dinsdagochtend gaan we massaal naar de stembus van je district in Kerrville, stemmen en komen dan hier terug om de uitslag af te wachten.'

Tate nam Mandy de bananenschil af, waarmee ze zat te spelen. 'Ik ga winnen.'

'Laten we het hopen. De opiniepeilingen tonen nog steeds twee punten achterstand op Dekker.'

'Maar moet je kijken waar we begonnen zijn,' bracht Tate hem met twinkelende ogen in herinnering. 'Ik ga winnen.'

Met die optimistische opmerking werd de vergadering gesloten.

Fancy wachtte tot iedereen weg was en volgde Eddy toen naar zijn kamer, een paar deuren verderop. Ze klopte zacht aan en hij vroeg: Wie is daar?'

'Ik.'

Hij opende de deur en liep meteen terug naar zijn kast, waar hij een schoon overhemd pakte. Ze sloot de deur en deed hem op slot.

'Waarom laat je dat hemd niet gewoon uit?' Ze leunde veelzeggend tegen hem aan en streelde een van zijn tepels met de punt van haar tong.

'Ik geloof niet dat het erg netjes zou zijn zonder een overhemd op het campagnehoofdkwartier aan te komen.' Hij stak zijn armen door de mouwen en begon zijn knoopjes dicht te doen.

'Ga je daar nu naartoe?'

'Ja.'

'Maar het is zondag.'

'Zeg nu niet dat je opeens rekening gaat houden met de dag des Heren.'

'Ik was vanochtend in de kerk, net als jij.'

'En om dezelfde reden,' zei hij. 'Omdat ik dat iedereen had opgedragen. Heb je de televisiecamera's niet gezien?'

'Ik zat te bidden.'

'O, natuurlijk.'

'Bidden dat je pik niet zou rotten en eraf vallen,' zei ze heftig. Hij lachte alleen maar. Fancy probeerde hem nog tegen te houden toen hij zijn overhemd in zijn broek begon te stoppen. 'Eddy,' jammerde ze. 'Ik ben niet hierheen gekomen om ruzie te maken. Het spijt me wat ik zojuist zei. Ik wil bij je zijn.'

'Ga dan maar mee naar het hoofdkwartier. Ik weet zeker dat er nog genoeg te doen is.'

'Ik had geen werk in gedachten.'

'Sorry, maar dat is het enige wat tot na de verkiezing op de agenda staat. En nu zul je me moeten excuseren, Fancy.'

Hij liep naar de deur. Ze versperde hem de weg en smeekte weer: 'Ga niet, Eddy. Nu nog niet, in elk geval. Blijf nog even. We kunnen wat bier boven laten brengen, een beetje lol maken.' Ze drukte haar bekken tegen het zijne en spinde: 'Laten we de liefde bedrijven.'

'Liefde?' spotte hij.

Ze pakte zijn hand beet en drukte die onder haar rok tegen haar kruis. 'Ik ben al nat.'

Hij trok zijn hand los, tilde haar op en zette haar naast zich neer. 'Jij bent altijd nat, Fancy. Ga er maar mee naar iemand anders. Ik heb nu wel wat beters te doen.'

Fancy staarde naar de gesloten deur. Ze was nog nooit zo bondig afgewezen. Niemand, maar dan ook niemand, stuurde Fancy Rutledge weg als ze hitsig was. Ze stormde Eddy's kamer uit, bleef net lang genoeg in de hare om een strakke trui en nog strakkere broek aan te trekken, liep toen naar de garage van het hotel en stapte in haar Mustang.

Ze peinsde er niet over op te houden met leven alleen voor die verdraaide Senaatsverkiezingen.

'Ik ben het. Nog iets gebeurd?'

'Hallo, Irish.' Van wreef door zijn bloeddoorlopen ogen terwijl hij de telefoonhoorn tegen zijn oor gedrukt hield. 'Ik ben nog niet zo lang terug. Rutledge sprak vanavond in een Mexicaanse kerk.'

'Weet ik. Hoe is het gegaan?'

'Ze waren dol op hem.'

'Was Avery er ook?'

'Iedereen behalve dat meisje, Fancy. En allemaal even kraakhelder.'

'Heeft Avery je nog gesproken?'

'Nee. Ze waren omringd door brabbelende Mexicanen.'

'En de Grijze? Heb je hem nog gezien?'

Van overdacht of het raadzaam zou zijn Irish de waarheid te vertellen en besloot het toen te doen. 'Hij was er ook.'

Irish mompelde een reeks van vloeken. 'Viel hij niet vreselijk op in dat Mexicaanse publiek?'

'Hij deed zich voor als een van ons.'

'Kon je hem goed bekijken?'

'Lange vent. Gemeen gezicht.'

'Gemeen?'

'Meedogenloos. Hard.'

'Het gezicht van een moordenaar.'

'Dat is maar een gok.'

'Ja, maar ik ben er niet blij mee, Van. Misschien moeten we toch de FBI bellen en het niet tegen Avery zeggen.'

'Ze zou het je nooit vergeven.'

'Maar ze zou wel in leven blijven.'

De twee mannen zwegen even, allebei in hun eigen gedachten verzonken, zoekend naar mogelijke oplossingen zonder die te vinden.

'Blijf morgen hier in de buurt. Het heeft dan geen zin bij Rutledge te blijven.'

'Dacht ik al.'

'De ochtend van de verkiezingen kom je eerst naar het tv-station.

Dan stuur ik je naar het Palacio del Rio. Ik wil dat je de hele dag aan Avery blijft hangen. Als je ook maar iets verdachts ziet, vergeet je haar argumenten en belt de politie.'

'Ik ben geen idioot, Irish.'

'En ga morgen niet aan de drugs omdat je toevallig een vrije dag hebt,' zei Irish dreigend.

'Nee hoor. Ik heb hier nog veel te veel te doen.'

'O ja? Wat dan?'

'Ik ben nog steeds banden aan het bekijken.'

'Daar had je het al eerder over. Waar zoek je naar?'

'Ik laat het je weten zodra ik het gevonden heb.'

Ze namen afscheid. Van was lang genoeg op de been om even naar de wc te gaan en keerde toen terug naar zijn plaats voor de televisie waar hij de afgelopen paar dagen bijna elk vrij uur had doorgebracht. Het aantal banden dat hij nog moest bekijken nam af, maar niet snel genoeg. Hij had nog heel wat uren voor de boeg.

Hij wist niet eens naar wie of wat hij zocht. Zoals hij Irish al had verteld, hij zou het pas weten als hij het zag. Dit was waarschijnlijk een grandioze tijdverspilling.

Hij was stom genoeg geweest aan dit project te beginnen, dus kon hij het net zo goed afmaken. Hij nam een haal van zijn joint, spoelde die weg met een slok whisky en stak een andere band in de recorder.

Irish trok een lelijk gezicht tegen de bodem van het glas waarin zijn maagmedicijn had gezeten. De vieze nasmaak deed hem huiveren. Hij had er toch al aan gewend moeten zijn, want hij dronk liters van dat spul. Avery wist het niet. Niemand wist het. Hij wilde niet dat iemand iets over zijn chronische maagzuur wist, omdat hij niet wilde worden vervangen door een jongere vent eer hij op een volledig salaris met pensioen kon gaan.

Hij zat lang genoeg in het vak om te weten dat de mannen op het hoogste niveau klootzakken waren. Ze verwachtten aangrijpend nieuws om zes en tien uur, zodat ze reclametijd aan de sponsors konden verkopen, maar zij stonden er nooit bij te kijken hoe een huis met schreeuwende mensen erin afbrandde, ze hielden nooit mee de wacht terwijl een of andere idioot met een .357 Magnum een aantal mensen gegijzeld hield, en waren nooit getuige van de wreedheden die mensen elkaar konden aandoen.

Zij werkten aan de steriele kant. De kant van Irish was de smerige kant. Dat was prima. Hij zou het niet anders willen. Hij wilde alleen wel gerespecteerd worden om wat hij deed.

Zolang KTEX bovenaan stond op de lijst van kijkcijfers zat hij nog goed. Maar zodra ze daalden, zou een oude man met een pijnlijke maag er als eerste uitvliegen.

Dus verstopte hij zijn flessen met maagzuur neutraliserend middel.

Hij deed het licht in de wc uit en slofte zijn slaapkamer binnen. Hij ging op de rand van het brede bed zitten en zette zijn wekker. Dat was routine, net zoals het routine was om de la van zijn nachtkastje open te trekken en zijn rozenkrans eruit te halen.

Hij ging nooit naar de biecht of naar de mis. Kerken waren gebouwen waar begrafenis-, huwelijks- en doopplechtigheden werden gehouden. Irish bad in zijn eentje. Vanavond bad hij vol vuur voor Tate Rutledge en diens dochtertje. Hij bad voor Avery's veiligheid, en smeekte God haar leven te sparen, ongeacht wat anderen mocht overkomen.

Tot slot bad hij, zoals elke avond, voor de onsterfelijke ziel van Rosemary Daniels en smeekte God om vergiffenis omdat hij haar, de vrouw van een andere man, had liefgehad.

44

Tate deed de deur van de suite open en keek nieuwsgierig naar de drie mensen aan de andere kant van de drempel. 'Wat is er aan de hand?'

'Meneer Rutledge, het spijt me u te moeten storen,' zei een van de geüniformeerde agenten. 'Kent u deze jonge vrouw?'

'Tate?' vroeg Avery, die zich bij hem voegde. 'Wie... Fancy?'

Wil je hun alsjeblieft vertellen wie ik ben, zodat ze me met rust laten?' lispelde Fancy beschonken.

'Dit is mijn nichtje,' deelde Tate de beide agenten stijfjes mee. 'Haar naam is Francine Rutledge.'

'Dat staat ook op haar rijbewijs, maar we moesten maar van haar aannemen dat ze familie van u was.'

'Was het nodig haar onder gewapende escorte hierheen te brengen?'

'Het was dat of de gevangenis, meneer Rutledge. We hebben haar opgepakt voor overtreding van de maximumsnelheid en rijden onder invloed.'

'Hartelijk dank, heren, dat u haar veilig hier hebt gebracht. Dat zeg ik ook namens haar vader en moeder.'

'Ja, hartelijk bedankt,' zei Fancy en rukte zich los uit de greep van de agent.

'Hoeveel gaat het ons kosten om dit stil te houden?' vroeg Eddy.

De een schonk hem een blik vol walging. De ander negeerde hem volledig en sprak tegen Tate. 'We dachten dat u de slechte publiciteit nu niet zo goed kon gebruiken.'

'Dat waardeer ik heel erg.'

'Nou ja, na die toespraak in Houston, waar u de zijde koos van de wetsdienaars, dachten mijn partner en ik dat dit het minste was wat we konden doen.'

'Ik dank u heel erg.'

'Veel succes met de verkiezing, meneer Rutledge.' Ze tikten allebei tegen hun pet voor ze door de gang naar de liften en de starende veiligheidsambtenaren liepen.

Avery deed de deur achter hen dicht. Iedereen was al naar bed gegaan behalve zij vieren. Mandy sliep in de aangrenzende kamer. Er viel een dreigende stilte over de suite... de stilte voor de storm.

'Fancy, waar heb je gezeten?' vroeg Avery zacht.

Ze hield haar handen hoog boven haar hoofd en maakte onhandig een pirouette. 'Wezen dansen. Ik heb me geweldig vermaakt,' zei ze en ze keek daarbij Eddy aan.

'Jij stomme, kleine trut. Wou je alles verpesten?' Eddy sloeg haar met de rug van zijn hand op de mond. De klap kwam zo hard aan dat ze tegen de grond viel.

'Fancy!' Avery liet zich naast het verbaasde meisje op haar knieën vallen. Er drupte bloed uit de opzwellende barst in haar lip.

'Eddy, waar denk jij verdomme dat je mee bezig bent?' vroeg Tate. Hij pakte hem bij zijn arm.

'Ze krijgt haar verdiende loon.'

'Maar niet van jou!' brulde Tate. Hij gaf een harde stomp tegen Eddy's schouders, waardoor die bijna achteroverviel. Eddy herwon zijn evenwicht, grauwde en sprong op Tate af.

'Hou op, jullie tweeën!' Avery vloog overeind en ging tussen hen in staan. 'Jullie maken het hele hotel wakker, en wat voor publiciteit denk je dat dat met zich mee zal brengen?'

De mannen bleven tegenover elkaar staan als twee stieren die met hun hoeven over de grond schraapten, maar ze schreeuwden in elk geval niet meer. Avery boog zich weer over Fancy en hielp haar overeind. Het meisje was nog zo verward dat ze geen weerstand bood, maar ze jammerde van de pijn.

Tate raakte even haar wang aan en stak toen een waarschuwende vinger op naar zijn vriend. 'Raak nooit, nooit meer een van mijn familieleden op die manier aan.'

'Het spijt me, Tate.' Eddy streek over zijn verwarde haar. Zijn stem klonk zacht, beheerst, kalm. Hij was weer de ijsman.

'Dat is één gebied van mijn leven waar jouw mening niet telt,' zei Tate woedend tussen zijn tanden door.

'Ik zei dat het me speet. Wat kan ik verder nog doen?'

'Je kunt ophouden met haar naar bed te gaan.'

Ze waren allemaal verrast. Eddy en Fancy hadden geen idee dat Tate het wist. Avery had hem gezegd dat ze het vermoedde, maar dat was geweest voor ze het zeker wist. De vrouwen bleven verbaasd zwijgend staan. Eddy liep naar de deur.

Voor hij de kamer uitliep zei hij: 'Ik geloof dat we allemaal tijd nodig hebben om af te koelen.'

Avery keek Tate aan met onverholen liefde en respect, dat hij zo snel Fancy's verdediging op zich had genomen, en sloeg daarna haar arm om de schouders van het meisje. 'Kom, dan breng ik je naar je kamer.'

Daar aangekomen wachtte ze tot Fancy klaar was met douchen. Toen ze de badkamer uit kwam met haar haar naar achteren en een lang T-shirt aan als nachthemd, zag ze er heel jong en onschuldig uit.

'Ik heb een geïmproviseerde ijszak voor je lip.' Avery gaf haar een plastic tasje met ijsblokjes en leidde haar naar het opengeslagen bed.

'Bedankt. Daar word je goed in.' Ze sloot haar ogen en de tranen begonnen over haar wangen te rollen. 'De klootzak. Ik haat hem.'

'Dat denk ik niet,' zei Avery zacht. 'Ik geloof dat je van hem dacht te houden.'

Fancy keek haar aan. 'Dacht?'

'Ik geloof dat je verliefd was op het idee verliefd op hem te zijn. Wat weet je nou eigenlijk van Eddy? Ik denk dat je verliefd op hem wilde zijn omdat je in je hart wel wist dat jullie verhouding niet normaal was en geen kans had stand te houden.'

'Ben je soms amateurpsychiater?'

Fancy kon iemands geduld zwaar op de proef stellen, maar Avery antwoordde kalm: 'Ik probeer een vriendin voor je te zijn.'

'Je probeert me hem uit het hoofd te praten omdat je hem voor jezelf wilt hebben.'

'Geloof je dat nou echt?'

Het meisje staarde haar lange tijd aan, en hoe langer ze staarde hoe meer tranen er in haar ogen kwamen. Uiteindelijk liet ze haar hoofd zakken. 'Nee. Iedereen kan zien dat je van oom Tate houdt.' Ze haalde haar druipende neus op. 'En hij is ook gek op jou.' Ze trok haar onderlip tussen haar tanden naar binnen. 'O god,' jammerde ze, 'waarom kan er nou niemand zo veel van mij houden? Wat is er mis met mij? Waarom behandelt iedereen me als oud vuil, alsof ik onzichtbaar ben of zo?'

Avery nam Fancy in haar armen. Fancy verzette zich een paar seconden, maar gaf toen toe en liet zich troosten terwijl ze tegen Avery's schouder uithuilde. Toen ze ophield met huilen, duwde Avery haar een stukje van zich af.

'Weet je wie dit eigenlijk zou moeten weten?'

Fancy veegde haar gezicht droog met haar handrug. 'Wie dan?'

'Je moeder.'

'Dat is zeker een grapje.'

'Nee. Je hebt haar nodig, Fancy. Meer dan dat,' zei Avery met nadruk, 'zij heeft jou nodig. Ze doet heel erg haar best om oude fouten goed te maken. Waarom geef je haar geen kans?'

Fancy dacht er even over na en knikte toen. 'Tuurlijk, waarom niet, als de ouwe meid zich dan belangrijk voelt.'

Avery toetste het nummer van de andere kamer in. Jack nam slaperig op. 'Ligt Dorothy Rae al in bed? Zou ze naar Fancy's kamer kunnen komen?'

'Wat is er aan de hand?'

Avery keek naar Fancy's lip en loog: 'Niets, even met de meiden onder elkaar.'

Nog geen minuut later klopte Dorothy Rae op de deur. Ze was in haar nachthemd.

'Wat is er, Carole?'

'Kom binnen.'

Zodra ze Fancy's gezicht zag, bleef ze stokstijf staan en bracht haar hand naar haar borst. 'O, mijn schatje! Wat is er met je gebeurd?'

Fancy's onderlip begon te trillen. Een nieuwe stroom tranen vulde haar ogen. Ze stak haar armen uit en zei met zwakke, beverige stem: 'Mama?'

'Ik heb hen huilend in elkaars armen achtergelaten,' zei Avery een paar minuten later tegen Tate. 'Ik geloof dat dit voor hen beiden heel goed zal zijn.'

'Ik geloof niet dat ik Eddy ooit zo irrationeel heb gezien. Dat hij een vrouw slaat.' Tate schudde ongelovig zijn hoofd.

'Hoe lang wist je al dat hij met Fancy sliep?'

'Een paar weken.'

'Heeft hij het je verteld?'

'Nee, ik pikte signalen op.'

'Heb je er iets van tegen hem gezegd?'

'Wat kon ik zeggen? Hij is volwassen. En zij ook. God weet dat hij haar niet heeft ontmaagd.'

'Nee, dat is zo,' zuchtte Avery. 'Maar al haar seksuele ervaring ten spijt is Fancy buitengewoon kwetsbaar, Tate. Hij heeft haar heel erg pijn gedaan.'

'Begrijp me niet verkeerd. Ik verdedig niet...'

'Luister!'

Avery stak haar hand op. Daarna renden ze tegelijk naar Mandy's kamer en gooiden de deur open.

Ze sloeg met haar armen en benen. Haar gezichtje was vertrokken van angst en baadde in het zweet. Ze huilde luid.

'Mama! Mama!' schreeuwde ze herhaaldelijk.

Avery stak instinctief de armen naar haar uit. Tate hield haar tegen. 'Dat mag je niet doen. Dit zou het kunnen zijn.'

'O, nee, Tate, alsjeblieft.'

Hij schudde beslist zijn hoofd. 'Het moet echt.'

Dus ging Avery aan de ene kant naast Mandy zitten en Tate aan de andere. Allebei doorleefden ze de hel waar het onderbewustzijn van het kind doorheen moest.

'Nee, nee.' Ze hapte naar adem en hield haar mond wijd open. 'Mama? Ik zie mama niet. Ik kan er niet uit.'

Avery keek Tate aan. Hij hield zijn vingers voor zijn neus en mond, zijn ogen waren op zijn gekwelde dochter gericht.

Plotseling schoot Mandy overeind, alsof een springveer haar hoofd van het kussen had weggeschoten. Haar borst ging snel op en neer. Haar ogen bleven wijd openstaan, maar ze zat nog steeds midden in haar nachtmerrie.

'Mama!' krijste ze. 'Maak me los. Ik ben bang. Maak me los!'

Toen begonnen haar oogleden te trillen, en hoewel haar ademhaling nog steeds hortend en stotend ging, klonk die niet meer alsof ze kilometers had gelopen en elke ademteug haar laatste zou kunnen zijn.

'Mama heeft me,' fluisterde ze. 'Mama heeft me losgemaakt.' Ze viel terug in het kussen en werd meteen wakker.

Toen haar ogen aan het licht gewend waren keek ze beurtelings naar Tate en Avery. Ze wierp haar stevige lijfje in Avery's armen. 'Mama, je hebt me eruit gehaald. Je hebt me uit de rook gehaald.'

Avery sloot Mandy in haar armen en trok haar dicht tegen zich aan. Ze kneep haar ogen toe en dankte God dat Hij het kind dat haar zo dierbaar was geworden, had genezen. Toen ze haar ogen weer opende, keek ze recht in die van Tate. Hij stak zijn hand uit, streelde haar wang en legde daarna zijn hand op het hoofd van zijn dochter.

Mandy ging rechtop zitten en zei: 'Ik heb honger. Mag ik een ijsje?'

Lachend van opluchting nam Tate haar in zijn armen en tilde haar hoog boven zijn hoofd. Ze joelde. 'Natuurlijk mag je dat. Welke smaak?'

Hij bestelde ijs bij de roomservice, samen met een stel schone lakens om het bezwete en verfrommelde beddengoed op Mandy's bed te verschonen. Terwijl ze daarop zaten te wachten trok Avery Mandy een schoon nachthemd aan en borstelde ze haar haar. Tate keek toe.

'Ik had een enge droom,' vertelde Mandy hun, terwijl ze met een andere borstel haar knuffelbeer roskamde. 'Maar ik ben nu niet bang meer, want mama is er om me daar weg te halen.'

Ze had alweer slaap tegen de tijd dat ze haar ijsje ophad. Ze stopten haar in en bleven aan het voeteneind van haar bed zitten tot ze was ingeslapen, wetend dat als dokter Webster gelijk had, ze voortaan van een ononderbroken nachtrust zouden kunnen genieten. Toen ze met hun armen om elkaar heen geslagen Mandy's kamer uitliepen begon Avery te huilen.

'Het is voorbij,' mompelde Tate en hij kuste haar op haar slaap. 'Alles komt nu weer in orde.'

'Godzijdank.'

'Waarom huil je dan?'

'Ik ben doodop,' bekende ze glimlachend. 'Er is zo veel gebeurd vandaag. Ik ga een lang, heet bad nemen.'

Toen Avery een half uur later uit de badkamer kwam, was haar huid zacht en rook ze naar badolie. Met het licht achter haar bood ze hem een verleidelijk silhouet door haar nachthemd heen.

'Nog steeds zo moe?' vroeg hij.

Het was schemerig in de kamer. Het bed was opengeslagen. Avery registreerde dat onbewust, want haar ogen waren op Tate gericht. Zijn haar zat in de war. De lamp van de badkamer vergulde zijn lichaamshaar, dat zijn borst bedekte, zijn navel omringde en afnam tot een dunne streep die onder de tailleband van zijn broek verdween.

'Niet zo erg moe,' antwoordde ze zwoel. 'Niet als jij iets anders dan slapen in gedachten hebt.'

'Wat ik in gedachten heb,' zei hij, terwijl hij naar haar toe liep, 'is de liefde bedrijven met mijn vrouw.'

Toen hij voor haar stond sloot hij een hand om haar hals en stak de andere zonder enige aarzeling in haar nachthemd om haar borst te omvatten. Terwijl hij haar ogen met de zijne vasthield speelde hij met de tepel.

'Ik bedoel niet zomaar paren met de vrouw met wie ik toevallig gehuwd ben,' fluisterde hij, terwijl zijn duim haar tepel bleef bewerken. 'Ik bedoel de liefde bedrijven met mijn vrouw.' Even later lagen ze in bed. Tate lag naakt naast haar en trok heel langzaam haar nachthemd omlaag.

Toen het helemaal uit was, legde hij zijn hoofd op haar buik, zijn schouders tussen haar dijen en begon haar te kussen. 'Ik had niet gedacht ooit weer van je te kunnen houden. Maar na wat je voor Mandy hebt gedaan, en voor mij, mag ik verdoemd zijn als ik niet méér van je hou dan ooit.'

Hij schoof zijn handen onder haar heupen en hief ze omhoog. Zijn lippen streelden over de zachte huid van haar buik. Hij kuste de driehoek van donkere krullen, verborg zijn neus erin en plaagde haar met zijn adem.

Ze pakte hem bij zijn haar en drukte haar geopende dijen omhoog, tegen zijn strelende mond. Hij nam haar zijdezachte, glibberige vlees tussen zijn lippen, dronk haar smaak en geur in, gebruikte zijn likkende, strelende, zoekende tong om haar de ene hevige climax na de andere te bezorgen.

Daarna draaide ze zich om en deed hetzelfde voor hem. Haar lippen bedekten de gladde kop van zijn penis. Ze zoog er teder aan en streelde met het puntje van haar tong door de groef en likte de druppels vocht op die zich nu al verzamelden.

Tate bad tot naamloze goden toen ze hem uiteindelijk helemaal in haar mond nam, en slaakte rauwe, hijgende kreten toen hij zich helemaal leegspoot.

Later die nacht, toen ze nog lagen te doezelen, trok hij haar rug tegen zijn borst. Hij kuste haar warme, zachte nek en knabbelde aan haar schouder. Hij zei niets, maar wachtte, alsof hij toestemming vroeg om verder te gaan.

Ze snorde als een tevreden poes en gaf zich over toen hij haar dijbeen tegen haar borst trok en langzaam bij haar binnendrong. Hun lichamen bewogen langzaam, bijna onmerkbaar tegen elkaar in een loom, vaardig liefdesspel.

Hij sloot zijn armen om haar heen, liefkoosde haar borsten met zijn handen en streek daarna met zijn tastende vingertoppen over haar harde tepels.

Ze drukte haar achterwerk tegen zijn lichaam en wreef haar zachte vlees tegen de dichte beharing rond zijn geslachtsorgaan. Hij gromde goedkeurend en trok haar hoger, dichter tegen zich aan.

Hij bespeelde haar van voren met adembenemende tederheid en verving soms zijn stijve penis door zoekende vingers die diep in haar binnendrongen, tot een immense tevredenheid over haar heen spoelde als een warme, geurige lentebui, zonder donder, zonder wind, zonder bliksem, reinigend, puur en weldadig.

De ritmische samentrekkingen van haar orgasme brachten het zijne teweeg. Zijn lichaam spande zich. Zijn ademhaling stokte voor enkele seconden terwijl de hete golf van zijn zaad haar baarmoeder omspoelde.

Toen het voorbij was en ze ontspannen, maar nog altijd warm, naast elkaar lagen, draaide ze zich naar hem om en vonden hun zoekende monden elkaar in een langdurige, genotvolle, vochtige kus. Toen vielen ze in slaap.

45

Omdat ze die ochtend al erg vroeg weg moesten, stond Avery meteen op toen ze eerder wakker werd dan Tate.

Ze keek nog even over haar schouder toen ze van het bed wegliep. Ze genoot even van de aanblik en liep toen naar de badkamer.

De kranen piepten toen ze ze opendraaide. Avery kromp ineen. Tate had alle slaap nodig die hij kon krijgen. Hij had die dag een vreselijk druk bezette agenda. Hij zou uren in het vliegtuig zitten en tussendoor toespraken afsteken, handen schudden; alles om zo veel mogelijk stemmen te werven.

De dag voor de verkiezingen was misschien wel de belangrijkste van de hele campagne. Vandaag zouden de twijfelaars, die van vitaal belang waren voor de uitkomst van de verkiezingen, hun besluit nemen.

Avery stapte onder de hete waterstraal. Nadat ze haar haar had gewassen, zeepte ze haar lichaam in. Het droeg nog de sporen van Tates liefdesspel. Ze glimlachte bij de gedachte daaraan toen plotseling het douchegordijn open werd geschoven.

'Tate!'

'Goedemorgen.'

'Wat...'

'Ik wilde samen met je douchen,' zei hij lijzig en hij glimlachte. 'Bespaart tijd. Bespaart het hotel heet water.'

Avery stond te trillen, even schuldig in haar naaktheid als Eva in het paradijs toen God haar had betrapt. De hete waterstralen leken ijskoud te worden en prikten als kleine naalden in haar huid. Alle kleur trok weg uit haar gezicht. Ze huiverde.

Verbaasd hield Tate zijn nog slaperige hoofd schuin. 'Je ziet eruit alsof je een spook hebt gezien. Heb ik je zo laten schrikken?'

Ze slikte. Haar mond ging open en dicht, maar er kwam geen geluid uit.

'Carole? Wat is er aan de hand?'

Hij keek of haar iets mankeerde en zag het litteken van haar blindedarmoperatie, oud en vaag en bijna onzichtbaar, behalve onder klinisch fel licht. Ze had het al eerder betwijfeld, maar Avery wist het nu zeker: Carole had nooit een blindedarmoperatie gehad.

'Carole?' Zijn stem weerspiegelde de verbazing in zijn ogen. Hoewel het beschermende gebaar haar alleen maar kon verraden, bedekte Avery haar onderlichaam met haar ene hand en strekte ze de andere smekend naar hem uit. 'Tate, ik...'

Scherp en dodelijk als zwaarden flitsten zijn ogen omhoog naar de hare. 'Jij bent Carole niet!'

Zijn arm schoot door de douchestraal heen, pakte haar bij de pols en trok haar onder de douche vandaan. Ze stootte haar schenen tegen de porseleinen douchebak; haar natte voeten gleden uit op de tegels. Ze slaakte een gekwelde kreet.

'Tate, stop. Ik...'

Hij duwde haar natte, naakte lichaam tegen de muur en drukte haar er met zijn eigen lichaam tegenaan. Zijn hand sloot zich strak om haar hals, net onder haar kin.

'Wie ben jij, in godsnaam? Waar is mijn vrouw? Wie ben jij!'

'Niet zo schreeuwen,' jammerde ze. 'Zo hoort Mandy je nog.'

'Zeg op, verdomme.' Hij sprak zachter, maar had nog steeds een moorddadige blik in zijn ogen en zijn hand oefende nog meer druk uit op haar keel. 'Wie ben je?'

Haar tanden klapperden zo hard dat ze nauwelijks kon spreken. 'Avery Daniels.'

'Wie?'

'Avery Daniels.'

'Avery Daniels? De televisie...'

Ze knikte.

'Waar is Carole? Wat...'

'Carole kwam om bij het vliegtuigongeluk, Tate,' zei ze. 'Ik heb het overleefd. We werden verwisseld doordat we van plaats hadden geruild. Ik droeg Mandy toen we ontsnapten. Ze namen aan...'

Hij sloot haar druipende hoofd tussen zijn handen. 'Is Carole dood?'

'Ja, ja. Het spijt me.'

'Sinds het ongeluk? Ze is bij het ongeluk omgekomen? Bedoel je dat jij... al die tijd al...'

Opnieuw knikte ze één keer.

Haar hart brak als een eierschaal toen ze zag hoe hij het onbegrijpelijke trachtte te begrijpen. Langzaam maakte hij zijn greep op haar hals los en deinsde achteruit.

'Waarom?' vroeg hij.

De dag des oordeels was aangebroken. Ze had geweten dat die zou komen. Ze had er alleen niet op gerekend dat het vandaag zou gebeuren. Ze was er niet op voorbereid.

'Het is erg ingewikkeld.'

'Het kan me niet schelen hoe ingewikkeld het is,' zei hij met een stem die trilde van afkeer. 'Begin maar te praten voor ik de politie bel.'

'Ik weet niet hoe of wanneer de verwisseling precies heeft plaatsgevonden,' zei ze gejaagd. Ze nam haar badjas van de haak om die aan te trekken. 'Ik werd in het ziekenhuis wakker, van mijn hoofd tot mijn voeten in het verband, niet in staat me te bewegen of te spreken. Iedereen noemde me Carole. Aanvankelijk begreep ik het niet. Ik had zo'n pijn. Ik was bang, verward, gedesoriënteerd. Het kostte me diverse dagen om uit te puzzelen wat er gebeurd was.'

'En toen je dat besefte zei je niets? Waarom niet?'

'Dat kon ik niet! Weet je nog, ik kon niet communiceren.' Ze greep zijn arm beet, maar hij trok hem los. 'Ik was niet in staat iemand op de hoogte te brengen.'

'Jezus, dit lijkt wel sciencefiction.' Hij haalde zijn vingers door zijn haar. Toen hij besefte dat hij nog altijd naakt was, pakte hij een handdoek en sloeg die om zijn middel. 'Al die maanden...'

'Ik moest tijdelijk Carole blijven.'

'Waarom?'

Ze gooide haar hoofd in haar nek en keek naar het plafond. De eerste uitleg was nog eenvoudig geweest vergeleken bij wat er nog moest komen. 'Het zal lijken alsof...'

'Het kan me geen barst schelen waar het op lijkt,' zei hij dreigend. 'Ik wil weten waarom jij je uitgeeft voor mijn vrouw.'

'Omdat iemand je wil vermoorden!'

Haar heftige antwoord verraste hem. Hij wilde nog steeds vechten, maar zijn hoofd sloeg achterover alsof hij een rechtse onder zijn kin had gekregen. 'Wat?'

'Toen ik in het ziekenhuis lag,' begon ze, de handen ineengeslagen voor haar middel, 'kwam er iemand naar mijn kamer.'

'Wie?'

'Dat weet ik niet. Laat me nou uitpraten voor je allerlei vragen gaat stellen.' Ze haalde diep adem, maar de woorden bleven over haar lippen tuimelen. 'Ik zat in het verband. Ik kon niet goed zien. Iemand die me Carole noemde waarschuwde me dat ik geen bekentenis moest gaan afleggen op mijn sterfbed. Hij zei dat de plannen nog steeds doorgingen en dat jij zou sterven voor je het ambt kon aanvaarden.'

Hij bleef even bewegingloos staan en barstte toen in spottend gelach uit. 'Verwacht je dat ik dat geloof?'

'Het is de waarheid! Dit is geen leugen. Ik zweer het je. Iemand is van plan je te vermoorden voor je senator wordt.'

'Ik ben nog niet eens gekozen.'

'Zo goed als, schijnt het.'

'Kun je die mysterieuze persoon niet identificeren?'

'Nog niet. Ik doe mijn best.'

Hij bestudeerde even haar ernstige gezicht en sneerde toen: 'Ik kan niet geloven dat ik naar deze onzin sta te luisteren. Je leeft al maandenlang in een leugen en nu verwacht je van me dat ik geloof dat een volmaakt vreemde je ziekenhuiskamer is binnengeslopen om in je oor te fluisteren dat hij mij van kant wil maken?' Hij schudde het hoofd alsof hij zich verbaasde over haar lef.

'Geen vreemde, Tate. Een naaste verwant. Iemand van de familie.'

Zijn kaak zakte naar beneden. Hij staarde haar in opperste verbazing aan. 'Ben jij nou...'

'Denk na! Alleen familieleden worden op de intensive care toegelaten.'

'Bedoel je dat iemand van mijn familie van plan is me te vermoorden?'

'Het klinkt absurd, ik weet het, maar het is de waarheid. Ik heb het niet verzonnen. Ik heb het me ook niet verbeeld. Ik heb briefjes gekregen.'

'Briefjes?'

'Neergelegd op plaatsen waar alleen Carole ze zou vinden, om haar te laten weten dat het plan nog steeds doorging.' Ze liep naar het bagagerek in de kast en opende een ritssluitingcompartiment van een van haar koffers. Ze nam de briefjes en de onteerde campagneposter mee naar hem.

'Ze zijn getypt op de schrijfmachine op de ranch,' zei ze.

Hij bekeek alles aandachtig. 'Je kunt die zelf gemaakt hebben voor het geval ik je doorkreeg en je een zondebok nodig had.'

'Dat is niet waar!' riep ze uit. 'Op deze manier liet Caroles partner...'

'Wacht even, wacht even.' Hij gooide de briefjes opzij en hield allebei zijn handen omhoog. 'Het wordt steeds mooier. Carole en die zogenaamde moordenaar werkten samen, begrijp ik dat goed?'

'Absoluut. Vanaf het moment dat ze je ontmoette. Misschien al eerder.'

'Waarom zou Carole mij dood wensen? Ze was totaal niet in politiek geïnteresseerd.'

'Het heeft niets met politiek te maken, Tate. Het is persoonlijk. Carole had haar zinnen erop gezet je vrouw te worden. Ze werd precies wat jij wilde en toen ze eenmaal samenwerkten kreeg ze te horen hoe ze zich moest gedragen zodat je verliefd op haar zou worden. Wie heeft jullie aan elkaar voorgesteld?'

'Jack,' zei hij met een licht schouderophalen. 'Toen ze bij ons kwam solliciteren.'

'Misschien was het geen toeval dat ze een baan zocht bij jullie advocatenkantoor.'

'Ze had onberispelijke referenties.'

'Daar ben ik van overtuigd. Daar zal ze wel voor gezorgd hebben.'

'Ze was goed in haar werk,' voegde hij eraan toe, 'dus dat ontkracht jouw theorie.'

'Ik weet dat ik gelijk heb. Zee heeft een heel dossier over Carole Navarro. Ik heb het gezien. In de veronderstelling dat ik Carole was, dreigde ze me alles te onthullen als ik je ongelukkig maakte.'

'Waarom zou ze dat doen?'

'Ze scheen te denken dat je weer verliefd begon te worden op je vrouw.' Avery keek hem veelzeggend aan. 'Na vannacht heb ik ook reden dat te geloven.'

'Vergeet vannacht. Zoals je heel goed weet was dat bedrog.' Hij wendde zich woedend af.

Avery paste stilletjes eerste hulp toe op de wond in haar hart. Later zou die uitgebreid verzorgd moeten worden. Nu had ze belangrijker zaken af te handelen.

'Ook al doorzag jij Carole niet meteen in het begin, Zee deed dat wel. Ze huurde een privédetective om in haar verleden te duiken.'

'En wat vond hij?'

'Ik zou liever niet...'

'Wat vond hij?' vroeg hij op strenge toon en draaide zich naar haar om. 'Word nu in godsnaam niet teergevoelig.'

'Ze was topless danseres. Ze was gearresteerd voor prostitutie, onder andere.' Toen ze zijn geschokte gezicht zag reikte ze naar zijn hand. Hij trok hem buiten haar bereik. 'Je hoeft me niet te geloven,' zei ze, woedend om zijn stomme, koppige, mannelijke trots. 'Vraag je moeder je het dossier te laten zien.'

Hij keek haar even aan en beet op de binnenkant van zijn wang. 'Oké, laten we even aannemen dat je gelijk hebt wat dat idiote moordcomplot betreft. Verwacht je nu dat ik geloof dat jij jezelf in gevaar brengt omdat je zo'n goed hart hebt? Waarom heb je het me maanden geleden niet verteld, bij de eerste gelegenheid die je had?'

'Zou je me toen dan wel geloofd hebben?' Hij had daar geen antwoord op, dus antwoordde zij in zijn plaats. 'Nee, dat zou je niet, Tate. Ik was hulpeloos. Ik had de kracht niet eens mezelf te verdedigen, laat staan jou. Bovendien kon ik het niet riskeren. Wanneer die persoon, wie het ook was – is – ontdekte dat hij zijn plannen in het oor had gefluisterd van Avery Daniels, televisieverslaggeefster, hoe lang denk je dat ik dan nog geleefd zou hebben?'

Zijn ogen vernauwden zich. Hij knikte langzaam. 'Ik geloof dat ik nu begrijp waarom Avery Daniels, televisieverslaggeefster, dit toneelspel heeft gespeeld. Je deed het voor het verhaal, nietwaar?'

Ze likte over haar lippen, een teken van schuld en nervositeit, dat zo duidelijk was als een bekentenis. 'Niet helemaal. Ik geef toe dat mijn carrière aanvankelijk een factor was.' Ze pakte opnieuw zijn arm beet en hield hem deze keer vast. 'Maar nu niet meer, Tate. Niet sinds ik... zo verknocht ben geraakt aan Mandy. Toen ik er eenmaal in zat, kon ik er niet meer uit. Ik kon niet zomaar weglopen en alles onopgelost laten.'

'Hoe lang wilde je je voor mijn vrouw blijven uitgeven? Hoe lang wilde je in die leugen blijven leven? Voor altijd?'

'Nee.' Haar hand gleed van zijn arm en ze kromp ineen van wanhoop. 'Ik weet het niet. Ik zou het je vertellen, maar...'

'Wanneer?'

'Zodra ik wist dat Mandy in orde was en jij veilig.'

'We zijn dus weer terug bij het moordcomplot.'

'Zeg dat toch niet zo zorgeloos,' riep ze uit. 'De dreiging is echt.' Ze keek naar de poster. 'En onontkoombaar.'

'Vertel me dan wie je verdenkt. Je woont sinds je uit het ziekenhuis bent bij dezelfde mensen als ik.' Hij schudde opnieuw zijn hoofd en lachte bitter om zijn eigen stommiteit. 'Jezus, dit verklaart zo veel. Het geheugenverlies. Shep. Het rijpaard.' Hij bekeek haar van top tot teen. 'Het verklaart zo veel,' zei hij grof. Wie verdenk je ervan mij te willen vermoorden? Mijn ouders? Mijn broer? Mijn beste vriend? Dorothy Rae? Nee wacht... Fancy! Dat is het.' Hij knipte met zijn vingers. 'Ze was een paar jaar geleden woedend op me omdat ik haar mijn auto niet wilde lenen, daarom wil ze me vermoorden.'

'Maak er geen grapjes over!' riep Avery gefrustreerd uit.

'Dit is toch niets anders dan een grap,' zei hij en hij bracht zijn gezicht vlak bij het hare. 'Een smerige rotgrap van een kreng met ambitie. Ik geef toe dat ik een idioot ben geweest, maar nu zie ik het allemaal kristalhelder.

Heb jij een paar jaar geleden niet een grote journalistieke fout gemaakt? Ja, ik geloof dat jij dat was. Je hebt dit plannetje bedacht om die fout goed te maken en jezelf onder je collega's in ere te herstellen. Je bent een verslaggeefster die een goed verhaal nodig had, dus toen de gelegenheid zich voordeed bekokstoofde je dit.'

Ze schudde haar hoofd en fluisterde bedroefd, maar zonder veel overtuiging: 'Nee.'

'Verdomme zeg, ik neukte met een bedriegster.'

'En je genoot ervan!'

'Kennelijk, omdat je daar even goed in bent als in toneelspelen!'

Er verschenen tranen in haar ogen. 'Je hebt het mis. Geloof me, alsjeblieft, Tate. Je moet voorzichtig zijn.' Ze wees naar de poster. 'Hij is van plan het morgen te doen.'

Hij schudde heftig zijn hoofd. 'Je zult me er nooit van overtuigen dat iemand van mijn familie een kogel door mijn hoofd zal schieten.'

'Wacht!' schreeuwde ze, toen ze zich plotseling iets herinnerde wat ze was vergeten te zeggen. 'Er is een lange man met grijs haar die je overal volgt.' Ze noemde snel de keren en plaatsen op dat ze de Grijze in het publiek had gezien. 'Van heeft opnamen die het bewijzen.'

'Aha, de cameraman van KTEX,' zei hij begrijpend. 'Dat verklaart het een en ander. Wie weet er nog meer van je spelletje?'

'Irish McCabe.'

'Wie is dat?'

Ze legde hun relatie uit en vertelde hoe Irish Caroles lichaam als het hare had geïdentificeerd. 'Hij heeft haar juwelen, als je die terug wilt hebben.'

'En het medaillon?' vroeg hij met een knikje naar haar borst.

'Een geschenk van mijn vader.'

'Heel slim,' gaf hij met ongewild respect toe. 'Je praat je overal uit en verbergt je sporen goed.'

'Luister naar me, Tate. Als ik de banden van Van te pakken kan krijgen, wil je dan kijken of je die man herkent?' Ze vertelde hem hoe ze tot de conclusie waren gekomen dat er een beroepsmoordenaar was gecontracteerd.

'Jullie zijn een mooi trio, allemaal van plan groot geld te verdienen ten koste van de Rutledges.'

'Zo is het niet.'

'Nee?'

'Nee!'

Ze schrokken allebei van de plotselinge klop op de deur. 'Wie is daar?' vroeg Tate.

Het was Eddy. 'We komen over twintig minuten beneden bij elkaar voor een laatste bespreking voor we naar het vliegveld vertrekken.' Tate keek naar Avery. 'Is alles in orde?' vroeg Eddy.

Ze hield haar samengebalde handen onder haar kin en smeekte Tate zachtjes niets te zeggen. 'Alsjeblieft, Tate,' fluisterde ze. 'Je ziet er geen reden toe, maar je moet me vertrouwen.'

'Alles is in orde,' riep hij onwillig door de deur. 'Ik zie je over twintig minuten beneden.'

Avery liet zich opgelucht op de dichtstbijzijnde bank vallen. 'Je mag niets zeggen, Tate. Zweer me dat je tegen niemand een woord zult zeggen. Niemand.'

'Waarom zou ik meer vertrouwen in jou stellen dan in mijn familie en vertrouwelingen?'

Ze antwoordde met zorg. 'Als wat ik gezegd heb waar is, kan je stilzwijgen je redden van de dood. Als het allemaal maar onzin is, kan je stilzwijgen je redden van publieke hoon. Je wint er hoe dan ook niets mee me nu als een bedriegster aan de kaak te stellen. Daarom smeek ik je niemand iets te vertellen.'

Hij staarde haar lang en kil aan. 'Je bent al even onbetrouwbaar als Carole was.'

'Ik vind het vreselijk dat je het zo ziet.'

'Ik had het moeten zien. Ik had moeten weten dat de veranderingen in jou, in haar, te mooi waren om waar te zijn. Zoals de manier waarop je na je thuiskomst met Mandy omging.'

'Ze is heel ver gevorderd, Tate. Geloof je niet dat ik van haar hou?'

'Ik geloof dat je haar hart zult breken als je weggaat.'

'Dat zal ook mijn hart breken.'

Hij negeerde haar. 'Nu weet ik waarom je plotseling belang ging stellen in de verkiezingen, waarom je je mening zo duidelijk naar voren wist te brengen, waarom...' Hij keek naar haar mond. 'Waarom zo veel dingen anders waren.' Even leek hij zich te verzetten tegen de trekkracht van een zware magneet die hem naar haar toe zou trekken. Toen wendde hij zich vloekend af.

Avery ging hem achterna en pakte hem beet voor hij haar buiten de badkamer kon sluiten. 'Wat ga je nu doen?'

'Ik weet het niet,' antwoordde hij heel eerlijk. 'Als ik jou ontmasker, zou ik mezelf en mijn familie als dwazen brandmerken.' Hij pakte haar bij haar haar en trok haar hoofd achterover. 'En als jij ons te kijk zet, vermoord ik je.'

Ze geloofde hem. 'Ik lieg niet, Tate. Alles wat ik je heb verteld is de waarheid.'

Hij liet haar abrupt los. 'Ik zal waarschijnlijk van je scheiden, zoals ik van plan was van Carole te scheiden. Jouw straf zal het zijn de rest van je leven de gewezen echtgenote van Tate Rutledge te zijn.'

'Je moet voorzichtig zijn. Iemand is van plan je te doden.'

'Avery Daniels is al maandenlang dood en begraven. Ze zal dood en begraven blijven.'

'Kijk uit naar een lange man met grijs haar in het publiek. Blijf bij hem uit de buurt.'

'Geen carrière bij de televisie, geen schitterend verhaal om jou tot een sensatie te maken.' Hij keek haar vol afkeer aan. 'U hebt het allemaal voor niets gedaan, juffrouw Daniels.'

'Ik heb het gedaan omdat ik van je hou.'

Hij gooide de deur voor haar neus dicht.

46

Er kwam een einde aan de zoektocht van Van op de avond voor de dag van de verkiezingen. Enkele seconden lang staarde hij naar het kleurenscherm. Hij kon niet geloven dat hij eindelijk had gevonden wat hij al die tijd had gezocht.

Hij had bij het ochtendgloren een hazenslaapje gedaan, toen hij besefte dat hij de hele nacht was opgebleven en de ene videoband na de andere had bekeken. Nadat hij ongeveer een uur had geslapen, had hij een pot sterke, cafeïnerijke koffie gedronken en was teruggekeerd naar zijn recorder. Zijn drang om videobanden te bekijken was een obsessie geworden. Zijn passie was uitgegroeid tot een missie.

Hij volbracht zijn missie om half tien 's avonds toen hij naar de opnamen zat te kijken die hij drie jaar tevoren had gemaakt voor een tv-station in de staat Washington. Hij herinnerde zich niet eens meer wat voor station het was, maar wel de opdracht. Hij had vier banden gebruikt van elk twintig minuten. De verslaggever had die tachtig minuten geredigeerd tot een special van vijf minuten voor het avondnieuws. Het was het soort stuk waarbij mensen huiverend het hoofd schudden, maar dat ze vraten als popcorn.

Van bekeek de volle tachtig minuten diverse keren om zich ervan te overtuigen dat hij zich niet vergiste. Toen hij zeker was van zijn gelijk, drukte hij de noodzakelijke knoppen in, stopte een lege band in de recorder en begon de belangrijkste en meest vernietigende van de vier banden te kopiëren.

Omdat die op normale snelheid gedupliceerd moest worden, gaf dat hem twintig minuten de tijd om iets anders te doen. Hij zocht in de verfrommelde pakjes die het bureau bedekten en vond ten slotte een enkele kromme sigaret, stak die op, pakte de telefoon en belde het Palacio Del Rio.

'Ja, ik moet mevrouw Rutledge spreken. Mevrouw Tate Rutledge.'

'Het spijt me, meneer,' zei de juffrouw aan de centrale beleefd. 'Ik kan u niet doorverbinden, maar als u me uw naam en telefoonnummer...'

'Nee, u begrijpt het niet. Dit is een persoonlijke en dringende boodschap voor Ave... eh, Carole Rutledge.'

'Het spijt me, meneer,' herhaalde de onverstoorbare telefoniste. 'Ik kan u niet doorverbinden. Als u me uw...'

'Shit!'

Hij gooide de hoorn op de haak en draaide Irish' nummer. Hij liet de telefoon eindeloos overgaan voor hij het opgaf. 'Waar zit hij nou, verdomme?'

Terwijl de band nog werd gekopieerd liep Van te ijsberen. Hij probeerde de beste manier te vinden om Irish en Avery te laten weten wat hij had gevonden. Het was van groot belang dat Avery deze band in handen kreeg, maar hoe? Als hij de telefoniste van het hotel niet eens kon overhalen haar suite te bellen, zou hij vanavond onmogelijk dicht genoeg bij haar kunnen komen om haar de tape te geven. Ze móést hem voor morgen zien.

Toen de kopie klaar was, had Van nog steeds geen oplossing gevonden voor zijn dilemma. De enige mogelijke handelwijze was proberen Irish te vinden. Die zou hem wel advies geven.

Maar nadat hij de telefoonlijnen tussen zijn appartement, KTEX en het huis van Irish meer dan een uur bezet had gehouden, had hij nog steeds niet met zijn baas gesproken. Hij besloot die verdomde band dan maar naar het huis van Irish te brengen. Hij kon daar wel op hem wachten. Het betekende dat hij de hele stad door moest rijden, maar ach... Dit was belangrijk.

Pas toen hij de parkeerplaats van zijn appartementencomplex bereikte, schoot hem te binnen dat zijn auto naar de garage was. Zijn collega had hem thuis afgezet nadat ze eerder die avond de terugkeer van Rutledge op het vliegveld van San Antonio hadden gefilmd.

'Shit. Wat nu?'

De postbus. Als hij op geen andere manier contact kon leggen, moest hij gebruik maken van de postbus. Hij liep terug naar binnen. Onder een stapel prullen vond hij het briefje waarop hij het postbusnummer had geschreven. Hij stopte de videoband in een geadresseerde envelop, schoot een jas aan en vertrok te voet.

Het was maar twee straten naar de dichtstbijzijnde avondwinkel, waar ook een brievenbus hing, maar zelfs dat vertegenwoordigde voor Van al te veel beweging.

Hij kocht sigaretten, een paar blikjes bier en voldoende postzegels voor de porto – en zo niet dan kon Irish het verschil bijbetalen – en stopte het pakje in de brievenbus. Op het briefje aan de buitenkant stond dat er om middernacht nog een lichting zou zijn. Irish kon de band morgenochtend in handen hebben.

Intussen was Van echter van plan Irish om de vijf minuten te bellen tot hij hem te pakken had. Het versturen van de gekopieerde band was gewoon voor de zekerheid.

Waar kon die ouwe kerel op dit tijdstip zijn, als hij niet thuis en niet op zijn werk was? Hij moest vroeg of laat voor de dag komen. Dan konden ze samen beslissen hoe ze Avery konden vertellen hoe reëel de bedreiging voor Rutledge' leven werkelijk was.

Van trok een blikje bier open en slenterde terug naar zijn appartement, liep naar binnen, trok zijn jas uit en ging weer aan de videorecorder zitten. Hij stopte een van de banden die het mysterie hadden opgelost er weer in en speelde die nog eens af.

Kort na middernacht pakte hij de telefoon en toetste het nummer van Irish in. Hij ging vijf keer over voor hij de klik hoorde die de verbinding verbrak. Hij keek snel naar zijn telefoon en zag dat een gehandschoende hand de haak had ingedrukt. Zijn ogen volgden de arm naar een vriendelijk glimlachend gezicht.

'Erg interessant, meneer Lovejoy,' zei zijn bezoeker zacht, met een knikje naar het scherm. 'Ik kon me niet meer herinneren waar ik u eerder had gezien.'

Daarna hief hij zijn pistool en schoot het van heel dichtbij af op Vans voorhoofd.

Irish rende naar binnen en pakte de telefoon op toen die voor de zesde keer overging, net toen de beller ophing. 'Verdomme!' Hij was tot laat op zijn werk gebleven ter voorbereiding op de helse dag die de nieuwsploeg morgen te wachten stond.

Hij nam een glas van het middel tegen maagpijn en liep terug naar de telefoon. Hij belde Van, maar hing op nadat de telefoon enkele keren was overgegaan.

Hij zou Van de volgende dag met een verslaggever naar Kerrville sturen, waar Rutledge moest gaan stemmen, en hem daarna voor de rest van de dag en de lange avond in het Palacio Del Rio stationeren, om de uitslag van de verkiezingen af te wachten.

Irish was er niet van overtuigd dat iemand zo stom zou zijn om een moord te plegen op de dag van de verkiezingen, maar Avery scheen dat wel te geloven. Als het haar geruststelde Van tussen de mensen te zien, dan wilde Irish hem daar hebben, zichtbaar en binnen haar bereik, voor het geval ze hem nodig had.

Contact met haar opnemen via de telefoon was onmogelijk. Hij had al eerder die dag geprobeerd haar te bellen, maar had te horen gekregen dat mevrouw Rutledge zich niet lekker voelde.

Bij een latere poging had men hem verteld dat de familie was gaan dineren. Nog altijd niet op zijn gemak was hij op weg naar huis langs het postkantoor gegaan en had zijn postbus gecontroleerd. Er zat niets in, wat zijn zorgen enigszins verlichtte. Geen nieuws was goed nieuws; als Avery hem nodig had, wist ze hem te vinden.

Hij maakte zich klaar om naar bed te gaan. Na zijn gebeden probeerde hij Van nog een keer te bellen. Er werd nog steeds niet opgenomen.

Avery bracht de dag voor de verkiezingen door in een kwellende bezorgdheid. Tate vertelde haar heel beslist dat ze niet mee zou gaan op zijn laatste promotietocht en hield daaraan vast, ondanks haar smeekbeden.

Toen hij veilig terugkeerde, was haar opluchting zo groot dat die haar helemaal verzwakte. Vlak voor het diner kwam Jack naast haar staan en vroeg: 'Heb je nog steeds buikkrampen?'

'Wat?'

'Tate zei dat je niet mee kon omdat je last had van je menstruatie.'

'O, ja,' zei ze. 'Ik voelde me vanochtend niet goed, maar nu gaat het wel weer, dank je.'

'Zorg nou maar dat je je morgenochtend wel goed voelt.' Jack was helemaal niet geïnteresseerd in haar gezondheid, alleen in hoe haar aanwezigheid of afwezigheid de uitslag van de verkiezing zou beïnvloeden. 'Morgen moet je op je best zijn.'

'Ik zal het proberen.'

Toen werd Jack opgeëist door Dorothy Rae, die al weken niet gedronken had. Ze was erg veranderd. Ze zag er niet langer bang of kwetsbaar uit, maar deed haar best goed voor de dag te komen. Ze was veel assertiever en verloor Jack zelden uit het oog, en nooit wanneer Carole in de buurt was. Ze beschouwde Carole kennelijk nog steeds als een bedreiging, maar dan wel een die ze bereid was te bestrijden.

Dank zij Tates aangeboren charme merkte niemand iets van de barst in hun relatie. De familie ging massaal naar het restaurant om te dineren en nam plaats in een aparte eetkamer.

Tate speelde met Mandy. Hij vertelde anekdotes over de tocht aan zijn vader en moeder. Hij plaagde Fancy een beetje en betrok haar bij het gesprek. Hij luisterde naar Jacks laatste raadgevingen. Hij kibbelde met Eddy over zijn kleding voor de volgende dag.

'Ik ga me niet opdoffen om te gaan stemmen – evenmin als andere mensen – en ik trek pas een pak met stropdas aan als ik mijn overwinningstoespraak moet gaan houden.'

'Dan zal ik maar zorgen dat het hotel vannacht je pak perst,' zei Avery met overtuiging.

'Bravo!' Nelson sloeg met zijn vuist op tafel.

Tate keek haar scherp aan, in een poging haar te doorzien. Als er iemand aan deze tafel was die hij wantrouwde, was zij het. Als hij ook maar iets van twijfel voelde over de loyaliteit en toewijding van zijn familie, dan maskeerde hij die uitstekend. Voor een man wiens leven de volgende dag een drastische wending zou kunnen nemen, leek hij belachelijk kalm.

Avery vermoedde echter dat zijn kalmte alleen maar schijn was. Hij straalde vertrouwen uit omdat hij wilde dat de anderen zich op hun gemak voelden. Dat zou typisch iets voor Tate zijn.

Ze verlangde ernaar met hem alleen te zijn na hun terugkeer in het hotel en was blij toen zijn bespreking met Jack en Eddy snel voorbij was.

Ze gingen weg. Mandy lag al te slapen in haar kamer. Nu, dacht Avery, zou ze tijd hebben om haar zaak bij Tate te bepleiten. Misschien zou zijn oordeel dit keer niet zo hard zijn. Tot haar wanhoop pakte hij echter zijn kamersleutel en liep naar de deur.

'Ik ga een poosje naar pap en mam.'

'Tate, heb je Van gezien op het vliegveld? Ik heb geprobeerd hem thuis te bellen, maar hij was nog niet terug. Ik had gewild dat hij de banden zou brengen zodat...'

'Je ziet er moe uit. Wacht maar niet op me.'

Hij verliet de suite en bleef lang weg. Uiteindelijk ging ze, omdat het zo'n lange en vermoeiende dag was geweest die ze overwegend in de suite had doorgebracht, naar bed.

Tate kwam niet bij haar. Ze werd 's nachts wakker, miste zijn warmte, raakte in paniek omdat ze zijn ademhaling niet hoorde en liep snel de slaapkamer door en trok de deur open.

Hij sliep op de bank in de salon.

Het brak haar hart.

Maandenlang was hij buiten haar bereik geweest vanwege Caroles verraad, en nu vanwege haar eigen verraad.

47

De maagpijn waarmee Irish de vorige avond naar bed was gegaan stelde nog weinig voor in vergelijking met die welke hij om zeven uur op de dag van de verkiezingen voelde.

Het was een koele, heldere ochtend. Er werd een grote opkomst van kiezers verwacht, vanwege het perfecte herfstweer.

Het klimaat op de nieuwsafdeling van KTEX was minder goed. Het hoofd van die afdeling was op oorlogspad. 'Jammerlijke, waardeloze klootzak,' zei Irish toen hij de hoorn van de telefoon op de haak smeet. Toen Van niet zoals afgesproken om half zeven op zijn post was gearriveerd, was Irish naar zijn appartement gaan bellen. Er werd nog steeds niet opgenomen. 'Waar kan hij nou zijn?'

'Misschien is hij onderweg,' zei een van de verslaggevers, die behulpzaam wilde zijn.

'Misschien,' gromde Irish terwijl hij een sigaret opstak, die hij alleen maar tussen zijn lippen had willen houden. 'Intussen stuur ik jou erheen. Als je opschiet kun je de Rutledges nog in hun hotel treffen.'

Irish pakte de telefoon weer en toetste een nummer in dat hij inmiddels van buiten kende. 'Goedemorgen,' antwoordde een plezierige stem, 'Palacio Del Rio.'

'Ik moet mevrouw Rutledge spreken.'

'Het spijt me, meneer, ik kan u niet...'

'Ja, ik weet het, ik weet het, maar dit is heel belangrijk.'

'Als u me uw naam en telefoonnum...'

Hij hing op en toetste meteen Vans nummer in. De telefoon bleef overgaan terwijl Irish liep te ijsberen, zo ver als de lengte van het telefoonsnoer hem dat toeliet. 'Als ik hem te pakken krijg, ram ik zijn ballen door zijn strot omhoog.'

Hij pakte een loopjongen bij de kraag die de pech had in zijn buurt te komen. 'Hé, jij, rij erheen en schop zijn magere reet uit bed.'

'Wie, meneer?'

'Van Lovejoy. Wie denk je anders, verdomme?' bulderde Irish ongeduldig. Waarom moest iedereen nou juist vandaag afwezig of oerstom zijn? Hij krabbelde Vans adres op een briefje, schoof het de geschrokken jongen toe en beval hem dreigend: 'En kom niet zonder hem terug.'

Avery liep het hotel uit, Mandy aan de ene, zweterige hand. De andere hand lag in de kromming van Tates elleboog. Ze glimlachte naar de vele camera's en wilde maar dat haar gezichtsspieren niet zo verkrampt waren.

Eddy reed met hen mee naar Kerrville. Ze zou Tate dus nog niet voor zichzelf hebben, zoals ze had gehoopt. Ze waren de hele ochtend nog niet alleen geweest. Hij was al opgestaan en aangekleed toen zij wakker werd. Hij had ontbeten in de eetzaal van het hotel terwijl zij Mandy en zichzelf aankleedde.

Toen de limousine van de stoeprand wegreed keek ze door de achterruit op zoek naar Van. Ze ontdekte twee mensen van KTEX, maar de cameraman was niet Van. Waarom is hij er niet? vroeg ze zich af. Waar is hij?

Hij bevond zich ook niet onder de mediamensen die in Kerrville op hen wachtten. Haar nervositeit groeide, zo sterk dat Tate op een bepaald moment naar haar overleunde en fluisterde: 'Glimlach, in godsnaam. Je ziet eruit alsof ik al verloren heb.'

'Ik ben bang, Tate.'

'Bang dat ik zal verliezen voor de dag om is?'

'Nee. Bang dat je zult sterven.' Ze keek hem enkele ogenblikken strak aan. Toen stoorde Jack hen door Tate een vraag te stellen.

De rit terug naar San Antonio leek eindeloos. Er was meer verkeer dan normaal op de snelweg en in de stad. Toen ze bij de ingang van het hotel uit de limousine stapten, tuurden Avery's ogen weer de menigte rond. Ze zag een bekend gezicht, maar niet het gezicht dat ze had willen zien. De man met het grijze haar stond voor het conventiegebouw aan de overkant van de straat. Van was nergens te bekennen.

Irish had het beloofd.

Er was iets mis.

Zodra ze hun suite bereikten, excuseerde ze zich en liep naar de slaapkamer om te bellen. De rechtstreekse lijn naar de redactiekamer werd na tien keer opgenomen. 'Irish McCabe, alstublieft,' zei ze dringend.

'Irish? Oké, ik zal hem gaan zoeken.'

Ze had zelf gewerkt tijdens verkiezingsdagen en wist wat voor nachtmerries, en wat voor uitdagingen die voor de media betekenden. Iedereen werkte op topniveau.

'Kom nou, kom nou, Irish,' fluisterde ze terwijl ze wachtte.

'Hallo?'

'Irish!' riep ze opgelucht uit.

'Nee. Wacht u op hem? Een ogenblikje.'

'Hier met Ave...' Toen ze weer in de wacht werd gezet, begon ze bijna te huilen van spanning.

De telefoon werd opnieuw opgenomen. 'Hallo?' vroeg een man aarzelend. 'Hallo?'

'Ja, wie is... Eddy, ben jij dat?'

'Ja.'

'Hier Ave... eh, Carole.'

'Waar zit jij ergens?'

'In de slaapkamer, ik gebruik deze lijn al.' Hij had kennelijk het toestel in de salon gepakt.

'Nou, hou het dan kort, wil je? We moeten deze lijnen openhouden.' Hij hing op. Ze hoorde nog steeds niets aan de andere kant. Haar telefoontje naar de redactieruimte was genegeerd door mensen die op de drukste dag van het jaar wel wat beters te doen hadden dan hun baas zoeken. Verontrust legde ze de hoorn terug op de haak en voegde zich weer bij de familie en een paar vrijwilligers die in de andere kamer bijeen zaten.

Voor het moment kon ze niets doen. Er moest een logische verklaring zijn voor de wijziging van hun plannen. Omdat ze niet was ingelicht had ze zich door haar fantasie laten meeslepen. Irish en Van wisten haar te vinden als ze contact met haar wilden. Haar best doend om haar paniek binnen de perken te houden liep ze naar de bank waarop Tate zich had uitgestrekt.

Avery ging op de leuning van de bank zitten. Hij legde afwezig zijn arm over haar dij en streelde haar knie. Even later keek hij naar haar op en glimlachte. 'Hoi.'

'Hoi.'

Toen herinnerde hij het zich weer. Ze zag hoe de herinnering de warme gloed uit zijn ogen wegtrok. Hij nam langzaam zijn arm van haar weg.

'Er is iets wat ik je nog wilde vragen,' zei hij.

'Ja?'

'Heb jij iets aan anticonceptie gedaan?'

'Nee. En jij ook niet.'

'Geweldig.'

Ze liet zich door zijn afkeer niet intimideren. Ze wilde de rest van die dag niet verder van hem vandaan gaan dan ze nu was.

'Irish, lijn twee voor jou.'

'Zie je verdomme niet dat ik al aan de telefoon bén?' riep hij boven de drukte in de redactiekamer uit. 'Zet maar in de wacht. Nu,' zei hij, weer in de hoorn, 'heb je aangeklopt?'

'Tot mijn knokkels er pijn van deden, meneer McCabe. Hij is niet thuis.'

Irish haalde zijn hand over zijn hoogrode gezicht. De loopjongen belde met nieuws dat hij volstrekt niet begreep. 'Heb je door de ramen gekeken?'

'Heb ik geprobeerd. De jaloezieën waren dicht, maar ik heb aan de deur geluisterd. Er was absoluut niets te horen. Ik geloof niet dat er iemand binnen is. Bovendien staat zijn auto er niet. Ik heb al gekeken op het parkeerterrein. Zijn plaats is leeg.'

Irish bedacht dat ze elkaar misschien verkeerd hadden begrepen en dat Van rechtstreeks naar het Palacio Del Rio was gegaan, maar zijn mensen daar meldden dat ze hem ook niet hadden gezien.

'Oké, bedankt. Kom maar terug.' Hij drukte op het knipperende lampje op het telefoonpaneel. 'McCabe,' zei hij. Hij hoorde de kiestoon. 'Hé, zat er voor mij niet iemand op lijn twee?'

'Dat klopt.'

'Nou, die is dan nu weg.'

'Hebben ze zeker opgehangen?'

'Was het een man?' wilde hij weten.

'Een vrouw.'

'Zei ze wie ze was?'

'Nee. Maar ze klonk nogal overstuur.'

Irish' bloeddruk schoot de hoogte in. 'Waarom heb je me dat verdomme niet gezégd?'

'Dat heb ik gedaan!'

'Jezus!'

Hij stampte terug zijn kantoor in, smeet de deur achter zich dicht en stak een sigaret op. Hij wist natuurlijk niet zeker dat het Avery was geweest aan de telefoon, maar zijn instinct zei hem van wel. Misschien had hij daar zo'n maagpijn van... zijn verdomde instincten.

Hij nam een slok maagmedicijn zo uit de fles en pakte de telefoon weer op. Toen hij eiste te worden doorverbonden met de suite van de Rutledges, begon de telefoniste weer aan haar litanie.

'Luister, trut, ik geef geen ene moer om jouw verrekte instructies of wie al die verdomde telefoontjes moet controleren. Ik wil dat je nu die suite belt. Nú, heb je dat begrepen? En als je dat niet doet, kom ik persoonlijk naar je toe en sla je voor je verdomde rotkop.'

Ze hing op.

Irish liep op en neer in zijn kantoor, rook uitblazend en puffend als een stoomlocomotief. Avery moest buiten zichzelf zijn van angst.

Ze zou denken dat Van en hij haar in de steek hadden gelaten.

Hij stormde de redactiekamer weer in en trok zijn blazer aan. 'Ik ga weg.'

'Weg?'

'Ben je soms doof? Weg! Als er iemand komt of belt, zeg je maar dat

ze een boodschap achterlaten. Ik kom zo snel mogelijk terug.'
'Waar ga je...' Maar Irish was al verdwenen.

'Weet u zeker dat hij er niet is?' Avery kon het niet geloven. 'Ik heb eerder gebeld en toen...'
'Ik weet alleen dat iemand zei dat hij is weggegaan en ik kan hem niet vinden, dus hij zal wel weg zijn.'
'Waarheen?'
'Dat schijnt niemand te weten.'
'Irish zou nooit weggaan op de dag van de verkiezingen.'
'Luister, dame, het is hier een gekkenhuis, vooral sinds Irish ervandoor is gegaan, dus wilt u nou een boodschap voor hem achterlaten of niet?'
'Nee,' zei ze afwezig. 'Geen boodschap.'
Ze voelde zich van iedereen afgesneden toen ze ophing en terugliep naar de salon. Haar ogen zochten automatisch die van Tate. Hij zat met Nelson te praten. Zee luisterde naar hun gesprek.
Jack en Eddy waren beneden om van alles in de balzaal te regelen terwijl ze zorgvuldig de binnenkomende uitslagen in het oog hielden.
Het duurde nog enkele uren voor alle stemlokalen dichtgingen, maar er waren wat aanwijzingen dat Tate Dekker voor zou blijven. Ook al zou hij niet winnen, dan had hij de pompeuze senator toch flink laten schrikken.
Dorothy Rae had gezegd dat ze hoofdpijn had en was gaan liggen in haar kamer. Fancy zat met Mandy op de vloer te kleuren.
In een ingeving riep Avery haar naam. 'Zou je even mee willen komen, alsjeblieft?'
'Waarom?'
'Ik... ik heb je nodig om een boodschap te doen.'
'Oma heeft me gezegd het kind bezig te houden.'
'Dat doe ik wel. Bovendien is het bijna tijd voor haar middagdutje. Alsjeblieft. Het is heel belangrijk.'
Morrend kwam Fancy overeind en ze volgde Avery de slaapkamer in. Sinds het incident van enkele dagen geleden was ze veel plezieriger in de omgang. Zo nu en dan kwamen er nog sporen van haar

oude recalcitrante persoontje naar boven, maar over het algemeen was ze veel meegaander. Zodra ze de deur achter hen had gesloten drukte Avery een kleine sleutel in Fancy's hand. 'Je moet wat voor me doen.'

'Met deze sleutel?'

'Hij is van een postbus. Je moet voor me gaan kijken of er iets in zit. Als dat zo is, breng je het mee en geeft het alleen aan mij... en aan niemand anders.'

'Wat is er in godsnaam aan de hand?'

'Dat kan ik je nu niet uitleggen.'

'Ik ga niet zomaar...'

'Alsjeblieft, Fancy. Het is vreselijk belangrijk. Ik dacht dat we vriendinnen waren.'

Fancy dacht even na, draaide toen de sleutel een paar keer om in haar hand. 'Waar is het?' Avery gaf haar het adres van het desbetreffende postkantoor. 'Jeetje, dat is een miljoen kilometer hiervandaan.'

'Net zei je nog dat je er genoeg van had opgesloten te zitten in deze rottige hotelsuite. En dat is volgens mij een letterlijk citaat. Wil je het nou alsjeblieft voor me doen?'

Avery's gezichtsuitdrukking moest iets van de urgentie en het belang van de boodschap hebben overgebracht, want Fancy haalde haar schouders op. 'Oké.'

'Dank je.' Avery omhelsde haar. Bij de deur van de slaapkamer bleef ze nog even stilstaan. 'Maak niet te veel heisa als je weggaat. Ga gewoon zo onopvallend mogelijk. Als iemand je vraagt waar je heen bent, verzin ik wel iets.'

'Waarom zo stiekem? Wat is het grote geheim? Je neukt toch niet met de postbode, wel?'

'Vertrouw me. Het is erg belangrijk voor Tate... voor ons allemaal. En kom alsjeblieft snel terug.'

Fancy pakte haar schoudertas en liep naar de dubbele deur van de suite. 'Ik ben even weg,' riep ze over haar schouder. Niemand besteedde veel aandacht aan haar.

48

Fancy hees zich op de knik en legde het rechthoekige pakje dat ze uit de postbus had gehaald voor zich op de bar. De barbediende, een gespierde jongeman met een snor, kwam op haar toe.

De glimlach waarmee ze hem zegende was in de hemel ontworpen voor engelen. 'Een gin-tonic, alstublieft.'

Zijn vriendelijke blauwe ogen keken haar sceptisch aan. 'Hoe oud ben je?'

'Oud genoeg.'

'Maak er maar twee gin-tonics van.' Een man klom op de kruk naast die van Fancy. 'Ik trakteer de dame.'

De barbediende haalde zijn schouders op. 'Mij best.'

Fancy keek naar haar redder. Hij was het type van een jonge directeur... verzekeringen of computers, dacht ze. Mogelijk achter in de twintig. Waarschijnlijk getrouwd. Op zoek naar kicks buiten de verantwoordelijkheden die hij op zich had genomen om zich dure kleren en het dure horloge rond zijn pols te kunnen veroorloven.

Terwijl zij hem analyseerde, analyseerde hij haar. De gloed in zijn ogen toen die over haar lichaam omlaagdwaalden vertelde haar dat hij geloofde prima te hebben gescoord.

'Bedankt voor het drankje,' zei ze.

'Graag gedaan. Je bent toch wel oud genoeg om te drinken, nietwaar?'

'Natuurlijk. Ik ben oud genoeg om te drinken. Alleen niet oud genoeg om drankjes te kopen.' Ze lachten en brachten een toost uit met de glazen die zojuist waren gearriveerd.

'Ik heet John.'

'Fancy.'

'Fancy?'

'Francine, als je dat liever hoort.'

'Fancy.'

Het paringsritueel was begonnen. Fancy herkende het. Ze kende de regels. Verdorie, ze had de meeste zelf verzonnen. Binnen twee uur – misschien nog eerder – zouden ze ergens samen in bed liggen. Na haar verdriet om Eddy had ze mannen afgezworen. Het waren allemaal klootzakken. Ze wilden maar één ding van haar en dat was hetzelfde als ze van een goedkope hoer konden kopen.

Haar moeder had haar verteld dat ze op een dag een man zou ontmoeten die echt om haar gaf en haar behandelde met tederheid en respect. Fancy geloofde daar echter niet zo in. Moest ze gaan zitten wachten, zich dood vervelen en haar poesje laten verdorren tot de ware Jacob kwam opdagen en het weer tot leven wekte?

Verdorie, nee. Ze had zich nu al drie dagen goed gedragen. Ze had behoefte aan wat plezier. Deze Jim, of Joe, of John, of hoe hij ook heette kon haar dat geven. Ze zou wat lol maken voor ze terugging naar het hotel.

Het was onmogelijk in de buurt van het hotel een parkeerplaats te vinden. Irish vond er uiteindelijk een een paar straten verderop. Hij transpireerde hevig tegen de tijd dat hij de hal van het hotel inliep. Als het nodig was, zou hij wel met een paar bankbiljetten wapperen om bij de suite van de Rutledges te komen. Hij moest Avery spreken; samen konden ze misschien ontdekken wat er met Van was gebeurd.

Misschien waren al zijn zorgen voor niets. Misschien waren ze al samen. Hij hoopte bij god dat het zo was.

Hij drong door een groep Aziatische toeristen die bij de receptie in de rij stonden om zich in te schrijven. Geduld was nooit Irish' sterkste kant geweest. Hij voelde zijn bloeddruk stijgen.

Midden in de chaos raakte iemand zijn elleboog aan. 'Hallo.'

'O, hallo,' zei Irish toen hij het gezicht herkende.

'U bent Irish McCabe, nietwaar? De vriend van Avery?'

'Dat klopt.'

'Ze is naar u op zoek. Komt u maar.'

Ze navigeerden door de overvolle hal. Irish werd door een deur naar een dienstlift geleid. Ze stapten erin; de grijze deuren schoven dicht.

'Dank u,' zei Irish. Hij veegde zijn bezwete voorhoofd droog met zijn mouw. 'Heeft Avery...' Midden in zijn vraag besefte hij dat de man haar echte naam had gebruikt. U weet het?'

Een glimlach. 'Ja, ik weet het.'

Irish zag het pistool, maar kreeg niet de tijd om in te zien dat het op hemzelf was gericht. Nog geen hartenklop later greep hij naar zijn borst en viel als een omgezaagde boom tegen de bodem van de lift.

De lift hield stil op de onderste verdieping van het hotel. De eenzame passagier hief zijn pistool en richtte het op de opengaande deuren, maar hoefde het niet te gebruiken. Er stond niemand te wachten.

Irish werd door een korte gang en twee klapdeuren naar een smalle, donkere nis gesleept. Daar werd zijn lichaam achtergelaten. De moordenaar wist dat, tegen de tijd dat het gevonden zou worden, zijn dood zou worden overschaduwd door een andere.

Alle drie de televisies in de suite stonden op een andere zender. Het was een spannende race geworden, te spannend om nu al iets te zeggen. Diverse malen werd de race in Texas tussen de nieuwkomer Tate Rutledge en de senator in functie, Rory Dekker, de spannendste aller tijden genoemd.

Toen werd gemeld dat Rutledge een lichte voorsprong had, klonk er gejuich op in de salon. Avery vloog overeind. Ze was doodnerveus en stond op het punt in te storten.

Alle opwinding had Mandy hyperactief gemaakt. Ze was zo vervelend geworden dat een van de babysitters van het hotel was geroepen om haar in een andere kamer bezig te houden, zodat de familie zich rustig op de uitslagen kon concentreren.

Nu ze even niet op Mandy hoefde te letten, had Avery alle tijd om zich zorgen te maken over Tate en zich af te vragen waar Irish en Van waren. Hun verdwijning was zo onzinnig. Ze had drie keer naar de redactiekamer gebeld. Ze waren geen van beiden daar en niemand wist waar ze wel zaten.

'Heeft iemand de politie ingelicht?' had ze tijdens haar laatste telefoontje gevraagd. 'Misschien is hun iets overkomen.'

'Luister, als u ze als vermist wilt opgeven, prima, ga uw gang. Maar hou op ons lastig te vallen. Ik heb wel wat beters te doen.'

De hoorn was op de haak gegooid. Ze zou het liefst zo snel mogelijk daarheen rijden, maar ze wilde Tate niet alleen laten. Terwijl de avond langzaam verstreek, speelden er twee zekerheden door haar hoofd. De ene was dat Tate op het punt stond die Senaatszetel te winnen. De andere was dat haar vrienden iets vreselijks was overkomen.

Het maakte haar ziek van angst te weten dat er een moordenaar in het hotel was, onder hetzelfde dak als Tate en Mandy.

En waar was Fancy? Ze was al uren weg. Was haar ook iets overkomen? En zo niet, waarom had ze dan niet opgebeld om uit te leggen waarom ze zo laat was? Zelfs met het extra verkeer dat nu op de weg was had de tocht naar het postkantoor toch niet meer dan een uur moeten duren.

'Tate, een van de zenders heeft net bekendgemaakt dat je gewonnen hebt!' riep Eddy, terwijl hij de kamer binnenstormde. 'Ben je klaar om naar beneden te gaan?'

'Nee,' zei hij. 'Niet voordat er absoluut geen twijfel meer over bestaat. Niet voordat Dekker me belt en zijn ambt overdraagt.'

'Ga ten minste iets anders aantrekken.'

Wat mankeert er aan deze kleren?'

'Je blijft tot het eind toe dwars liggen, hè? Nou, als je wint, kan het me niet eens meer schelen.'

Nelson liep naar Tate toe en schudde hem de hand. 'Je hebt het voor elkaar. Je hebt alles bereikt wat ik van je verwachtte.'

'Dank je, pap,' zei Tate een beetje beverig. 'Maar laten we niet te vroeg juichen.' Zee omhelsde hem.

'Bravo, broertje,' zei Jack. Hij tikte Tate zachtjes tegen de wang. 'Zouden we nu het Witte Huis moeten proberen?'

'Ik had helemaal niets kunnen bereiken zonder jouw hulp, Jack.'

Dorothy Rae trok Tate omlaag en kuste hem. 'Fijn dat je dat zegt, Tate.'

'Ere wie ere toekomt.' Hij staarde over hun hoofden naar Avery.

Zijn gezichtsuitdrukking vertelde haar hoezeer ze het mis had gehad: hij was omringd door mensen die van hem hielden. Zij was de enige verraadster.

De deur ging opnieuw open. Ze draaide zich snel om, in de hoop Fancy te zullen zien. Het was een van de vrijwilligers. 'Alles is klaar in de balzaal. 'De menigte roept om Tate en de band speelt al. God, het is geweldig!'

'Ik geloof dat het tijd is om de champagne in te schenken,' zei Nelson.

Avery sprong bijna in de lucht van schrik toen de eerste kurk knalde.

Johns arm streelde langs Fancy's borst. Ze schoof een beetje op. Zijn dij wreef tegen de hare. Ze sloeg haar benen weer over elkaar. Zijn voorspelbare trucs werden vervelend. Ze was niet in de stemming. Haar drankje smaakte haar niet meer. Dit was niet zo leuk als anders.

Ik dacht dat we vrienden waren.

Carole had haar de afgelopen maanden fatsoenlijk behandeld... sinds ze terug was uit het ziekenhuis, eigenlijk. Een aantal van de dingen die ze had gezegd over zelfrespect klonken haar plotseling zinnig in de oren. Hoe kon ze zichzelf respecteren als ze zich in dergelijke zaken door kerels liet oppikken die haar later even gemakkelijk opzij schoven als ze een gebruikt condoom weggooiden?

Carole leek haar geen stuk onbenul te vinden. Ze had haar een belangrijke boodschap toevertrouwd. En wat deed zij? Ze liet Carole in de steek.

'Zeg, ik moet gaan,' zei ze plotseling. John probeerde haar oor te likken. Ze sloeg hem bijna van zijn kruk toen ze haar tasje en de envelop van de bar pakte. 'Bedankt voor de drankjes.'

'Hé, waar ga je heen? Ik dacht – nou ja, je weet wel.'

'Ja, ik weet het,' zei Fancy. 'Het spijt me.'

Hij kwam van zijn kruk, zette zijn handen in zijn heupen en vroeg kwaad: 'O ja, en wat moet ik nou verdomme doen?'

'Jezelf aftrekken, denk ik.'

Ze reed met onbehoorlijke snelheid terug naar het hotel, voortdurend alert op radarcontroles en surveillerende politiewagens. Ze was niet dronken, maar de alcohol zou zichtbaar zijn bij een blaastest. Het verkeer in de stad maakte de rit helemaal tot een nachtmerrie, maar uiteindelijk bereikte ze de garage van het hotel.

De hal was overvol. Het leek wel of iedereen in Bexar County die op Tate Rutledge had gestemd, hierheen was gekomen om de overwinning te vieren.

'Neem me niet kwalijk, sorry.' Fancy wurmde zich door de menigte heen. 'Au, verdomme, dat was mijn voet!' schreeuwde ze toen iemand op haar tenen ging staan. 'Laat me erdoor.'

Na wat wel een half uur leek ging ze op haar tenen staan. Tot haar ontsteltenis zag ze dat ze nog lang niet in de buurt van de liften was.

'Ik heb hier genoeg van,' mompelde ze. Ze pakte de dichtstbijzijnde man bij de arm. 'Als jij me in een van die liften kunt krijgen, geef ik je een pijpbeurt die je van je leven niet meer vergeet.'

Het werd plotseling stil in het vertrek toen de telefoon ging. Alle ogen gingen naar het apparaat. Iedereen was vol verwachting.

'Oké,' zei Eddy zacht, 'dat is hem.'

Tate nam de hoorn op. 'Hallo? Ja, meneer, u spreekt met Tate Rutledge. Fijn dat u belt, senator Dekker.'

Eddy stak beide vuisten boven zijn hoofd als de winnende bokser na een knock-out. Zee sloeg haar handen onder haar kin ineen. Nelson knikte als een rechter die zojuist een eerlijke beslissing van de jury overhandigd heeft gekregen. Jack en Dorothy Rae glimlachten naar elkaar.

'Ja, meneer. Dank u wel, meneer. Dat vind ik ook. Dank u. Bedankt voor uw telefoontje.' Tate hing op. Enkele seconden lang zat hij voorovergebogen, met zijn handen tussen zijn knieën. Toen keek hij met een jongensachtige grijns op en zei: 'Ik neem aan dat dat betekent dat ik de nieuwe senator van Texas ben.'

Eddy trok Tate overeind en duwde hem in de richting van de slaapkamer. 'Nú kun je je gaan omkleden. Laat iemand een lift tegenhouden. Ik zal naar beneden bellen en om vijf minuten tijd vragen.'

Avery stond zich in haar handen te wringen. Ze wilde juichen en joelen van vreugde om Tates triomf. Ze wilde haar armen wel om hem heen slaan en hem een kus geven die een overwinnaar toekwam. Ze wilde dit blijde moment met hem delen. In plaats daarvan werd ze opgevreten door angst.

Toen ze zich bij hem voegde in de slaapkamer, stond hij al in zijn onderbroek en trok hij een nette broek aan. 'Tate, ga niet.'

Zijn hoofd kwam met een ruk omhoog. 'Wat?'

'Ga niet naar beneden.'

'Ik kan niet...'

Ze pakte zijn arm beet. 'De man over wie ik je vertelde – de man met het grijze haar – hij is hier. Ik heb hem vanochtend gezien. Tate, ga in godsnaam niet naar beneden.'

'Ik moet wel.'

'Alsjeblieft.' Ze kreeg tranen in haar ogen. 'Alsjeblieft, geloof me nou.'

Hij knoopte zijn lichtblauwe overhemd dicht en hield daar even mee op. 'Waarom zou ik?'

'Omdat ik van je hou. Daarom wilde ik de rol van je vrouw overnemen. Ik werd verliefd op je toen ik nog in het ziekenhuis lag. Ik hield al van je voor ik me kon bewegen of kon spreken. Alles wat ik je heb verteld is de waarheid. Ik heb gedaan wat ik heb gedaan omdat ik je wilde beschermen. Ik heb vanaf het eerste moment van je gehouden.'

'Tate, ze zijn...' Eddy kwam binnenstormen. 'Wat is hier verdomme aan de hand? Ik dacht dat je al klaar zou zijn. Ze breken de zaak af daarbeneden. Iedereen wordt gek. Kom op. Laten we gaan.'

Tate keek van zijn vriend naar Avery. 'Zelfs als ik je geloofde,' zei hij hulpeloos, 'ik heb geen keus.'

'Alsjeblieft, Tate,' smeekte ze.

'Ik heb geen keus,' herhaalde hij.

Hij duwde haar handen van zich af en ging verder met aankleden. Eddy vertelde hem wie hij openlijk moest bedanken. 'Carole, je ziet eruit om op te schieten. Doe iets aan je gezicht voor je naar beneden komt,' blafte hij voor hij Tate door de deur duwde.

Avery ging achter hen aan. Er stonden nu zelfs nog meer mensen in de suite. Campagnemedewerkers dromden samen in de hal en drongen door de dubbele deuren binnen in de hoop een glimp op te vangen van hun held. Het lawaai was oorverdovend. Toch hoorde Avery boven alles uit Caroles naam. Ze keek die kant uit.

Fancy wrong zich tussen de dicht opeengepakte massa door en viel Avery zowat in de armen. 'Fancy! Waar bleef je zo lang?'

'Ga me nu niet de les lezen. Ik ben door de hel gegaan om hier te komen. In de hal staat een kerel te tieren omdat ik me niet aan mijn belofte heb gehouden en er zit nog ergens ene John die...'

'Zat er iets in de postbus?'

'Hier.' Ze stak Avery het pakje toe. 'Ik hoop bij god dat het alle moeite waard is.'

'Carole! Jij ook, Fancy, laten we gaan!' schreeuwde Eddy hun toe boven de hoofden van de feestvierders uit.

Avery scheurde de envelop open en zag dat er een videoband in zat. 'Hou hen op als je kunt.'

'Hè?' Stomverbaasd zag Fancy haar de slaapkamer binnenglippen en de deur achter zich sluiten. 'Jezus, ligt het aan mij, of is iedereen hier hartstikke gek geworden?' Een volstrekte vreemdeling danste voorbij en duwde een groot glas champagne in haar hand. Ze nam een flinke slok.

In de slaapkamer stopte Avery de band in de videorecorder. Ze ging op de rand van het bed zitten. Ze herkende de letters van het televisiestation op de band. De naam van de verslaggever zei haar niets, maar Van Lovejoy was vermeld als de cameraman.

Ze voelde zich opgewonden. Van had de band naar Irish' postbus gestuurd, dus moest die belangrijke informatie bevatten. Maar na enkele minuten te hebben gekeken begreep Avery nog niet wat dat zou kunnen zijn.

De film ging over een groep blanke, racistische paramilitairen die een permanent kamp hadden ergens diep in de bossen. In de weekeinden kwamen de leden daar bij elkaar om de vernietiging te bespreken van iedereen die niet precies was als zij.

Van moest geschrokken zijn van de grote haat die de organisatie uitstraalde. Hij had opnamen waarop ze behangen waren met wapens en munitie, nieuwkomers trainden in guerrillagevechten en hun kinderen wijsmaakten dat ze boven iedereen stonden. Ze predikten dat alles in naam van het christendom.

Het was een aangrijpende film, maar ze vond geen enkele aanwijzing waarom Van hem zo belangrijk had gevonden dat hij hem had opgestuurd.

Zijn camera streek langs een groep tot de tanden gewapende mannen in gevechtskleding. Avery spoelde de band iets terug en draaide hem weer af om de gezichten van de mensen te bestuderen. De commandant schreeuwde in de gretige oren van de soldaten.

Van zoomde in voor een close-up. Avery hapte naar adem toen ze de man herkende. Haar hoofd begon te tollen.

Hij zag er anders uit. Zijn schedel glansde door zijn kortgeschoren kapsel heen. Zijn gezicht was besmeerd met camouflagemake-up, maar ze herkende het onmiddellijk omdat ze al maanden met hem samenwoonde.

'Dat alle mensen gelijk zijn is een hoop onzin!' brulde de instructeur in de microfoon die hij in zijn hand hield. 'Een gerucht dat in de wereld is gebracht door minderwaardige lui in de hoop dat iemand het zou geloven.'

De man die Avery herkende applaudisseerde. Hij floot. Haat gloeide in zijn ogen.

'Wij willen niet tussen zwartkoppen en joden en flikkers wonen, of wel?'

'Nee!'

'We willen niet dat ze onze kinderen overspoelen met hun communistische propaganda, of wel?'

'Nee!'

'Dus wat doen we met mensen die ons vertellen dat we dat wel moeten doen?'

De groep kwam als één man overeind. Vans camera bleef gericht op de deelnemer die het meest vervuld leek van haat en fanatisme. 'Dood de klootzakken!' schreeuwde hij door zijn masker van camouflagemake-up. 'Dood de klootzakken!'

Plotseling zwaaide de deur open. Avery zette haastig de videorecorder uit en sprong van het bed. 'Jack!' Ze sloeg haar bloedeloze vingers voor haar mond. Haar knieën weigerden bijna haar te dragen.

'Ze hebben me teruggestuurd om je te halen. We zouden al beneden moeten zijn, maar ik ben blij dat ik je even alleen kan spreken.'

Avery gebruikte de televisie om op te steunen.

Jack kwam dichterbij. 'Ik wil weten waarom je het hebt gedaan.'

'Wat gedaan?'

'Waarom je me probeerde te versieren.'

Avery's borst ging op en neer in een enkele, zwoegende ademtocht. 'Jack...'

'Nee, ik wil het weten. Dorothy Rae zegt dat je nooit iets om me gegeven hebt, dat je alleen maar met me flirtte om een wig tussen mij en Tate te drijven. Waarom, verdomme? Het had bijna mijn relatie met mijn broer verpest. Ik liet bijna mijn huwelijk te gronde gaan om jou.'

'Jack, het spijt me,' zei ze oprecht. 'Heus, het spijt me, maar...'

'Je wilde me alleen maar voor aap zetten, nietwaar? Vond je het fijn om Dorothy Rae te vernederen?'

'Jack, luister alsjeblieft.'

'Nee, jij moet luisteren. Ze is twee keer zo veel waard als jij. Weet je dat ze helemaal in haar eentje is gestopt met drinken? Dat vergt karakter... iets wat jij nooit zult hebben. Ze houdt nog steeds van me, ondanks...'

'Jack, wanneer is Eddy voor Tate komen werken?'

Hij vloekte zacht en sprong ongeduldig van de ene voet op de andere. 'Ik leg mijn ziel hier voor je bloot en jij...'

'Het is belangrijk!' schreeuwde ze. 'Hoe heeft Eddy zich in dat baantje van campagneleider gekletst? Wanneer verscheen hij voor het eerst op het toneel? Heeft iemand eraan gedacht zijn verleden na te trekken?'

'Waar heb je het in godsnaam over? Je weet even goed als ik dat hij zich er niet in heeft gekletst. Hij werd ervoor gevraagd.'

'Gevraagd?' herhaalde ze zwakjes. 'Door wie, Jack? Wiens idee was het? Wie heeft Eddy Paschal aangenomen?'

Jack keek haar niet-begrijpend aan en haalde zijn schouders op. 'Pap.'

49

Het Corte Real was een prachtige zaal, maar een slechte keus om Tates overwinningsfeest te vieren, omdat het maar één ingang had. Tussen een massieve dubbele deur en de balzaal zelf was een korte, smalle gang, een onvermijdelijke flessenhals.

De zojuist gekozen senator werd daardoorheen gesluisd door uitzinnige familie, vrienden en aanhangers. Zijn glimlach straalde vertrouwen en nederigheid uit.

De lange man met het grijze haar die Tate observeerde drong op naar het versierde podium tegenover de ingang van de zaal. Hij duwde met zijn ellebogen mediamensen en enthousiastelingen opzij, zonder daarbij aandacht te trekken. Hij had zich die vaardigheid door de jaren heen eigen gemaakt.

De laatste tijd vroeg hij zich weleens af of zijn vaardigheden niet wat roestig begonnen te worden. Hij kon bijna met zekerheid zeggen dat mevrouw Rutledge hem bij diverse gelegenheden had opgemerkt.

Nu hij aan haar dacht besefte hij plotseling dat ze zich niet bij de groep bevond die Tate naar het podium volgde. Zijn geoefende ogen keken de zaal rond. Aha, daar was ze, achter in de zaal, tamelijk van streek, waarschijnlijk omdat ze van de rest van de familie gescheiden was.

Op het podium bleef Rutledge even staan om de handen te schudden van enkelen van zijn meest invloedrijke aanhangers... onder wie diverse sporthelden en een Texaanse filmster. Hij wuifde naar zijn juichende fans.

De Grijze hield zijn getrainde ogen op de held van het uur gevestigd. Midden in de grote feestvreugde was zijn gezicht het enige met een ernstige uitdrukking.

Resoluut bleef hij in de richting van het platform lopen. Hij werd niet gestoord in zijn vorderingen. Niets kon hem ervan weerhouden bij Tate Rutledge te komen.

Avery bereikte buiten adem de deur van de balzaal. Haar hart leek op springen te staan. Haar beenspieren brandden. Ze was twintig trappen afgerend.

Ze had niet eens geprobeerd een lift te pakken te krijgen, maar was samen met Jack, die te horen had gekregen dat het leven van zijn enige broer in onmiddellijk gevaar verkeerde, naar de trappen gestoven. Ergens in het trappenhuis probeerde Jack haar nog steeds in te halen.

Ze bleef maar een fractie van een seconde staan om op adem te komen en stortte zich toen als een waanzinnige in de menigte, op weg naar het podium.

Ze zag Tates hoofd boven de krioelende mensenmassa uitsteken toen hij de trap van het podium op stapte. 'Tate!'

Tate liep verder de trap op.

'Tate!' Ze kon zich onmogelijk verstaanbaar maken boven de blèrende band uit. De menigte was dol geworden bij het zien van hun held. 'O god, nee. Laat me erdoor. Laat me erdoor.'

Een stoot adrenaline gaf Avery nieuwe energie. Ze verspilde geen tijd aan beleefdheden, maar schopte en klauwde zich een weg naar voren.

Jack haalde haar eindelijk in. 'Carole,' hijgde hij, 'hoe bedoel je, Tates leven is in gevaar?'

'Help me bij hem te komen, Jack, in godsnaam, help me.' Hij deed wat hij kon om ruimte voor haar te maken. Toen ze voor zich een open plekje zag, sprong ze op en zwaaide wild met haar armen. 'Tate! Tate!'

De Grijze!

Hij stond vlak bij het podium, gedeeltelijk verscholen achter de Texaanse vlag.

'Nee!' schreeuwde ze. 'Tate!'

Jack gaf haar een duw van achteren. Ze tuimelde de trap op, viel bijna, maar wist overeind te blijven. 'Tate!'

Hij hoorde haar schreeuwen, draaide zich naar haar om met zijn stralende glimlach en stak zijn hand uit. Ze rende het platform over, maar niet in Tates richting.

Haar ogen waren op zijn vijand gericht. En de zijne op haar. Het plotselinge besef dat ze hem had doorzien, maakte zijn ogen kristalhard.

Als in slow motion zag Avery hoe Eddy zijn hand in zijn jasje stak. Haar lippen vormden het woord, maar ze wist zelf niet dat ze 'Nee!' schreeuwde toen hij zijn pistool trok en het op Tates achterhoofd richtte.

Avery dook naar Tate en duwde hem opzij. Een milliseconde later werd ze door Eddy's kogel geraakt en viel ze in Tates nietsvermoedende armen.

Ze hoorde het geschreeuw, hoorde Tates ongelovige ontkenning, zag de uitdrukkingen van afgrijzen en ongeloof van Jack, Dorothy Rae en Fancy.

Haar ogen keken in die van Nelson op het moment dat Eddy's tweede kogel zijn voorhoofd binnendrong. Het projectiel maakte een mooi, rond gaatje, maar veranderde de achterkant van Nelsons hoofd in een puinhoop. Zee werd overdekt met bloed en schreeuwde het uit.

Nelsons gezicht toonde verbazing, daarna kwaadheid en toen razende woede. Dat was zijn dodenmasker. Hij was al dood voor hij de vloer raakte.

Eddy sprong van het podium tussen de hysterische toeschouwers.

De Texaanse vlag bewoog. Een man stapte erachter vandaan en vuurde zijn tot dan toe verborgen wapen af. Eddy Paschals hoofd spatte uit elkaar.

Zees stem drong vanuit de verte tot Avery door. 'Bryan! Mijn god. Bryan!'

50

'Het leek me het beste hier allemaal bij elkaar te komen, zodat ik alles wat er gisteren is gebeurd in één keer kan uitleggen.'

Speciaal agent van de FBI Bryan Tate sprak de sombere groep toe die verzameld was in de ziekenhuiskamer van Avery Daniels. Het hoofdeinde van haar bed was schuin gezet, zodat ze iets overeind zat. Haar ogen waren rood en gezwollen van het huilen. Een verband bedekte haar linkerschouder. Haar arm hing in een draagdoek.

De anderen – Jack en zijn gezin, Zee en Tate – zaten op stoelen of leunden tegen de muren of vensterbanken. Iedereen bleef op een afstandje van Avery. Sinds Tate hen over haar ware identiteit had ingelicht was ze een object van nieuwsgierigheid geworden. Na de tragische gebeurtenissen van de vorige avond was Mandy teruggebracht naar de ranch en in Mona's zorg achtergelaten.

'Jullie hebben allemaal meegemaakt wat er is gebeurd,' zei Bryan Tate, 'maar kennen de bron van al deze verwikkelingen nog niet. Het valt niet mee daarover te praten.'

'Vertel ze alles, Bryan,' zei Zee zacht. 'Laat niets weg om mij te sparen. Ik wil dat ze... Ze moeten het begrijpen.'

Lang en gedistingeerd stond hij naast haar stoel, een hand op haar schouder. 'Zee en ik werden jaren geleden verliefd op elkaar,' begon hij. 'Het was niet zo dat we het verwacht of gepland hadden. Het was niet onze bedoeling dat het zou gebeuren. Het was verkeerd, maar het was heerlijk. Uiteindelijk gaven we ons eraan over.' Zijn vingers knepen zacht in haar schouder. 'De consequenties waren enorm en draaiden uit op de tragedie van gisteravond.'

Hij vertelde hun hoe hij een paar maanden eerder dan zijn vriend

Nelson was teruggekeerd uit Korea. 'Op zijn verzoek ging ik regelmatig even bij Zee langs,' zei hij. 'Tegen de tijd dat Nelson thuiskwam was de relatie tussen Zee en mij veel meer dan gewoon vriendschap of zelfs wederzijdse aantrekkingskracht. We wisten dat we van elkaar hielden en dat we Nelson pijn moesten doen.'

'Ik wist ook dat ik zwanger was.' Zee legde haar hand op die van Bryan op haar schouder. 'Zwanger van jou, Tate. Ik vertelde Nelson de waarheid. Hij bleef kalm, maar stelde me een ultimatum. Als ik met mijn minnaar en zijn bastaardkind zou vertrekken, zou ik Jack nooit meer zien.'

Tranen welden op in haar ogen toen ze naar haar oudste zoon glimlachte. 'Jack, je was nog zo klein. Ik hield zielsveel van je, iets wat Nelson heel goed wist en in zijn voordeel gebruikte. Toen ik plechtig beloofde Bryan nooit meer te ontmoeten, zei hij dat hij me vergaf en beloofde hij Tate als zijn eigen zoon op te voeden.'

'Wat hij ook deed,' zei Tate.

'Ik wist niets van Nelsons ultimatum,' zei Bryan, die het verhaal weer oppakte. 'Ik kreeg alleen een briefje van Zee waarin ze zei dat onze verhouding – en ik kon niet geloven dat ze dat woord ervoor gebruikte – voorbij was en dat ze wilde dat het nooit was gebeurd.'

Wanhoop had hem ertoe gebracht zich vrijwillig te melden voor een gevaarlijke missie overzee. Toen zijn vliegtuig crashte en in de oceaan stortte, verwelkomde hij zelfs de dood, omdat hij net zo lief zou sterven als zonder Zee verder te leven. Hij werd echter gered.

Terwijl hij herstelde van zijn verwondingen, nam de FBI contact met hem op. Hij was al getraind voor inlichtingenwerk. Ze stelden voor dat Bryan Tate 'dood' zou blijven en undercover voor de FBI ging werken. Dat had hij de afgelopen dertig jaar gedaan.

'Telkens wanneer ik de kans had zocht ik je op, Tate,' zei hij tegen zijn zoon. 'Van veilige afstand, nooit zo dichtbij dat ik het risico liep Nelson of Zee te ontmoeten, zag ik je een paar keer voetbal spelen. Ik heb je zelfs in Vietnam een week in de gaten gehouden. Ik was er bij je diploma-uitreikingen. Ik ben altijd van jou en je moeder blijven houden.'

'En Nelson heeft het me nooit vergeven,' zei Zee snikkend.

Bryan streelde haar over het hoofd en vervolgde toen zijn verhaal.

Zijn laatste opdracht was geweest om te infiltreren in een racistische groep die vanuit de noordwestelijke staten opereerde. Daarbij was hij op een extreem verbitterde Vietnam-veteraan gestoten die hij herkende als Eddy Paschal, Tates kamergenoot uit zijn studietijd.

'We hadden al een dik dossier over hem, omdat hij betrokken was geweest bij verscheidene radicale en neonazistische activiteiten, waaronder enkele rituele executies, hoewel we nooit voldoende bewijs hadden om hem op te pakken.'

'Jezus, en dan te bedenken dat ik met hem naar bed ben geweest,' zei Fancy huiverend.

'Je kon het niet weten,' zei Dorothy Rae zachtmoedig. 'Hij heeft ons allemaal voor de gek gehouden.'

Bryan keek naar Tate. 'Je kunt je voorstellen hoe verbaasd ik was toen Nelson contact met hem zocht, met name omdat Paschals filosofie lijnrecht tegenover de jouwe stond. Nelson poetste hem op, bezorgde hem dat piekfijne imago, betaalde een spoedcursus public relations en communicatie en haalde hem naar Texas om jouw campagneleider te worden. Toen besefte ik dat Nelsons bedoelingen niet zo goed waren als hij voorwendde.'

Tate drukte zijn rug tegen de muur en leunde met zijn hoofd tegen het pastelkleurige pleisterwerk. 'Hij is dus al die tijd van plan geweest mij te doden. Het hoorde allemaal bij zijn plan. Hij maakte me klaar voor een politieke carrière, wakkerde mijn ambitie aan, nam Eddy in dienst, alles.'

'Ik vrees van wel,' zei Bryan grimmig.

Zee kwam uit haar stoel en liep naar Tate. 'Lieveling, vergeef me.'

'Jou vergeven?'

'Het was mijn zonde die hij strafte, niet de jouwe,' legde Zee uit. 'Jij was slechts het lokmiddel. Hij wilde dat ik leed en wist dat er geen grotere straf is voor een moeder dan haar kind te zien sterven, vooral tijdens een moment van persoonlijke triomf.'

'Ik kan het niet geloven,' zei Jack, die ook overeind kwam.

'Nelson was erg subtiel, erg slim,' zei Zee. 'Tot gisteravond realiseerde ik me niet hoe slim en hoe wraakgierig hij was. Tate, hij manipuleerde je naar een huwelijk met Carole, een vrouw van wie hij wist dat ze me aan mijn ontrouw zou herinneren. Ik moest mijn ogen sluiten voor haar buitenechtelijke escapades. Ik kon haar moeilijk bekritiseren voor dezelfde zonde die ik had begaan.'

'Dat was niet hetzelfde, Zee.'

'Dat weet ik wel, Bryan,' zei ze, 'maar Nelson zag dat anders. Overspel was voor hem overspel, te bestraffen met de dood.'

Jack was kapot. Hij was bleek en vermoeid na een nacht van rouw. 'Ik begrijp het nog steeds niet. Waarom noemde hij de baby Tate als hij Bryan zo haatte?'

'Weer zo'n wrede grap van hem,' zei Zee, 'die me voortdurend aan mijn zonde zou herinneren.'

Jack dacht daar even over na. 'Waarom hield hij meer van Tate? Ik was zijn echte zoon, maar hij gaf me altijd het gevoel minder te zijn dan mijn jongere broer.'

'Hij rekende erop dat de menselijke natuur haar beloop zou hebben,' legde Zee uit. 'Hij maakte duidelijk dat hij de voorkeur gaf aan Tate, opdat jij hem zou gaan haten. De wrijving die dat tussen jullie veroorzaakte zou een extra last voor mij zijn.'

Jack schudde koppig zijn hoofd. 'Ik kan nog steeds niet geloven dat hij zo doortrapt was. Niet pap.' Dorothy Rae nam zijn hand tussen de hare.

Zee wendde zich tot Avery, die tot dusver had gezwegen. 'Hij was vastbesloten mij te laten boeten. Hij regelde het zo dat Tate met Carole Navarro trouwde. Carole had instructies om Tate emotioneel te ondergraven. Nelson wist dat hoe ongelukkiger Tate was, hoe ongelukkiger ik zou zijn. Ze deed alles wat haar gezegd werd en nog meer. De enige beslissing die ze onafhankelijk nam, was dat ze een abortus liet plegen. Ik geloof niet dat Nelson dat wist. Hij was er woedend om, maar alleen omdat hij bang was dat het Tate de verkiezingen zou kosten.'

Zee liep naar het bed en nam Avery's hand in de hare. 'Kun je me die wrede beschuldigingen vergeven?'

'Je wist het niet,' zei Avery schor. 'En Carole verdiende je antipathie.'

'Het spijt me van uw vriend meneer Lovejoy, juffrouw Daniels.' Bryans gezichtsuitdrukking was zachtaardig, heel anders dan toen hij op Eddy had gericht en geschoten. 'We lieten Paschal door iemand in de gaten houden, maar hij moet die avond langs hem zijn geglipt.'

'Van is feitelijk degene die Tate heeft gered,' zei Avery emotioneel. 'Hij moet urenlang video's hebben bekeken voor hij de band vond die verklaarde waarom Eddy Paschal hem bekend voorkwam. Eddy moet wel vaker aan uw mannetje zijn ontsnapt, meneer Tate, want ik ben ervan overtuigd dat hij me naar Irish' huis is gevolgd. Zo wist hij dat ze erbij hoorden. Het hielp hem ook achterhalen wie Carole in werkelijkheid was.'

'Weet u al iets over de toestand van meneer McCabe?'

Ze glimlachte door haar tranen heen. 'Na veel aandringen lieten ze me vanochtend bij hem. Hij ligt nog op de intensive care en zijn toestand is ernstig, maar ze denken wel dat hij het zal halen.'

'Ironisch genoeg heeft een zware hartaanval meneer McCabe het leven gered. Die weerhield Paschal ervan op hem te schieten. Het was een vergissing van Paschal om niet te controleren of McCabe dood was toen hij hem uit de lift sleepte.

Mag ik u vragen, juffrouw Daniels,' vervolgde Bryan, 'hoe u op het idee kwam dat meneer Paschal een aanslag op Tates leven beraamde?'

'Dat werd haar verteld,' zei Tate.

Een verbaasde reactie ging als een elektrische stroom door de hele groep heen.

Jack was de eerste die sprak. 'Door wie? Wanneer?'

'Toen ik in het ziekenhuis lag,' antwoordde ze, 'nog helemaal in verband gewikkeld was en iedereen me aanzag voor Carole.' Ze legde haar betrokkenheid uit vanaf dat moment tot aan de avond tevoren toen ze het podium opgerend was. Toen ze klaar was keek ze Bryan verontschuldigend aan en zei: 'Ik dacht dat u een huurmoordenaar was.'

'U hebt me dus opgemerkt?'

'Ik heb het geoefende oog van een verslaggeefster.'

'Nee,' zei hij, 'ik was er persoonlijk bij betrokken en gedroeg me niet zo voorzichtig als anders. Ik nam enorme risico's te worden herkend om maar bij Tate in de buurt te kunnen blijven.'

'Ik kan nog steeds de stem niet thuisbrengen, maar ik geloof dat het Nelson was, en niet Eddy die me die avond in het ziekenhuis opzocht,' merkte Avery op, 'hoewel ik moet toegeven dat het nooit bij me is opgekomen dat hij het zou kunnen zijn.'

Bryan legde uit: 'Juffrouw Daniels kon tegen niemand iets zeggen, omdat ze dan haar eigen leven in gevaar zou brengen.'

'En dat van Tate,' voegde ze eraan toe en ze sloeg verlegen haar ogen neer toen hij haar scherp aankeek.

Jack zei: 'Je dacht vermoedelijk dat ik mijn broer wilde doden. Kaïn en Abel.'

'Dat is meer dan eens in me opgekomen, Jack. Het spijt me.' Omdat hij en Dorothy Rae nog altijd hand in hand stonden, bracht ze zijn gevoelens voor Carole niet ter sprake.

'Ik vind het verdomd schitterend hoe je het ervanaf hebt gebracht,' verklaarde Fancy. 'Doen alsof je Carole was, bedoel ik.'

'Het zal niet gemakkelijk geweest zijn,' zei Dorothy Rae. Ze schonk Avery een blik waarin een zwijgend dankjewel besloten lag. Ze begreep nu waarom haar schoonzus de laatste tijd zo behulpzaam en medelevend was geweest. 'Is dat alles, meneer Tate? Kunnen we nu gaan en Avery laten rusten?'

'Noem me alsjeblieft Bryan, en ja, voorlopig is dit alles.'

Ze liepen de kamer uit. Zee kwam bij Avery staan. 'Hoe kan ik je ooit terugbetalen voor het feit dat je mijn zoon het leven hebt gered?'

'Ik wil niet betaald worden. Niet alles was toneelspel.' De twee vrouwen wisselden een blik van verstandhouding. Zee klopte haar op de hand en liep weg onder Bryans beschermende arm.

Toen ze weg waren verliet Tate eindelijk het voeteneinde van het bed. 'Ze zullen wel gaan trouwen,' merkte hij op.

'Wat vind je daarvan, Tate?'

Hij keek even naar de punten van zijn laarzen voor hij opkeek. 'Wie kan het ze kwalijk nemen? Ze houden al langer van elkaar dan ik leef.'

'Het is nu gemakkelijk te begrijpen waarom Zee altijd zo triest leek.'

'Papa hield haar emotioneel gevangen.' Hij lachte kort en droog. 'Ik neem aan dat ik hem nu niet meer pap kan noemen, wel?'

'Waarom niet? Dat was Nelson toch voor je? Wat zijn motieven ook waren, hij was een goede vader.'

'Ach ja.' Hij staarde haar lange tijd aan. 'Ik had je gisteren moeten geloven toen je me probeerde te waarschuwen.'

'Het klonk veel te ongeloofwaardig om me blind te kunnen vertrouwen.'

'Maar je had gelijk.' Hij kreeg tranen in zijn ogen.

'Val jezelf niet te hard, Tate. Je hebt heel wat te verwerken.'

Ze wilde hem vasthouden en troosten, maar daar had hij haar niet om gevraagd.

'Wanneer je die documentaire maakt, wil ik je om een gunst vragen.'

'Er komt geen documentaire.'

'Die komt er wel,' hield hij vol. Hij liep om het bed heen en ging op de rand zitten. 'Je wordt nu al geroemd als een heldin.'

'Je had vanochtend bij de persconferentie mijn identiteit niet hoeven te onthullen.' Ze had de live uitzending vanuit het Palacio Del Rio gezien op de televisie in haar ziekenhuiskamer. 'Je had van me kunnen scheiden als Carole, zoals je van plan was.'

'Ik kan mijn politieke carrière niet beginnen met een leugen, Avery.'

'Dat is de eerste keer dat je me bij mijn eigen naam noemt,' fluisterde ze ademloos.

Ze keken elkaar lange tijd aan, toen sprak hij verder. 'Tot dusver weet niemand, buiten de mensen die in deze kamer waren en misschien een paar mensen van de FBI, dat Nelson Rutledge achter het hele complot zat. Ik wil je vragen dat zo te laten, omwille van mijn moeder.'

'Als me dat gevraagd wordt, doe ik dat. Maar ik maak die documentaire niet.'

'Ja, dat doe je wel.'

Ze begon weer te huilen en pakte zijn hand beet. 'Ik kan er niet tegen dat je denkt dat ik dit heb gedaan om van je te profiteren, of voor mijn eigen roem en glorie.'

'Ik geloof dat je het hebt gedaan om de reden die je me gisteren noemde – en waarin ik koppig weigerde te geloven – omdat je van me houdt.'

Haar hart sloeg op hol. Ze haalde haar vingers door zijn haar. 'Dat is waar, Tate. Ik hou meer van je dan van mijn eigen leven.'

Hij keek naar het verband rond haar schouder, huiverde even en kneep zijn ogen toe. Toen hij ze weer opende waren ze nat van tranen. 'Dat weet ik.'

EPILOOG

'Zit je weer te kijken?'

Senator Tate Rutledge kwam de woonkamer in van het comfortabele huis in Georgetown dat hij met zijn vrouw en dochter deelde.

De documentaire die Avery op Tates aandringen had gemaakt, was zes maanden na zijn verkiezing uitgezonden. De feiten werden eerlijk, beknopt en zonder verfraaiing weergegeven, ondanks haar persoonlijke betrokkenheid.

Tate had haar ervan overtuigd dat het publiek het recht had te worden ingelicht over de bizarre reeks van gebeurtenissen die was begonnen met het neerstorten van vlucht 398 en eindigde in het drama op de avond van de verkiezingen.

Hij meende verder dat niemand de gebeurtenissen met zo veel inzicht en gevoeligheid kon verslaan als zij. Zijn laatste argument was dat hij zijn carrière als senator niet overschaduwd wilde zien door leugens en halve waarheden. Hij had liever dat het publiek het wist dan dat het speculeerde.

De documentaire had Avery geen Pulitzerprijs opgeleverd, maar werd wel geprezen door kijkers, critici en collega's. Ze dacht nu na over de aanbiedingen die ze had gekregen om documentaires over diverse onderwerpen te produceren.

'Je koestert nog steeds je roem, nietwaar?' Tate legde zijn aktetas op een tafeltje en trok zijn jasje uit.

'Niet plagen.' Ze pakte zijn hand beet, drukte er een kus op en trok hem naast zich op de bank. 'Irish belde vandaag. Daardoor moest ik er weer aan denken.'